西京バックステージ仕込み人

上

陳 彦

菱沼彬晁 訳

晩成書房

著者近影

陳 彦（ちん・げん　Chen Yan）

1963年6月、陝西省鎮安県生まれ。小説家、劇作家。

劇作は『遅開的玫瑰（遅咲きのバラ）』『大樹西遷』『西京故事』など数十作品。

テレビドラマは『大樹小樹』など。

長編小説は『西京故事』『装台（西京　バックステージ仕込み人）』『主角（主役）』など。

受賞は中国文聯・中国劇協の「曹禺戯劇文学賞」と中国文化部の「文華編（劇作）劇賞」に3作品、「国家舞台芸術精品工程・十大精品 Top ten productions of the national fine stage arts project」に3作品。

テレビドラマ『大樹小樹』に国家新聞局の「飛天賞」。

『装台（西京　バックステージ仕込み人）』は中国小説学界選考の「2015年度長編小説部門ランキング　第一位」、国家図書学界の「2015年度中国好書・文学芸術部門ランキング第一位、2017年度「呉承恩長編小説賞」。

『主角（主役）』は第3回「施耐庵長編小説賞」、第3回「2018年度長編小説部門ランキング第一位」、「2018年度中国好書・文学芸術部門ランキング第一位」、中国作家協会の2019年度第10回「茅盾文学賞」。

〈注〉呉承恩は『西遊記』の作家、施耐庵は『水滸伝』の作家とそれぞれ目されている人物。

日本の読者のみなさまへ

陳　彦

私の長編小説『装台（邦訳・西京　バックステージ仕込み人）』が日本語訳されて皆さまのお目に触れ、こうしてご挨拶が叶いますこと、とてもうれしく存じます。

この作品の創作に関わる作者の思いは本書末尾に述べました。ここでは私と日本文学との出会いと受容についてお話させていただきます。まず日本文学の淵源たる『源氏物語』に指を屈し、近現代では夏目漱石、芥川龍之介、川端康成、太宰治、三島由紀夫、渡辺淳一、大江健三郎、村上春樹、東野圭吾各氏の代表作ほとんどに目を通して時に再読、三読、時に人気作や話題作を追いかけ、時にわが魂に触れる作品に出会えば咀嚼反芻の喜びに浸りました。

中国と日本は畢竟《ひっきょう》するに隣国です。文化の源を共有し、相照らす伝統を育ててきました。これが日本の書物を読むときの親和力となって働き、同時に理解力を高め、興趣を深め、さらに多くの作品を読み進める原動力となりました。どこに引っ越しても、私の書棚は彼らの作品が存在感を強め、多くの作家が一人で一区画を占有しています。これらの作品は私の栄養となって私の作家精神、文学的技巧の拠りどころともなっています。日本の作家は中国で大量の読者を持っています。ネットや書店で彼らの作品を容易に買い求めることができます。文化芸術こそが私たちがお互いを認め合い、魂を通わせ、共にロマンの懐深く遊ばせてくれる最後の砦だと私は信じています。

私はまた日本映画に格別の思いを寄せています。黒澤明の映画を何度繰り返してみたことでしょう。前世紀八、九〇年代、青年だった私は日本映画の上映があると聞くと、どこまでも追いかけていきました。日本映画の大スター栗原小巻を知ったのもこの頃でした。後に中国戯劇家協会代表団の一員として日本訪問を果たしたとき、彼女の心のこもったおもてなしを受けることができました。彼女の誠実、優雅、控えめで飾らないお人柄は私に深い印象を残しました。また、古式を現代に受け継ぐ日本の伝統芸能、歌舞伎と能楽を鑑賞したときは、座りっぱなしの六時間でしたが、腰の痛みも忘れていました。

私はこれまでに三度の日本訪問をしています。凍てつく氷雪と熱気立ち上る温泉の北海道、引きも切らぬ人波と桜花爛漫の東京、突然古典の世界にタイムスリップした京都、温潤な空気が嬰児の柔肌のような現代都市大阪、文化の息吹きが街の隅々に香り立つ奈良、米のうまさに日に三度たらふく食べてなお飽きぬ新潟……これからも四度、五度、六度と各地を訪ねたい憧れの地、それが日本です。

幸いなことに今回、『装台』日本版が日本の皆さまのお手元に参じ、日本各地でじかのお目見得を果たすことになりました。これは私にとって回数では計りきれない、最も待ち望んだ日本訪問の形です。『装台』に描かれた中国人の生活は別に理解が難しいものではありません。舞台の仕込みという仕事に携わって〝裏方〟と一言で呼ばれるステージ・ワーカーたちの物語です。観劇はみなさまにとって日常の習慣ですが、舞台裏で繰り広げられる多事多端な明け暮れは時に日常を絶し、おそらく知る人は少ないことでしょう。

一つの作品の上演が決まると、これに要する仕込みの時間は数日を要し、大がかりな舞台は十数日かかることもあります。これに動員される人員は往々にして出演者の数を上回ります。私は二十年以上、劇作と舞台マネジメントの仕事をしてきました。大量の時間をこれらステージ・ワーカーたちと共に過ごし、彼らの暮らしと仕事ぶりを具《つぶさ》に見てきました。舞台裏でのできごとは、舞台上で演じられることよりはるかに生き生きとして、時にはるかに深刻で苛烈です。時にドラマチックで〝シュール〟な場面を呈し、寓話的、象徴的な色彩を帯びることさえあります。

これらステージ・ワーカーは、中国では少数のテクニカル・スタッフを除いて外部からかり集められた非正規の臨時工です。長時間労働に耐えながら余人をもって替えがたい職人的な仕事ぶりを見せます。生計のためとは言え、現場に入ったが最後、夜を日に継いで切れ目のない作業が続きます。舞台の仕込みが終わって幕が上がり、演技者がスポット・ライトを浴びて見得を切るとき、彼らは舞台の暗部で照明や音響、舞台装置と取り組んで四苦八苦、俳優たちのために一世一代の晴れ舞台、恐怖、驚愕、艶麗、この世ならぬ夢の見せ場を出現させているのです。

ステージ・ワーカーは舞台に上がって表現する機会を一生与えられません。しかし、ある職業的必要性が彼らに自分の生命の卑小さとその苦痛、苦悩を舞台に捧げるよう命じます。彼らは俳優たちのために身を挺し、善美を極めた舞台を組み立てるのです。人間の社会は少数者が舞台に上がって見得を切り、また別の少数者が彼らのためにその舞台を仕込むのを特徴としています。歴史は舞台上の表現者をいつまでも記憶し続けますが、舞台の仕込み人の存在は煙波茫茫《えんぱぼうぼう》たる時の彼方に忘れ去られます。

私たちが突然、ステージ・ワーカーの小人物を主人公に取り上げたのは、歴史の暗部を描こうとするのではなく、暗部の中に光を見出そうとしたからです。そして、私たちはそれぞれが舞台上の表現者あり、同時に表現者のために舞台を作り続けてきたからです。生命の中で私たちはすべてが表現者であり、同時に仕込み人でもあるのです。

ここで翻訳家の菱沼彬晁先生と中国作家協会の李錦琦先生に深甚の謝意を捧げます。

二〇一九年五月二十三日　北京にて

目次

表紙「黄土高原の腰鼓隊」　秦の人（陝西《せんせい》人）の好きな色は黒だという。映画『黄色い大地』（一九八四年）に黒ずくめの大集団が湧いて出た。天地をどよもして腰鼓を打ち鳴らす＝表紙イラスト。白いかぶり物は羊の腹の毛で作られて黄土高原の風砂を防ぐとか。秦の始皇帝の曾祖母・宣太后の物語を描いた華流ドラマ『ミーユエ 王朝を照らす月』（二〇一七年日本放映）の宮廷人はみな黒い衣装を身につけていた。なぜ黒なのか？　陰陽五行説に従えば、「水の徳」を体する秦の国は「火の徳」の周を討ち滅ぼした。水の徳を表す色は黒（玄）とされ、始皇帝は中国統一後、国のシンボルカラーを黒に定めたという。本書ではアリの大群がなぜか何度も登場して地の果てへ延々の大行進を続け、主人公の順《シュン》もアリに変身した夢の中で黄土高原をさまよう。アリの色も黒だ。表紙イラスト＝水野 久

西京　バックステージ仕込み人　上

順《シュン》の家（画・馬河声）

一

ここ数日というもの、順《シュン》（本名は「刁《ディアオ》順子《シュンツ》」）は劇場にこもりっきりでお天道《てんと》様を拝んでいない。舞台の仕込みという因果な稼業だ。だが、この日、いつになく早上がりした。三番目の妻を迎えに行く。

順《シュン》はもともとそんな気などなかった。だが、急に気が変わり、易断の本で日取りを占うと、今日という日が出た。劇場を出てタクシーに飛び乗り、新妻を連れてわが家に直帰した。

その夜、順《シュン》の家は荒れた。最初の妻との娘、行き遅れの菊花《ジュイホア》は親たちの顔を見ようともしない。二階で長いことわめき散らし、見ごろの菊の鉢植えを階段口へ蹴落とした。鉢は花もろとも狭い中庭でがちゃんと割れ、うつらうつらしていた犬を驚かせた。この犬は片足の先が折れている。きゃんと叫んで宙を飛び、たった一人の保護者である順《シュン》の部屋に逃げこんだ。

このとき、順《シュン》の三番目の妻、蔡素芬《ツァイソフェン》は庭の隅の厠《かわや》にうずくまり、小用をたしていた。陶器の破片が半分垂らしたカーテンをぴしっと打ち、彼女のすねをかすめて飛んだ。すんでのところで急所は外れたが、彼女はおびえた。すばやくズボンをずり上げ、中庭の壁に沿って身をこごめながら夫婦の部屋に逃げこんだ。

犬はふるえながら尻を順《シュン》の足にあずけ、背を丸めている。それでも頭を外に向け、折れた足先で立とうとするが、足を出そうとしては縮こませている。素芬《ソフェン》は夫の順《シュン》を見た。彼が一家の長らしく娘を一喝するかと思ったが、彼は口をもごもごさせている。

「また始まった。もう馴れっこさ。あの馬鹿娘が」と言ったきり黙りこんだ。

菊花《ジュイホア》はまだ怒鳴り散らしている。夫はむっとした顔のまま、ぶつぶつつぶやくだけだった。

「あの性悪《しょうわる》めが！」

順《シュン》は娘をたしなめるどころか、部屋から出ようとさえしない。この家に来たばかりの素芬《ソフェン》がここで口出しするのはやはり憚られた。この結婚はどちらかというと自分から望んだことで、順《シュン》はぐずぐず煮え切らずにいたが、最後は自分から迎えに来た。よほどの決心、覚悟だったに違いない。それはありがたかったが、娘の菊花《ジュイホア》からこんな歓迎を受けるとは思ってもみなかった。素芬《ソフェン》はこの家に来た早々、幸せの時間が止まり、明日という日に暗い帳《とばり》が降りるのを感じた。

素芬《ソフェン》は掛布を頭までかぶって泣き出した。順《シュン》は彼女にすり寄ってバナナの皮を剥き、子どもをあやすように素芬《ソフェン》の口に入れようとしたが、彼女はそれをはねのけた。半分にちぎれて飛んだバナナを、順《シュン》はあわてて枕元から拾い上げ、自分の口に入れた。

順《シュン》は二言目には同じ言い分けをした。

「娘はいつか嫁に行く。あんたはね、俺と暮らすんだ。娘とじゃない。心配するなって。どこの家にも一つや二つ、言うに言えないことがあるもんだ。辛抱してくれよ」

この言葉はいつも効き目があった。素芬《ソフェン》はようやく泣きやんで、赤く泣きはらした目と顔の上半分を枕カバーで押さえ、鼻と口から大きく息を吐き出した。順《シュン》はまたバナナの皮を剥いた。素芬《ソフェン》の口のまわりをなでなでした。素芬《ソフェン》はいきなり大口を開けてがぶりと嚙みつき、バナナだけではなく順《シュン》の親指の根元をいやというほど嚙んだ。痛っと声を上げた順《シュン》を素芬《ソフェン》は抱き寄せ、共にベッドに倒れこんだ。

夜の九時過ぎ、順《シュン》は早々と部屋の灯りを消した。

足先の折れた犬は、順《シュン》と素芬《ソフェン》がベッドを揺らし始め、部屋の灯りが消えたのを怪しみ、ベッドに向かって吠えたてた。順《シュン》は犬を叱った。

「邪魔するな。こちとらこれからいいところだ」

素芬《ソフェン》は思わずくすりと笑ってしまった。すると、何だか気が抜けて、体がくたくたと快い脱力感に満たされた。

二人がよんどころない仕儀に大わらわだったとき、娘の菊花《ジュイホア》は二階から下に降りてきた。まず厠へ行き、水道の水で手を洗ってから、わざと蛇口を全開にした。どっとほとばしる水は洗い場を穿ち、地を響《どよも》して嵐を呼ぶ勢いだ。順《シュン》と蔡素芬《ツァイソフェン》は息を呑んだ。その姿勢のまま固まって自分の気配を消そうとしたが、菊花《ジュイホア》が二階へ上がりしなに放った捨て台詞が二人の心を刺し貫いた。

「盛りのついた犬みたいに、雄《おす》も雄なら、雌も雌。ああ、いやだ、汚らわしい」

順《シュン》はがばと身を起こし、ただならぬ気配を見せた。だが、素芬《ソフェン》は彼の腰にむしゃぶりつき、顔を彼の背中にこすりつけて言った。

「こらえて、こらえて」

順《シュン》は今度という今度、父親の面子《めんつ》をつぶされたと思った。苦労して育てた挙げ句がこの報いか。生みの父親に向かって、その口は何だ。今日という日は目にもの見せてやる。

しかし、素芬《ソフェン》は彼をベッドからおろさなかった。彼の腰にしがみついた腕をほどかず、彼の溜め息を聞いてやっと力を緩めた。

この夜以来、順《シュン》は娘に対して父親風を吹かすことをやめた。

犬は寝床にうずくまり、折れた足をうじうじと舐めているうち、早々と寝ついてしまった。

多分、夜中を過ぎたころだろう、素芬《ソフェン》は全身に痒みを感じて順《シュン》を揺り動かした。

「この部屋にシラミがいるの?」

順《シュン》は寝ぼけ眼《まなこ》で答えた。

「何を馬鹿な。そんなもの見たことない。昔はいたけどな」

「やだ、やだ、体中、這い回ってる。何なのよ!」

順《シュン》が灯りをつけ、見ると、アリだった。一匹や二匹ではない。ぞろぞろと這い出し、見るほどに数を増した。体長は豚の剛毛ほどの小さな体《なり》で、一匹でうろうろしていても目にとまることはないが、一旦集団行動に出たら、どこまでも堂々の隊伍を繰り出していく。

順《シュン》は行列の向かう先を見て言った。

「アリの引っ越しだ。ここらじゃ珍しくない。子どもの時、しょっちゅう見てた」

見ると、アリはドアの下から這い出してくる。ドアを開けると、月光の下、黒い大軍が幅十五、六センチの縦隊となり、中庭の東の塀を越え、くねくねと曲がりながら西の塀の狭い穴をくぐって姿を消した。二本の前足で自分より何倍も重くて大きいものを持ち上げ、前へ前へと進んでいく。この部屋へ迷いこんだ連中は、兵糧の徴用に入りこんだか、本隊から落伍した一群だろう。素芬《ソフェン》がどうしたらいいのと聞くので彼は
「あっちはお引っ越し、こっちはお寝ん寝。ほっとけばいい。夜が明けたら一夜の夢さ」

順《シュン》は言いながら掛け布団をばたばたと振り、素芬《ソフェン》は気が済まず、床に落ちたアリを踏みつぶしにかかった。彼を慌ててそれをとめた。

「踏むな!」

彼は箒でアリたちをゴミ箱に掃き入れ、行軍中のアリの隊伍にそっと戻してやった。素芬《ソフェン》は笑った。

「情け深いこと。お坊さんみたい」

「一寸の虫にも五分の魂ってな。みんな生きるのに懸命だ」

朝、起きてみると、あの長大な隊伍は姿を消していた。行進の跡には少なからぬ米粒や虫の卵、小動物の死骸などが散らばっていた。だが、こうしたときに必ずいるのが本隊からはぐれた者たちだ。もはや隊形をなさず、敗残兵みたいにうろつき回っているところを、人の足に踏まれたりしている。順《シュン》も踏んづけて数匹のアリを死なせた。その後ろから素芬《ソフェン》が声をかけた。

「無益な殺生、しちゃ駄目よ」

「わざと踏んだんじゃない。それはそれまでの命さ」

二

順《シュン》は新婚の一夜だけ家で過ごし、翌日はすぐ仕込み中の舞台に舞い戻った。十数人の手下《てか》が集合を終えていたが、手持ちぶさたそうに楽屋口にたむろし、無駄話に興じている。

舞台の背景幕や照明器具の吊り物を仕切る大吊《ダーディアオ》が得意気に話している。順（シュン）の哥（あに）い、今日は腰が立たねえぞ。

新しい嫁さんに精をありったけ吸い取られてもうへろへろ、使いものにならねえよ。言っているうちに順《シュン》がやつれた姿を向こう側に現した。もっとも、この風采は今日に限ったことではない。平べったい頭をやや傾《かし》げ、歩くときは腰が定まらずに肩が下がり、足どりは空気の抜けた古タイヤみたいに覚束《おぼつか》ない。今日の様子は本当にパンクしたみたいにとぼとぼと足を引きずって、手下たちはくっくっと忍び笑いをこらえている。

猴《ホウ》も話をそっちの方へ持って行った。

「哥いのタマタマ、にぎにぎされて、つぶされちまったんじゃないか」

一番年下の墩《ドン》までが小さな目をさらに細めて

「順《シュン》の哥い、五十を過ぎて三番目をもらうなんて、命がけというか、命知らずというか」

「知らない奴はこれだから困る。ああ見えて、順《シュン》の家はその昔、西京でちっとは知られた金持ちだった。順《シュン》の曾爺《ひい》さんは老いてなお、後添えをもらい続けた。なぜだ？　後継ぎを作るためだ。もらった後添え数知れず。順《シュン》は曾爺さんを見習っているのさ……」

大吊《ダーディアオ》が言い終わらぬうちに、順《シュン》が目の前に立った。

「俺がいないと思って、ろくな話をしてねえな」

「哥いの如意棒の話をしてたのさ。固くて強くて伸縮自在。今日は元気かい？」

みんなまた笑い崩れた。

猴《ホウ》は舞台に用いる皇帝の玉座に腹ばったまま言った。

「嫁さん三回取っかえてるんだ。もっとしゃきっと歩かんかい。まるで打ち古しの綿入れだ。くたびれてもう立ちませんってか」

順《シュン》は猴《ホウ》の尻に蹴りを一発入れて言った。

「勝手にほざけ。俺が来ないと仕事ができねえのかよ。朝っぱらから瞿《チュイ》団長の電話にたたき起こされて、何が何でも今夜中に仕込みを上げろとよ。ぎり、朝の八時だぞ。明日の舞台に大物をわんさか招待するんだとよ」

「勘弁して下さいよ。俺ら二日二晩、ろくすっぽ寝ちゃいねえ。一昨日《おととい》からぶっ通し現代劇の仕込み、今度は秦腔《チンチアン》劇団かよ。朝までに上げろだって？　いくら尻に火をつけられても、どうにも足掻《あが》きが取れねえよ」

「猴《ホウ》、おまえが泣き言《ごと》言っちゃ、戦《いくさ》にならないぞ。俺たちの飯の種は舞台の裏にしかないんだ。徹夜がいやだってんなら、風食らって屁こいて寝ろ。さ、仕事だ。減らず口はいい加減にして、とっとと舞台に上がりやがれ」

話しながら順《シュン》は先頭切って舞台へ上がった。

猴《ホウ》は後ろでまだぶつくさ言っている。

「そんなら昼飯は鶏《とり》の腿《もも》一本つきだ」

順《シュン》は言い返した。

「おお、いいともさ。鶏の陰茎《ちんぽ》をつけてやろう。文句あっか」

順《シュン》はさっさと段取りを言い渡し始めた。

「墩《ドン》、お前は何人か連れて幕を吊れ。張り物（パネル）もあるからな。大吊《ダーディアオ》は四人で明かりを仕込め。瞿《チュイ》団長から釘を刺された。北京の全国大会に出場するそうだ。仕込み図通りにやってくれ。ライト六十四台、AI（人工知能）の調光で百二十回路、一つ欠けてもアウトだぞ」

「こんな短い時間でやれっこない」

大吊《ダーディアオ》は言いながらライトの一つを思うさま蹴飛ばした。順《シュン》は振り返って、大吊《ダーディアオ》に言った。

「間に合わなくても間に合わせるのが仕込みの仕事だ。もっとも工賃には色をつけてもらうがな。猴《ホウ》よ、バトン（背景幕や照明器具を吊す鉄管の横棒）を降ろせ」

順《シュン》はそう言い置くと、ライトを一つ背負ってフロントサイド（客席前方両サイドの照明用ブース）へ向かった。このライトは一つで五十キロを超える。踏みしめようとした足がよろけ、中腰のままへたりこみそうになったが、これでへこたれる順《シュン》ではない。これにつられて、配下たちもばたばたと動き始め、小声のやり取りが仕事の始まりとなった。現場の空気がびしっと締まった。


順《シュン》はこの現場十数人を束ねる親方格だ。だが、誰も彼を親方と呼んだりしない。

彼には決めの台詞があり、これが口ぐせになっている。

仕事が苦労なのではなく、苦労が俺の仕事だと。だから俺は「苦力《クーリー》」なんだ。誰にもやれっこない。ついてこいとも言わない。どうせ長続きしないないし、途中、道に倒れて骸《むくろ》になるだけだ。この世には都合七十二の仕事があるというが、舞台の仕込みは入っていない。この仕事はこの世の新参者だからだ。もし、七十三番目に加えられたら、この世で一番辛い仕事になるだろう。人間、昼もなく夜もなく働きづめに働かされたら、そこは無明《むみょう》の闇になる。そこで人間は生きながら鬼になるんだ。自殺者も出るだろう。一方、劇団員たちは明るくなってから出勤し、稽古が始まる。それまでに舞台の仕込みはちゃんと上がっている。だが、俺たちは徹夜があけても、閑にしていられない。演出家や舞台美術家のお相手だ。ご無理ごもっとも、仰せの通りとお説を拝聴する。この連中は口を開けば人を罵り倒すことを仕事と心得ている。女の演出家でさえ Fuck you と怒鳴ったり、中指を立てて人を小馬鹿にする（手の甲を相手に向けて中指を立てて見せる嫌がらせ。中指は陰茎、人差し指と薬指は陰嚢を象徴し、双方殴り合いになる覚悟がなければできることではない）が、相手が仕込みの連中なら、どうってことはない日常の会話の一部に過ぎないのだ……。

舞台芸術の世界には一癖も二癖もある人間が集まってくるから、仕事のきつさに加え、ややこしい人間関係が重なってくる。しごき、いやがらせ、いじめもある。これに耐えられず、この業界に見切りをつける者もあとを絶たない、しかし、実はただ一人、びくともせずに頑張っているのがこの順《シュン》という男だった。彼がこの業界で一目置かれ、西京（作者は西安を「北京」と対置して全編「西京」と言い換えている）演劇界の名物男とも呼ばれている。

今、この西京という大都市で、舞台の仕込み、ばらし（解体・撤去）はもちろん、舞台芸術の上演団体のどんな半端仕事でも、まず彼にお呼びがかかる。その鉄壁の関係に割りこんだり手を突っこもうなどとする者は絶えていない。このようなわけで、順《シュン》のまわりには彼を飯の種とする人間が集まった。彼に助言してこの〝文化事業〟を会社組織にさせ、彼も市の商工部門に赴いて認可を受けたが、これまでに誰一人彼を社長と呼んだり、経営者と見なす者はいない。もし、そう呼ばれたら、順《シュン》は言う。いじめないで下さいよ。社長だなんて、そんな。私はただの苦力《クーリー》なんですから、と。

順《シュン》の一団には組織だったもの、まして中間層なるものはない。仲間に呼ばれてそのまま居着き、長居を決めこんだ者が多いからだ。順《シュン》は口出しや手出しをせずに放っておき、腕を上げた連中が現場を切り回している。音響、照明、吊り物、道具類それぞれの組に分かれ、一斉に作業開始となるが、どんな場合も真っ先切って現場に入るのが順《シュン》だった。経理の帳簿はそのへんに放ったらかしで、誰がどれだけ工賃を取っているか、みんなの見るがままに任せている。これを見る職人たちの表情が、機嫌のよいときも悪いときも手に取るように伝わってくる。仕事はすべて順《シュン》の名義で請け負っているから、彼が幾分多く分け前を取っても、それはまあ、そういうことだろうとみんな納得している。それというのも、順《シュン》は貪るということをしないからだ。金が残れば、それはみんなの稼ぎだと、あっさりしたもので、それが彼のいわば人徳というものかもしれない。これもあって、彼のところに残った働き手のほとんどは七、八年から十年という年季の入ったベテランばかりとなった。現場の隅々、作業の手順一つ一つに精通しているから、目配せ一つで、必要なのはペンチなのかハンマーなのか、バトンを降ろすのか上げるのか、たちどころに呑みこんで息の合った仕事ぶりは、誰が見ても小気味よく、胸がすく。

瞿《チュイ》団長はいつも話す。

「順《シュン》のところには、粒ぞろいの職人、いや舞台技術者がそろっている。それにひきかえ、わが劇団は仕事もせずに居座っている者が多い。レストランで言うなら、テーブルがふさがって繁盛しているように見えても、実は注文をしない客がわがもの顔で長っ尻《ちり》を決めこんでいる。迷惑なのは外で待たされている客だ」

順《シュン》はまあまあと瞿《チュイ》団長を制した。この劇団の仕事にありつく同業者の嫉視を買わないためだ。

「私たちはただ苦労を買っているだけですよ。元はといえば、そちらの劇団の諸先輩から手取り足取り教わったことですからね。私たちは苦労が仕事なんです。人と張り合おうなんて、とんでもない」

瞿《チュイ》団長はいつも笑って答える。

「順《シュン》という男はなかなかどうして一筋縄ではいかない。要するに悪《わる》だよ」

順《シュン》も笑いで応じる。

「いえいえ、私たちはただの苦力《クーリー》なんです」


さて、今日の作業は押している（遅れている）。背景幕の数張りがバトンに吊られたが、照明はまだセッティングが終わっていない。そこへ瞿《チュイ》団長が着いた。まずい展開だ。瞿《チュイ》団長はどう出るか。腹を立ててスタッフを怒鳴るのは簡単だが、それでは芸がない。ここ一番、現場を泣き落としにかけ、業界用語でいう「座長芝居」の一くさりを始めるか。劇団代表の多くは、いじめられっ子の顔を作るのがうまい。意地悪されて泣きべそをかき、相手の心をくすぐるのは「座長芝居」の見せどころでもある。

しかし、瞿《チュイ》団長は数少ない例外だった。団長に面と向かって悪態をついたりする者はさすがにいないが、陰口はいろいろ聞こえてくる。最も多いのが「やわ」、「ぐず」の類だ。カルシウム不足、優柔不断、定見を持たず、他人の意見に動かされやすいといった意味がこめられているが、果たしてそうか。次いで多いのが「じいさん」、「ばあさん」、「おばさん」といったところだ。これらを身内の呼び名ではなく舞台の役柄として考えると、実に手強い相手に変貌する。とくに「おばさん」を瞿《チュイ》団長にあてはめると「男おばさん」になる。「座長芝居」の舞台に乗せ、主役でも振ろうものなら、実にしたたか、扱いにくい存在と化すのだ。

瞿《チュイ》団長はもともと作曲家だった。劇団の作品はすべて彼が曲を作ってきた。外部の劇団や映画、テレビに提供すると、ざっと二、三十万元（約三十四万～五十一万円）の稼ぎになる。しかし、団長になってからは自分の劇団のためだけに書き、外部の仕事はすべて断った。しかも、劇団は給料制だから、作曲料は入ってこない。この潔さは劇団員の敬意を集めるのに十分だった。

劇団員には妙な習慣がある。上役の肩書きの「長」を端折《はしょ》りたがる。例えば、劉《リュウ》課長は「劉課」、南《ナン》隊長は「南隊」、趙係長は「趙《チャオ》係」、瞿《チュイ》団長は「瞿団《チュイトゥアン》」となる。この呼び方は一種の平等感覚があって、言い易く、親しみ易い。順《シュン》もつい、これに従った。

「瞿団《チュイトゥアン》」の芸術上の要求は極めて厳しかった。眼鏡をかけて、インテリらしい物静かさと物腰の柔らかさがあったが、あるとき、いきなり Fuck you と叫び、またあるときは順《シュン》の目の前で話している受話器を遠くへ投げつけたりした。しかし、順《シュン》に対しては普段通り平静で穏やかな態度を崩すことはなかった。

順《シュン》が初めて瞿《チュイ》団長に出会ったのは、彼が団長に就任したてで、劇団が南方巡演に出かけようというときだ。演目は地元陝西省に伝わる秦腔《チンチアン》の名作『西湖に遊ぶ』と『周仁、回府（故郷に帰る）』の二本だった。

訳注

『西湖に遊ぶ』　南宋（一一二七～一二七九年）の時代、皇帝のご意見番である御史の娘・李慧娘《りけいじょう》は、最高学府に学ぶ裴瑞卿《はいずいきょう》と恋仲になり、親の許しを得ぬまま婚約を言い交わす。しかし、宮廷の腹黒い権力者・賈似道《かじどう》の邪魔が入った。美貌の李慧娘にかねて思いを寄せていた賈似道は強引に彼女を側室にしてしまう。ある日、慧娘と瑞卿は西湖で偶然に再会し、苦しい胸の内を語り合う。これを見た賈似道は激怒して慧娘を邸内で刺し殺し、さらに瑞卿の謀殺を図る。冥府をさまよう慧娘の魂を憐れんだ戦いの女神・九天玄女《きゅうてんげんにょ》は彼女に「陰陽《おんみょう》の宝扇《ほうせん》」を与えて現世に蘇らせる。慧娘は、賈似道の邸に捕らわれていた瑞卿を助け出し、賈似道《かじどう》との戦いが始まる。

『周仁、故郷に帰る』　悪臣・厳嵩《げんすう》の養子・厳年《げんねん》は杜文学《とぶんがく》の妻に横恋慕して、杜文学を無実の罪で嶺南へ追放する。杜文学は妻を義理の弟・周仁《しゅうじん》に託して流刑の地へと赴く。これを厳年に内通する者があり、厳年は次の策を講ずる。周仁を呼び寄せ、杜文学を許して再び都へ呼び戻すことができると持ちかける。しかし、これには条件があり、杜文学の妻を厳年に献上するのと引き換えだった。周仁は自分の妻を杜文学の妻に変装させ、厳年に差し出す。杜文学の妻になりすました周仁の妻は、厳年を殺そうとしたが失敗、自害に追いこまれる。その後、杜文学は流刑を許されて宮廷に帰参が叶う。妻を奪われた上に自殺された杜文学は取り乱して周仁を叱責する。ところが、そこに現れたのは何と杜文学の妻その人だった……。

西京を拠点とし、秦腔《チンチアン》を専門する劇団にとって、こういった作品は目をつぶってでもできる十八番《おはこ》だが、やり古しの咎《とが》が出た。背景、装置、照明、どれを取っても時代遅れ、田舎くさくて見栄えのしない舞台になっていた。このままでは客のブーイングが目に見えている。下見に来た「南方演出公司」のプロデューサーはさすがに文句をつけ、もっと「高品質」なものにするよう劇団に繰り返し要求した。

当時、瞿《チュイ》団長は作曲家から団長になりたてで、劇団内部の事情に疎いというより目隠しされていた。やるべき仕事が手の施しようがないまま山積し、ある者は彼がへまをしでかして笑いものになる場面を待ち構えていた。その日、順《シュン》はあたりに人がいないのを見澄まして団長に近づいて直言した。

「瞿団《チュイトゥアン》、今回のリハーサルはやばいっすよ。私もご一緒させて下さい」

団長はきょとんとした顔で

「君は誰だ?」

順《シュン》は自分がこの業界で少しは知られた顔だという思いがあり、瞿《チュイ》団長も当然自分を見知っているはずだった。まして稽古を繰り返すこの数日、順《シュン》はずっと稽古場に詰め、わざと団長の目につくよう、彼の前を行ったり来たりしていたというのに、「君は誰だ?」ときた。彼の仕事の重要性をまるで分かっていないのにもがっくり来た。

順《シュン》は自分と劇団との関わり、仕込みという仕事の果たすべき役割、重要さを手短に説明し、最後に繰り返し強調した。

「大事な公演の前だというのに、団長になりたての瞿団《チュイトウアン》は劇団内部の実情をまるでご存じない。というより、まるで知らされていないようです。劇団は今、砂をぶちまけたみたいに、てんでばらばら、団長なんか眼中にないんですからね。今夜の公演は、私が行かなければどんな不様《ぶざま》をさらすか、舞台の上も下もてんやわんや、恐らく全場面、台なしでしょう。仕込みとはどんな仕事か、とっくとご覧に入れましょう」

瞿《チュイ》団長は承服しかねるといった斜めからの視線を彼に走らせた。

「この劇団には舞台美術部のスタッフだけでも三十数人いる。人手は十分足りているんだ。君が行ってどうしようというのかね?　人のことより自分の頭のハエを追い給え」

結果として南方公演は成功を収めた。瞿《チュイ》団長は仕込みという仕事に目を開き、公演中は道具の搬入から解体《ばらし》まで自ら役割を買って出た。照明やバトンの操作に何度かミスが出たものの、観客の拍手はそれを償って余りあった。団長は劇団の舞台美術部が抱えている複雑な矛盾、深刻な病巣に初めて気づかされ、これをきっかけに、順《シュン》すなわち「刁順子《ディアオシュンツ》」という男の仕事ぶりに一目も二目も置くようになった。二人は親密の度を加え、劇団のスタッフたちはやっかんで「順《シュン》は瞿団《チュイトウアン》のお気に入りだからな」と言う者さえ現れた。これに対して、順《シュン》はいつもの台詞で応じる。

「お気に入りなんて、そんな……。私はただの苦力《クーリー》なんですよ」

瞿《チュイ》団長は仕込みの現場にやってくるなり、言った。

「おい、順《シュン》。とっととやれよ。夕方から照明のデザイナーが入る。明かり合わせだ。明日は朝八時に役者、楽団が顔を合わせる。団結だ、三結合（このスローガンは時代と場面によってさまざまなコンビネーションが提起された。大躍進時代の労働者・幹部・技術者、文革期の革命的大衆・幹部・軍、文芸界の指導者・作者・大衆など）だ！　時間通りに通し稽古を始めるからな。遅れたら、いいか、お前の責任だぞ」

順《シュン》はフロントサイドの投光室から全身埃だらけで出てきた。髪の毛にはクモの巣がこびりついている。ぱんと手の埃を払い、頭と顔をぬぐってから言った。

「瞿団《チュイトウアン》、ご覧の通りですよ。連中、屁をこく暇もない」

「また、始まった。屁なんか勝手にこいてろ」

「いやぁ。ものの例えですよ。だけど、瞿団《チュイトウアン》。今日の仕事はちょっとばかり押している（遅れている）。見て下さいよ。普通ならせいぜいライト二十台、調光は四十回路、有り物（劇場に備わっている物）で間に合わせられる。ところが今回のプランときたらライト六十四台、百二十回路ときた。この仕込み図は北京公演の持ちこみじゃないですか。この劇場にはないものだらけ。ケーブルの配線、接続からやり直しですよ。連中、ひいひい言ってますよ。私と仕事をすると、皇后さまの落ち穂拾いだと……」

「どういう意味だ？」

団長は本当に意味が分からないようだった。

順《シュン》は笑って言った。

「皇后さまの落ち穂拾いは民のため国のため。稼ぎは度外視ってことですよ」

「また、いつもの手か」と、団長は表情を引き締め、順《シュン》は慌てて口調を改めた。

「とんでもない。俺たちは苦力《クーリー》ですからね。悪いのはこの口なんですよ」

「事務所の話だと、この仕事には割り増しを払ったと言ってるがな」と団長は笑った。

「それがたったの一千元（約一万七千円）、みんなから責められて立つ瀬がありませんよ」

団長はすかさず
「みんなってか？　みんなって誰だ。おーい、どこのどいつがこの親方をいじめてるんだ？」

猴《ホウ》がすかさず手を挙げた。

「私がいじめました」

次いで墩《ドン》。彼も抜け目がない。

「私もいじめました」

みんな笑い出し、順《シュン》は団長に追い討ちをかけた。

「これですからね。困った奴らだ。どいつもこいつも金に目がない。それなのに、瞿団《チュイトウアン》は雷鋒同志に学べ（一九六三年三月五日、毛沢東によって、「雷鋒に学ぶ」運動が始められ、無私の奉仕活動が賞揚された。三月五日は今もボランティア活動の日になっている）。欲をかくな。世のため人のため働け、とこうですからね」

「それなら言うが、明晩は世のため人のためのチャリティー公演だからな。劇団には一銭の金も入らない。だが、諸君には割り増しを出そうと言うんだ。持ってけ泥棒め。劇団として諸君の働きにさらに一千元（約一万七千円）の割り増しを認めよう。いいか、これは破格のことだぞ。欲をかくな。人間、足るを知るが肝要だ。分かったら、とっとと仕事にかかれ」

こう言い置いて瞿《チュイ》団長は現場を離れようとしたが、順《シュン》は団長をなおも逃がさない。

「俺らの働き、買ってくれるのは瞿団《チュイトウアン》だけだ。こいつら、みんなそう言ってます。割り増しのことは、これ以上申しません。その代わりと言っちゃ何ですが、こいつらに精をつけるため、今日の昼飯の弁当に、鶏腿一つ差し入れといれってのはいかがでしょう。せっかく瞿団《チュイトウアン》じきじきのお出ましをいただいたんですから」

「この強欲め！　まあ、みなまで言うな。鶏腿一つ、手羽先二つ、牛乳ワンパック追加しよう。不足か？　もし、仕事に遅れが出たら、いいか、順《シュン》よ。お前の工賃からこの分さっ引くからな」

「お任せあれ。俺らの面子にかけて、きっちり時間内に仕上げて見せましょう」

瞿《チュイ》団長は去った。

墩《ドン》は真っ先に手を打って喜んだ。

「さすが哥《あに》い。哥いじゃなくちゃできない芸当だ。ほめたついでに晩飯には肉夾饃《ロウジャーモー》（中国風ハンバーガー。㊦三百二頁参照）とビール一本追加ってのはいかがですかね」

「けつに大根ぶちこんでやろうか」

順《シュン》が笑いながら話していたそのとき、彼の携帯が鳴った。新妻の素芬《ソフェン》からだ。だが、彼女は話そうとせず、大泣きしている。どうしたと聞いても泣きじゃくる声は大きくなるばかりだ。さては娘の菊花《ジュイホア》と一悶着起こしたのだろう。ここは何をおいても行かねばならぬと、彼は大吊《ダーディアオ》に一言二言言い残し、楽屋口を飛び出した。

三

この劇場から順《シュン》の家はそう遠くない。荷物用の三輪車自転車をこいで十分ほどの距離だ。通りの名は尚芸路《シャンイールー》。芸を尊《たっと》ぶという名の通り、陝西省と西京市の文化芸術に関わる機関、団体がここに集中している。この地で育たなければ、彼が舞台の仕込みという仕事に足を踏み入れることはなかっただろう。順《シュン》の生家は昔、この通りではちょっとした家柄だった。一九五〇年代、この一帯は処刑場で銃殺刑が行われていた。引き取り手のない死体が勝手に埋められ、管理する者もなかった。中国共産党中央委員会の置かれた陝西省中北部の延安から相当数の文芸工作隊がここに移り住み、広い地所を占有し、それぞれ広い家を建て、次第に尚芸路《シャンイールー》が形成されたのだ。

順《シュン》の曾祖父はもともと西京城の内城に居を構える由緒ある刁《ディアオ》家の一族だったが、国民党員を匿《かくま》った廉《かど》で処刑され、この無縁墓地のどこかに埋まっている。当時、受刑者の死体の引き取りは憚られ、家産は没収された。順《シュン》の家族は内城を追われてここに移り住み、野菜を作って生計を立てることになった。彼の祖父は目先の利く商売人で、果物や蔬菜を商いながら爪に火を灯すように小金を貯め、ついに財をなして死ぬときは数万元もの金を残していた。金は銀行に預けずに油をひいた布にくるみ、小便桶の底を二層にして隠していた。本人は終生しょぼしょぼ潮垂れたなりをして、首吊りの亡霊が歩いているようだと陰口されていた。一九七八年から始まった改革開放の時代、尚芸路《シャンイールー》で初めて小さいながら洋館風の家を建てたのは順《シュン》の父親だった。三人の息子があり、順《シュン》は末っ子だった。その洋館に住んで、父親がまだ生きているとき、長男の刁《ディアオ》大軍《ダージュン》は博打、次男の刁《ディアオ》福子《フーズ》はアヘンに手を出して身を滅ぼし、家は人手に渡った。

次男は早々と死んでしまったが、長男の大軍《ダージュン》は博打を打ち続け、牌《ぱい》を握って生まれたかのような天分を発揮した。三十年もの間、相手の手を読み切り、いかさまを見破って勝負を張り続けたものの、とどのつまりは家を手放し、妻は男と駆け落ちして姿をくらますことになった。この時期を、大軍《ダージュン》は〝革命の低迷期〟と呼び、電気を止められた雀荘の廃屋に移り住んだが、たまに寝に帰るだけで、ほとんどは西京の賭場、悪所に入り浸っていた。また、ある時期、債鬼に追われ、西京市南郊、長安県のどこかに生き埋めにされたという噂もある。しかし、今から十年前、〝革命の高揚期〟がついにやって来た。どういうツキが回ったのか、目をつぶれば手に切り札、上がり牌が転がりこむ。どの賭場に出かけても負け知らず、大軍《ダージュン》は常勝将軍となったが、彼が顔を出すと、みんなしっぽを巻き、そっぽを向いた。誰からも相手にされなくなった彼は、マカオに新天地を求め、〝職業賭博師〟になったという風の噂が聞こえてきた。

順《シュン》が今住んでいる家は、彼が数年前に手に入れ、少しずつ手を加えたものだ。そのころはまだ野菜を売り歩いていた。三輪車をこいで近在の畑へ行き、新鮮な野菜を買いたたいて尚芸路《シャンイールー》へ行き、高値をつけて売りさばく。かつて彼の家族が住み、人手に渡ったあの洋館が目に入る。二人の兄の不始末、不行跡を見ているから、それなりの知恵がついたのだろう。人づきあいや商いに才覚らしいものが働くようになり、思い立ったらすぐに体が動いた。野菜を売った金を蓄えて今の家を買った。小さいながら二階建てだった。安く手に入ったのは、通りに面しておらず、四方が別な家に囲まれていたからだった。彼はさらに上階を建て増ししようと思ったが、四方の隣家に先を越された。それでも無理にやれば、隣家の窓やバルコニーをふさぐことになる。話してすぐかたのつくことではない。だが、面倒な交渉をする時間もなかったし、金で解決しようとしても、その金がなく、ついにあきらめるしかなかった。

今、二階に二人の娘が住んでいる。一人は長女の菊花《ジュイホア》、もう一人は次女の韓梅《ハンメイ》だ。菊花《ジュイホア》は最初の妻が産んだ。次女の韓梅《ハンメイ》は二番目の妻の連れ子だった。韓梅《ハンメイ》は一昨年、陝西省南東部の山中にある商洛《しょうらく》学院に合格し、夏休みと冬休みを除いて実家に戻ることはまずない。だから、事実上の二階の主は菊花《ジュイホア》だ。

菊花《ジュイホア》はもうすぐ三十歳を越える。これまでずっと結婚せずに来た。理由の一つはその容貌による。顔の上部から頭が扁平にできている。金を出し、何度か整形を試みたが、写真だって原板が悪ければ修整の腕を振るいようがない。もっとも、かける金も少なかったから、わずかな修整にとどまったせいもある。狭い額は広がらず、痩せた顎《あご》には肉がつかず、結局無駄金に終わった。

その上、菊花《ジュイホア》は古怪《こかい》な性格の持ち主だった。何を考えているのか、さっぱり分からず、何をしでかすのか見当もつかない。何年か前までは人づきあいも何とかできていたが、最近は実の父親にさえそっぽを向くようになった。すぐに物を投げ、人を罵る。実の父親が持て余しているのだから、人の手に負えるわけがない。蔡素芬《ツァイソフェン》との結婚を決めたとき、彼は事前に話そうと娘に会った。その日、娘はまず親に金を無心した。新しい携帯電話を買いたいと言う。彼としてはこの際、金は出したくなかった。その携帯でいいじゃないかと言ってみたが、娘としては、今の流行は「アップル」の何とかで、今のは人前に出すのが恥ずかしいと言う。本題はその後の話だから、彼はしぶしぶ数千元を与え、ついでを装って自分の結婚話を切り出した、要領を得ぬ話し方をしながらそっと菊花《ジュイホア》の顔色をうかがうと、見たのは妖しい光を放つ猛禽《もうきん》の目だった。その口をついて出た言葉は

「あんた、病気じゃないの？」

順《シュン》は虚を突かれ、息を詰まらせた。話そうとしたが、話すいとまもなく、菊花《ジュイホア》が言葉を継いだ。

「好きにしたら。十人でも二十人でも、関係ないわよ。私を養ってくれたらね」

菊花《ジュイホア》は言い終わるなり父親を無視し、もう二度と口を開かなかった。

そもそも娘と話をきちんとしないまま、そして素芬《ソフェン》にせかれるまま彼女を家に入れたのがうかつだった。素芬《ソフェン》を家に入れた途端、家という鍋が破裂しようとは思ってもいなかったのだ。昨夜、あれだけの騒ぎを起こし、今日はどんな見たくもない風景が待ち受けているのか、順《シュン》は三輪車を玄関口につけたものの足が萎え、しばらくはサドルから降りられずにいた。

ドアをそっと開けると、中庭の様子が目に飛びこんできた。二階から投げ落とした植木鉢、茶碗、湯飲み、大皿小皿、ガラス瓶、壷、菊花《ジュイホア》があれほど気に入っていたダビデの裸像までが粉々になり、花びらを一面に散り敷いたような壮観だ。ダビデ裸像の覆うもののない下半身だけが一直線に飛んでサボテンの花を押しつぶし、鉢の中に収まっている。

泣いている素芬《ソフェン》の側で彼の目にとまったのは、割れた白磁の器に盛った二つの荷包蛋《ホーバオダン》(煮卵のような家庭料理。㊦三百二頁参照)と、ふやけてしまった麻花《マーホア》(ねじってかりかりに揚げた菓子。㊦三百二頁参照)がばらばらになってあたりに飛び散っているさまだった。二階を見上げると、しんと静まりかえって、菊花《ジュイホア》の部屋はドアが閉まっている。彼にとって世界で一番恐ろしいものは、この娘だった。いつからこうなってしまったのか、もう覚えていない。はっきりしてるのは、激しさの度合いが尋常でなくなっていることだ。二階で物を投げる音が耳に入ると、髪の毛が逆立った。幸いといえば家にいる時間が極めて短いことだった。一年中、舞台裏にこもりっきりで、わが家は旅館のようになっている。菊花《ジュイホア》はさしずめ、旅館の女将《おかみ》というところか。

家に入ると、素芬《ソフェン》はベッドに突っ伏し、まだ泣きじゃくっている。枕が半分、ぐっしょり濡れていた。あの犬は構われぬまま部屋の隅に寝そべって先の折れた足をなめている。順《シュン》を一目見るが早いか、不自由な足で彼目がけて走り寄り、身をあずけてきた。

「どうした?」

順《シュン》が聞いても素芬《ソフェン》は泣くばかりだ。彼が身を起こしてやると、彼女はさらに悲しみを募らせ、手放しで泣き始めた。

「いったい、どうしたんだ?」

「あの娘《こ》に聞けばいいでしょう」

順《シュン》は黙った。娘に糺《ただ》そうとしても、気後れが先に立っている。どうやらあの割れた白磁の皿、二つの荷包蛋《ホーバオダン》と麻花《マーホア》が関係しているらしいが、それにしてもこの惨状は、いくら何でもあんまりだ。そうでなければ、素芬《ソフェン》がこんなに取り乱すはずがない。彼女をこの家に迎える前、繰り返し言って聞かせたことがある。この家には婚期の過ぎた娘が家でとぐろを巻いている。触らぬ神に祟りなしだ。気に触ることがあっても辛抱してくれ。悶着だけは起こしてくれるなと哀願したのだ。素芬《ソフェン》は喜んで同意した。彼女が実家にいたころ、嫁と小姑《こじゅうと》の折り合いが悪く波風が絶えなかったが、彼女は一緒に住んで仲よくやって来た。だから大丈夫なのよと声を弾ませた。それなのに、この家に来たその日からこのありさまだ。順《シュン》は突然、足元が崩れていくようなめまいを覚えた。何とも切なく、寄る辺ない思いだった。

「一体全体、どうしたってことだ?」

順《シュン》は枕カバーで素芬《ソフェン》の涙を拭いてやった。彼女はまたひとしきり泣いた後、嗚咽しながら
「あの娘《こ》の……性根《しょうね》はもう……私は今朝……よかれと思って……麻花《マーホア》を買って……荷包蛋《ホーバオダン》を二つ作って……私が馬鹿だったのよ……二階へ運んだら……出て行けって……汚らわしい……色気違いだなんて……」

「もう構うな、あんな馬鹿娘。相手にするな。あんな馬鹿娘」と、順《シュン》は吐き捨てるように言った。素芬《ソフェン》はまた気を昂ぶらせ、息を呑みこんでしゃべれなくなった。順《シュン》は彼女の背中をさすりながらさらに訴えた。

「……私は言い争ったりしなかった……私は荷包蛋《ホーバオダン》をテーブルに置いて下に降りたのよ……そうしたら、二階からお皿を投げたの……私の頭すれすれに……もう少しで当たるところ……当たったら、ケガじゃすまないわ」

「あの馬鹿娘! 馬鹿娘めが!」

順《シュン》はもう切れ切れの言葉しか出てこなかった。しかし、語調は尻上がりに高くなった。

「……私は辛抱したのよ……一頃も言い返さなかった……でも、言うにこと欠いて、あんまりよ……盛りのついた猫だの……淫売だの……売女《ばいた》だの……この家から出て行けだの」

「あの馬鹿娘めが！」

順《シュン》が同じ言葉を繰り返しながら立ち上がり、外に飛び出そうとした。今にも人をたたきのめすような勢いだ。

素芬《ソフェン》は夫がやっとはっきりした立場と態度を見せたのを見て、すっかり気分が収まり、甘えるような声を出した。

「いけなかったのは私だったかしら。だって刁順子《ディアオシュンツ》、あなたという男に従《つ》いてきてしまったんですものね。もし、私がいけないんだったら、今すぐにでも出て行きます」

素芬《ソフェン》は言いながら猛烈な音を立てて鼻をかみ、起き上がろうとした。

順《シュン》の血は一挙に沸点に達したかのようだった。素芬《ソフェン》の手をしっかりと握って言った。

「いい子だから、ここでおとなしく待っていな。これでも俺はあの娘の父親だ。人の道を教えてやる」と、二階へ駆け上がろうとした。

素芬《ソフェン》は素っ気なく言った。

「あの娘は出て行きました」

「あの馬鹿娘めが！　帰って来たら、こっぴどく言ってやる。馬鹿娘が！」

彼は最後の「馬鹿娘」を思い切り声高に叫び、二階に人がいたら、耳の底まで響いたことだろう。

素芬《ソフェン》は声をひそめ、きっぱりと言った。

「あなたは家長らしく、どっしり構えていてくれればいいの。陰の帝王でいいのよ」

順《シュン》が素芬《ソフェン》の前でもう一度強がりを言って見せようとしたとき、突然、携帯が鳴った。大吊《ダーディアオ》からだ。早く戻れと言う。現場がややこしいことになって作業が止まり、順《シュン》待ちになっている。猴《ホウ》の奴がライトの吊りこみを途中にして、またぞろ梯子（ライト・ラダー）の高いところから馬鹿話を撒き散らしているとか、現場のだれた様子が伝わってくる。どいつもこいつも、あっちもこっちも、ろくでなしどもめがと、順《シュン》はやたらに腹が立って、思わず受話器に向かって怒鳴っていた。

「がたがた騒ぐんじゃない。俺が死んだら、お前たち、おまんまの食い上げだっていうのか」

大吊《ダーディアオ》が何かしゃべったようだが、順《シュン》はお構いなしに怒鳴った。

「俺がいなくなったら、天が落ちてくるのか？　すぐ行く、待ってろ。くそったれのろくでなしども！」

順《シュン》は携帯をしまうと、素芬《ソフェン》に言った。

「出かけなくちゃ。あっちでも大水、大火事警報が出た」

「あなたが行ったら、私はどうすればいいの？」

素芬《ソフェン》は順《シュン》をつかんで放さない。わざと顔を近づけ順《シュン》の痩せた肩を揺さぶった。その瞬間、彼は温かくかぐわしい女の香りを吸いこみ、突然悟った。この家の三人の女の中で。この女が一番美しいと。もうすぐ四十になるが、顔も首筋もすべすべした肌には皺も少ない。大吊《ダーディアオ》たちが「息子の嫁さん」と囃したてるのも無理はない。俺より十歳以上も若いんだ。彼女の赤く泣きはらした目が二つの桃のように見えてきた。切なさと愛しさで、彼は彼女を懐深く抱きしめた。

「家で待っていなさい。大丈夫。あの娘はあんたを取って食いやしないよ」

「いや、恐いわ」

素芬《ソフェン》はわざと彼の胸の中にもぐりこむようにして言った。

「私も一緒に行く。舞台の仕事、私も手伝うわ」

「手伝うって？　何を手伝うんだ。荒くれの職人どもの巣窟だ。取って食われるぞ」

「負けないわよ。劇場で飛行機や大砲を作るわけじゃあるまいし、連れてって」

順《シュン》はちょっと考えた。これも仕方ないか。今日の忙しさは半端じゃない。彼女を家に残し、また菊花《ジュイホア》とことを起こしたら、もっと厄介なことになる。ここは一緒に行くに如《し》かずか。

順《シュン》は仕方なく素芬《ソフェン》を連れて行くことにした。足の折れた犬もこの世の別れのように騒ぎ立てるので、三輪車の荷台に放りこんだ。素芬《ソフェン》は言った。

「犬を連れて、誰が面倒見るの？　逃げたらどうするのよ」

「どいつもこいつも逃げたけりゃ、逃げればいいさ。せいせいするよ」

四

順《シュン》が素芬《ソフェン》を伴って作業場に現れた途端、手下《てか》たちはわっとばかりに沸き立った。梯子のてっぺんでバトンにライトをくくりつけていた猴《ホウ》はぴゅーっと口笛を吹き、陽気なメロディーを奏でた。

「ありゃまあ、お熱いこってすな。哥い《あにい》、いっそお家に帰って、お勤めの続きをしたら。ここじゃ、すぐにと言われても、お床のご用意できませんからね」

冗談口などたたいたことのない三皮《サンピー》までつられて
「任しとけ、哥い。その角に皇帝のベッドがちゃんとある。皇帝とお后のお床入りだ。幔幕を張って進ぜましょう。天蓋つきとはいかないが、大丈夫、心置きなくやってくれ」

墩《ドン》は笑いながら背景のパネル板を組み立てていた。「海原の朝焼け」の場面だ。後ろに倒れないように張り物の人形立《だ》てを床にとんとんと打ちつけている。

順《シュン》は言った。

「大きなお世話だ。それより何だ、このざまは。幕一枚上がっちゃいない。ライトがやっと七対か。バトンがヒマだと、あくびしてるよ。口を動かすより手を動かせってんだ。お前ら、人を呼び出しといて、何だってんだよ？」

大吊《ダーディアオ》は何かを言いかけたが、猴《ホウ》をちらと見て、口をつぐんだ。

猴《ホウ》はしらっとして
「別に。みんな精一杯やってるよ。一々雑音を聞くことたねえよ」

猴《ホウ》の悪口を言いかけた大吊《ダーディアオ》は、別の難題を順《シュン》に持ち出した。

「みんなから文句が出た。今日の昼飯は、ありゃ何だと。劇団の制作主任の奴、瞿団《チュイトウアン》の指図を蹴飛ばしやがった。鶏腿も手羽先も牛乳も出やしない。白菜と豆腐の水煮と肉団子二つだよ。肉団子ったって、デンプンばっか、まるで肉の味がしねえ。瞿団《チュイトウアン》や哥《あに》いの面子だって丸つぶれってもんだ。人の尻ひっぱたき、ひーひー言わせておいて、さあ、どうしてくれると。次はその手には乗らねえ、もう馬鹿は見ねえよと。ここは哥いの方からきっちりと瞿団《チュイトウアン》に言ってもらわなきゃ、俺たちの腹の虫が治まらねえよ、とまあ、こういうわけですよ」

「こんなひまなことで長々と電話してきたのか。聞かされる身にもなってみろ。俺は天が落ちてきたかと思った。一体、手前《てめえ》ら、仕事のことを考えているのか、食い物のこと考えているのか」

大吊《ダーディアオ》も負けていない。

「みんなには無理を承知できつい仕事をやらせてる。腹の足しにと哥いがかけ合って、瞿団《チュイトウアン》の口から出た約束だ。それができなかったら、それを言ったお方の口にお返ししよう、とまあ、こういうわけですよ」

順《シュン》もそう思うが、瞿《チュイ》団長が一度口にした約束を、なかったことにするわけはない。団長はそんな人間ではないからだ。しかし、どこで話がねじ曲がり、こんがらがってしまったのか、順《シュン》もよく呑みこめない。団長に電話しようかとも思ったが、それは感心しない。団長と順《シュン》とは「いい関係」だとみんな言うが、大事なのは、そんな見かけよりも団長はどんな立場でものを言い、順《シュン》はどんな役割を果たすべきなのか、そのけじめをつけることだ。それは順《シュン》自身が一番よくわきまえている。ここは団長を悪者にしてはならない。遅かれ早かれ、この後始末はつけなければならないと順《シュン》は考えた。

舞台の仕込みという仕事で食っていくのに、この西京で一番のお得意はやはりこの「秦腔劇団《チンチアン》」だ。秦腔《チンチアン》はこの陝西省で生まれ育った地元の芝居という強みがあり、多くの劇団が飯の種にしている。中でも秦腔劇団《チンチアン》は公演隊がいくつもあるから、毎日といっていいほど舞台がかかる。つまり、おいしい商売になるのだ。だから、たとえ気にくわない相手がいても、気まずくなったり、ましてやぶつかったりしてはならない。何よりも現場の担当者とうまくやる方が、上層部に渡りをつけるより大事なことも忘れてはならない。一食の鶏腿、手羽先、牛乳ワンパックにかかずり合い、意地を張っていると、大局を見失う。見限られるのは自分たちの方で、即、飯の食い上げとなる。順《シュン》は言った。

「食い物のことで言い合うのはやめにしよう。人に聞かれたら笑われるだけだ。この話はこれにてちょん。場所を変えて俺に火鍋をおごらせてもらいたい。これで腹に収めて貰えるか。どうだ?」

大吊《ダーディアオ》は言った。

「そうだぜ。哥《あに》いは俺たちに借りがある。嫁さんをもらって、俺たちに喜糖《あめ》の一つ、祝い酒の一杯も振る舞わず、お床入りの鳴り物もやらせないとはな。つくづく哥いを見限ったぜ」

順《シュン》は笑った。

「ぼろ家の亭《や》主に古箪笥《ふるだんす》の嫁が来た。がたぴしの婚礼に祝い酒だの、お床入りの賑やかしだと? こっぱずかしくっていけねえよ」

バトンの作業中の猴《ホウ》は、空中から声をかけた。

「そいつはいけねえ料簡だ。遅かれ早かれ、やらざあなるめえよ」

順《シュン》は言い返した。

「手前《てめえ》ら、祝儀の一つも包んでから言いやがれ。やるからにゃ、ぱっとやるともよ。手間らの祝儀、全部ぶちこんでやる」

「哥いからゴチ(ご馳走)になるなんて、珍しいことがあるもんだ。何せ、シラミを食うときだって、足一本、分けてもらったことがねえからな」

三皮《サンピー》が幕の裏から聞こえよがしにつぶやいた。三皮《サンピー》の本名は胡波《ホーボー》という。字を書くのが苦手だ。工賃をもらって受け取りのサインをするとき、「波」の字の氵《サンズイ》を横に広げて「三」の字にしてしまい、「三」と「皮」の二文字で「三皮《サンピー》」と呼ばれるようになった。舞台の仕込みは細かい根気仕事だ。切れ目なく続く作業に注意力を切らすことなく打ちこめるのが三皮《サンピー》の取り柄だった。普段から口数が少なく、仲間は彼の存在をほとんど忘れている。そこへ幕の後ろから降ってきた彼の声はことのほか劇的な効果があった。順《シュン》は言った。

「三皮《サンピー》、屁をこくなら幕から出て堂々とぶっ放せ。俺がケチだと？　親方と呼ばれるのもおこがましいが、煙草をせびり取られたことはあっても、盆暮れの付け届け一つもらった覚えがねえ。俺の飯を食おうってんなら、手前らの尻っぺた一回ずつひっぱたかせろ」

猴《ホウ》が言った。

「哥《あに》いは貧乏くじばかり引いて出世には縁がなさそうだが、役人になったらどうなるか。賄賂、進物、付け届け、何でも来いの悪徳官吏になるんじゃねえか。和珅《ホシェン》さん（乾隆帝の寵臣。収賄によって巨万の富を得、後に自殺）も顔負けだ」

「言わせておけば図に乗って。さ、仕事だ」

順《シュン》はライトを担いで梯子（ライト・ラダー）に取りついた。舞台開口部の天井に上った。舞台を照らし陰影をつけるスポット・ライト群（シーリング）の吊りこみだ。

素芬《ソフェン》は順《シュン》について舞台に上がったものの、舞台袖で立ちすくんだ。舞台中央へ踏み込む勇気が出なかった。

順《シュン》は彼女をそこで待たせ、舞台をざっと見渡してから言って聞かせた。今の舞台は雑然として、穴だらけの大根畑だ。みんなに勝手に騒いでいる。仕事は終わりそうにない。そう見えるだろう。だがね。仕事はやっただけ形になる、金になる。仕事は体の一部だ。だから誰にも取られたくない。誰にも渡さない……。

素芬《ソフェン》はすることもなく、ぼんやり座っていたが、どうにも座り心地がよくない。三皮《サンピー》が背景幕をバトンに取りつけているのを見て、つい手伝ってみたくなった。三皮《サンピー》が途端に不機嫌になった。

「おっと、手出しは無用。姐《あね》さんは休んでいて下さい」

三皮《サンピー》がそう言うのはもっともだと素芬《ソフェン》は思った。

「やることがなくて。何か手伝わせて下さい。手間賃なんかいりませんから」

こんな弁解が三皮《サンピー》に哀れを感じさせたのだろう。彼は申しわけなさそうに言った。

「いや、そんな意味じゃなくて、姐さんはお客ですから、どこかぶらついていて下さい。でも、手出しは無用。舞台は危険な場所ですから。どこから何が降ってくるか分からない」

彼女は答えた。

「でも、面白そう」

ここのすべてが素芬《ソフェン》にとってもの珍しく、新鮮に見えた。これまでどさ回りの小屋がけ芝居を見たことがあるが、背景も道具立ても粗末《ちゃち》なものだった。それに比べると、この舞台は真に迫って美しい。近づくのはためらわれたが、芝居という作り物の世界が蠱惑《こわく》的に見えた。順《シュン》は、みんながうらやむ素敵な仕事をしているように思われた。毎日有名俳優を間近に見、口を利いたり、おつきあいだってできる。舞台の上で日にさらされたり、雨に打たれたり、風に吹かれることもない。この世の福は、このような世界に身を置いて仕事することかも知れない。三皮《サンピー》が舞台で叫んだ。

「瞿団《チュイトウアン》が来た。哥《あに》い、瞿団《チュイトウアン》が来た」

団長は三皮《サンピー》にうなずいて見せ、袖幕から前舞台の光の中に入ってきた。

三皮《サンピー》は小声で素芬《ソフェン》に説明した。

「この方は今度の興業の座元。順《シュン》とはいい仲だ」

前舞台から高いところへ声が飛んだ。

「順《シュン》よ、瞿団《チュイトウアン》がお見えだ！」

「すぐ行く」

だが、いきなり猴《ホウ》の邪魔が入った。空中で作業をしていた彼が団長にいきなり話をぶつけたのだ。

「瞿団《チュイトゥアン》、俺ら、がっかりだ。昼飯の鶏腿、手羽先、ありつけなかったんですよ。誰に食べられちまったんでしょうね？」

「どういうことだ？」

団長の声が尖った。

居合わせた者たちは一斉に昼食の弁当のひどさ、お粗末さを口々にあげつらい、食べ物の恨みを言いたてた。順《シュン》が前舞台の天井から降りてきたとき、昼食のこきおろしはすでに終わり、順《シュン》の耳には一言も入らなかった。彼は団長に大急ぎで作業の進捗ぶりを報告した。

「大丈夫、いけますよ。瞿団《チュイトゥアン》。今夜十一時には照明デザイナーに引き継げます」

「もっと早くならないか？」

「いや、無理ですね。連中、必死こいてやってますから」

瞿《チュイ》団長は何も言わず立ち去り、順《シュン》はまた前舞台の天井に上った。

それから十数分も経たないうちに、誰にも予想できなかったことだが、制作主任の劇団総務が血相変えて怒鳴りこんできた。顔を引きつらせて舞台に突進し、まくし立てた。

「順《シュン》、Fuck your mother! この野郎、汚ねえたれ込みしやがって、よくも俺の顔に泥を塗ってくれたな。豪勢な昼飯の注文をよ、間際に言われて間に合うと思うか？　いつもの定食はとっくに予約を入れてある。いつもそれでやって来たじゃないか。お前ら、口いやしく団長に取り入って、やれ鶏腿だ、手羽先だ、次はアワビの刺身かフカヒレか。よくも好き勝手言ってくれたな。そんなに仕事がしたくないんなら、とっと出て失せろ。この仕事をやりたい連中はごまんといる。毎朝、行列作って待ってらあ。俺の目の黒いうちは、二度とここで仕事できなくしてやるからそう思え」

この男は寇鉄《コウティエ》といった。万事こういう毒づき方をするから。業界の鼻つまみになっている。

怒鳴られた順《シュン》が、何が何だか分からないまま前舞台の天井から下りてきたとき、悪態の限りを言い捨てた寇鉄《コウティエ》は悠々と立ち去っていた。一体何ごとかと順《シュン》は尋ね、大吊《ダーディアオ》は瞿《チュイ》団長がさっき来たとき、猴《ホウ》たちが昼食のことを告げ口して　ああ言った、こう言ったと一通り説明した。順《シュン》は怒った。

「餓鬼みたいにがっつきやがって、情けない。勝手にしろ。食い意地を張った挙げ句がおまんまの食い上げじゃ、割に合うまいに」

順《シュン》はまたライトを担ぎ、梯子をよじ登った。手には持ち重りのする被覆ケーブルを抱えている。取りついた梯子は直角で、壁を這い上るに等しい。素芬《ソフェン》が見守る中、梯子を踏み損なって体が揺らいだりしたが、蝉のように張りついてまた上り続けた。舞台の仕込みというのは、このように危険で自分の体を苛めるものなのか。順《シュン》の体が見えなくなったとき、彼女の手はじっとりと汗ばんでいた。

素芬《ソフェン》はふと、あの足先の折れた犬を思い出した。三輪車の荷台に乗せたままにしていたのだ。順《シュン》は言った。

「犬は舞台に上がれない。こいつはちゃんと知っている。前に何回か入ろうとして、こっぴどく打たれたから、懲りてるんだ」

彼女は今、犬がちゃんと聞き分けよくしているかのぞいてみたくなった。犬が三輪車の荷台でいつまでもおとなしく待っているとは思えず、楽屋口から外に出た。見ると犬はちゃんと三輪車の荷台でおとなしく身を横たえている。順《シュン》は犬が体を冷やすのを心配して、人力の三輪車を日の当たるところに止めていた。犬は素芬《ソフェン》を見ると、素早く身を起こし、尾を振った。順《シュン》がこの犬を「好了《ハオラ》」と呼んだのを覚えていた。

「好了《ハオラ》!」

犬は尾を振り立てて喜んだ。彼女は犬の背を何度かさすってやり、順《シュン》が荷台に置いていたドッグ・フーズを食べさせた。

楽屋口からまた人の罵《ののし》り声が聞こえた。彼女は身を翻し、舞台へ急いだ。

五

騒ぎの主はやはり制作主任の寇鉄《コウティエ》だった。街の屋台で売っている鶏腿、手羽先、牛乳を運ばせ、二つの段ボールの箱を舞台の真ん中に投げ出した。寇鉄《コウティエ》は段ボール箱を蹴りながら言った。

「食え、順《シュン》。たらふく食え。死ぬほど食いやがれ。二度とたれ込みができないようにな。二度とお前のろくでもない舞台を見たくもねえ」

前舞台の天井で埃まみれになっていた順《シュン》は、腰の手ぬぐいで汗をぬぐって言った。

「寇《コウ》主任、俺が瞿団《チュイトゥアン》にたれ込みをするような男に見えますか。ここの野郎どもだってそんな下司《げす》な根性は持っちゃいない。ましてこの仕事が続けられるのも寇《コウ》主任のおかげじゃないですか。この恩義を忘れて陰口なんかきいたら、天罰が当たりますよ。さっき瞿団《チュイトゥアン》に飲み食いをせびった奴らは、俺が張り倒しておきました。ここじゃ何ですので、機会を改め門前をお借りして、詫びを入れさせてもらいます。どうか寇《コウ》主任、お腹立ちもありましょうが、俺たちの至らぬ点は未熟者のなせるわざとお笑いいただき、お許しいただければ……」

寇鉄《コウティエ》主任はちっちっと舌を鳴らし、

「また、その一手か。図に乗るんじゃねえ。どうするかは俺が決める。最後の仕事はちゃんとやれ。まあ、食えよ。さっさと食って仕事して、とっとと出て行ってもらおうか。どっか顔の見えない遠くへな」

寇鉄《コウティエ》はすさまじい形相で立ち去った。

猴《ホウ》は舞台高所の天橋《ブリッジ》(作業台)で作業していた。そこは橋形をした吊り物で、舞台間口と同じ長さを持ち、幅は八十センチほど。昇降装置がつき、作業用の通路や足場として用いられる。

寇鉄《コウティエ》主任の足音が聞こえなくなると、猴《ホウ》がまたぶつぶつ言い始めた。

「威張り散らして、よく制作がつとまるもんだ。ご大家の旦那気取りか、団長にでもなったつもりかね」

順《シュン》はここで一発、猴《ホウ》に〝教育的指導〟をかまさなければならないと考えた。

「猴《ホウ》よ、ちょっとの間、そのろくでもない口を閉じてくれないか。お前がしゃべらないからって、誰も困らないし、心配もしねえよ。手前《てめえ》は楽して金を稼ごうって魂胆だが、俺が楽できないのはお前の口のせいなんだよ。いつもお前の口が災いして、尻ぬぐいは俺だ。仕事は黙ってちゃちゃっとやれ。ここは放送局じゃねえんだ。口でなくて手で仕事しろ」

順《シュン》がそう言い置いてまたライトを担ぎ梯子を登り始めたとき、猴《ホウ》が天橋《ブリッジ》の上から大吊《ダーディアオ》に喧嘩を売ってきた。

「おい、大吊《ダーディアオ》、いつも親方気取りの大吊《ダーディアオ》さんよ、どうなんだ？　俺は間違ったことを言ったか？」

舞台最奥のホリゾント幕を照らすスポット群の吊りこみにかかっていた大吊《ダーディアオ》は、天橋《ブリッジ》の猴《ホウ》に向かって怒鳴った。

「しゃべろよ。好きなだけしゃべれ。いくら嫌われようがお前はへっちゃらだろう。腕自慢のお前のことだ。誰がどうなろうと、自分は食いっぱぐれねえ、そう思ってんだろう。せいぜい稼ぐがいいや」

「こんなはした金、稼いでどうする。おいら、もうあきあきだよ。おしゃべりはお前に任せた」

猴《ホウ》は悪態をつきながら、天橋《ブリッジ》の昇降機を大音響で昇降させながら、ブリッジの揺れる足場の上、舞台間口の左端から右端までくるりくるりと、とんぼ返りをして見せた。サーカスのような身ごなしだ。

猴《ホウ》の腕前は「順《シュン》組」の中でぴかいちだった。とりわけ高所での作業にかけて、彼にかなう者はいない。この自負心があるから、工賃が大吊正《ダアディアオジョン》に負けていることが癪の種だった。大吊《ダーディアオ》は猴《ホウ》より一年半の先輩に当たるのを幸いに、まるで順《シュン》の片腕か大番頭のように振る舞い、順《シュン》がいないときは笠にかかった命令口調になる。こんなとき、猴《ホウ》はわざとのろのろ、かったるい素振り、やる気のなさを見せつける。口を開けば聞こえよがしに不平たらたら、新参の者には仕事そっちのけで猥談、冗談を連発して笑わせ、ずっこけさせる。これというのも、号令をかけたがり、仕切りたがり、威勢を張りたがる大吊《ダーディアオ》に水を差したいからだ。猴《ホウ》が仕事師として認めるのは順《シュン》一人だけだった。他の者たちは猴《ホウ》に当たらず障らず一定の距離を置いていた。さっき順《シュン》が猴《ホウ》を怒鳴ったとき、大吊《ダーディアオ》はこれに調子を合わせて吐き捨てるように言った。

「ぺらぺらと、くその垂れ流しだ」

その声は低かったが、猴《ホウ》の耳にはっきりと届いていた。かっとなった彼は空中から猛爆撃をかけ、大吊《ダーディアオ》にありとあらゆる悪口雑言を浴びせかけて大吊《ダーディアオ》を黙らせた。

順《シュン》も知っている。大吊《ダーディアオ》と猴《ホウ》はウマが合わない。ことごとに角突き合わせる。勝手にやらせておけと彼は思う。但し、仕込みに差し障りがなければだ。こんな場面が何年も繰り返されたが、大事に至らずその都度切り抜けてこられたのは、順《シュン》が仕事へのしわ寄せを一人で背負《しょ》いこんできたからだ。やれやれと思いながら忍の一字あるのみだった。何につけても真っ先切って現場に身を挺し、手下《てか》たちを引っ張ってきたから、仕事に穴を開けたことはただの一度もない。

そうはいっても、彼にとって最も骨身にこたえるのは、重いスポットライトを担いで移動用の梯子（ライト・ラダー）をよじ登ったり、バトンに吊り下げたり、ステージサイドの鉄のスタンドに組みこんだりする仕事だった。彼は自分で五十馬力をもって任じている。五十キロもの鉄の塊を担ぐのは苦でもない。だが、いつか必ず、それがかなわなくなる日が来る。そしてその日からこの一隊を引っ張り、背負って立つことはできなくなる。だが、できるうちはやるしかない。重たいものを担ぐことが彼の発言権を保ち、管理能力を確保することになるのだから。

夜の十一時になっても、あちこちがまだ作業半ばだったが、照明だけは何とかけりをつけた。照明デザイナーが来たときにはすべての調光ユニットに回路がつながっていた。順《シュン》はこのデザイナーの性格をよく心得ていた。もし、彼が来たときに現場がまだもたもたしていたら、ぷいとどこかへいなくなり、たとえ瞿《チュイ》団長が呼ぼうが二度と姿を現さない。この丁《ディン》というデザイナーは全国に名の知られた売れっ子で、一作品のプラン料は税抜きで十五万元（約二十六万円）、びた一文負けない。一つの現場に二晩以上とどまることはなく、耳を揃えた現金を鷲づかみにしてさっと姿を消す。全国規模の演劇祭がある時期は二つ三つのかけ持ちはざらで、今夜は海南島、明日は新疆《しんきょう》へと飛び回る。この巨匠が自分で言うには、時給が五千元（約八万五千円）。月に十日かそこらで十五万元の荒稼ぎは順《シュン》のほぼ年収分に相当し、彼がいくら舌打ちしようが追いつく額ではない。

丁《ディン》デザイナーは順《シュン》を知ってはいるが、彼は現場にいるよりも移動の機中にいる時間が長い。劇団がこの大物を起用するときは、よほどの大作、「重点演目」に限られていたから、丁《ディン》先生の順《シュン》に対する認識は、順《シュン》という人物の裏表を知り尽くしている劇団員には遠く及ばない。順《シュン》の印象では、丁《ディン》先生は相手の目を見て話したことがない。いつも自分の方から話をさっさと進め、場面ごとの照明を作り、仕込みの修正、操作の段取りを固めるといったやり方だった。

このデザイナーにいい仕事をさせるには、何よりもほめ言葉が一番だ。順《シュン》は相手を見る目に長《た》けている。彼を満足させたいと思ったら、機嫌のいいときにさっと近づいて指示を仰ぐ。しかし、一旦へそを曲げると、たとえ瞿《チュイ》団長でも手に負えない相手だから、そんなときは彼の方から姿を隠す。ここは猴《ホウ》の出番だ。彼なら自在に対応し、相手を持ち上げ、気をそらさずにその気にさせる。だから丁《ディン》先生の目には、順《シュン》よりも猴《ホウ》の覚えがめでたかった。

今夜の仕込みに丁《ディン》先生は満足のようだった。運動着を着て、トレーニング・ルームで一汗流してきたという。髪の毛が以前はベートーベンのようだったというが、今は後頭部にわずか残すのみとなり、日に日に薄くなっている。夜更かしがたたってハゲタカになったとは本人の説明だ。かろうじて後ろに束ね、ちょろりと垂らしたお下げは、弁髪というよりネズミのしっぽに似ている。彼のアシスタントがぴったりと寄り添い、手には赤牛の鞄、もう片方に持った湯飲みは砲弾ほどもあって、中にポットが入るような大きさだ。

制作主任の寇鉄《コウティエ》主任も顔を出し、その手には炒り豆をいれたビニールの袋をぶら下げている。順《シュン》は知っている。これは丁《ディン》先生の仕事の友なのだ。明かり合わせ《シューティング》をしながら、その手は無意識のうちに炒り豆をまさぐっている。一粒一粒念入りに咀嚼《そしゃく》し、嚥下《えんげ》する。これは林彪《りんぴょう》（毛沢東らと紅軍を作り、のちにクーデターを企てて死亡）の真似だという説もあり、それは誰の真似でも構わないが、夜っぴて豆をかじるうち、なくなったときが厄介だった。とろ火の火加減で進んできた仕事が強火に変わる。たちどころに無理難題、矢の催促が降り注ぎ、息づまる空気の中、誰も休憩を言い出せなくなってしまう。だから、劇団総務、制作主任たる者は炒り豆の減り具合に絶えず気を配り、残業が終わっても袋に半分以上を残すようにしなければならない。

丁《ディン》先生が席に着くと、アシスタントがすかさず台本と照明の仕込み図を広げる。瞿《チュイ》団長が何ごとか説明すると、寇《コウ》主任は声高に指示を出す。

「明かり合わせを始めます。舞台では誰も動かないで。誰だ、張り物《パネル》を動かしてる奴は。下ろせ、下ろせっていうんだ。明かり合わせだぞ」

順《シュン》は丁《ディン》先生の上機嫌を見定めて、そっと側に寄り、耳打ちした。

「丁《ディン》先生、先生の仕込み図通りに仕上げましたが、もし、不備がありましたら、どうかおっしゃって下さい。どのようにも調整いたします」

丁《ディン》先生は台本に見入ったきり、順《シュン》には目もくれない。順《シュン》は立ったまま身じろぎもしないで返答を待つ。しばらくして、丁《ディン》先生が声を発した。

「ええと。あいつは何といったたっけ。ほら、あの痩せた奴……」

彼は答えた。

「ああ、猴《ホウ》ですね。舞台で先生の仰せを待っています。猴《ホウ》、猴《ホウ》よ。丁《ディン》先生がお呼びだ」

順《シュン》が言い終わらぬうちに、猴《ホウ》は奥舞台から額縁《プロセニアム》の前に出てきた。照明の光を受けて舞台の下がよく見えない。手をかざして目を凝らす猴《ホウ》に順《シュン》は言った。

「早く来い。丁《ディン》先生がお呼びだ」

猴《ホウ》が舞台から飛び降りようとしているのを丁《ディン》先生は制して言った。

「降りなくていい。サス合わせ（舞台に吊ったサスペンションライトの明かり合わせ）から始めよう」

このサス合わせが照明を作る上で最も時間がかかり、神経を使う苦しい作業になる。丁《ディン》先生は言った。

「まず第一サスの十五灯全部、十五センチ首《くび》下げ（灯体を下げて後ろへもっていく）だ。第二サス、第三サスも同じくだ。四十三号バトンのバックライト八灯、四十五号へ移す。上手二袖《かみてにそで》（二番目の袖幕）にビーム（スポット）ライト六灯追加、下手《しもて》三袖にフレネル（柔光）レンズ二基追加、いや四つだ」

丁《ディン》先生は砲弾型の湯飲みを取り出して茶を注ぎ、一口すすってからゆっくりと炒り豆を噛み始めた。

何だ、これは？　順《シュン》はこみ上げる怒りに口がきけなくなった。丁《ディン》先生の仕込み図通りきっちり仕上げた仕込みを、たったの一言で、あっさり総取っかえときた。サス位置の直しは灯体をこじる（いじる）ことになり、機材を傷め、ランプのフィラメントが切れる原因になる。何よりも時間がかかり、リハーサルの時間がすべてがこの作業で終わってしまうことさえある。今夜の航海は海図のない海に乗り出すようなものだ。腹の中は煮えくりかえったが、口に出した言葉は別だった。

「はい、了解、合点承知の助。丁《ディン》先生、ご心配なく。すぐかかります」

業界には「サス位置の〝直しの直し〟はやらない」という暗黙の申し合わせがある。やむを得ない、一度の直しには応じようと順《シュン》は腹を決めた。瞿《チュイ》団長も寇鉄《コウティエ》もことの重大さは承知しているはずだ。順《シュン》はまず団長のところへ行った。

「大丈夫、ちゃんとやりますよ」と言いながら言葉に針を含ませた。

「俺らは丁《ディン》先生のご指定通りにやったんですがねえ。それを変えるとおっしゃるんなら変えましょう。苦力《クーリー》は苦力《クーリー》らしく力の出し惜しみはしませんよ。ご心配なく。瞿団《チュイトウアン》のためならえんやこら、四の五の言いませんが、ただ瞿団《チュイトウアン》が含んでおいて下されば、それでいいんでさ」

「頼む、やってくれ」と団長に促された順《シュン》だが、もう一人、当てつけたい人物がいる。ぐるっと回って劇団総務の寇鉄《コウティエ》の前に足を運び、しおらしく言った。

「寇《コウ》主任、丁《ディン》先生の仕込み図通りにやったんですがねえ。しかし、丁《ディン》先生は芸術家だ。いつ何時、霊感が閃いてもおかしくない……」

「分かった、分かった。仕事にかかってくれ」

寇《コウ》主任は順《シュン》から目をそらし、ただ手をひらひらさせさせるだけだった。順《シュン》はさっきの気詰まりを少しも見せずにいった。

「寇《コウ》主任、ご不快はごもっともですが、取るに足らない奴の不始末、勘弁して下さいよ。日を改めてお詫びに参上させていただきます」

寇《コウ》主任は、もうどうでもいいといった素振りで横を向いた。順《シュン》が舞台に上がったとき、大吊《ダーディアオ》は袖幕に隠れながら小声で毒づいた。

「あの照明野郎。しらっと涼しい顔で言いやがる。口で言うのは簡単だが、やる側の身にもなってみろってんだ。俺らを寝かせないつもりか」

順《シュン》は慌てて制した。

「声が高い。俺たち苦力《クーリー》は、くそ力を売ってなんぼの商売だ。いただくものは、がっちりいただくんだ。さ、仕事、仕事」

順《シュン》はそういいながらスポットライトを二つ担いで天橋《ブリッジ》に上がった。大吊《ダーディアオ》は腹いせに手近にあったライトの収納箱を力任せに蹴った。まさかのことに、箱が勢いよく滑り出し、運悪くぶつかったのが、舞台袖に立っていたスポットライトのスタンドだった。スタンドが倒れ、パーンと派手な音を立てて電球が割れた。客席から寇《コウ》主任の怒声が飛んできた。

「どうした？　何があった？」

大吊《ダーディアオ》は大慌てで返事した。

「何でもありません」

大吊《ダーディアオ》は知っている。今日はついていない。この電球は輸入物で三百二十元（約五千五百円）はする代物だ。今夜の稼ぎはこれで吹っ飛んだ。今度はあたりに人がいないのを見澄ましてもう一度、輸入もののスピーカーを思うさま蹴飛ばした。足の裏にずんとした痛みが走り、転びそうになりながらその場にうずくまった。

蔡素芬《ツァイソフェン》は舞台袖の空間で三皮《サンピー》の仕事を手伝っていた。夜中過ぎに至るまで順《シュン》と何度か目が合ったが、彼は猿《ましら》のように高いところに上ってはまた降り、降りてはまた上って、素芬《ソフェン》に何の合図も送ってこなかった。

客席の暗闇の底から「明かり合わせ《シューティング》」の声がかかったとき、舞台に突然、色彩が乱舞した。変幻自在とはこのことか。舞台に次々と現れては消える光の魔法だ。素芬《ソフェン》は不思議の念に打たれ、舞台に目を凝らした。子どもが珍しいものを見たときのような目だ。これに気づいた三皮《サンピー》は、ほら、いいから、客席に下りて見てご覧、面白いよと、彼女に勧めた。彼女は人目につかないよう客席前部の片隅に体を縮こませた。息をこらし、舞台を見つめているうち、いつしか眠っていた。しばらく経って、何かを着せられているのに気づいて、はっと目を覚ました。見ると、順《シュン》が上着を掛けてくれていた。舞台では相変わらず魔法のような光景が続いているのに、仕込みの人たちはおし黙り、無表情で客席に降りてきた。めいめいに場所を探して仮眠を取ろうとしている。素芬《ソフェン》が何時かと尋ねると、五時だ。もうすぐ夜明けだと声がする。彼女はさらに聞いた。

「仕込み、もう終わったの？」

「ライトはみんな仕込んだ。明かり合わせもまずまずだ。俺はちょっと眠らなくちゃ。朝八時には演出家が来る。こいつが厄介だ」

「それじゃ。上着を着なくちゃ。私はもう寒くない」

「いや、いらん。いつ呼ばれるか分からんし、呼ばれたら、すっ飛んでいかなくちゃな。着たり脱いだりしていたら風邪をひく」

順《シュン》はわざと照明デザイナー近くの席に腰を下ろし、膝に突っ伏して束の間の寝につこうとしている。後頭部にネズミのしっぽを垂らした照明デザイナーは、素芬《ソフェン》の目には田舎の老いぼれにしか見えなかった。しかし、ここにいる人たちは皆、この世に二人といない天才だと言う。

もうすぐ六時になろうというとき、この天才が突如、大声を発した。

「おーい、第一サスのあの十五灯、首下げしたが、また十五ミリ上げてくれ。それから、四十五号に移したバックライト八灯、元通り四十三号に戻してくれ。早いとこ頼むぞ。ぐずぐずしてると間に合わないからな」

ついにやらかした。サス位置の〝直しの直し〟をやらかした。素芬《ソフェン》が見ると、順《シュン》は朦朧としながらもがばと身を起こし、足をふらつかせながらも、しかし、決然と舞台に上がっていった。やった作業がまた一からやり直しだ。

六

菊花《ジュイホア》もまた家の外で眠らぬ一夜を過ごし、空が明るみかけたころ、家に戻った。父親が家に寝に帰らない日々はもう慣れっこになっていた。父親は軍支給のぼろ外套を三輪車の荷台に放り込み、一年中、夏も冬も、特に公演の前後はこれにくるまって劇場のどこにでも犬ころのように寝っ転がる。家のベッドで眠るのは夜が明けてからになるが、これがこの父親の習慣になることはなかった。この家は菊花《ジュイホア》が一人で守っていた。だが、今は菊花《ジュイホア》もあまり家に居ない。夜は外で麻雀を打つか、友人たちとカラオケ・ボックスで歌って夜を過ごす。

菊花《ジュイホア》にとって、もうすぐ五十になろうとする父親が三番目の妻を迎えようとは思いもかけぬことだった。話だけかと思っていたら、まさかのことに本気だった。彼女が我慢ならないのは、この女が自分より八、九歳しか年上でなく、しかも容色に恵まれていることだった。冷静に見ることができたなら、人並みを超えて、相当な〝美形《びけい》〟と言えるだろう。年齢より若く見えるその容貌は、女の目から見ても妖婉《ようえん》でさえある。特にその胸はジャケットのボタンを弾いて転《まろ》び出すような豊満さで、見る者の目を瞬《しばた》かせる。人々の噂話はさらに誇張されて背徳の香りを添え、さらに怪しげな扮飾を施されて聞く者をたじろがせ、また身を乗り出させるのだ。菊花《ジュイホア》がふと耳にとめた話は、順《シュン》が連れ込んだ女は菊花《ジュイホア》の姉なのか、それとも妹なのかという詮索だった。こうなってみると、全身から妖気を発散するメス犬にこの家の敷居をまたがせるのは、菊花《ジュイホア》にとって到底我慢のできないことだった。

たった十数時間の間に、菊花《ジュイホア》は二階の投げ捨てるべき物すべて捨て、打ち壊すべき物すべてを壊した。この家に入りこんだ女は鉄面皮《てつめんぴ》をしている。菊花《ジュイホア》のご機嫌を取ろうと、朝食まで作り、わざとらしく捧げ持って二階まで運んできた。この女が綱と頼む男は舞台の仕込みに出かけている。菊花《ジュイホア》は猛毒を含ませた悪口雑言の限りを吐きかけた。毒が効いているのか効いてかないのか、言葉を費やせば費やすほど苛立ちが増した。突然、素芬《ソフェン》の表情がゆがみ、やっと泣き声が漏れた。菊花《ジュイホア》は鼻歌を歌って家を出た。仲間が待っていた。行き遅れの娘たちと一緒に映画館を二軒梯子《はしご》した後、カラオケボックスで歌い、酒を飲み、夜が明けるころ散会して、めいめい家路についた。

菊花《ジュイホア》家に帰り着いたとき、入り口に鍵がかかっていた。さては毒矢の毒が回って、とんずらしたか？二階から放り出されて割れた白磁の器、崩れた二つの荷包蛋《ホーバオダン》、干からびてねじ曲がった麻花《マーホア》が中庭に残骸をさらしている。彼女は順《シュン》の部屋にちらと目を走らせた。カーテンは開けっ放し、ベッドに人の姿はない。あのお騒がせ女は、いたたまれなくなったのだろう。彼女はわざとドアを数回蹴ってみた。足折れ犬もいない。ははあと彼女は合点した。女も犬も男に連れられて劇場の仕事場へ行ったのだろう。

菊花《ジュイホア》はふと気づいた。家に入った途端、さっきまで全身に漲っていた高揚感、戦闘気分が抜けていたのだ。階段を登る両足が急に重く、やっとのことで体を持ち上げ、部屋のドアを開けた。日本式の畳のベッドにぐったりと座りこみ、鏡を取り出してのぞくと、疲れた顔に昨夜の化粧が崩れ、見るに堪えない。彼女は突然鏡を放り出し、大声で泣き始めた。何を泣いているのか分からなかったが、救いのない無残な状況に変わりはなかった。昨夜、同病相憐れんだ行き遅れの女たちよりずっと不幸せに思えた。

菊花《ジュイホア》は今にして思い出す。彼女の父親は公演の度ごと、三輪車で劇団と劇場を往復し、舞台の幕や衣裳、道具類の積み卸しを請け負っていた。その当時、劇場の仕込みは劇団のスタッフが自分たちでする仕事だった。演劇という芸術をやらかそうとする者が、どうして舞台作りを他人に任せられるだろうか。そんな高揚感のあった時代だった。彼女の父親は劇団の荷物だけではなく、街の露店などで仕入れた品物を人の家に届けたり、重いガスボンベを配達したりもしていた。

菊花《ジュイホア》は三輪車に乗せてもらうのが大好きだった。彼女の父親は三輪車を飛ばし、他の車と競争したり、追い抜いたりして得意そうだった。菊花《ジュイホア》が一番喜んだのは、劇団の大道具、小道具類、背景幕の積み卸しのとき、それを全部広げて見せてくれることだった。彼女はそれを好きなだけ見たり、触ったりして遊ぶ特権が許されていた。芝居で使う帽子をかぶって俳優の仕種《しぐさ》を真似て見せると、大人たちは大喜びでやんやの喝采を送り、彼女は得意の鼻をうごめかした。劇団の大人たちが食事に出かけるとき、彼女をおだてて留守番をさせるときもあった。

菊花《ジュイホア》の母親は、彼女の記憶の中で、毎夜、帰りが遅かった。たまにはホットドッグやサンザシの飴を持ち帰ることもあった。翌日の昼過ぎまで眠り、化粧してまた出かける。唇はいつも真っ赤な血の色に塗っていた。彼女が六歳の時のある日、彼女が学校から帰ってくると、父親が彼女を抱きしめ、泣きながら言った。

「母さんが逃げた」

菊花《ジュイホア》は尋ねた。

「母さん、どうして逃げたの？」

「父さんを嫌いになったんだ。貧乏してぼろ三輪に乗っているから」

菊花《ジュイホア》は泣くしかなかった。彼女の母親は二度と戻って来ず、次第に母親のいない暮らしに馴れていった。

菊花《ジュイホア》と父親は頼り合い、支え合って生きてきた。普段は学校へ通い、休日は父親についてあちこちの劇団へ遊びに行った。そのころからどこの劇団も所属の団員たちが自分で劇場の仕込みをやらなくなっていた。夜、父親が仕込みで劇場にこもりっきりになるとき、彼女は一人で家にいるのは恐いから父親と一緒に舞台の袖で寝た。多くの劇団員やその家の子どもまで、菊花《ジュイホア》が順《シュン》の子どもであることを知らない者はなかった。だが、彼女がもう少し大きくなって、みんながこの子は順《シュン》とあの母親の娘だと話し出すとき、その目配せ、そのうなずき、その含み笑いの中に別な意味が含まれていることを理解できる日が来た。彼女はそれ以来ぷっつりと人と交わらず、劇団にも行かなくなった。

菊花《ジュイホア》の二番目の母親は、彼女が中学に入ったときにこの家に来た。父親は後妻をもらうことを前もって娘に伝えた。

「お前に新しいママを見つけてやったぞ。ご飯を作ったり、洗濯をしたり、パパはとても手が回らない。外で金を稼がなけりゃならないからな」

しばらくして、後妻が来た。女の子を一人連れていた。名前は韓梅《ハンメイ》。菊花《ジュイホア》を「姉さん」と呼び、二人はすぐ仲良しになり、一緒に楽しく遊んだ。だが、菊花《ジュイホア》が高校の受験に失敗して韓梅《ハンメイ》が合格し、大学へも進学してから二人の仲は疎遠になった。後妻が五年前に子宮癌でこの世を去ったとき、菊花《ジュイホア》はちゃんと娘らしく服喪した。

菊花《ジュイホア》が何としても許せないのは、三番目の蔡素芬《ツァイソフェン》という女だった。素芬《ソフェン》が身を置く場所はこの家のどこにもなく、叩き出すしかない。たとえ今回の騒ぎが父親の心を傷つけようと、もう構っていられない。血のつながっていない妹が高校に入ってから、彼女の心の中にこれまで愛し続けた父親を恨む気持ちが芽生えていた。血のつながらない子の方が実の子より可愛いんだ。ふん。後妻が死んだ後、貧乏していると言いながら韓梅《ハンメイ》を商洛《しょうらく》の大学に進学させたことも意外だった。ふん、秦嶺《しんれい》山脈の向こうの田舎大学に入ったぐらいで会う人ごとに自慢している。この子は何て頭がいいんだ。大学で本を読むんだからな。ふん、山の中の学校が大学だって？ 後妻の連れ子が娘だって？ 順《シュン》がまた娘自慢を始めたとき、その脂下《やに》がった顔に、唾を吐きかけたくなった。そして、父親のその顔。奴隷の相をしている。人にはぺこぺこ這いつくばって、ますます卑しく見える。自分が結婚相手が見つからずにもうすぐ三十になろうとしているのも、この奴隷の相の祟《たた》りに違いない。あのふしだら女の顔も二度と見たくない。父親が泣こうがわめこうが、彼女の決心はすでに固い。あの女をこの家から追い払ってやる。

菊花《ジュイホア》は涙の中に思いをくぐもらせ、泣き疲れて眠ってしまった。夢の中であの蔡素芬《ツァイソフェン》が芝居の一場面のように花嫁の輿《こし》に乗っている。父親は昔の宮廷服を着、馬の鞭を手に揺らしている。その女がこの家に輿入れすると、父親は迷魂湯《ミーフンタン》（マインド・コントロールする薬湯）を飲まされたみたいに、その女一人のために一日中べたべたとかしづいている。それどころか、菊花《ジュイホア》にすぐ出て行けという。彼女が家を出ようとするとき、その女は熱湯に浮かべた荷包蛋《ホーバオダン》と麻花《マーホア》を捧げ持ったかと思うと、いきなり彼女の背中にぶちまけ……菊花《ジュイホア》は目を覚ました。彼女は背筋を伸ばして座り直し、壁と向き合って惚《ほう》けている自分に気づいた。

彼女の頭の中は、あの女を駆逐する計画が高速で回転していた。

七

朝の八時、演出家が来た。順《シュン》とその一隊は約束通り、仕込んだ舞台を演出家に引き渡した。

この演出家は五十過ぎの女で、体重は百キロを超える。彼女が座る椅子は特注品だった。この演出家の取り柄は偉ぶらないことだが、決しておとなしいわけではない。それは後で分かる。台本と大ぶりな陶器の湯飲みを持参し、湯飲みには赤い漆を吹きつけた文字がまだらに見える。「知識青年上山下郷好（一九六〇年代末期、毛沢東の大号令に熱狂した大都市の中学や高校の知識青年たちは率先して農山村に入り肉体労働を自らに課した）」とかすかに読めた。

演出家は巨体を揺らして舞台に上がった。視線をあちこちに走らせながら舞台を歩き回り、まず順《シュン》の名前を呼んだ。彼はあわてて彼女に歩み寄った。

演出家の名前は斬《ジン》といった。みんなは「斬導《ジンダオ》」と呼んでいる。順《シュン》もこう呼ぶが、演出家の前では老師《ラオシー》（大先生）をつけ加え、尊敬の念を表す。演出家は言った。

「順《シュン》よ、三番目の紗幕、梅の花の。四番目の後に移してよ。前過ぎるでしょ。これじゃ中が丸見えじゃない」

「斬老師《ジンラオシー》、分かりました。大丈夫、すぐです。リハーサルに間に合わせますからね」

順《シュン》は何人かを引き連れ、中空の天橋《ブリッジ》に登った。ここを足場に作業をするのだ。

素芬《ソフェン》が、うつらうつらしているうちに朝の八時が過ぎた。演出家や出演者スタッフたちが次々とやってくる。彼女は身を起こし、椅子に背筋を伸ばした。しばらくすると、客席前方に百人もの人数が集まった。みんなてんでにばらけて座っている。もっと真ん中に集まるようにと誰かが何度も声をからしたが、何人かが不承不承、中寄りに席を移しただけで、みんなばらばらのままだ。

瞿 団《チュイトウアン》と呼ばれる男がまず一同に話しかけた。素芬《ソフェン》はよく聞き取れなかったが、大概のところは分かった。今夜の公演は重要である。何人かの外国人が見にやってくる。もし、彼らの気に入れば、外国へ行くのも夢ではない。中国の各省、各都市、我こそはと競い合っている。この競争を勝ち抜くのは容易ではない。今回は外国の田舎《どさ》回りではない。ヨーロッパの大国家、大都市の大劇場に招聘《しょうへい》されるのだ。中国演劇の粋を見せる絶好の機会になる……。

素芬《ソフェン》の近くに座っていた二人がひそひそとしゃべっているのが聞こえた。

「聞いてるか。外国の呼び屋《プロモーター》を呼んで調子のいいことばかり言ってるが、奴らのやり口は産婦人科の医者と同じだってな。あそこをいじくり回すだけ回して、はい、それまで、さようなら。取り上げた赤ん坊を誰も見たことがない。要するにやり逃げだよ」

団長に続いて、演出家がまた巨体を揺すりながらしゃべり始めた。素芬《ソフェン》は彼女がどんな演出家なのかは知らないが、その面構えはふてぶてしいまでに小揺るぎもしない。彼女は開口一番、こう切り出した。

「ここ数年、外国の呼び屋にやり逃げされたという話は聞いていない」

素芬《ソフェン》は自分の耳を疑った。会場からどっと笑い声が上がったのを受けて靳導《ジンダオ》は言葉を継いだ。

「連中はまた来た。瞿 団《チュイトウアン》によると、マッチョでセクシーなひげ面らしい。選ばれた劇団はロンドンのロイヤル・オペラハウスに招聘されるらしいが、わが国の志操堅固な女性が奴らにやられちまわないことを祈るばかりだ」

演出家の一言一言に、爆《は》ぜ返るような笑い声、拍手、口笛が湧き起こった。素芬《ソフェン》はその言葉の裏にどんな当てこすり、ユーモアがあるのか解《げ》せなかったが、この巨体の女が聞き手の心をつかみ、揺さぶる力を持っていることを感じさせられた。斬導《ジンダオ》の話が終わると、劇団員たちはすぐさま手分けしてリハーサルの準備にかかった。見ると、順《シュン》が真っ先切って舞台に上がっていた。客席天井の照明《シーリング》に照らされ、手で光りを遮りながら大声で演出家に尋ねた。

「斬導《ジンダオ》、斬老師《ジンラオシー》、梅の紗幕はこれでよろしいですか?」

演出家から一声。

「OK!」

順《シュン》がさらに尋ねた。

「紗幕の灯りが足りなくなりました。夕べはボーダー（ライト）が当っていたんですが、紗幕を後に移しましたからね。いかがでしょう。第二ボーダー、ほしいところですが……」

客席の暗いところで笑い声が起こった。

順《シュン》は慌てて言葉を補った。

「いや、余計なことを言いました。これは丁《ディン》老師、丁《ディン》老師の領分です。差し出がましいことを言って、申しわけありません」

演出家の大声が返ってきた。

「いや、差し出がましくない。よくぞ言ってくれた。それ、いただきだ。瞿団《チュイトウアン》、これからは順《シュン》を照明屋《あかりや》、いや照明テクニカルと呼ぼう。プロも真っ青だ」

演出家は照明デザイナーの名前を呼び捨てにして命令した。

「おい、丁白《ディンバイ》、紗幕の明かりを何とかしろ」

徹夜の疲れで炒り豆をつまむ手が止まっていた丁白《ディンバイ》デザイナーは寝ぼけた声で答えた。

「分りました。サス（ペンションライト）は第一、第二、両方いきましょう」

誰かが拍手しながら言った。

「やった。順《シュン》のプランが通っちまった。丁老師《ディンラオシー》が二基、ＯＫだとさ」

順《シュン》は後頭部を左右にかくっかくっと振り、早々に舞台裏へと姿を消した。

通し稽古が始まった。順《シュン》率いる一隊にやっと休息が訪れた。順《シュン》は舞台袖から客席に降り、素芬《ソフェン》の前にやってくると、彼女に包子《バオズ》を数個手渡した。素芬《ソフェン》はきまりが悪くて、「おなかいっぱい」と言うと、彼はそれをむしゃむしゃと自分の腹に収めた。彼としても素芬《ソフェン》と並んで座るのは具合が悪い。後で劇団の人間から冷やかされて何を言われるか分からない。数列前に移り、座った途端、爆睡に陥った。楽団や俳優たちがどんなけたたましい音を立てようが、もう彼の耳には入らない。

もし、素芬《ソフェン》がその目で順《シュン》の仕事ぶりを見なかったら、仕込みという作業がこんなに厳しいものだとは分からなかっただろう。見たといっても、途中居眠りもしたが、順《シュン》の方は働きづめに働いていた。彼女は順《シュン》が昨夜掛けてくれた上着を彼に着せてやろうと思ったが、やはりきまりが悪かった。ここの人たちはみな目ざとく、また口さがない。暇さえあれば、悪い冗談口を叩き合い、特に順《シュン》が恰好の標的になっているようだ。下手すると、またその餌食になる。彼女は人の注意を引きたくなかった。それなのに、あの演出家がまた大声を発した。

「ストップ、ストップ。おい、順《シュン》、順《シュン》よ！」

順《シュン》は眠りこけている。素芬《ソフェン》は声をかけようとしたが、好奇の視線が一斉に自分に向けられるのを思っただけで身がすくみ、うつむいてしまった。

「あれ、死んだみたいに眠ってる。いい夢を見てるんだろうが、誰か起こしてやってくれ」

演出家が言い終わらぬうちに、猴《ホウ》がご注進に及んだ。

「新婚のほやほやですからね」

「新婚って、誰が。順《シュン》がか？　順《シュン》がまた結婚しただと？」

「三回目ですよ。ご存じなかった?」

「はっは。こ奴め。やるもんだ。そりゃ、さぞお疲れのこって。その上、仕込みまでやっていただいた。疲れた体に鞭打って。男だねえ。で、三番目って、相手は誰だ?」

猴《ホウ》はそっと素芬《ソフェン》を指さした。誰かが口を挟んだ。

「順《シュン》の目はなかなか高い。婚活に精出して、娘も同じ〝年の差婚〟だ」

みんながどっと笑った。

素芬《ソフェン》は穴があったら入りたいとはこのことだと思った。順《シュン》はまだ前後不覚に眠りこけている。誰かに体を揺すられて、突拍子もない声を出した。

「はい、眠ってませんよ。すぐうかがいます」

みんな大笑いしている。演出家が追い打ちをかけた。

「順《シュン》よ、すっかりやつれちまって大丈夫か。せっかく三番目をもらったというのに、喜糖《あめ》も配らずに仕込みなんかやってるときか。まあ、お大事に」

「ご冗談を」

順《シュン》は受け答えるいとまもなく、素芬《ソフェン》に目を走らせると、彼女はすでにいたたまれず、外に逃げ出していた。

その場は大いに盛り上がった。演出家は言った。

「お疲れのところ申しわけないが、ちょっとばかり頼んでいいかな。あの梅の紗幕を元の位置へ戻してくれないか。背景が後ろ過ぎて、演技がどうも引き立たない。私のうっかりだ。やり直しになってご免」

順《シュン》の心の中は、いやだ、いやだ、もういやだと千回も叫び続けている。しかし、口は別のことを言っていた。

「分かりました。苦力《クーリー》の出番だ。何のこれしき、及ばずながら、靳老師《ジンラオシー》の芸術のためならえんやこら、すぐやりましょう」　順《シュン》はすぐさま舞台に駆け上がった。

素芬《ソフェン》は現場から逃げ出したものの、どこへ行っていいか分からない。三輪車のところへ来ると、犬が気になった。秋が深まり、朝の冷え込みが身にこたえるようになっていた。犬は順《シュン》が用意した古綿の布団にもぐりこみ、よく寝ていたらしい。素芬《ソフェン》を見ると、布団から這い出し、ぶるっと体をふるわせ、尾を振って見せた。こんなになつかれると、折れた足の先が不憫に思え、体をさすってやった。しばらくして順《シュン》が出てきた。素芬《ソフェン》はすねて見せた。

「あの人たちって、何なのよ」

「芝居をやる人間はみんな冗談と悪ふざけ、人の噂と悪口が大好きなんだ。それで場を持たせるのさ。馴れたら、どうってことない。入って舞台を見たらどうだ。結構よくできてる。ここは寒い。風邪ひくぞ」

「どんな顔して入って行けるの？　みんな変な目でじろじろ見るんですもの」

「ま、犬の世話もいいか。こっちは通し稽古が終わるまで現場に貼りつきだよ」

「どうぞ、お仕事して下さい。私はもう少ししたら行きます」

順《シュン》は朝の透き通った光の下で、こんなにしげしげと素芬《ソフェン》を見たことがない。初めて連れて来られた仕込みの現場で一晩、気を遣い体力を消耗しているはずなのに、肌の色はつやつやしている。目尻を除けば、皺一つない。あの忌々しい大吊《ダーディアオ》や猴《ホウ》の奴らは素芬《ソフェン》の胸の大きさに目を剥いていたが、実際に彼女の横に立ってとくと見ると、やはり頗《すこぶ》るつきに大きい。大きく見せかけている女もいるが、彼女は正真正銘、本物だ。しかも結婚証明書つきで、晴れて自分のものになった。順《シュン》は誇らしく思い、勇み立っていいはずなのに、胸の中に穴があいたような頼りなさ、何を見ても心楽しまない物思いはどうしたことだろう。分かっている。菊花《ジュイホア》だ。娘がこんなにも荒れるのは、この結婚にやはり無理があったのか？　駱駝を細ひもで引っ張るような危うさがあったのではないか。

順《シュン》が初めて蔡素芬《ツァイソフェン》を見たのは、彼の家からそう遠くない職業紹介所の界隈だった。人波がごった返す中、求職者と求人側が直談判で話を決める。彼は毎日三輪車でこの前を行き来し、大吊《ダーディアオ》、猴《ホウ》、墩《ドン》、三皮《サンピー》らを見つけ出したのもこの職業紹介所でだった。今、順《シュン》のところに人手は足りている。ミツバチのように飛び交う人群れは煩わしいだけだし、注意を払うこともない。しかし、この人混みの中で順《シュン》は素芬《ソフェン》を一目でとらえ、彼女もまた粘りつくような視線を彼に返したのだ。

その日の早朝、順《シュン》は昨夜来の仕込みを終え、三輪車で帰途についていた。頭は痺れるように疲れていた。羽虫のぶーんと飛ぶ音が耳から離れない。いい天気なのに、気分は晴れなかった。はっと思ったとき、正面からやって来た素芬《ソフェン》に彼の三輪車がぶつかる寸前になっていた。彼女の見開いた目、驚いた表情が大写しになった。幸いなことにブレーキが間に合って、彼女をはねるまでには至らなかった。順《シュン》が真っ先に恐れたのは、相手が彼の落ち度を言い立てることだった。最近は人の髪の毛一筋でも動かそうものなら、すったもんだの騒ぎになる。もし、彼女が足が痛いだの、歩けないだの、どうしてくれるだのの話になったら、彼に抗弁のしようはない。しかし、彼女はその場に倒れることもなく、相手に食ってかかることもしなかった。前輪が彼女の両足の間に挟まっていたので、彼女は恥ずかしそうに笑って埃を両手でぱんぱんと払い、「大丈夫」と一言だけ言った。順《シュン》は感動を覚え、車から飛び降り、ひたすら「申しわけない」とあやまり続け、素芬《ソフェン》は「大丈夫」を繰り返した。

その後、順《シュン》はここを通る度に彼女の姿を追い求めていた。探し当てられない日はがっくりと気落ちして、それは苦しみに変わった。何度も車の向きを変えては職業紹介所界隈を往復し、その人波に梳櫛《すきぐし》を入れるような念の入れ方だった。

ある日、彼が仕込みを終えて帰るとき、大雨が降った。職業紹介所に集まった求職者たちはみな街の軒端に雨宿りしている。彼は車を走らせながら人の顔になめるような視線を走らせた。雨脚が強く、数メートル先が見分けられない。彼はペダルを踏む足に力をこめ、家へ続く狭い路地に入ろうとした。だが、その前を急に横切る人がいて、車を当ててしまった。あわてて飛び降り、道路に倒れた人を助け起こそうと一目見たとき、それが蔡素芬《ツァイソフェン》だった。名前はまだ分かっていない。彼女は全身に泥水を浴び、顔色を失っていた。立とうとしたが立てない。病院へ行こうと言うと、「大丈夫」と答える。しかし、彼女の体に明らかな震えが来た。ここから彼の家は近い。すぐ抱きかかえて三輪車に乗せ、家に連れ帰った。

この数日、娘の菊花《ジュイホア》は数人の友だちと青海湖へ遊びに行き、帰っていない。もし、娘がいたら、わざわざ女を家に連れ帰り、なくもがなの修羅場を演ずるほどの度胸は彼にはない。後になって考えると、そのとき、頭の中で素早くせこい計算をしなかったといえば、うそになる。もし、病院へ連れて行ってあの検査、この検査やられたら千元（約一万七千円）以上吹っ飛ぶ。そのうえ入院をさせられたら、彼の蓄えはすっからかんだ。自宅に連れて行き、おしゃべりして笑わせてやり、食事を一回振る舞うぐらいのことで済めば、腹は痛まないし、後腐れの心配もなくなる。確かにそう考えた。しかし、もしかしてこれは女の罠で、まんまとはまったのではないか。いや、それはあり得ないだろう。あのどしゃぶりの雨の中、二、三メートル先が煙って見える中で彼女がそんな企みをやってのけられるだろうか。これはやはり運命なのではないか。天の計らいと言うべきではないか。

その日、順《シュン》はその女を家に連れ帰った後、急いで二階へ行き、菊花《ジュイホア》が着なくなった服を探し、風呂の湯を沸かして入らせた。女が風呂から上がっても体の震えは止まらない。やはり病院へ行った方がよくはないかと尋ねるとやはり「大丈夫」の返事。そんなこんなのうち、女は元気を取り戻した。不意の出費も防げたし、この場はまるく収まりそうだ。情理にかなった展開というのは、このことではないか。順《シュン》の心はすっかり和み、急にかいがいしく食事の支度を始めた。ハム、ソーセージ、ランチョンミート。これは仕込みのとき、劇団が用意した夜食を娘のために食べずに持ち帰った品だ。菊花《ジュイホア》は見るなり嫌悪の表情を示し、こんなジャンク・フード、防腐剤と着色料の塊でしょうが。こんなもの食べたら癌になると、そっぽを向いた。彼は仕方なく冷蔵庫にしまい、娘がいないときの食事代わりにしていたが、今日その全部が用途を与えられた。

その日、二人は熱い思いで食事を共にし、食事が終わるころ、日が暮れ始め、雨はさらに激しくなった。順《シュン》の記憶ではここ何年もこんな大雨は降っていない。この場は、楚の国の王様が朝は雲、夕べには雨となる女と夢の中で逢瀬を繰り返したという「雲雨」の背景幕がふさわしかろう。彼女の名前が蔡素芬《ツァイソフェン》だと、このとき彼は初めて知った。夫に先立たれてから、西京市内の臨時雇いで暮らしているという。

この後、素芬《ソフェン》は足の痛みを訴えた。彼は白酒《バイチュウ》を沸騰させた。熱い白酒を両手に受けて、彼女の臑《すね》から膝、太腿へと擦りこんだ。意外な近くに彼女の目を見た。ぐったりとした彼女の体は、彼の手が触れるそばから頽《くずお》れていく。彼の武骨な手は治療の範囲をつい超えた。彼の内部で激烈な思想的闘争が行われたとはいえ、ついにその行動の規範において重大な錯誤を来《きた》すことになったのだ。演劇という知的集団の美意識に悖《もと》る行為ではないかと脳裏をかすめるものがあったが、すべては彼の自発的、主導的行為であることに違いはない。素芬《ソフェン》は順《シュン》のじっとしない手を何度も振り払い、押し返そうとしたが、彼の手はひるむことを知らない。素芬《ソフェン》の胸のボタンが弾けて飛んだ。そこにこぼれ落ちたものを見て、順《シュン》は嘆声を発した。神さま、この世にこのようなものがあるのでしょうか？

雨は三日三晩続いた。西京の各所が水没したが、順《シュン》のところは無事だった。三日三晩ベッドの上で過ごし、三日目に素芬《ソフェン》は結婚を持ち出した。無理強いするものではなかったが、彼として断る理由はなく、むしろ彼女を失うことの方が恐ろしかった。こうして気持ちの行きつ戻りつがあったが、一カ月後、彼は彼女を家に迎えることになったのだ。

彼としては満足すべき結果だが、娘の方はおいそれとは行かないことを覚悟していた。しかし、まさかこれほど激しい拒絶に遭うとは思ってもいなかった。

今回の仕込みは一日と一晩、両手両足を劇場に絡め取られていたが、彼の頭の中を占めていたのは、家に帰った後のことだった。

今度のリハーサルは順調に進み、仕込みの連中もほっとした時間を過ごした。

順《シュン》は外に出ていた素芬《ソフェン》を客席に呼び戻した。二人は離れて座り、おとなしく舞台に見入った。芝居の内容は、宮廷の暮らしに飽きた皇帝が、下々の暮らしをのぞこうとお忍びで街に出たところ、一人の村娘を見初めてしまう。皇帝は村娘を宮廷に入れるが、彼女を待っていたのは、宮廷内の厳しくも煩わしい習わしや決まりごとだった。皇后や皇女たちのいじめに遭い、村娘は宦官《かんがん》の衣裳に身を隠し逃げ出してしまうというものだ。簡単な筋立てだが、熱のこもった舞台で、幕切れは哀切きわまりない。芝居が終わったとき、順《シュン》が見ると、素芬《ソフェン》は涙をぽろぽろこぼし、泣きじゃくっている。口うるさい関係者たちもこの舞台に引きこまれていたようだ。客席に照明が入ると、途端に笑い声が起こった。また順《シュン》と素芬《ソフェン》を弄《いじ》ろうという魂胆だ。斬導《ジンダオ》はことのほかご満悦で、笑いながら言った。

「順《シュン》よ、あんたんとこの奥御殿は大丈夫かな？　嫁さんを大事にせえ。こいつらにいじめさせたら、あかんよ」

みんな笑った。芝居はまずまず、演出家もご機嫌、みんな幸せ気分だ。斬導《ジンダオ》は立ち上がり、みんなに向かって宣言した。

「ＯＫ！」

順《シュン》は今回の仕事はこれで無事完成だと胸をなで下ろした。ところが、演出家は歩きながらまた言葉を継いだ。

「順《シュン》よ、申しわけないが、あの梅の紗幕、やっぱり四番目に移してもらえないか？　どう見ても、あそこでなきゃ、収まりが悪い。もう一度やってくれ」

順《シュン》はこれまで何を言われてもはい、はいで、口答えをしたことはない。その彼が今度ばかりは返事ができないでいた。サスペンション・ライトのやり直しに次ぐやり直しで、みんな身動きできなくなっている。演出家はこんなとき一々、係《かかずら》うことをしない。とぼけた顔で押しの強いところを見せた。

「どうした？　ご機嫌斜めだな。瞿団《チュイトウアン》、劇団内部のことに口は出さないが、この紗幕だけは頼んだ」

瞿《チュイ》団長が返事をする前に、順《シュン》は素早く話を引き取った。

「やります、やりますよ。やらないなんて、とんでもない。斬導《ジンダオ》老師のおっしゃるのは、芸術のため。喜んでやりますよ」

紗幕を動かす段になって、順《シュン》の手下はみんなふてくされ、怒りは爆発寸前にまで高まっていた。墩《ドン》は手元を狂わせ、紗幕のすみに三十センチほどの裂け目を作ってしまった。みんな知っている。作業やり直しのときは追加の工賃が出ない決まりなのだ。みんなの気が立っているのを見た順《シュン》は、彼らを先に帰すことにした。残るのは新入りの一人、そして素芬《ソフェン》と自分だけだ。この三人で幕の張り替えをやる。これしかなかった。

三人が作業をやり終え、舞台を離れたときは午後三時を回っていた。順《シュン》は疲れのあまり、目の前が暗くなり、そこに火花が音もなく散っていた。それでも素芬《ソフェン》を人力三輪に乗せて家に帰らなければならない。足折れの犬は素芬《ソフェン》の姿を見るなり、その懐に飛びこんだ。

仕込みは終わった。しかし、家に帰るのも一大難事で、仕込みよりもっと辛い。彼は奥歯を噛みしめ、三輪車のペダルを踏みしめ、こぎにこいだ。ペダルを踏み外してつんのめり、何度かサドルから落ちそうになった。素芬《ソフェン》はすぐ後ろから声をかけた。

「重たすぎるのよ。私、降りる」

「大丈夫、乗ってろ」

ペダルはさらに重く、順《シュン》はまたぎりぎりと奥歯を噛みしめ、全体重をかけた。進むしかない。

彼は突然思った。そうだ、俺は娘に対し、弱腰に過ぎたのではないか。しっかりしろ。何をびくついている。誰が何と言おうと、俺はあの子の父親ではないか！　ペダルを踏む足に俄然《がぜん》、力がこもった。

八

菊花《ジュイホア》は階下に物音を聞いた。足音を忍ばせているが、父親の三輪車の音は耳が覚えている。彼女はすぐ〝発作〟を起こそうとしたが、少し待つことにした。やはり口実が必要だ。耳を澄ますと、夕食を作る音がする。二十分ほどして、父親の呼び声がした。

「花児《ホアル》（菊花《ジュイホア》の愛称）、飯だ。降りてこい」

彼女は返事しなかった。

「降りて来いよ。一緒に食べよう。おまえの姨《おば》さんが作った卵の臊子麺《サオズミエン》（采の目に切った肉の味噌炒めそば。㊦三百二頁参照）だ。早く食べないと、のびちゃうぞ」

ああ、むかつく。あの女が「姨《おば》さん」になっちまった。誰が誰の姨《おば》さんなんだよ。臍下丹田《へそしたたんでん》にむらむらと騒ぎ立つものがあったが、無視を決めこんだ。父親の声が段々と高くなる。

「菊花《ジュイホア》、聞こえないのか？　降りてこい。支度ができた。二階へ持ってこられるのはいやなんだろう？」

彼女は、しかし、まだじっとしている。頃合いが必要なのだ。とうとう父親が堪忍袋の緒を切った。

「食べないと言うんなら、言って聞かせてやる」

以前にも父親は怒り出したことがある。どうってことない。平ちゃらだ。彼女は知っている。新しい女にいいところを見せようと格好つけているだけだ。この家のことを誰が決めるのか、今日は彼女の方から目にもの見せてやる。その頃合いを、彼女はじっと待ち、じっと耐えている。

あの女の声が聞こえた。

「私が運びます！」

「食べたくない者に、無理して食べさせることはない」

父親がこんな強硬な態度に出るのは初めてだった。しかし、あの女は食事を二階へ運んできた。最低の女。化けの皮を剥がしてやる。そこまで厚かましく出るのなら、こちらも遠慮しない。彼女の怒りは、面倒から逃げようとする父親にも向けられていた。

「花児《ホアル》、ご飯よ」

素芬《ソフェン》が菊花《ジュイホア》を愛称で呼び、臊子麺《サオズミエン》を手渡そうとするより早く、菊花《ジュイホア》は熱々の麺を素芬《ソフェン》の体にぶちまけた。あまりの熱さに悲鳴を上げながら、素芬《ソフェン》は菊花《ジュイホア》の凶相を間近に見た。ぎょっとして部屋から逃げ出したその背後目がけて、菊花《ジュイホア》は丼を蹴飛ばし、丼は素芬《ソフェン》の膝の後ろをしたたかに打った。

「とっとと出て行け、この売女《ばいた》！」

菊花《ジュイホア》は枕元の戸棚からナイフを取り出し、振りかざした。チベット人が腰に吊す小刀で、青海湖に遊びに行ったときに買ったものだ。逃げる素芬《ソフェン》を追いかけた。素芬《ソフェン》は階段で足を踏み外して宙に浮き、背中を打ちつけながら階段を滑り落ちた。この狼狽ぶりを見た菊花《ジュイホア》は大口を開けて笑い、笑い終わるとチベット・ナイフを韓梅《ハンメイ》の部屋のドアに、ぐさと突き立てた。韓梅《ハンメイ》は商洛《しょうらく》の大学から何カ月も帰っていない。ドアは埃にまみれ、クモの巣が張っていた。

二階のただならぬ気配に、順《シュン》は臊子麺《サオズミエン》を一口もすすらずに丼を放り出し、見ると、素芬《ソフェン》が戸板みたいに階段をずり落ちてきた。見上げると、菊花《ジュイホア》がチベット・ナイフを韓梅《ハンメイ》の部屋のドアに突き立てたところだった。順《シュン》は押っ取り刀の棍棒を持ち、素芬《ソフェン》が彼のズボンの裾を引っ張るのを振り切って駆け上がった。まさか娘が刃物を振り回すとは……。何よりも彼を震え上がらせたのは、まるで異界の者を見るような菊花《ジュイホア》の変わりようだった。菊花《ジュイホア》は部屋の前に立ち塞がって彼を見据え、吐き捨てるように言った。

「さあ、打《ぶ》ちなさいよ。打ちなさいよ。いっそひと思いに殺しなさいよ。できないの？　西京の業界じゃいっぱしの顔をして、どうなのさ、刁順子《ディアオシュンツ》！」

彼は一瞬、面食らった。自分の姓が刁《ディアオ》だと、ほとんど忘れていたからだ。彼の姓名を続けて呼び立てる者はなく、まして娘からこんな風に呼び捨てにされるのは何とも異《い》な心持ちだったが、同時に抑えられない怒りがこみ上げてきた。手を振り上げたとき、素芬《ソフェン》が彼を後ろから抱き止めた。箍《たが》で締めつけられるような、まさかの力で彼は息が止まった。

「出て行け、出て行け！」

菊花《ジュイホア》は自分を失っていた。順《シュン》は信じられないものを見る思いで、自分の顔が歪むのを感じた。しかし、素芬《ソフェン》は彼を抱き止めて放さない。そこへ、菊花《ジュイホア》が大声を発した。

「母《マー》さん！」

叫ぶなり床に突っ伏し、ひきつけを起こしたのようにベッドの畳をかきむしっている。部屋の空気が一瞬、凍りついた。

順《シュン》は菊花《ジュイホア》がまさかこんな手を使うとは思っていなかった。こんな手としか言いようがない。まさにこの手が闖入者たちをすごすご階下に追いやることになったのだ。順《シュン》が持っていた棍棒は、素芬《ソフェン》が素早く奪い取っていた。

順《シュン》はながいこと娘の泣き声を聞いたことがなく、娘の涙にたちまちほだされてしまった。

菊花《ジュイホア》が六歳のとき、母親が失踪した。責められるべきは自分だ。あの女は彼を置き去りに他の男と逃げたのだ。


あの女、最初の妻は田苗《ティエンミャオ》といった。この辺りでは誰しもが認める美貌の女だった。つきまとう男も多く、もめ事もまた多かった。気ままと言おうか、ふしだらと言おうか、十五、六歳で男と寝たという噂もある。その彼女が回り回って順《シュン》の妻になろうとは、彼は最初、夢にも信じられない思いだった。

田苗《ティエンミャオ》はもともと順《シュン》のことなど眼中になく、ただの使い走りとしか心得ていなかった。田苗《ティエンミャオ》が他のメンバーと麻雀を打ち始めると、順《シュン》はその後ろでじっと見守っている。彼女は順《シュン》に用を言いつける。お姉さまにホットドッグを買っておいで。実際は彼女の方が順《シュン》より年下なのだが、彼はいそいそと出かけ、アイスキャンデーまで付け足して買ってくる。その後、彼女の男出入りが激しくなり、さすがの彼も腹を立てて使い走りをやめてしまった。

さらにその後、田苗《ティエンミャオ》はホテルのドア・ガールをしていたとき、黒人と深い仲になり、その子どもを産んだ。その子は日ならずして死んだが、その評判だけは高まった。嫁の貰い手がなくなることを恐れた家の者たちは、人を介して順《シュン》との仲を取り持とうとした。彼は最初、勿論断った。「緑の帽子」はご免だ（元や明の時代、娼妓の夫や妓楼の主人は緑の頭巾をかぶると決められていたが、現代は寝取られた亭主、或いは恋人の意）。緑の帽子をかぶった男は一人ではなく、無数にいるらしい。ある者は桁違いの百人を超えると言った。あの黒人は間違いなくその一人だ。順《シュン》はたとえ一生嫁の来手《きて》がなくても、あの札つきの女だけは勘弁、願い下げだと思った。

この後の話もばかばかしいように見える。田苗《ティエンミャオ》はもともと順《シュン》を見くびっていたのだが、自分が順《シュン》ごときに見くびられ、振られのは我慢ならなかった。彼女が企みを凝らして陥《お》ちない男はいないが、順《シュン》を自分のものにするのはもっと簡単だった。

順《シュン》は田苗《ティエンミャオ》と結婚し、新婚生活はこともなく過ぎた。

「おい、順《シュン》よ、その帽子、似合ってるじゃないか」

順《シュン》はこれまでにどんな帽子もかぶったことはないが、こんなからかい方をされても、順《シュン》はこう受け流す。

「まあな」

田苗《ティエンミャオ》と遊んだ男もいて、順《シュン》に面と向かって言う。

「順《シュン》、田苗《ティエンミャオ》の鉗子《かんし》はよく締まる。ちょん切られないように用心しろ」

順《シュン》はこう答える。

「ご心配いただいて、どうもね」

たまらない気持ちではあったが、家では一切口に出さず、田苗《ティエンミャオ》がヒステリーを起こすこともなかった。たとえ世間から白い目で見られるようが後ろ指さされようが、すべて先刻承知、覚悟の上だったはずだ。それを今さらぐずぐずと気に病むのは男らしくない。それに加えて、彼の仕事が猛烈に忙しかったせいもある。くたくたになって家に帰り、「死んだ豚のように」眠りこける毎日だった。そんな順《シュン》を田苗《ティエンミャオ》も愛《いと》しがり、彼に尽くした。茶を運び、水を注《つ》ぎ、食事を作り、彼として不足はなかった。

田苗《ティエンミャオ》はあの黒人との一件で父親と兄からひどい折檻《せっかん》を受けていた。陝西省では旧時代に、まま行われていたことだが、ふしだらをしでかした者への仕置き、見せしめは苛烈だった。世間に代わって一族の長が行わなければならない。家の一室に吊されて荊《いばら》の枝でさんざんに打擲《ちょうちゃく》されるのだ。田苗《ティエンミャオ》は遠ざかる意識の中で深く悔い改めたに違いない。それからの数年はしおらしく身を慎み、特に順《シュン》と結婚してからは平穏の日が続いた。しかし、菊花《ジュイホア》が五、六歳のころ、広東《カントン》から来たというセールスマンに出会った。カラーテレビの転売を稼ぎとしているこの男に言い寄られ、またいつもの病気が再発した。田苗《ティエンミャオ》はこの新しい男と出奔し、人々は幼い菊花《ジュイホア》にはむごいことだと噂した。

この二人の関係が怪しくなって数カ月、順《シュン》はやっとそれと気づいたのだった。そのころ、朝の三時か四時には床を離れ、三輪車をこいで市内を出て野菜を仕入れ、朝市で売りに出す。劇団の道具類の運搬や積み卸しを請け負い、これに加えて市内の露店や屋台へ野菜や雑貨、小間物の配達に追われ、身を粉にしてまる一日働き、百八十元（約三千円）ほどの稼ぎになった。一家の暮らしに困ることはない。

田苗《ティエンミャオ》は結婚して数年は家の中でじっとしていた。外に出て人と顔合わせるのが憚られたからだ。しかし、すぐ、また麻雀に手を出した。打ち始めると一晩家を空ける。子どもの世話どころではない。そのころ、順《シュン》は毎晩必ず家に帰って子どもに食べさせ、寝かしつけた。その後、彼の耳に入ってきたのは、あの広東のセールスマンとの噂。一緒に麻雀を打った後、広東の男が定宿《じょうやど》にしているホテルへこっそり姿を消すというものだった。そういえば、田苗《ティエンミャオ》は口がおごったのか、食べ物にうるさくなり、次に着るものに気をつけるようになった。順《シュン》は何度か二人の後をつけ、その場を押さえたものの、問題の解決にはならなかった。彼は田苗《ティエンミャオ》の非をなじると、彼女は逆切れし、開き直った。

「寝たわよ。それが何？　いけないって言うんなら、離婚すればいいじゃない」

もはや怒っても始まらない。ただ、幼い菊花《ジュイホア》が不憫だった。しかし、田苗《ティエンミャオ》はあの贅肉だらけの広東の成金と姿を消すことで、この波乱劇に自ら幕をおろした。その後、二人の噂は絶えてなかった。ある人は田苗《ティエンミャオ》はすでに男と別れ、その後、エイズにかかって死んだともいう。しかし、順《シュン》は信じなかった。ある日、また田苗《ティエンミャオ》に出会うことを夢見ていた。何と言っても、彼女は菊花《ジュイホア》の母親なのだから。

菊花《ジュイホア》は六歳から父親と暮らし、母親のいない分、福運の割り当て、幸せの取り分が少なくなったのではないか。田苗《ティエンミャオ》という〝元手〟をなくした上に、自分の顔をコピーしたような菊花《ジュイホア》が年々縁遠くなっていくのも父親として切ない。彼女がどんどん彼の手に負えなくなり、特に素芬《ソフェン》がこの家に入ってからの荒れようは明らかに彼がまいた種だ。父親の面目形《かた》なしだが、冷静に考えてみると、子どもだけを責められない。この情況は子どもにとってはもっと手に余るできごとなのだから、これを素直に受け入れろという方が酷というものだ。それに、素芬《ソフェン》のあの場の対応が彼を驚かせ、彼女を見る目を変えていた。あの修羅場にたじろぐことなく、順《シュン》をたしなめながらも情にかない、話すことにも筋が通っていた。順《シュン》の心がやわやわとほぐれてきた。菊花《ジュイホア》と心を割って話し合ってみようか。

順《シュン》がいざ菊花《ジュイホア》と向き合って座ると、彼女はごろりと寝返りを打って起き上がり、またじたばたが始まった。

「刁順子《ディアオシュンツ》、出て行け、ここは私の部屋だ。とっとと立ち去れ」

こう呼び捨てられるとやはり腹が立ち、何を言おうとしていたか忘れてしまったが、この場を何とか収めようとする考えに変わりはなかった。生計のためとはいえ家を出れば誰の前でもへいこら這いつくばり、家の中ではどうして実の娘にやさしくしてやれなかったか、そんな思いが喉に詰まって言葉にならず、順《シュン》は黙って座っていた。菊花《ジュイホア》は意固地に同じ言葉を繰り返した。

「出て行け。もう顔も見たくない」

「俺はお前の父親だ。出て行けとは何ごとだ」

「父親だって？　恥ずかしげもなくよく言うよ。父親らしいことをしたか？　女を一人、また一人引きこんで、淫売宿でも始めるつもりかよ」

順《シュン》は菊花《ジュイホア》を平手打ちした。

菊花《ジュイホア》は雌ライオンのように立ち上がり、体ごと順《シュン》にぶつかった。どんと音がして、順《シュン》が部屋の隅に押し倒された。部屋の外に立ちつくしていた素芬《ソフェン》は父と娘の間に割って入り、菊花《ジュイホア》を引き離した。菊花《ジュイホア》は真っ向から素芬《ソフェン》に向かい、続けざまに平手打ちを入れた。素芬《ソフェン》はやり返さず、打たれるままになっていた。順《シュン》は見ていられずに菊花《ジュイホア》の頭をつかみ、力任せに畳のベッドに投げ倒した。力の加減をする余裕を失っていた。菊花《ジュイホア》は悔しさを顔いっぱいにして順《シュン》にむしゃぶりついた。素芬《ソフェン》は力の限り菊花《ジュイホア》を抱き止めて言った。

「菊花《ジュイホア》、あなたのお父さんなのよ、駄目よ、駄目だったら。それなら、私が出て行く。出て行くわ。出て行けばいいんでしょ」

「出て行け、出て行け。みんな出て行け！」

菊花《ジュイホア》は素芬《ソフェン》の腕の中でもがき、手足をばたばたさせながら素芬《ソフェン》にところ構わず噛みついた。素芬《ソフェン》は痛みに口をゆがめながら、菊花《ジュイホア》を放さなかった。順《シュン》はこれ以上、我慢できず、声を荒げた。

「お前、狂ったか」

「狂ったのはお前の方だ。お前たちはみんな色狂いだ、色狂いなんだよ」

「何だと！」

順《シュン》は菊花《ジュイホア》に何とか分かってほしかった。菊花《ジュイホア》の肩を揺さぶってでも言って聞かせたかった。しかし、素芬《ソフェン》は右に左に順《シュン》を遮って、彼を菊花《ジュイホア》に近づけなかった。

菊花《ジュイホア》はさらに言い募った。

「打《ぶ》ちなさいよ、二人一緒になって打ちなさいよ。私が死ねば、この家はあんた方のものになる。外ではへっぴり腰の意気地なし、家では実の娘相手に大暴れ。やればできるじゃない。さあ、好きなだけ打ちなさいよ……」

菊花《ジュイホア》はまた大声を張り上げて泣き始めた。順《シュン》はうんざりし、怒る気力も失っていた。

順《シュン》は菊花《ジュイホア》の鏡台に珍しい形をした化粧品の瓶や容器が並んでいるのを見た。彼は知っている。みんな値の張る品ばかりだ。菊花《ジュイホア》は一か月の化粧品代に千元（約一万七千円）以上、親からせびり取っている。順《シュン》がそのようなものを使うのは冬だけ、一箱数元の羊毛脂《ラノリン》で、あかぎれがぱっくり口を開けた手に擦りこむぐらいだ。娘が化粧品に使う金が惜しいのではない。考えなしに使っているのが情けなく、また、愛《いと》おしく、切なかった。彼は言った。

「騒げばいいさ。好きなだけ騒げ。どうせ俺はお前のような娘を養っていくだけの甲斐性がない。精も根も尽きた。好きなところへ行けばいいさ。どこかお前を養ってくれるところへな」

「私を追い出そうというのね。あ、そう。ふしだら女を引き入れて、実の娘はお払い箱ね」

「お前の姨《おば》をふしだら呼ばわりはないだろう」

「姨《おば》だって？　ふしだらだから、ふしだらと呼んでるだけよ」

「いいか、刁菊花《ディアオジュイホア》、聞いてくれ。誰を嫁にするにせよ、お前にきちんと話せなかったのは俺の落ち度だ。わずかな手間賃稼ぎであくせく、じたばたやってきたからな。だが、そうしながらお前をここまで大きくした。喰うもの、着るもの、お前が気前よく遣う化粧品の果てまで、俺が米つきバッタみたいにへいこらして稼いだ金だ。お前が俺を馬鹿にしているのは知っている。こんな父親、恥ずかしくて人前に出せないと思っているだろう。仕方ないさ。俺は頑張るしか能のない男だ。三輪車をこぎ、舞台を仕込んで芝居の客のおこぼれをいただいて食ってきた。そういう金なんだ、一家が生きてきたのは。それが面白くないんなら、この家を出ていってもいい。この娘はいなかったと思えばいいんだ。さあ、出て行け」

「出て行くわよ。こんな盛りのついた犬の巣に、誰がいてやるもんか。出て行ってやるよ。あんたのしみったれた金、誰がもらってやるもんか」

菊花《ジュイホア》は言いながら枕を取り上げ、鏡台目がけて投げつけた。化粧品の瓶がみな床に飛び散った。鼻を刺す化粧品の匂いが部屋に満ちた。素芬《ソフェン》はあわてて取りなそうとした。

「菊花《ジュイホア》、菊花《ジュイホア》。あんたのお父さんは頭に血が上っただけ、いっときのことだから、気にしなくていいのよ」

「みんなあんたのせいだよ。あんたが引き起こした騒ぎじゃないか」

順《シュン》の語気はさらに荒くなった。

「出て行け！　馬鹿娘！」

素芬《ソフェン》は仕方なく、菊花《ジュイホア》を抱き止めた手を緩めた。菊花《ジュイホア》は足をばたばたさせ、悪態をつきながら携帯とルイ・ヴィトンのバッグを持ち、憤然と部屋を出た。菊花《ジュイホア》が階下で足折れ犬を蹴飛ばした鳴き声に続いてドアを力任せに閉める音が家中に響き渡り、順《シュン》の心を震わせた。素芬《ソフェン》が言った。

「早く行って、引き戻していらっしゃい」

「勝手に行かせろ。馬鹿娘が！」

そう言う順《シュン》の目から涙がしたたった。

九

菊花《ジュイホア》は家を出たものの、行く当てはなかった。だが、今日こそ必ずこの家をおん出てやる。実はこれが彼女の奥の手だった。彼女には安楽な確信がある。父親の愛情を麻雀の点棒に例えるなら、蔡素芬《ツァイソフェン》より自分に振りこまれた方がはるかに多い。加えて、父親は情にもろい。情にからめられたら、すぐ折れる。そのもろさはまさに泥の如しで、すぐにぐしゃりとつぶれる。まして、自分は実の娘なのだ。しかし、本気であの女を追い出そうとするなら、あの女は、やわそうで、やわくはない。意外に手強そうなのだ。次の一手を考えなければならないと思った。

彼女は最初、母方の舅《おじ》の家に転がりこもうと考えていた。ここなら父親も安心だろう。しかし、親戚が絡むと問題がこじれる。それよりも家の近くにある朝食つきのビジネス・ホテルが手っ取り早い。ここの社長と菊花《ジュイホア》は麻雀の仲間で、彼女が負けるといつも父親に精算してもらっていた。支配人は二つ返事で引き受け、彼女を住まわせて、そのツケを父親に回すことを請け合ってくれた。

菊花《ジュイホア》はこの店の出入りをことさら目立つようにした。知り合いに出会う度、自分が家から追い出されたことを訴えた。これがご近所に知れ渡れば、彼女の味方が黙ってはいない。順《シュン》が札付き女を引き入れ、示し合わせて実の娘を追い出したという筋書き《ストーリー》ができあがる。

その日、菊花《ジュイホア》が出て行った後、素芬《ソフェン》はやはり自分が行って呼び戻すのが一番だと順《シュン》に繰り返した。彼女は二階からずり落ちたとき、背中に三十センチもの裂傷を負っていた。順《シュン》が見ると、傷は背中だけでなく、両腕や体のあちこちに菊花《ジュイホア》が噛みついたり、ひっかいたり、蹴飛ばした痕《あと》が残っている。彼は思わず身震いした。素芬《ソフェン》はこれだけの仕打ちを受けながらも取り乱すことなく情を尽くし、考え方にも一本、筋を通した。行動に落ち度がないばかりか、順《シュン》が怒りにまかせて娘を追い出したことを悔やんでさえいる。順《シュン》は素芬《ソフェン》を見直した。この女には何かしら〝味〟がある。何の味なのか、彼にはうまく言えないが、この女を手放すまいと思ったことは間違いない。彼は言った。

「行ってどうなるものでもない。行くな。俺といてくれ。娘が何を言い出そうと、何をしでかそうと構うものか。もうこれまでだ」

順《シュン》はこう言いながら彼女の傷一つ一つをアルコールで消毒し、ヨードチンキを塗った。血がにじんだところにはガーゼを当て、絆創膏を貼った。こういった医薬品は舞台の仕込みには必携で、順《シュン》は実に手際よくやってのけた。

素芬《ソフェン》は、順《シュン》が傷の痛みをわがことのように分け合ってくれたことをうれしく思った。彼女がこの家を出ようとしたのは本心だった。親子がいがみ合っていては何の解決にもならない。だから、二人の仲を取り持とうとしたのだが、順《シュン》の出方があまりに一本調子なのに呆れ、つい放っておけなくなって、この家にとどまらざるをえなくなったのだ。

菊花《ジュイホア》の作戦は図に当たった。自分は順《シュン》が引き入れた女に無理無理家を追い出されたことを触れ回り、素芬《ソフェン》が外出すると、街ゆく人は彼女に向かって口をとがらせ、目配せしながらこそこそと言い交わしている。素芬《ソフェン》が順《シュン》に訴えると、同じ答えが返ってくる。

「放っとけ。俺はこの街の誰の世話にもなっていない。言いたい奴には勝手に言わせておけ」

順《シュン》はこう言ったものの、髪の毛が逆立つ思いだった。出奔したのは紛れもない自分の娘だから、いい恥さらしだが、親として逃げも隠れもできない。しかし、それと知って、ホテルに泊まっている菊花《ジュイホア》を見過ごしにしているホテルの社長や街の者たちの気が知れない。まして、どんな安いホテルでも一泊すれば二百元（約三千四百円）がところは吹っ飛ぶ。下手をすると尻を持ち込まれ、尻《けつ》の毛までむしられかねない。菊花《ジュイホア》がそんな金を持っているはずはないのだから。果たしてその翌日、順《シュン》がそのホテルの前を通りかかったとき、社長が彼を呼び止めた。

「おい、順《シュン》よ。お前んとこの菊花《ジュイホア》が泊まっているが、ツケにしてくれとよ。俺とあんたの仲だ。いっこうに構わないがね……」

順《シュン》の頭の中がまたぶーんとうなった。やはり、その手に出たか。しかし、順《シュン》はたちどころに逆襲に出た。

「社長、その一件とこの順《シュン》とは何の関係もない。あんたがその子を泊め、たとえ何泊泊めようと、びた一文、俺に払う義理はない。三輪こいでちびちび稼いだ金、とてもじゃないか高いホテル代には追いつくめえよ。俺にツケを払わせようって了見はよした方がいい」

順《シュン》はこの話を菊花《ジュイホア》に聞かせてやりたかった。だが、社長はせせら笑って答えた。

「誰が払おうと、俺の知ったことじゃない。だが、部屋を使えば、電気代も水道代も税金までもかかるし、使用人には給料も払わなければならん。ホテル・チェーンの本部に上納金を納めなくちゃならないしな」

「払いたけりゃ、どこにでも払うがいいさ。俺は痛くもかゆくもない。おっと、ここで無駄話してる暇はない」

順《シュン》は言い終わるや、三輪に飛び乗った。だが、ペダルを踏む足に力が入らなかった。このツケ回しがいくらにつくものやら計算する気もない。菊花《ジュイホア》がこのまま泊まり続ければ、彼がいくら毎日休みなしに働いたとしても、革命歌劇『白毛女』の父親と同じく、苦塩《にがり》を呑んで死ぬしかない。

今となっては、菊花《ジュイホア》と話をするわけにも行かない。話をしようとすれば、先に素芬《ソフェン》と別れなければならないが、これはもう引き返せない。結婚許可証も交付されている。結婚許可証は外套とは違う。着たいときに着て、脱ぎたいときに脱ぐというわけにはいかないのだ。それにあの娘はもう彼を父親と呼ばず、「刁順子《ディアオシュンツ》」と呼び捨てる。父親でなければ、三輪車をこぐ舞台の裏方・刁順子《ディアオシュンツ》でしかない。もはや事を分けた話をするのは無理だろう。かといって菊花《ジュイホア》をぎゃふんといわせる言葉も見つからずに、また癇癪でも起こそうものなら、逆にこっぴどくやり返されるのが落ちだ。

今の彼はもっと厄介なことを抱えている。寇鉄《コウティエ》主任とのいざこざだ。数日前、昼食の注文をめぐる行き違いで寇鉄《コウティエ》を怒らせてしまった。日を改めて詫びを入れることでその場は収めたが、寇鉄《コウティエ》はすっかりヘソを曲げている。劇団との付き合いで、瞿《チュイ》団長は恐くない。恐ろしいのは、その下の小鬼たちなのだ。彼らは権限を持っている。一旦機嫌を損ねたら、仕事を止められる。ここは七重《ななえ》の膝を八重に折っても詫びを入れるしかなかった。だが、会おうとしても取り合ってもらえず、忙しいと逃げられた。電話ではけんもほろろの応対だ。そこを無理無理ねじこんで、やっと会う段取りだけはつけたところだ。だが、次の難題は、詫びのしるしの進物だった。何を持参し、いくらぐらいの品がいいのか。これまでもこの種の難題にはそれなりの〝無駄金〟を遣ってきた。彼は人よりは幾分か多く割り前を受けているから、仲間には知らせずに自腹を切ってきたのだ。だが、今回は大吊《ダーディアオ》を呼んで相談した。

大吊《ダーディアオ》は多くても二百五十元（約四千二百円）ぐらいでよろしかろうと言う。あれこれ考えて、最終的には牛乳一箱、リンゴ一箱、バナナ一房、醜八怪《チョウバーグアイ》（デコポン）一箱で都合三百元（約五千円）になった。彼は古い映画の日本人のように（一九六二年に上映された映画『地雷戦』。日本の兵士がスカーフをかぶって中国人農婦に変装し、地雷を盗み出そうとする喜劇的場面）恐る恐る寇《コウ》主任の家に入った。座れとも言われなかったので、立ったまま詫びの口上を述べた。しゃべり出すと止めどなく口が回り、頭を下げ、腰を折りながら、これからもどうぞよろしくと締めくくった。寇《コウ》主任の妻は小旦《シャオダン》（伝統劇の娘役。明るく清楚で活発な役柄）を歌い演じる女優だった。順《シュン》が寇《コウ》主任と話しているとき、彼女はずっとソファーで横になっていた。顔には白い紙のようなものを貼りつけ、目と口だけを出していた。お肌のお手入れ中だ。寇《コウ》主任が口を開く前に彼女が口を挟んだ。

「ねえ、順《シュン》よ。いいわねえ。三番目の奥さんですって。おみそれしました。本当にニンジンに赤トウガラシだわね。辛さは見た目じゃ分からない、食べてみないとね。あなたはまだ五十そこそこでしょ。うちの寇鉄《コウティエ》より断然お強そうね。何か秘訣があるんじゃない？　うちの寇《コウ》じいさんに伝授してよ。うちのときたら……」

順《シュン》はしどろもどろに返事した。

「いやあ、俺はただの苦力《クーリー》ですからね。秘訣といっても、家に帰って湯を沸かして飯を作り、足を暖めることぐらいですよ」

寇《コウ》主任は妻が何か言いたそうにするのを見て、順《シュン》を早く帰そうとした。

「分かった」

寇《コウ》主任はそう言って順《シュン》を家から出した。順《シュン》は背中で小旦《シャオダン》の女優が喉を絞って『思凡《しぼん》』（昆曲の名作。若い尼僧が仏門の孤独な修行に飽きて密かに山を下り、俗界に逃げ出そうとする物語）の一くさりを歌うのを聞いた。そうか。彼女は精進潔斎の山門を出たがっているのか。

寇《コウ》主任にご機嫌伺いをした効き目はすぐ現れた。翌日の早朝、連絡をよこし、今夜の公演後、解体《ばらし》をやるようにとのことだった。

その日、順《シュン》は昼間の手間賃稼ぎとして、建築資材を運んで郊外へ二度往復し、百六十元（約二千七百円）がところを稼いだ。夜十時前に手下《てか》を呼び集め、楽屋口に待機させた。素芬《ソフェン》も来た。家にいては暇を持て余すというのだ。順《シュン》には分かっている。家にいては不安で身の置きどころがないのだ。大吊《ダーディアオ》や猴《ホウ》は相変わらず素芬《ソフェン》に対してきわどい冗談をしかけ、彼女を立ち往生させては喜んでいる。三皮《サンピー》は素芬《ソフェン》に話を合わせ、しきりに相づちを打っている。こいつは「やばい」と猴《ホウ》は言った。三皮《サンピー》は〝熱々の豆腐〟を食べたがっている。その意味は姐御《あねご》を着衣の上から触りたい気持ちだと解説した。なぜなら豆腐には木綿の布目がついており、熱々の豆腐はすぐには口に入れられず、まず箸で布目をつつくからだ。

芝居が跳ね、出演者たちは次々と劇場を後にして、入れ替わりに解体《ばらし》の連中が舞台に上がる。瞿《チュイ》団長はまだ舞台に残っており、斬導《ジンダオ》と話していた。順《シュン》は意を決して団長に歩み寄る。左手で右の拳を握り、胸元で上下させる旧式の挨拶で楽日《らくび》（千秋楽）の祝意を伝えた。

「瞿団《チュイトゥアン》、斬導《ジンダオ》、千秋楽おめでとうございます。大成功でしたね。併せてお祝い申し上げます」

この言葉に斬導《ジンダオ》はうれしがって見せた。

「大成功だなんて、どうして分かるのよ？」

「観客がべた褒めでしたからね。特に斬《ジン》老師の演出の冴え、瞿団《チュイトゥアン》の統率のよろしきを得ての大当たり、衆目の一致するところです」

本当のところ、順《シュン》は観客の声など聞いていない。しかし、彼は心得ていた。演出家を喜ばせる言葉、劇団長を得意がらせる言葉、舞台美術家をその気にさせる言葉、劇作家を舞い上がらせる言葉、評論家を有頂天にする言葉、みんな彼の頭の中にしまってある。演出家は順《シュン》にお返しの言葉を忘れなかった。

「順《シュン》よ、今回の仕込みはお手柄だったわね。あの呼び屋《プロモーター》さんたち、すっかりお気に召して、毎晩欠かさず見に来てくれたのよ。企画書をいろいろ練ってるって。こんなの初めてよ」

「おめでとうございます」

順《シュン》は言葉を出し惜しみせずに繰り返してから、解体《ばらし》の作業場に走り寄った。

解体《ばらし》は仕込みとは違って手間は手間だが手数は少ない。背景幕や道具類、小物は倉庫に搬入する。倉庫は劇場裏手の四階建てのビルで、今回の公演班の道具置き場はその四階にあった。荷物をまとめるとスチールのケース二百個にもなった。これを一つ一つ担ぎ上げるのだ。ビルは老朽化して、階段は狭い上に段差が狭いから足がもたつく。彼らの作業は夜の十一時頃から始まり、明け方の三時頃まで続いた。

順《シュン》は先頭切って大きいケースを背負い、素芬《ソフェン》は小物の風呂敷包みや軽い張り物（パネル）類を抱え、順《シュン》のすぐ後に続いた。順《シュン》が最後の一つを担ぎ上げたとき、素芬《ソフェン》が見ると、階段にへたりこんだまま、しばらく立ち上がれないでいた。彼女が助け起こそうとすると、その手にすがるように身を起こした。彼女は胸が痛むのを覚えて言った。

「何も大きいものを自分から担ぐことはないでしょう。若い人だっているんだから」

「いや、大きいのを担ぐのをやめたら、すぐ小さいものも担げなくなる。人間ってのは、なまくらにできてるからな。横になっていると立ちたくなくなるし、立っていると歩きたくない。歩いていると走りたくない。だんだん怠け癖がつくんだ」

素芬《ソフェン》はこの日、順《シュン》の三輪車に乗ろうとしなかった。彼の疲れを慮《おもんぱか》って、歩いて行くと言い出した。順《シュン》はゆっくりと三輪車を走らせたが、やはり乗れと言った。乗せた方が早く走れるからだ。彼女は仕方なく乗り、ついでに順《シュン》に聞いてみた。一回の解体《ばらし》で、みんなどのくらい貰えるのか。順《シュン》はまちまちだと答えた。仕事の量にもよるし、依頼主の気前にもよる。それなら、今夜の稼ぎは？　一人せいぜい百五十元（約二千五百円）がとこ、彼は頭目株だから、それより少し多い。そこでと、順《シュン》はおもむろに素芬《ソフェン》に伝えた。大吊《ダーディアオ》や猴《ホウ》たちとも相談して決めたことだが、素芬《ソフェン》にはその半分を支払うことになったと。まあ、七、八十元（約千二百円～千四百円）というところだろう。彼女の全身に力が湧いてきた。

家の前のビジネス・ホテルを過ぎるとき、順《シュン》の気持ちが急に重くなった。稼いでも稼いでも菊花《ジュイホア》という笊《ざる》に水を注ぐようなものだ。口では親でもない子でもないといっても、彼の迷いは深く、彼の心を責め続けた。

十

犬の好了《ハオラ》が騒いで目が覚めた。時計を見ると、まだ四時間しか眠っていない。だが、外はすっかり明るくなっていた。仕込みとは別の仕事が彼を待っている。十一時までに西京市南郊の長安県まで荷物を届けなければならない。

蔡素芬《ツァイソフェン》はまだ目を覚ましていないと思ったが、その足を順《シュン》の体にどんと乗せ、甘えた声を出した。

「もう少し寝たら。まだ眠いわ」

「寝てろよ。ちょっと荷物を届けてくる」

順《シュン》は無理無理起き上がった。素芬《ソフェン》は順《シュン》の腰に手を回してむずかっている。

「ねえ、もう少し、もう少しだけ」

この女は本当にキツネのように人をたぶらかす。昨夜遅く帰宅し、まだ朝の四時だというのに、また人をその気にさせ、もう一働きを強いる。犬の好了《ハオラ》は何が起こったのか分からずに、最初から最後まで尾を振り続けていた。事が終わり、彼はおかしくて笑ってしまった。夜の夜中に重たいものをいやってほど担ぎ、ふらふらになって階段から落っこちそうになっていながら、家に帰ってまたせっせとお勤めだ。

「荷物担いでビルの四階へ登るより、こっちの方が大変だ」

素芬《ソフェン》は彼をつねったり、くすぐったり、猫をじゃらすようだ。彼は思う。よくも悪くも、これが男の本懐だ、と。

彼はまたベッドにもぐりこんだ。素芬《ソフェン》はつねったり、くすぐったりをやめない。彼は突然思い出した。地元秦腔《チンチアン》の舞台で演じられる『楊貴妃』の一節だ。順《シュン》は仕込みの間、いやってほど聴かされて、その歌詞も意味もしっかり頭の中に入っている。

雲鬢《うんびん》　花顔《かがん》　金歩揺《きんぽよう》
芙蓉《ふよう》の帳《とばり》　暖《あたた》かにして春宵《しゅんしょう》を度《わた》る
春宵《しゅんしょう》は短《みじ》かきに苦しみ　日高《ひた》けて起《お》く
此《こ》れ従より君王《くんおう》は早朝《そうちょう》せず
……………（白居易『長恨歌《ちょうごんか》』から）

玄宗皇帝は楊貴妃との愛欲の日々に、春の夜の短さを嘆きつつ朝は日が高くなってからやっとお目覚め。朝の政《まつりごと》をしなくなった……。順《シュン》は歌いながら素芬《ソフェン》に語って聞かせた。俺も皇帝と同じように朝の仕事をさぼっている。だが、俺はまだ力もりもり、荷物を担いでビルの階段を登れるぞ。

素芬《ソフェン》が言った。

「登って、登って、登るのよ。力持ちでしょ。さあ、頑張って」

彼はもう一働きすることになった。

好了《ハオラ》はベッドに向かって吠えながら後ろ足で後ずさりし、ベッドが静まるまで吠え続けた。順《シュン》は言った。

「あんたは本当に女狐《めぎつね》だ。九尾《きゅうび》の狐だ。男にとりついて骨抜きにする」

「そうよ、私はキツネの精。化けて出たのよ」

順《シュン》は幸福感に包まれていた。ずっとここにいたい。このまま死んでもいいと思った。しかし、この幸福感は長くは続かなかった。こうしていても、あのビジネス・ホテルに居座り続ける菊花《ジュイホア》の顔が浮かんでくる。彼の全身に漲っていた力がたちまち萎えていくのを感じた。

素芬《ソフェン》は太腿の力を緩め、順《シュン》は起き上がった。彼女もすぐさまベッドから離れて台所に向かい、荷包蛋《ホーバオダン》を四つ作った。

素芬《ソフェン》と順《シュン》が初めて三日三晩を過ごしたあのとき、彼女は順《シュン》の頼みというのを聞かされていた。俺の要求は高くない。毎朝仕事に出る前に、荷包蛋《ホーバオダン》四つと麻花《マーホア》を食べさせてくれればそれでいい。俺にとってこれが最高の幸せだ。だから、素芬《ソフェン》がこの家に来て最初の朝、菊花《ジュイホア》に作って出したのがこの荷包蛋《ホーバオダン》四つと麻花《マーホア》だった。

何と美味なる朝食であることか。噛みしめるほどに涙が出そうだ。彼の夢見た幸せの日々がこの朝、何とまあ、このような形で到来するとは。もし、あの日菊花《ジュイホア》が荷包蛋《ホーバオダン》四つと麻花《マーホア》という朝の食卓を受け入れてくれていたなら、彼の人生は光り輝き、無上の喜びとなって、この世は生きるに値するものになっただろう。

食事を終え、順《シュン》は家を出ようとした。素芬《ソフェン》も一緒に行くと言い出した。順《シュン》はそれは無理だと言った。外は風がひゅうひゅう吹いている。長安県まで風に逆らってペダルをこぎ難儀しながら一時間以上かかる。それに、運搬を頼まれたガラスがかさばって、彼女を乗せる場所がない。素芬《ソフェン》もそれ以上、頑張らなかった。

順《シュン》は家を出るなり、菊花《ジュイホア》のことで頭がいっぱいになった。家出した娘がホテルに泊まり、その請求書が回ってくる。こんな展開はありかよ？　何がどうなろうと、自分が背負《しょ》いこむわけにはいかない。馬鹿を見るのは俺一人だ。ホテルの社長の言いなりになったらどうなる？　そうなったら、俺と娘二人して、他人《ひと》様の前で何の馬鹿踊りを踊らされるんだ？　菊花《ジュイホア》の条件も呑むわけにはいかない。素芬《ソフェン》をもう手放せないからだ。それに、彼女を追い出すようなことをして、人の道が立つか？　素芬《ソフェン》を連れてきて菊花《ジュイホア》が荒れた最初の日、みすみすこういう事態を招いてしまった自分の迂闊《うかつ》さ加減を悔やみもした。だが、ことここに至っては後悔どころではない。俺は人生の先が見えた七十、八十の爺さんではない。また五十そこそこ、まだまだこれからだ。力仕事だって若い者に負けない。自分のために将来のことを考えて何が悪い。自分の気持ちにこんなにぴったりくる女には、めったに出会えるものではない。俺は今、この村、この道を行く一人の旅人だ。この村を過ぎたら、この店はこの先にない。この品はこの店で買いそびれたら、もう二度と手に入らない。それに、菊花《ジュイホア》が何と言おうと、遅かれ早かれ嫁に行く身だ。そのとき、老いた父親が一人取り残されたら、娘として安閑とはしていられまい。だから、これは娘のためでもあるのだ。考えれば考えるほど、理は自分にある。誰にでも聞いて貰いたい。俺の考えは間違っているか？　だが、ことは自分の娘のことだ。いくら我に理があろうと、他人様に威張って聞かせられる話でもなさそうだ。ここはやはり、間に人を立て、娘に家へ帰るよう説得して貰うのが得策なのかも知れない。

とつおいつ考えるうち、順《シュン》はついに落としどころを得たように思った。このことは自分ではどうにもならない。仲に立つ人を見つけ、話を丸めてもらうしかない。自分の親戚の一人一人を思い浮かべてみたが、ろくなのがいない。彼は親戚からも嫌われているのだった。行き遅れの娘をほったらかしにして、自分はさっさと三番目の嫁を貰うのでは娘がかわいそうだし、世間も承知しないと、居丈高になる親戚のあの顔、この顔が浮かんでくる。下手な人間には頼めない。かえって話をこじらせ、火に油を注ぎかねないからだ。そこでひらめいたのが、瞿《チュイ》団長だった。

団長は彼にとって、かけがえのない人物だった。ふさふさとした白髪、劇団の人望も厚く、人気も絶大だ。ただ、悠揚迫らざるところがあって、時にもどかしく、じれったい。何が起きても、慌てず騒がず順番に処理していく。「たとえ千軍万馬の長《おさ》となろうとも、乞食役者の頭《かしら》となるなかれ」と諺《ことわざ》に言うが、団長は一癖も二癖もある俳優集団《ろくでなし》の頭になって数十年というキャリアを積んできた。厄介な問題、扱いにくい人物も、彼の手にかかれば、たちまち丸めこまれてしまう。しかし、菊花《ジュイホア》の頭をこちらの思う方へ向けられるだろうか？

菊花《ジュイホア》は子どものとき、劇団を遊びに場にして、団長にもなつき、団長は菊花《ジュイホア》に菓子などを与えていた。順《シュン》がまだ貧しく、大晦日に娘の着物一枚買えなかったころのことだ。団長は自分の娘の服が体に合わなくなったから菊花《ジュイホア》に着てもらえないかと持ってきた。しかし、それは新品であったことを、順《シュン》と菊花《ジュイホア》は今も忘れてはいない。

順《シュン》は思った。頼むなら団長をおいて人はいない。ただ、やはり相手は大物だ。本来なら彼に手の届く人物ではない。誰もが冗談半分とはいえ、順《シュン》は団長に取り入っているとか、団長の「贔屓《ひいき》」だとか言う。こんな面倒を押しつけたら、それこそ団長の「尻を蹴飛ばし、顔までつぶす」ことになりはしないか。あれこれ思い悩んだ末、順《シュン》は一か八か当たってみようと決めた。ガラスを配達した後、団長の家へ向かった。本気だった。

瞿《チュイ》団長が住んでいるのは秦腔《チンチアン》劇団に割り当てられた団地の最も古い一棟で、しかも最上階の五階だった。（幹部が、団地の五階と一、二階の部屋を割り当てられることは少ない。最上階は直接陽にさらされて夏の暑さは耐えがたく、一、二階の低層は空気が悪く、夏は蚊や虫に悩まされるからだ）昨年、新しく建て増しになったが、そこには劇団の若手が入っている。というのも、古参の劇団員が独占しないようにと団長は率先して辞退したからで、青年層からは大いに喜ばれ、支持された。順《シュン》にとってここを訪問するのは初めてだった。しかし、その入り口だけは見覚えがある。というのは、あの年、団長から娘に新しい着物を贈られたとき、彼は年明け早々お返しにと近郊の農家から新鮮な野菜を数種買った。人目を避け、入り口に置いて逃げるように帰ったことがある。後で報告したところ、団長は喜ぶどころか彼を叱責した。爪に火を灯す稼ぎの中からこのような出費をかけては、痛み入るばかりだ。以後無用に願いたいと。彼はそれ以来、ここに二度と足を運んでいない。

しかし、彼は思う。人の家に頼みごとで出かけるのに手ぶらというわけにはいかない。あれこれ思案をめぐらせて、牛乳一箱、リンゴ一箱、バナナ一房、醜八怪《チョウバーグアイ》（デコポン）一袋の四種にした。寇鉄《コウテイエ》主任に贈ったものと同じだ。彼はやはり人に見られるのが心配だった。自分はどうでもいいが、団長の迷惑になってはならない。入り口でこんなことを考えているところへ、いきなり団長が顔を出し、もう少しでぶつかるところだった。団長は進物をどうしても受け取ろうとはせず、手ぶらの訪問となった。

団長の家の中はあまりにも簡素で、順《シュン》を驚かせた。彼は以前、いわゆる豪邸に進物を届けに行ったことがある。足を踏み入れるのさえ恐る恐るだったが、この家は信じられないほど狭く、物がない。まず客間は食卓一つと冷蔵庫でいっぱいだった。客があるときは、もう少し広い部屋がある。そこには音楽家らしく古いピアノ、五つの引き出しのついたデスク、旧式の二人がけのソファー、そして一人がけの椅子が一対、これだけだ。団長は屋根つきのバルコニーを開け、客間とつなげた。そこには書棚がいくつか並び、その間に採光用の窓がある。そのほかの空間はすべて本と楽譜で埋まっていた。

順《シュン》はずっと立ち続け、座ろうとしなかった。彼が人の家を訪問するのは、品物を届けるときだけで、座る用事はなかったからだ。団長は彼に座るように勧め、客あしらいに馴れていないのか、ぎこちなくもう一度勧めた。順《シュン》は緊張しながらちょこんと尻の端を乗せた。

団長は何の用事かと尋ねた。順《シュン》は口ごもり、しばらく言葉が出ず、口にしたのは別の世間話だった。

「瞿団《チュイトウアン》、劇団のためにこれだけ尽くして、こんな狭い住みかですか？」

「狭くはないさ。三室ある。七、八十平米《へいべい》はあるだろう。女の子は嫁に行き、老夫婦二人には十分だよ」

このとき、夫人がお茶を運んできた。順《シュン》は座っていていいのか、立った方がいいのか、もじもじしている。彼女は小学校の音楽教師をしているという。以前に会ったことはあるが、話したことはない。順《シュン》は夫人に向かって団長を褒めそやした。団長は団の中で最も信望があり威信も高く、みんなから支持され、慕われている。どれもウソはない。こんな話を山ほどした。団長がうんざりして、順《シュン》を遮った。要するに何が言いたいんだ？仕方なく、かくかくしかじかと話した。団長はしばらく言葉を発しなかった。順《シュン》は慌てて言葉を継いだ。

「身のほど知らずにこんな話をして、申しわけない。俺はただの下働きです。雲の上の人に向かって思い上がっていました。俺は忙しいだけで何の取り柄もない人間です。瞿《チュイ》団《トゥアン》、小人《しょうじん》の戯言《たわごと》と思って、この話はなかったことにして下さい」

順《シュン》は立ち上がりながら、これだけは言っておこうと腹を決めた。それは劇団の瞿《チュイ》体制に切り込み、「王手」をかけるものだったが、針を真綿でくるむ口調で話した。

「この業界で俺はいろんな色眼鏡で見られています。瞿《チュイ》団《トゥアン》の「手駒」とか「囲い者」とか「名誉職員」とか、俺をおちょくって瞿《チュイ》団《トゥアン》の側近気取り、幹部気取りとかいう人もいます。幹部というなら、ずばり寇鉄《コウティエ》主任でしょう。俺はただの苦力《クーリー》、どこの馬の骨とも知れません。でも、俺は自分がどれほどの馬の骨かを知りたいんです。瞿《チュイ》団《トゥアン》、教えて下さい。瞿《チュイ》団《トゥアン》が数えて何番目の馬の骨ですか？……瞿《チュイ》団《トゥアン》、お忙しいところ、お騒がせしました」

立ち去ろうとする順《シュン》に団長が声をかけた。

「まあ、待て。やるよ。やらないとは言っていない。だが、これは相手をこうだと決めつけて済む話ではないぞ。女の子が大きくなったら、面子《めんつ》もあるだろうし、立てるところは立ててやらないとな。私たちはこういった問題に対して認識が不足している。下手な口出しをしたら、元も子もない」

「瞿《チュイ》団《トゥアン》、この西京で瞿《チュイ》団《トゥアン》のお声がかかって解決しないことはありません」

「おいおい、私に鉄砲を担げというのか。それもいいが、頼まれたからにはめくら撃ちはできない」

「劇団の離婚組が瞿団《チュイトゥアン》のひと声で何組も元の鞘に戻ったし、けんかの絶えなかった家庭も、みんなにこにこ、明るい家庭になった。瞿団《チュイトゥアン》が出るだけでいいんです」

「人を買いかぶっちゃいかんよ。分かった。どこまでできるかやってみよう。一番心配なのは、娘さんが向かっ腹を立てたり、意固地になることだ。そのホテルに籠城されて、戦《いくさ》が長引けば、君の汗と涙の稼ぎはあっという間に吹っ飛んでしまうからな」

団長の言葉を聞きながら、順《シュン》の目に涙が浮かんだ。

順《シュン》は声を詰まらせた。ただ、団長の手を握りしめ、力をこめて揺すり、揺するその手に涙がしたたった。

彼は頭を垂れて団長の家を出た。

十一

菊花《ジュイホア》がビジネス・ホテルに泊まり始めてもう八日目になる。通りに面した部屋から、父親が仕事に出かけ、また帰るのを毎日見下ろしていた。あの女も一緒に出かけ、時には荷台に乗って、はしゃいでいる。さぞかしご寵愛を受けているのだろう。菊花《ジュイホア》も子どものころはこんな風に荷台に座った。「もっと飛ばして!」と父親の背中に叫ぶと、三輪車はすぐスピードを上げ、他の車をどんどん追い越していった。今は自分と縁もゆかりもない女がその場所を占め、ある晩は、はしたなく尻を立て、父親の腰にしがみついていた。その姿態はとても淫らなものに見え、菊花《ジュイホア》には耐えがたかった。

菊花《ジュイホア》はもともと、こんな不満だらけの女の子ではなかった。気がついたら、泣くに泣けず笑うに笑えない情況にいる。閉じこもったホテルの一室で化粧台の鏡にすっぴんの顔をのぞきこむ。安物の鏡は顔を少し歪めて映し出している。見ているうちになぜか泣けてきたが、最後には笑うしかない。乾いた笑い声は泣き声よりもっと悲しげに聞こえた。何だ、この鏡？　誰だ？　このぶす。だが、菊花《ジュイホア》はそれが自分だとはまだ認めていない。

菊花《ジュイホア》は西京市に生まれて育ち、父親もまた西京市の生まれだ。彼女が十代の幼いころ、劇団の美人気取りの女優たちが菊花《ジュイホア》をだしにおしゃべりしているのを聞いたことがある。

「この子はどう見ても都市《まち》の子じゃないね。西京生まれは顔つきからして違う。いくら都の水で洗っても駄目だ」

後になって菊花《ジュイホア》は気づいた。劇団の俳優のほとんどは農村出身で、みな目鼻立ちは整っているものの、垢抜けない田舎者扱いされている。彼女たちは都市の人間に対して身構えるようになり、菊花《ジュイホア》のような女の子をからかって鬱憤を晴らしているのだと。

菊花《ジュイホア》は覚えている。自分の母親は人に負けない容色の持ち主だった。菊花《ジュイホア》は母親にまつわるいろいろな話を聞かされた。耳をふさぎたい話もあった。世間から見れば母親は「ふしだら」の部類に入る。母の実の兄にしてみれば、妹は世間に顔向けならない女で、一族の恥だった。順《シュン》も彼らにかかれば形なしだ。芝居の仕込みという「下賤の仕事」に身を労し、その日暮らしの「手間賃稼ぎ」、「三輪車こぎ」と見下されていた。だから菊花《ジュイホア》も母親の実家とはほとんど没交渉で過ごしてきた。彼女は今にして思う。母親こそ自分の人生を自分らしく貫き通した女性と呼べるのではないかと。その男がいいと思えば、その男といい関係になり、最後には夫を捨ててその男と出奔する。それに引き換え、もうすぐ三十になろうと自分はどうなのか？　実は一度だけ男との出会いがあった。

去年の夏、父親が仕込みに出かけた夜の九時ごろ、突然、父の遣いだという若い男が家に現れた。道具箱を取りに来たと言う。普段は父親が持って歩く品だが、その日に限って別の荷物を他所《よそ》へ届け、帰って来るなりそのまま舞台へ駆けつけたからだと。父親が采配する集団に、出稼ぎの農民とはまったく違うタイプの「イケメン」がいるとは意外だった。中庭に入ってきたとき、炎天下とあって仕事着のショートパンツに上半身はランニングシャツをたくし上げて、力仕事に鍛えられた腹筋を見せていた。菊花《ジュイホア》を見てあわてて引き下ろしたが、覆い隠せない若い男の肉感が彼女をどぎまぎさせた。

彼女は道具箱の在処《ありか》を知っている。指させば、そこにある。だが、あちこち探し回るふりをした。若者はなすすべもなくその場に立ちつくしている。その夜の暑さは尋常でなく、彼女は寝間着の下は何も身につけていなかった。菊花《ジュイホア》はこの出稼ぎの若者を見たとき、父親と同じように汗と埃の異臭を放って平気でいる部類の男だと思ったが、どうやらそれとは違うようだ。汗の臭いはある。しかし、それはショートパンツとランニングシャツでは包めない若さの発散だった。彼女は胸の動悸が高まるのを覚えた。

彼女は若者を座らせ、タオルを渡して汗を拭くように言った。そのタオルは彼女のもので、ついさっき、彼女の顔、首、胸の汗をぬぐったばかりだった。彼女のタオルは普段、父が指一本触れることも禁じている。だが、彼女はこの一刹那《せつな》、若者が彼女のタオルを用い、その彫りの深い顔に当てることを祈る思いで願っていた。だが、若者はタオル持ったまま使おうとせず、また座ろうともしなかった。身じろぎもせず、頭と顔の汗をしたたらせながら塑像のように立っている。

中庭はぼんやりと闇に沈んでいた。隣家の灯りが残光のように庭に落ち、若者が入ってきたとき、一刷《ひとはけ》さっとその顔を照らし出した。それは舞台のスポットライトのような企みで、彼の顔を大写《クローズアップ》しした。菊花《ジュイホア》は子どものときから舞台照明のいたずらを知っている。この光は若者を包み、その美しさしか見る者に伝えない。彼女は他の灯りをつけるのをやめた。自分の顔を残酷無残な灯りの下にさらしたくなかったからだ。このおぼろな闇が彼女に一種の自信を与えた。彼女は立て続けに問いを発し、若者の名前を聞き出そうとした。彼女の父「刁順子《ディアオシュンツ》」は三輪車のペダルを踏み、舞台の仕込みを稼業としているが、その一団の頭領でもある。彼をそう呼ぶ者はなくても、頭領であることに違いはない。菊花《ジュイホア》は今、この暗闇の宰領者として、そして頭領の娘の気位でこの若者に君臨しようとした。彼をついに座らせ、自分は道具箱を探す演技を続けようとしたのだが、自分が何を探そうとしているのか分からなくなってきた。

この若者も愚かではない。とっくに彼女が放心状態にあることを見抜いていた。しかし、自分から分を超えた行動に出ようとはしなかった。彼は彫像のように静かに座り、彼女のとりとめのない行動を見守っていた。その実、彼は道具箱の在処を見つけ出し、彼女が探し出すことを待っている。若者は喉を鳴らして水を飲み続けているだけだ。ごくん、ごくん、口にあふれさせ、喉にほとばしらせて稠密《ちゅうみつ》な肉叢《ししむら》を満たそうとする勢いは、若者が渇きを癒やそうとする性急さにも思えるが、彼はその音にそんな含みをいささかも持たせていない。

「二階だったかしら?」

菊花《ジュイホア》がこう言ったのはもちろん謎かけではあるが、探りを入れるというよりあからさまな誘惑だった。ここで若者に去られ、見捨てられることもありだと彼女は覚悟していた。その場面を後になって一層細かく思い起こすことができたのは、彼女がそれを繰り返し考え続けていたからだ。この若者はあなどれないと彼女は思った。

「二階だったかしら?」と彼女が水を向けたとき、声が思わず震えたが、彼は鈍感を装って一言も発しなかった。しかし、彼女が二階へ上がり始めたとき、彼も黙って後に続いた。この扱いづらそうな若者が一種の黙契に従っているかのように彼女の部屋に入った。菊花《ジュイホア》は振り返り、上の空で尋ねた。

「ええと……道具箱だったわね」

「そうです」

若者の声は菊花《ジュイホア》より、か細く聞こえた。さっきあれほどの水を飲んだのに、喉から絞り出すような、かすれた声になっている。

菊花《ジュイホア》は感じている。自分より頭一つ背の高い男が自分のすぐ後ろに立っていることを。その息づかいが熾《おき》の火照りのように伝わってくる。彼女はやはり女だ。こんな近くで男に立たれるのは初めてだったから、自分から動くことができなくなっている。相手の出方を待って全身の感覚を研ぎすました。若者は部屋の暗さに不慣れを装って、手を彼女の腰に触れさせた。彼女は羞じらうかのように身を固くしてその手を遮った。彼は出した手を引っこめようとしたので、彼女は思いを凝らし、念力を放出した。いいのよ。すると、若者は両の手を伸ばし、背後から彼女を抱いたのだ。そして、彼女をぐいと引き寄せて、きつく抱きしめた。

菊花《ジュイホア》の頭は、はっきりと働いている。これはまだ途中なんだ。互いに相手の気持ちを探る駆け引きなんだ。彼女はちょっと抵抗する素振りをした。すると、相手は手を引っこめようとする。彼女はわざと一歩退いた。相手を避けようとする動きに見せながら、実はベッドの縁《へり》までの歩数を計っていた。そこまで押されたふりをして、彼女は畳のベッドに仰向けに倒れた。若者は大木が倒れるみたいにどうとその上に覆いかぶさった。彼女は彼の手を引っこませようとした。しかし、彼は手を引っこめるつもりはもうなかった。

この若者の名は樹生《シュウション》といった。翌日の昼、菊花《ジュイホア》は父親と一緒に食事しながら彼のことを根掘り葉掘り聞き出そうとしていた。父親は昨夜この家で起きたことをまるで知らない。彼女は父親に尋ねた。家の整理をしたいので、樹生《シュウション》を手伝いに寄こしてもらえないかと。父親は娘と出稼ぎの男との仲を夢にも疑わない。すぐ樹生《シュウション》を寄こしてくれた。

だが、その日を限りに、彼は姿を消した。父親もどうしたことかさっぱり分からず、馬鹿な奴だとしか言わなかった。最後の工賃も受け取らずに雲隠れしたのだ。その理由は菊花《ジュイホア》はだけが知っている。樹生《シュウション》は白日の下で菊花《ジュイホア》の正体を見て動顚し、身を隠したに違いない。その日、彼女は念入りに化粧し、一番お気に入りの衣裳を身につけた。樹生《シュウション》は彼女を一目見て呆然とした。その表情は彼女の脳裏に今もしっかりと刻まれている。

日の光の下で見る樹生《シュウション》は夜の闇で見たよりずっと酷《クール》で、彼女の大好きなダビデの像に似ていた。あの夜、樹生《シュウション》が最後に話したのは、彼が陝西省北部から西京に出てきたのは歌手になるためだったと言う。同郷の出身者が経営するレストランが、故郷の民謡を歌う歌手を募集しているのに応募したのだが、志望者が多すぎて採用にならなかった。やむなく舞台の仕込みをしながら機会を待っているのだと。菊花《ジュイホア》は精一杯の思いをこめて、いろいろな手助け、有形無形の援助ができることを仄めかした。その日の午後、父親が運送の仕事で出かけた後、二人は数時間を共に過ごした。部屋を片づけるといっても、別に仕事はない。おしゃべりをしながら樹生《シュウション》は大きな植木鉢を動かしたりした。菊花《ジュイホア》は樹生《シュウション》が疲れないように気遣い、彼に負けない力を出していることに気づいた。夕方近く、彼女は何度も樹生《シュウション》を二階に誘いたくなった。そこで畳のベッドを動かして欲しいと頼んだ。樹生《シュウション》は、はっきりと返事をせず、急に買い物を思い出し、すぐに戻ると言って出かけた。彼女は待ったが、夜十時になって、父親が帰ってきても彼は姿を現さない。彼女は腹を立てていたから、父親に告げ口し、すぐ戻るよう樹生《シュウション》に電話させた。まだ仕事がたくさん残っているからということにした。電話はしかし、電源が切られていた。樹生《シュウション》が部屋を借りている大吊《ダーディアオ》に電話して、ことの次第がやっとはっきりした。樹生《シュウション》は夜部屋に戻ると、あたふたと荷物をまとめて出て行ったという。実家に急用ができたらしい。それ以来、彼の行方は杳《よう》として知れない。菊花《ジュイホア》は何度か行ったことのある陝西省北部の郷土料理の店を訪ねたが、樹生《シュウション》と言う名の人物は聞いたことも見たこともないということだった。

この一件は菊花《ジュイホア》を苦しめたが、それほど深入りはしていないし、過去のことと割り切れば、それまでだ。だが、これ以来、彼女は自分の結婚について切迫感をもって考えるようになった。以前から楽観していたわけではないが、先が思いやられた。まして、出稼ぎに来た農民の小せがれからこんな仕打ちを受け、屈辱で心が折れそうになった。彼女の父親も安閑としていられなくなった。会う人ごとに娘の縁談を頼みこんだ甲斐あって、口をきいてくれる人は少なからずあったが、返事はなしのつぶて。彼女は腹を立て、次第に癇癪を起こすようになった。

彼女は時々思う。自分が気に入りさえすれば、年齢は四十、五十でも構わない。彼女が夢見たのは母親と同じように、誰かと手に手を取ってどこか遠くへ逃げ出すことだった。遠ければ遠いほどいい。彼女は西京の暮らしにいい加減うんざりしていた。

特に父親があの女を家に引き入れてから、彼女は何を見ても心楽しまず、毎日が砂を噛む思いだった。何もかも下らなく、どうでもよくなった。この家に火をつけたい衝動にも駆られた。思いに沈んでいた菊花《ジュイホア》は突然、テーブルの上のコップを化粧台の〝変形鏡《おばけかがみ》〟に投げつけた。鏡は無数の切っ先となってきらきらときらめきながら飛び散った。どうせ父親に請求書が回るだけのことだ。

今夜は行き遅れの女たちとカラオケに行くことになっていたが、気分は割れた鏡同様、稜角を尖らせたままだった。彼女は女友達に急用で行けぬとメールした。ただ眠るだけ、一人きりの眠りの中で彼女への慰藉《いしゃ》が訪れるはずだった。

ドアのベルの音を聞いたと思った。誰かと聞くと、劇団の人が来て一階のロビーで待っており、名前は瞿《チュイ》おじさんと伝えてくれということだった。

彼女はしばらく返事ができなかった。「瞿団《チュイトウアン》」が何の用だろう？　すぐ思いついたのは、父親に頼まれて口利きに来たのだろうということだったが、それはありそうにない。父親がいくら図々しいからといって、劇団長を引っ張り出せるはずがない。劇団長が三輪車こぎの仕込み屋の頼みにおいそれと耳を貸すとも思えなかった。彼女は答えた。

「いないと言って下さい」

しばらくして、またベルが鳴った。

「菊花《ジュイホア》、私だ。瞿《チュイ》おじさんだ。開けてくれ、瞿《チュイ》おじさんだよ！」

本当に瞿団《チュイトウアン》だった。開けないわけにはいかない。

十二

菊花《ジュイホア》は子どものころ、毎日通った遊び場といえば劇団の中庭しかなかった。遊び相手は劇団員の子どもたちだったが、遊んでくれるだけで、彼らの家の中には入れてもらえなかった。家の入り口にも近寄れなかった。大人が彼女を閉め出すだけでなく、子どもたちも示し合わせたように彼女を家に入れようとしなかった。あるとき、彼女が片足をドアに押しこんだことがあった。バタンとドアを閉じられて足首が腫れ上がり、何日も地面に足をつけなかった。またあるときは、子どもたちと一緒になって新婚の家へつめかけたことがある。家の中へ入ろうとしたとき、彼女一人だけ大人から耳をぐいとつかまれ外に引っ張り出された。彼女は仕方なく、ひりひりと火照って痛む耳をドアに押し当て、中の賑わいに耳を澄ませた。喜糖《あめ》や祝儀袋に群がり、奪い合う子どもたちの歓声が伝わってきた。やがて大人たちが外へ出ると、また仲間に混ぜてもらえ、結婚式の喜びを分かち合うことができた。

後になって、彼女はうすうすと気づいた。子どもたちが一緒に遊んでいるとき、物がなくなると真っ先に菊花《ジュイホア》が疑われるということだった。彼女は人の物に手を出したことは一度もない。これだけは間違いない。幼いときから父親に厳しくしつけられてきたからだ。他人様《ひと》の物は、たとえ針一本たりとも盗んではならない。盗もうものなら一生世の中に顔向けがならない。お天道様を拝むことができないぞ。父親の教え通り、道に落ちている紙くず、空き瓶、ビニール袋を拾っても、他人様が身につけているものを盗《と》ったこともなく、盗るどころか、人が物を落としたら、すぐ追いかけてその人に手渡し、ああいい子だねと言われたことだってある。どうして、身に覚えのないことを疑われるのか。ただ瞿団《チュイトゥアン》、瞿《チュイ》おじさんだけが彼女を家でご飯を食べさせてくれたし、瞿《チュイ》おじさんの娘と一緒に宿題もさせてくれた。それだけでなく、一晩家に泊めてくれたことさえある。それは彼女が十二歳の誕生日を迎えた日のことだった。

父親は三日三晩休みなく、仕込みに追いまくられていた。演劇祭の全国大会に出品する演目で、準備は細心を極めた。その当時、菊花《ジュイホア》の母親が出奔してすでに数年が経っており、菊花《ジュイホア》は平常通り学校に通い、冬休みや夏休みには父親と一緒に劇場へ通い、大人たちに混じって舞台の裏表を遊び場とした。その日は家に帰って一人で寝ることになっていたが、隣家の老人が急死して葬式が始まった。けたたましい泣き声、銅鑼や太鼓、チャルメラの大音量におびえた彼女は劇場へ泣いて戻り、舞台の袖に段ボールを敷いて寝床にした。夜中に見回りに来た瞿《チュイ》団長に、順《シュン》は働きを自慢した。

「この三日三晩、俺ら瞬き一つしてませんよ。全国大会ですからね。気合いが入ってますよ。瞿団《チュイトゥアン》のため、劇団と陝西省を背負って立とうと、まあ、ここ一番、いい仕事をさせてもらいます。娘の菊花《ジュイホア》があそこで寝てますが、お見逃し下さい。実は隣の爺さんが死んで、化けて出そうだと家にはいられず、ここで犬っころみたいに丸まってます。母親もなく父親にも構ってもらえない哀れな子です。今年十二歳になりました。厄年ですよ。瞿団《チュイトゥアン》にはご迷惑をおかけしません。俺ら、瞿団《チュイトゥアン》の足を引っ張ったり、恥をかかせるような仕事はしたことがありませんからね。舞台は明日の朝には演出家にちゃんと引き渡しますよ。この順《シュン》、痩せても枯れても鉢の頭と坊主の頭は結《ゆ》(言)ったことがない。どうかご安心を……」

瞿《チュイ》団長は舞台をぐるりと回り、菊花《ジュイホア》を起こして自分の家に連れて帰った。瞿団《チュイトゥアン》は言った。

「順《シュン》よ、この子は私の家に連れて行く。娘と一緒に寝かせるよ。安心してくれ」

そのとき、まさかと言いたげな父親の目を菊花《ジュイホア》は、はっきりと覚えている。順《シュン》はほとんど狼狽し、きつく合わせた両手を揉みながら言った。

「とんでもない。垢だらけの体でどうしてお家のベッドを汚せますか」

瞿《チュイ》団長は何も言わず菊花《ジュイホア》を連れて行った。彼女が父を振り返ったとき、その目に涙の珠が浮かび、くるくる回っているのを見た。順《シュン》が瞿団《チュイトゥアン》の「お気に入り」と言われるようになったのは、このときからだ。

その夜、菊花《ジュイホア》が瞿《チュイ》団長の家に行ったとき、団長の妻と娘はもう眠っていた。団長が家族にどう説明したものかと考えつかないうちに、みんな起きてきた。団長夫人はすぐ風呂を沸かして菊花《ジュイホア》を入れ、団長の娘は自分の清潔な衣類を持ってきて彼女に着替えさせた。それから菊花《ジュイホア》がおいしかろうと思う食べ物をたっぷり用意して食べさせ、寝につかせた。団長の娘は素素《ソソ》といった。彼女は自分の背丈より大きいぬいぐるみの人形を菊花《ジュイホア》に抱かせてやった。菊花《ジュイホア》はぐっすり眠り、夢を見た。自分は団長の娘になって素素《ソソ》とおそろいのワンピースを着て、青空に白い雲が浮かぶ下、二人でブランコをこいでいた。

それから菊花《ジュイホア》は何度か団長の家に行ったが、何度かは父親から止められた。人間、分別が大事だ。分別って?　気を利かすことだ。人のために杖となれ。藁しべにはなるなと。

素素《ソソ》は勉強が好きだった。英単語の暗記をしていたかと思うと、宿題を始め、またバイオリンを弾いていた。バイオリンは一歳から練習を始め、全国大会で優勝したこともあるという。二人はいつからか一緒に遊ばなくなった。菊花《ジュイホア》の方から足が遠くなり、その後、素素《ソソ》はウイーンに留学した。

団長の一家はみな菊花《ジュイホア》にやさしくしてくれた。それがいつも彼女の心にふんわりと白いレースのカーテンのようにかかり、涼しい風に揺れていた。だから、瞿《チュイ》おじさんが来たとあっては、どうでもドアを開けなければならなかった。

瞿《チュイ》おじさんは部屋に入らなかった。素素《ソソ》の写真を見せたいから家に行こうと言い、彼女もそれに従った。菊花《ジュイホア》はもう何年もこの家に来ていなかった。劇団の中庭にも足を踏み入れていなかった。劇団の人たちの彼女を見る目が厭わしかった。今はその顔を思い出すだけで虫酸《むしず》が走る。

瞿《チュイ》おじさんの奥さんは家にいた。菊花《ジュイホア》が来ることは知っていた。奥さんはすぐに彼女を座らせてコーヒーを出し、ごゆっくりと言って別室へ行き、別の子どもにバイオリンのレッスンを始めた。奥さんは仕事以外の時間にバイオリン教室を開いているのだった。レッスン料は一時間百二十元（約二千円）だと聞いた。

この家に来ていたころ、菊花《ジュイホア》はバイオリンを習いたかった。しかし、一日稼いでやっと数十元の父親に、どうしてそんなことが言い出せるだろうか。素素《ソソ》は菊花《ジュイホア》に何度かバイオリンの手ほどきをし、菊花《ジュイホア》には音楽の才能があるとほめた。だが、素素《ソソ》の言うことには、バイオリンは小さいころから始めなければならず、大きくなってからではものにならない。当時、菊花《ジュイホア》は十二歳で、素素《ソソ》はすでにバイオリンの検定で十級に進んでいた。

瞿《チュイ》おじさんは何枚もの写真を持ち出してきた。みな素素《ソソ》が留学中に博士号を取得したときのものだった。何という晴れやかさだろう。自信にあふれ、ロマンチックな夢が素素《ソソ》のために用意されていた。それに引きかえ、自分は何と醜く、劣っていることだろう。しかし、彼女は素素《ソソ》に嫉妬しているのではなかった。素素《ソソ》が幸せで満ち足りた人生を送るのは当然のことであり、ただ自分が哀れ、可哀想なだけのことだ。こんな感情が自分の中で屈折することはあっても、瞿《チュイ》おじさんや奥さん、このように恵まれた家庭に向かうことはなかった。

一通り写真を見終えた後で、瞿《チュイ》おじさんがついに口を開いた。

「最近、君のお父さんと何かあったのか？」

菊花《ジュイホア》は答えず、写真に見入るふりをした。

「このことは君のお父さんが間違っている」

菊花《ジュイホア》はびっくりして瞿《チュイ》おじさんを見つめた。

「こんな大事なことは、何を置いてもまず君に相談すべきだった。軽率にもほどがある。よく言って聞かせたよ。お父さんも自分が悪かったと認めた」

菊花《ジュイホア》はまた頭を垂れた。

「君の気持ちを汲んで、私も及ばずながら力になろう。その女《ひと》にお父さんのところから出てもらうというのはどうだろうか」

と言われても、菊花《ジュイホア》は急には受け止めかねた。瞿《チュイ》おじさんはさらに話をつなげて
「そうした場合、君はお父さんのために朝、昼、晩、炊事洗濯ができるかな」

菊花《ジュイホア》はさらに下を向いた。かつて家で料理したことはあったが、父親の仕事量が増え、生活がますます不規則になって、ここ何年も家で煮炊きの煙を上げたことがない。彼女自身、食べたり食べなかったりの毎日だ。普段は即席麵やスナック菓子、せいぜい米粉《ビーフン》や餃子で間に合わせている。いやいやながらに食事していると、ますます食事の支度が億劫になり、台所の油の臭いが鼻につくようになった。この辺りは若い人が多くて生活習慣にめりはりがなく、彼女自身、数年前のネット・カフェ通いが、今はさっぱり面白くない。毎日に張り合いがなくなり、毎日のんべんだらりと暮らしている。

以前は父親のために洗濯もしていた。洗濯と言っても、父親は春夏秋冬、大褂《ダーゴア》（藍色の木綿で作った長衣《チャンイー》）一着で通しており、月に一遍水を通せば済む。仕込みという不規則な仕事をしていると、同じ家に住んでいても何日も顔を見ないで過ごすこともあり、着替えなどは父親が自分で洗い、中庭に干してあったりする。それを

よいことに、彼女も父親の洗濯物に口を挟まない。どうせ洗っても洗わなくても、よれよれの身なりで生きながら死んだような暮らしをしているのだから。

菊花《ジュイホア》は答えようとしたが、言葉が出てこなかった。

瞿《チュイ》おじさんは茶をすすり、ゆっくりと口を開いた。

「いずれにせよ、君は独り立ちすることになる。君のお父さんはいやでも自分の暮らしを始めなければならん。父親に後添えが来た娘の気持ちは、みんなが理解しているが、お父さんの立場から考えると、分からないでもない。君は一生父親と暮らすわけにはいかないし、五十過ぎの男の独り暮らしは、誰か側にいてくれたらと思うときがある。もし、誰かそんな人が現れたら、渡りに船だ。話は実に手っ取り早い。どうぞ差し上げます、後はよろしくと割り切れないものかね。君のお父さんは本当に困っている。難儀の毎日だ。そろそろ許すと言ってやれないかね。」

菊花《ジュイホア》は瞿《チュイ》おじさんが上から目線でなく、こんな相談ごとの口調で話を持ちかけてくるとは思っていなかった。ただ、彼女には何の効果ももたらさなかったが、彼女は静かに聞いていた。

菊花《ジュイホア》は初め、父親の苦労話をさんざん聞かされ、情にからめとられるのを警戒していた。だが、瞿《チュイ》おじさんはここで話頭を一転させ、あろうことか彼女の結婚問題にからめてきた。これは彼女が最も忌み嫌う話題だった。だが、瞿《チュイ》おじさんは、開けてはならない箱をあっさりと開けてしまった。

「君のお父さんから聞いたが、君の結婚話、苦労しているそうだな」

菊花《ジュイホア》はもう少しで言い返しそうになったが、じっと辛抱した。瞿《チュイ》おじさんは自分に悪意を持っていないことは分かっている。しかし、この問題には何も答えたくなかった。瞿《チュイ》おじさんは話を続けた。

「娘の素素《ソソ》ももうすぐ三十になるが、相手が見つからない。親たちがいくら焦っても、本人はどこ吹く風、まったく君たちの世代は何を考えているのか」

この瞬間に菊花《ジュイホア》は、父親としての悩みをさらけ出した瞿《チュイ》おじさんに絶対的な好感を持ってしまった。自分の娘と他人の娘を平等に並べて話をしているのだ。菊花《ジュイホア》は、自分の「婚活」がうまくいかないのは、社会の負け組になった父と娘の共通の境遇だと思っているのに対し、瞿《チュイ》おじさんこれを時代の病弊、若い世代の通弊として嘆いている。菊花《ジュイホア》は突然、この時代に生きている一人の人間としての自分が見えてきた。これまで自分の中に閉じこもっていたが、この問題には時代に立ち向かう一人一人の尊厳がかかっているのでは？　菊花《ジュイホア》は瞿《チュイ》おじさんの話が胸にすとんと落ちるの感じた。ついに彼女は口を開いた。

「素素《ソソ》もまだなの？」

「いくらせっついても、けろっとしたものさ。本人曰く、独身主義者だそうだ」

菊花《ジュイホア》は心から笑った。

「私は素素《ソソ》を断固支持します。一人で暮らす方が、よっぽどせいせいしていい。相手がいようがいまいが、嫁にいこうがいくまいが、本人がよければそれでいい。うるさく干渉するなんて今どき流行《はや》らないわ。悪趣味、低俗だわ」

菊花《ジュイホア》は突然、素素《ソソ》という精神的支柱を得た思いで、ソファーにあずけた背筋をしゃきっと伸ばした。

瞿《チュイ》おじさんはゆったりと座ったまま嘆きをやめない。

「世間とは俗なものだよ。君たちは俗を超えてせいせいしているつもりかもしれないが、親たちはせいせいできない。君の親はどうなんだ？　悩んでる。苦しんでいるぞ。結婚は無理にするものではないが、いい相手がいたら、どうしてしちゃいけないんだ？　いなければ、そりゃ、仕方がないけどね」

菊花《ジュイホア》は、はめられたと思った。何のことはない。瞿《チュイ》おじさんの話はあっちへいったり、こちへいったり、のらりくらり回り回って、最後は結婚問題に、しかも彼女が一番いやがっている父親の結婚問題に舞い戻ってしまった。瞿《チュイ》おじさんは言った。

「君のお父さんが見つけた人、君が不満なのは分かったが、どこがいけないんだ？　一つ、おじさんに話してくれないか？」

ここに至って、菊花《ジュイホア》はついに瞿《チュイ》おじさんに問い詰められた。あの女はただのお騒がせ女なのか。心賤《いや》しい女なのか。父親にふさわしくないとすれば、そのどこに菊花《ジュイホア》の不満があるというのか、実は彼女自身分かっていない。あの女が家に入ってこの方、彼女はひたすら菊花《ジュイホア》の意を迎えようと努め、父親まであの手この手で菊花《ジュイホア》のご機嫌をとろうとしている。どこが不満かと聞かれれば、それが分からないから不満なのだ。

菊花《ジュイホア》はまた首を垂れ、素素《ソソ》のアルバムに見入った。瞿《チュイ》おじさんの問いに正面から答えられなくなったのだ。

瞿《チュイ》おじさんは言った。

「おじさんに一つ考えがあるんだが、お父さんの見つけて来た人をもう一度別の目で見るのはどうだろうか。それでやっぱり駄目だということになったら、おじさんと一緒にお父さんのところへ行って、はっきり言ってやろう。どうかね？」

菊花《ジュイホア》は答えなかった。別室から聞こえてくるバイオリンの音色に、ただ静かに耳を傾けていた。きっと十二、三歳の習い始めたばかりの生徒だろう。彼女が心底、バイオリンというものを弾いてみたい、習ってみたいと願った年齢だ。瞿《チュイ》おじさんは話を続けた。

「私は思うんだがね。そろそろあのホテルから出てはどうだろうか。あそこは適齢期の娘さんが泊まるところではない。すぐ家に帰るのが決まり悪ければ、ひとまずおじさんの家に来たらどうかね。うちのおばさんはもう定年退職しているから、何の差し障りもない。バイオリン教室の生徒がうろちょろしているがね。遠慮は無用だ。」

「いえ、そんなことはできません」

「君がホテルに一泊すると、二百元（約三千四百円）がとこ吹っ飛ぶ。それは君のお父さんの心臓をえぐるようなものだぞ」

瞿《チュイ》おじさんは急に表情を引き締め、声を励ました。

「君のお父さんの艱難辛苦《かんなんしんく》、血を吐くような毎日だ。一つだけ話して聞かせよう。よく聞くんだ。このまま行くと、お父さんは参ってしまう。よく考えるんだ。覚えているかな。去年の夏、お父さんは釘で足を刺した」
菊花《ジュイホア》は覚えていない。仕込みという仕事をしていると、切り傷、刺し傷、かすり傷は当たり前のこと、家に帰って娘に話したりしないし、仕事の弱音を吐いたことのない父親だった。

「あの日、私は現場にいた。背景の張り物（パネル）を立てようとしていたんだ。そのとき、順《シュン》、君のお父さんは錆びた釘を踏み抜いてしまった。足の裏から甲まで突き通る長い釘だったよ。順《シュン》は顔を青黒くして、玉の汗をしたたらせていた。何人かのスタッフが病院に担ぎこんだ。当分、仕事には戻れないなと私は思ったよ。だが、順《シュン》の奴、包帯をし終えると、びっこひきひき、現場に戻ってきたんだ。夜の公演では君のお父さんに移動用タワー（タワークレーン）を動かす仕事を頼んでいた。演《だ》しものは秦腔《チンチアン》の『西湖に遊ぶ』（㊤十八頁参照）だった。物の怪《け》や亡霊が宙に浮き、舞台中を飛び回るんだ。これを鉄の櫓《やぐら》に仕込んで、それっとばかりに前へ走り、また、どどっと後ろへ引く。おまけに主演俳優を乗せ、空中演技の大見得を切らせるから重いのなんの、四人がかりで汗だくの大仕事だった。足に傷を負ってできる芸当ではない。現場としては当然、人を換えようということになったが、君のお父さんは頑として聞き入れない。どうしてだと思う？　分かるか？　十数分の舞台で、四十元の稼ぎになるからだよ。鉄の櫓と格闘して舞台から下りたとき、君のお父さんの足は血まみれ、口からも血がにじんでいたのは、奥歯を噛みしめ、痛みに耐えたからに違いない……。菊花《ジュイホア》、君が意地を張ってホテルに一泊するだけで二百元……」

瞿《チュイ》おじさんはもう何も言わず、菊花《ジュイホア》もこれ以上聞くのは耐えられなかった。彼女は父親の悲しみを悲しみ、同時にその屈辱を感じた。頭の中がぶーんとうなり、その後、瞿《チュイ》おじさんの家をどう後にしたのか、もう覚えていない。ただ一つ覚えているのは、明日の朝ホテルを出るという約束だった。道を急ぎながら顔がやたらと火照り、首筋が焼けるように熱かった。

しかし、菊花《ジュイホア》はホテルを出た後、家には帰らず、向かったのは母親の実家、母の兄の家だった。

十三

順《シュン》は最初、ビジネス・ホテルの精算に行こうとしなかった。社長がやって来て催促の強談判《こわだんぱん》をされた上、素芬《ソフェン》に促されてついに折れた。菊花《ジュイホア》は都合八泊して一泊二百四十元（約四千百円）のところを、順《シュン》は粘りに粘り、六割五分引きまで値切り倒し、社長も順《シュン》の顔を立てて折れ合った。しかし、支払いはそれで済まなかった。菊花《ジュイホア》のサイン入りの請求書はレストランの食事代が八百元（約一万四千円）、このほか部屋に置かれたスナック類、ビール、ミネラルウォーター、チョコレート、使い捨てタオル、さらに菊花《ジュイホア》が割った鏡の弁償代まで含めて四百元（約六千八百円）、何やかや締めて二千元（約三万四千円）とちょっとで手打ちとなった。いざ支払いとなって、順《シュン》は顔が歪むのを懸命にこらえた。瞿《チュイ》団長という時の氏神のお陰で、底なしの穴をやっとふさぐことができたのだ。彼は団長の家に行き、深々と頭を下げた。団長は言った。あの娘《こ》の性根は曲がってしまった。気長に、焦らず見守るしかないと。順《シュン》が焦ったところでどうにもならないことは確かだ。とりあえず、菊花《ジュイホア》の性格にかこつけて、この場を収めることにした。

ちょうどこのとき、順《シュン》は大きな仕事にありつこうとしていた。当今、日の出の勢いの不動産業者《ディベロッパー》が西京の東部で大規模な造成事業に着手することになり、西京のセレブたちを一堂に集めた一大デモンストレーションを打ち上げることになったのだ。中国大陸をはじめ香港、マカオ、台湾から歌手やスターが呼ばれ、アメリカのロック歌手まで動員されることになったという。その舞台は超一流、超豪華なものでなければならない。企画、運営のすべてを仕切る総合プロデューサーは、もちろん順《シュン》とは何の関係もないが、そのおこぼれにあずかることができた。しかも、イベント会場の設営、仕込みという一番〝おいしい〟部分をいただけるのだ。このすべてを順《シュン》の一隊が初の大仕事として請け負うことになった。工期は半月だ。

総合ディレクターが招集したスタッフ顔合わせの会議に順《シュン》も列席することになった。会場は西京でぴかいち、五つ星を超えるホテルだった。順《シュン》は何度も五つ星ホテルへ行っているが、すべて三輪車で裏口に荷物を届ける仕事だったから、正面から堂々と入り、会議室に案内されるのは今回が初めてだった。彼は名状しがたい高揚感に捕らわれ、闘志をかき立てていた。今夜の説明会も本番のレセプション同様、全西京の注目を集めていた。レセプションが開幕になったとき、ささやかれることだろう。仕込みは誰だ？　あの順《シュン》たちだ。西京の仕込み業界でここまでのし上がるとはな。商売をみんな持って行かれちまうぞ。

総合ディレクター兼演出家が派手な檄《げき》を飛ばすのを聞いて、順《シュン》は身震いを禁じ得なかった。その演出家は生粋の北京語を使い、彼が手がける作品やイベントはすべて国家級の賞を総なめすることから〝金賞請負人〟〝トロフィー・マエストロ〟などの異名を奉られ、密かにささやかれるところでは、中南海（中国指導部の住居、国家機関のあるところ）のさる大物に強力なコネがあるという。彼が受賞したイベントは全国で十数会場に上り、司会者がそれを一気にまくし立てた。順《シュン》はそのどれも聞き覚えがなかったが、司会者が聞く者の心を一気に攫《さら》い、その気にさせる人心掌握術、話術の妙に魅せられていた。

総合ディレクターは顔中ひげに覆われ、アメリカに殺されたと言われるビン・ラディンそっくりだったが、頭にあるべきものを百八十度回転させたような感覚に襲われる。その口からイベントのメインテーマ「大夜会・錦秋田園賛歌」の大構想がぽんぽんと飛び出してきた。その勢いは懸河《けんが》の如くとどまるところを知らず、一方、その手は美術品のような木櫛を操りながら、一毛もない頭頂部を休むことなく前後左右に梳き分けている。会場は哄笑の渦になるかと思われたが、その夜は違った。会場は厳粛な雰囲気に包まれ、笑い声一つ起きなかった。総合ディレクターは、この一大プロジェクトを「真正なる芸術」によって全西京、全中国、ひいては全世界の記憶にとどめさせようと力演、力説した。彼のスローガンは「中国国民を震撼させよ」、「世界に驚異の目を見張らせよう」というもので、各部門は名利を求めず、日夜粉骨砕身、最後の勝利を目指してもらいたいと結んだ。順《シュン》は、感動はしたものの、芸術に徹するという性分に欠け、すべて数字に置き換えるという性癖を持っているため、聞くほどに彼の思考は重い錨となって海中に没し、代わりに半月の間に稼げる銭勘定を始めていた。

今回の仕事は寇鉄《コウティエ》主任が順《シュン》に口利きをしたものだった。「寇鉄《コウティエ》ステージ・マネジメント」の一部を請け負い、チーフ・マネージャーは北京語を話す男だった。チーフの下に主任が置かれ、寇鉄《コウティエ》がこの任についたのだ。寇鉄《コウティエ》が順《シュン》に持ちかけた話は、舞台の仕込みに三百万元（約五千百万円）を計上し、このうち機材や資材のレンタルに二百万元（約三千四百万円）を支出するが、この部分は寇鉄《コウティエ》主任の裁量から外れる。残りの百万元（約千七百万円）で舞台を仕込み、野外の客席を設置し、周辺の環境を整えるというものだった。ところが、順《シュン》には十万元（約百七十万円）しか支給されない。これで三十人のスタッフを率い、仕込みから客席の設置、環境の整備までやれってか？　彼は粘りに粘り、寇鉄《コウティエ》はしぶしぶ五千元（約八万五千円）の上乗せを認めた。しかし、まだ腑に落ちないことがあった。この契約書の額面が十万元ではなく、三十万元（約五百十万円）になっていることだ。寇鉄《コウティエ》の説明によると、これはチーフ・マネージャーの意志で、上部に賄賂《わいろ》を遣うのだという。ピンハネではないか。こうした工作費のしわ寄せが下請けの順《シュン》にかぶせられるというわけだ。何くそと思ったが、まだ交渉の余地はある。何が何でも二十万元（約三百四十万円）、びた一文負けられないと頑張ると、寇鉄《コウティエ》はさらに五千元の追加を認め、それ以上は黙《だんま》りを決めこんだ。

順《シュン》はこれで手を打った。それぞれがそれぞれの帳尻を合わせている。順《シュン》にとってもこれまでの仕込み人生で最大の仕事になる。ざっと計算すると、十五日で仕上げたとしてスタッフの工賃を支払った後に一万元（約十七万円）以上が残る。素芬《ソフェン》の取り分を合わせると、一万五千元（約二十五万五千円）にはなるだろう。十分引き合う商売だ。それにこのようなランク付けの高い仕事をこなすことで経歴に箔がつく。後はスタッフにいい仕事をしてもらうことだけを心がけていればいい。

総合ディレクターのスピーチが終わった後、順《シュン》はこれまでの習慣でディレクターの回りをうろつき始めた。一言二言、挨拶をしたい。自分とてスタッフ数十人を束ねる立場だ。一応面通ししておく必要がある。要所要所と顔見知りになることで後の相談がやりやすくなるし、しなくていい損もせずに済むというものだ。これは長年の経験から得たものだった。

このディレクターの権勢は侮れない。順《シュン》は彼に近づき、わざと勢いこんだ口調で話しかけた。

「さすが、北京にこの人あり、ご高名に違わぬ名スピーチ、感服しました。及ばずながら尽力致します。最高の舞台で世界に目にもの見せてやりましょう。どうかご安心下さい。舞台は時間通り組み立て、時間通りお引き渡しします」

ディレクターはきょとんとした顔で尋ねた。

「何をなさる方ですか？」

寇鉄《コウテイエ》の上役になるチーフ・マネージャーが慌てて紹介した。

「こちらは仕込みの頭領です」

寇鉄《コウテイエ》は話に補いをつけようと急いで寄ってきた。

「こちらは舞台の制作会社で西京のトップ、仕込みの名人といわれている刁順子《ディアオシュンツ》社長です」

「刁《ディアオ》徳一の刁《ディアオ》ですか？（刁《ディアオ》徳一は文革期、革命模範劇として上演された『沙家浜』の主要人物。地主の息子として生まれて日本に留学、帰国後日本軍の協力者となる）」

ディレクターは興味を持ったらしい。順《シュン》は大きくうなずいた
「そうです。刁《ディアオ》徳一の刁《ディアオ》です」

「刁《ディアオ》小三（刁《ディアオ》家の三番目の息子。刁《ディアオ》徳一への通報者）をやったら、ぴったりだな」

この一言でその場は大笑いとなったが、すかさず順《シュン》はこれにつけ加えた。

「とてもとても、刁《ディアオ》小三はよくも悪くも名だたる家柄、こちらは名もないその日暮らしですからね」

「はっはっは。さすが如才がない。今回の出演者は世界のビッグ・ネームの選りすぐりですからね。仕込みの出来不出来にはやたらうるさい。舞台でつまずいた、足を挫いた、腰をひねったなんてことになったら、即、責任をとってもらいますよ」

総合ディレクターは言い終わると、順《シュン》には目もくれずにアシスタントや取り巻きたちを引き連れて会場を出て行った。

「大夜会・錦秋田園賛歌」の舞台は広大な麦畑の中に設営される。麦畑の地続きに村営の鋼管工場があった。今は廃墟になり、がらんとして荒れるに任せている。この跡地をイベントに転用しようと、順《シュン》はその一隊を引き連れてきた。一番大きな建屋《たてや》に入り、厨房用の竈《かまど》も自分で作った。順《シュン》は素芬《ソフェン》と三皮《サンピー》に炊事係を命じ、こうして壮大な屋外の仕込み作業が、まるで蒸気機関車の大車輪が最初の一回転をしたように始まった。

この一隊の最初の任務は道路工事だった。麦畑の数百メートル先にある公道と舞台を結びつけなければならない。すべての物資はこの新道から運びこまれる。土地は一応平らに整地されていたが、順《シュン》隊三十人は溝を掘り、窪地を均《なら》し、まる三日かかってやっと最初のトラックが鋼材を積んで乗り入れてきた。順《シュン》はもともと西京の野菜農家だ。子どものころから土を耕し、取り入れもしてきたが、こんな重労働はしたことがない。三日続けると、体の節々が痛み、腰が上がらなくなった。当初、大した作業ではなかろうとたかをくくっていた者からすると、恨み言も言いたくなる。

特に猴《ホウ》がそうだった。こんなとき、彼の知恵はよく回る。ビッグ・プロジェクトの触れ込みでスタッフに発破をかけるからには、仕込みの費用も半端ではあるまい。彼は「大夜会」の総経費に探りを入れ始め、ついに総経費三千万元（約五億一千万円）、舞台の仕込み経費三百万元（約五千百万円）という額を聞き出して大吊《ダーディアオ》に耳打ちした。これには裏があり、とてつもない仕掛けが隠されている。大吊《ダーディアオ》に詰め寄られた順《シュン》は、やむなく猴《ホウ》も呼んで事の経緯を知らせることにした。今回の契約書には三十万元（約五百十万円）とあるが、実際に手にするのは十万元（約百七十万円）だ。腹に呑みこんではいるが、口には出せない。順《シュン》は慰めるようにいった。

「俺たち、力を売ってなんぼの商売だ。歯を食いしばるしかない。連中が食っている肉をこっちの皿に移すわけにもいくめえよ。何だかんだ言っても、いつもより分け前が少しばかりいいしな」

彼らは一緒になって、算盤を入れ直してみたが、帳尻に穴があくことはない。現在まで現金で一万元（約十七万円）支給されたが、これは食費で消える。働き手も家族を養わなければならないからと、順《シュン》は寇鉄《コウティエ》に前払いを何度もせっついた。寇鉄《コウティエ》はチーフ・マネージャーに何度か伝えたというが、支払いは仕事が終わってからの後払いということで押し切られた。前払いなど、どこの世界にもないという。順《シュン》はやむなくその言い分けを手下《てか》に繰り返すしかなかった。安心してくれ。今度の親方は何たってあの大不動産屋だ。金がうなっている。どう転んでも、夜逃げすることはあるまい。

秋も深まる季節、ここ陝西省の黄土高原に降り注ぐ日差しは衰えを知らず、作業の現場は身を隠す場所がなかった。ここに移って十数日、順《シュン》隊の面々は、炭焼き窯から出てきたみたいに真っ黒の黒鬼になり、顔と腕の皮が剥け始めた。舞台は形をなしつつある。照明器具は鉄のフレームに吊り下げられ、電気も通じ、いよいよ照明の「総括」デザイナーのご到来となった。

その総括は北京語を話す。軍の黄色い外套を着ていた。到着したのは日が暮れようとするときで、前後を同行者が囲んでいるので順《シュン》はその顔を見ることができなかった。だが、実際には総括は顔を見せず、現場の采配を任されたのは陝西省秦腔《チンチアン》劇団でお馴染みの丁白《ディンバイ》先生だった。後で知ったことだが、総括はこの丁白《ディンバイ》の師匠だという。丁白《ディンバイ》を助手にこきつかった大物ということであれば、並大抵の腕前ではなかろう。

すべての照明が一斉に灯された。さすが巨匠、老練の手並みと誰もが嘆声を発した。無慮一千二百灯の配置が所を得ている。舞台とはまったく趣きの違う大スケールで、ここ黄河高原にめくるめく光の世界が現前した。

素芬《ソフェン》は夜食の支度に野菜を洗い、ニンニクをすりつぶしていたが、それをほったらかして厨房から飛び出した。時ならぬ仙境に仕事を忘れ、うっとりと見入った。三皮《サンピー》はこうした野外劇《ページェント》を見慣れているので、素芬《ソフェン》を外に出し、自分は麺を打つのに余念がなかった。足折れの好了《ハオラ》はすぐ素芬《ソフェン》の後を追った。すでに見物人がひしめき、素芬《ソフェン》は好了《ハオラ》が踏まれるのを恐れて自分の胸に抱き、組み上がった舞台の下へと身を寄せた。

順《シュン》は舞台の上下を飛び回る十数日間の疲労が脱肛となって吹き出していた。知るのは素芬《ソフェン》一人だけだ。内臓がはみ出し、粘膜が擦れ合う不快感と苦痛。歩くとき、自ずとがに股になった。猴《ホウ》は指さして笑った。

「房事過多《やりすぎ》だ。陰嚢《たまたま》がふくらんで、股に挟まらなくなったんだ」

順《シュン》は総括への報告を怠らなかった。総括がそのてかてかの頭皮からの連想で「ピーカン（照明用語の地明かりだが、原文は皮総《ピーソン》）」と呼ばれているのを知っている。このいかにも近寄りやすい風貌は、スタッフたちに囲まれていなければ、黄土高原の農地を行き交う野菜売りに間違われるだろう。順《シュン》はピーカンの前に何度かうやうやしく進み出て話しかけようとしたのだが、スタッフたちと話しこんでいて口を挟めないでいた。ふと見ると、調光台のすぐ側に炒り豆の入った鉢が置かれている。つと手が伸び、一粒つまんで口に放り入れる。かりかりと噛んでゆっくりと呑みこむ。そしてまた一粒。あの夜、順《シュン》と一緒に明かり合わせをした丁白《ディンバイ》が見せたのは師匠仕込みの仕種《しぐさ》だったのだ！

炒り豆を食べると、腹が張る。ピーカンとて例外ではない。食べながら話し、話しながら食べるうちに、たまったガスをところ構わず不規則に放出する。いつの間にか誰もがそれを真似、日常の光景となった。順《シュン》にとってもトップクラスの名声を奉られている巨匠の神秘感が薄らいできた。あるとき、ピーカンが水を飲んでいるとき、順《シュン》は陝西訛りで話しかけた。

「総括、照明《あかり》のことでこうしたいと思ったら、いつでも言って下さい。どのようにでも致しますから」

総括はよく聞き取れなかったのか、隣の人の顔を見た。順《シュン》は慌てて北京語で言い直した。すると、あのチーフ・マネージャーがうるさそうに遮った。

「もう行った、行った。持ち場に帰れ。総括の仕事の邪魔だよ。これは組織あげての仕事なんだ。お前の口出しすることではない。けじめをわきまえろ。用のない者が出しゃばるな」

順《シュン》は恥じて顔を耳まで赤くし、立ち去った。その目に止まったのは猴《ホウ》の姿で、照明のバトンに乗り、順《シュン》を見下ろしながら、せせら笑っているかのように見えた。

人を人と思わないのなら、それもよかろう。順《シュン》はかえって自分の肩にのしかかっていた責任がすっと軽くなるのを感じた。手下《てか》たちが仕事の打合せに入ったのを見定めて、順《シュン》は素芬《ソフェン》の肩をそっと叩いた。この間に痔の手当をしたかった。痛み、うずく箇所を水洗いするのだ。素芬《ソフェン》は彼と一緒に廃工場に戻った。

素芬《ソフェン》は湯を沸かして工場の裏手に運んだ。そこに黄土の盛土《もりど》があり、作業員たちが毎晩、おしゃべりしながら裸を見せ合い、体の汗と脂《あぶら》を洗い落としている。痔創《じそう》の粘った血がズボンの上に滲み出していた。素芬《ソフェン》は温水を患部にかけてやった。痛みは相変わらずだが、素芬《ソフェン》の介添えで気持ちが安らいだ。素芬《ソフェン》は自分の手で患部を洗おうとしたが、順《シュン》はそれをきっぱりと断った。彼は自分で洗い、洗い終えると、「馬応龍《マーインロン》」の軟膏を擦りこんだ。気分が随分よくなった。二人は盛り土に並んで腰を下ろした。

晩秋の黄土高原。夜になると冷たい風が一陣、また一陣と吹き抜ける。犬の好了《ハオラ》がぶるっと体を震わせて順《シュン》の懐に飛びこみ、素芬《ソフェン》も自然に彼の肩に頭をもたせかけた。

素芬《ソフェン》が突然叫んだ。

「見て、見て!」

「何だ?」

「ほら、黒い帯が動いている」

幅の広い黒い帯が二人のすぐ目の前を通り過ぎていく。アリの引っ越しだ。ずっと遠くからやって来て、はるか遠くへと消えていく。

順《シュン》が懐中電灯を向けると、このアリは街中で見るものよりも大きく、動きが猛々しい。アリたちが夾《はさみ》状の前足で持ち上げているものは街中のものより雑多で重そうだ。自分の体より何倍も大きい大豆やテントウムシなどを頭頂に持ち上げ、或いは背中に担いでいる。大きな獲物と格闘しているものもある。担いだかと思うと転び、つまずきながらもまた担ぎ上げ、諦めを見せない。素芬《ソフェン》が切なそうにつぶやく。

「どうして? 担げっこないのに、動かせっこないのに、どうして?」

「家には口を開けて待っている子どもがいるんだろう。担がないわけにはいかないのさ」

二人はしばらくアリの引っ越しを見てからまた盛土に腰を下ろし、西京の夜景を眺めた。夜景がこんなに見る者の心をそそるものだとは思わなかった。ここへ来てから十数日、毎夜見ているはずなのに、ここから見る夜景が本当に味わうに足る美景だった。こういうとき、誰もが知らず知らず自分の住む家を探そうとするのだろう。光のさんざめきに目を凝らしながら素芬《ソフェン》が言った。

「あの家はあなたのもの、私のじゃない」

「俺たちのものさ。俺一人のものじゃない」

その瞬間、順《シュン》の心を菊花《ジュイホア》がよぎったが、すぐ自分に言い聞かせた。考えるな。考えるだけで頭が痛くなる。

突然、マイクでがなり立てる声が夜空を突き抜け、黄土高原に響き渡った。

「順《シュン》、順《シュン》、刁順子《ディアオシュンツ》、こんちくしょう、どこ行った。すぐ戻れ。灯りを動かすんだ。今すぐ灯りを動かせ。早くしろ……」

寇鉄《コウティエ》の声だった。順《シュン》はすぐ大声で返事したが、野っ原の虫の声のようなものだ。ハンドマイクの声はますます急迫し、凶暴性を帯びてくる。順《シュン》はありったけの声で叫びながら舞台に向かって走り出した。素芬《ソフェン》は「ゆっくり、ゆっくり」と声をかけたが、舞台が呼んでいる。どうしてゆっくりしていられるだろう。気持ちは宙を飛んだが、いくつもの盛土《もりど》にぶつかりぶつかり、最後の盛土を飛び越えようとして転んだ。しばらく立ち上がれないでいたが、むっくり起き上がり、足を引きずり引きずり、舞台にたどり着いて、やっと舞台に上がった。

十四

作業は予定通り進行している。とはいっても、順《シュン》隊はこの二日二晩、寝ずの追いこみだ。まず「ピーカン」の明かり合わせに一晩かかった。ピーカンの放屁《ほうひ》は一晩中、会場中に鳴り響いた。その音は高く低く起伏に富んでよく通り、みんなは笑いを噛み殺すのに懸命だった。大吊《ダーディアオ》はこっそり言った。ピーカンではなく「ピーピー」だと。夜明け近くなって照明の仕込みは任務完了となった。そのスタッフたちはピーカンを囲んでホテルへ引き上げ、ご休憩だ。順《シュン》隊はまだ会場に散開している。今度は客席の設営だ。まず、ピーピーに倣い、みんな負けじと大音響を立て続けに発した。この景気づけで、みんないっとき元気になったものの、そのうち疲れがどっときて、口をきくのも億劫になった。まず音《ね》を上げたのが猴《ホウ》だった。誰に何を言われようが、もはやこれまでと工場に寝に帰った。大吊《ダーディアオ》は面白くない。順《シュン》が猴《ホウ》を甘やかしているのが気にくわないのだ。順《シュン》は言った。

「一晩中、ライトの取りつけで空中サーカスをやってたんだ。精も根も尽きたんだろう。少しだけでも寝かせてやれ」

大吊《ダーディアオ》はすっかりやる気をなくしている。墩《ドン》は見かねて、順《シュン》に言った。ほんの少し、目をつぶるだけでもいい、休ませてやれないか。順《シュン》は答えた。目をつぶったら最後、みんな押しても引いても叫んでも、蹴っ飛ばしても目を覚まさない。とにかく客席をやっつけてから休憩にしよう。お昼に工事の検査が入るから、それまでに何とか形だけでもつけよう。

幸いなことに客席の地ならしはできていた。ローラーで固めたところに並べたのは三千席、そのうち二千五百がプラスチックの椅子で五百席がクッションつきの貴賓席だった。並べ終えてから、今度は一席ごとにプラスチックのケミカルライトを置いた。中に電池が入っており、観客はスター入場のときに灯りをつけて高く持ち、リズムに合わせて揺らすと、照明を落とした会場は揺れる光の波となる。

作業はまだ続く。客席の四方に鉄のポールを立てる。これにビルの壁面のような大看板を嵌はめこんで、スターのカラー写真、スポンサー企業の広告などを麗々《れいれい》しく並べ立てるのだ。四角に区切られた野外会場はどうにかさまになった。遠くから眺めると、黄土高原の原野の中に忽然と出現した大城郭、あるいは現代都市のミニモデルのように見えるだろう。

夜っぴて八、九時間の長丁場を乗り切り、一大城郭の全容が姿を現した。検査員の点検が終わり、その了承を待って、順《シュン》隊は舞台の前後で横になった。夜にはゲネプロ（ステージ・リハーサル）が始まる。やり残したことがまだ山ほどある。しかし、誰も歩いて工場の宿舎に戻る気力を失っていた。このまま横になって演出家とリハーサルの開始を待つことにした。

順《シュン》は、自分の痔は脱肛だと気づいている。幕の後ろに身を隠し、はみ出して来る内臓の一部を手で押し上げ、肛門の括約筋をぎゅっと締める。すると、少し落ち着く。ズボンの外にべっとりと血糊がしみ出している。また素芬《ソフェン》に頼んで工場に戻り、温水を沸かしてもらって洗いたかったが、体を動かそうにも、言うことを聞かない。このままここで横になってじっとしているしかない。しばらくすると、誰かが彼を蹴り、演出家が来たと耳元で声がした。薄目を開けると、寇鉄《コウティエ》が自分を見下ろしている。順《シュン》が慌てて身を起こすと、また肛門が裂け、激痛が走った。あ、痛と声が出て、寇鉄《コウティエ》がどうしたと聞く。いや、何でもないと答えて、舞台に這い上がった。

今夜のステージ・リハーサルにはスターたちが全員顔合わせすることになっていたが、結果として地元陝西省の二人の歌手とアメリカから招聘したというトリオの黒人歌手だけが来た。このトリオは、順《シュン》の耳に入ったところによれば本物ではなく〝そっくりさん〟らしい。予算節約のため明日《あした》現場入りして明後日《あさって》に帰国となっていたが、実際には一昨日《おととい》到着したという。中国には来たことがなかったので、この機会に観光旅行を楽しんできたということだった。スター以外で今夜のリハーサルに間に合うのは広州から招かれた雑伎団とそのバックダンサーたちだ。この踊り手たちは山西省舞踊学院から連れて来られ、中央電視台の大晦日と春節のスターオンパレード番組に出演したこともあるという。あの総合ディレクターはまだ顔を見せず、演出助手たちがめいめい声を張り上げていた。

順《シュン》は楽屋担当の演出助手に呼びつけられた。その男は北京語をしゃべるが、舌が短いせいか話が口の中にこもってしまい、よく聞き取れない。とうとう寇鉄《コウティエ》に通訳をしてもらい、それによると、楽屋から舞台までの通路を作り直してほしいということだった。地面が平らでないところに敷板を渡しているから、乗るとぐらぐらし、継ぎ目もちぐはぐになっている。スターたちはみな踵の高い靴を履いているから、つまずきでもされたら面倒なことになりかねない。この演出助手は最後に脅しをかけてきた。

「もし、何かあったら、あなたに責任が取れますか？」

順《シュン》はこの言葉だけ明瞭に聞き取った。彼は急いでうなずき、腰をかがめながら返事した。

「先生、ご安心下さい。すぐにやり直します。きっとご満足いただけますよ」

順《シュン》が「先生」と呼んだ男はまだ二、三十の若さで、ずんぐりむっくりの体型だった。順《シュン》の陝西訛りに怪訝《けげん》な顔をし、互いに不得要領のままに話は終わった。前舞台ではリハーサルが始まった。鳴り物入りで紹介された看板演出家や「総括」の「ピーカン」はまだ姿を見せず、丁白《ディンバイ》先生と助手が立ち会って主に場当たり（俳優の立ち位置やきっかけなどを決める）や舞踊と調光の場面作りなどが行われた。順《シュン》隊は楽屋と舞台の通路を均《なら》すためにやってきた。敷板があちこちで反ったり、勝手な方向を向いたりしている。丁度、敷板を起こしにかかったところへ先ほどの太っちょがやってきて、指図を始めた。

「おいおい、何をやってる。いつ今やれといった？　舞台で何をやっているか見ていないのか？　芸術だよ。分かるか？　裏でこんなどたばた騒ぎしてていいのか？　すぐやめろよ。リハーサルが終わったら、かかってくれ」

順《シュン》たちはすぐ作業の手を止め、舞台の脇で一服することにした。順《シュン》もそこに腰を下ろし、指示待ちの構えとなった。リハーサルはとんとんと進んだが、駄目出し（修正）が山ほどあった。舞台裏の整地だけでなく、照明の仕込み直しにも人手を割かなければならない。これでまるまる一晩追われ、気がついたら白々《しらじら》明けになっていた。

何が何であれ、みなを眠らせなければならない。そこへ二人の臨時雇いが来て、白けきった顔でこれまでの稼ぎを精算してくれと言う。もう、やってられねえ。これが人間のする仕事かよ。俺は腎炎を患っていてな。徹夜仕事は医者から固く止められているんだ。俺は高血圧でよ。気分が悪くて吐きそうだ。順《シュン》は手持ちの金で精算を済ませた。実情はどうであれ、万が一、舞台の上で倒れられでもしたら、ことはもっと面倒になる。

大吊《ダーディアオ》までがむくれた顔でへたりこんでいる。順《シュン》と十年以上一緒に仕事をし、丈夫で長保ちが取り柄の男が霜にうたれたキュウリみたいにしょぼんとなっている。しかし、やることに抜かりはない。作業を一つ一つ進めていた。

仕込みという仕事はだらだらと区切りのつかない仕事で、連日ぶっ通しの徹夜も珍しくない。しかし、野っ原の仕込みというのは今回が初めてで、同じ苦労でも苦労が違った。日中は灼熱の陽《ひ》に焼かれ、早朝は黄土高原の酷寒の冷えこみに身を縮こませる。おまけに屋外の仕事はどうしても荒っぽく雑になる。人の気も荒くなり、疲れと共に募る不満は今朝が限界だった。大吊《ダーディアオ》までが妙なぼやきを発した。

「たとえ、おかまになっても、仕込みなんかやるもんじゃないよな」

猴《ホウ》が受けて言った。

「へえ、その立派なお道具、もういらないんだ。そんなら、俺に借してくれ」

「大吊《ダーディアオ》」というあだ名は猴《ホウ》がつけた。元々の意味は男の股間のぶら下がりもの、つまり「あれ」が大きいという意味だ。ある日、猴《ホウ》はあるとき、大吊《ダーディアオ》が厠《かわや》で小用を足しているのに出会《でくわ》した。何と、そのそそり立つ逸物《いちもつ》は厠の藁葺き屋根を突っ通し、天に届かんばかりだったという。しかし、順《シュン》はその説には従わず、大吊《ダーディアオ》は立派な上背があり、背負えるものは損であろうとも背負い、両の腕《かいな》は何人ぶら下がっても大丈夫の怪力の持ち主だからという説を主張した。墩《ドン》が付け足した。

「大吊哥《ダーディアオあに》いがおかまになれば、適材適所でしょうな」

「この野郎、適材とは何だ！」

大吊《ダーディアオ》は疲れをものともせず、墩《ドン》の尻に蹴りを入れた。

順《シュン》の尻の痛みはもはや我慢の限界だった。昼日中のことで、どうにも始末が悪い。素芬《ソフェン》も忙しくしていて構ってもらえない。彼は歯を食いしばり横になってみたが、かえって痛みが増した。あと一日の辛抱だ。彼は痛みの中、夢を見ていた。

「大夜会・錦秋田園賛歌」は大成功だった。演出家、マネージャー、照明家、そしてテレビで見たスターたちが続々とホテルに集まり、祝賀会の会場に詰めかけてくる。演出家が自ら順《シュン》の名前を呼び上げ、今回の成功はひとえに仕込みの成功と言って過言ではない。ご尽力いただいたご一統に心からの祝杯を献じたい。順《シュン》、大吊《ダーディアオ》、猴《ホウ》、墩《ドン》たちが寇鉄《コウティエ》に背中を押されて舞台の中央に進む。参会者全員が彼らのために祝杯を挙げ、赤い液体の満たされた杯《はい》を傾けた。みんな得意の顔を赤く火照らせている。このとき、頭頂に一木一草の茂りもない演出家がスピーチを始めた。「刁順子《ディアオシュンツ》とご一統さん、今回の仕込みは素晴らしい。この出来栄えが成功の決め手となりました。これは全国で初のケースと言えます。私はここで一つの決定を伝えます。この成果に対して応分の昇給で報いたい！」——喜んだところで目が覚めた。目を覚ましつつ拍手を続け、そして、ぶるっと身震いした。夢とはみんな逆夢《さかゆめ》だ。この昇給は、もしかして問題のある金ではなかろうか。

他の連中はみんな気を失ったように眠っている。順《シュン》はもう眠れなかった。携帯を取りだして寇鉄《コウティエ》主任に電話しようとした。今日中に約束の金をたとえ一部でも貰わなければならない。だが、電話番号が画面に出てこず、電話をやめた。寇鉄《コウティエ》はきっと彼を怒鳴るだろう。これだけの大仕事をして、お前らのはした金を俺がけちったり、値切ったりすると思っているのかと。しかし、胸の動悸は収まらなかった。目がぱっちりと開き、瞼がぴりぴりと痙攣した。今回、北京から派遣された業界のトップクラスたちは何を考え、何をしでかすか分からない。彼はその場を抜け出した。眠る前に漢方の麻黄《まおう》（解熱剤）の錠剤を呑んでいた。気分が少し落ち着いた。尻の痛みも幾分か和らいでいる。一人で舞台に立ち、舞台裏に向かった。舞台と楽屋をつなぐ敷板を一つ一つ入念に点検して歩いた。うん、大丈夫、みんなしっかりと地面に乗っている。順《シュン》は自分に言い聞かせた。俺たちの仕事が侮りを受けるいわれはない。何を言われようと、言われただけの強さで跳ね返してやると。

正午近く、寇鉄《コウティエ》が来た。順《シュン》隊を舞台に上げ、花輪を並べさせようとした。花輪はもう着いていると言う。順《シュン》は花輪を並べるのにこんな大人数はいらないと思ったが、舞台に上がって目を見張った。何と海棠《かいどう》の花がトラック何台分も届けられている。寇鉄《コウティエ》の要求は、スターや来賓が車を降り舞台に登るまで通路の両側を花で埋め、赤い絨毯を敷きつめるというものだった。順《シュン》はやむなく全員を呼び集め、また大忙しの展開となった。
順《シュン》は労賃のことが念頭を離れない。たとえ寇鉄《コウティエ》が気分を損ねようと、こちらは冷静になって精算を急がせよう。寇鉄《コウティエ》は言った。お前は鍛冶屋の親父みたいにとんてんかん、小さな槌をふるっているが、それじゃ大金を動かす大物にはなれないぞ。この言葉を聞いて、順《シュン》の肝は据わった。どうであれ、この仕事は、ほかでもない寇鉄《コウティエ》から請け負っている。相手は逃げられっこない。相手が当てにならない人間であろうとなかろうと、慌てず騒がず、いただくものはがっちりいただくまでだ。

午後五時を回ると、軍楽隊がやって来た。腰鼓《ようこ》隊（陝西省北部に伝わる民間芸能。腰鼓は胴の中央がくびれた鼓。長いひもで首から腰に吊して両手のバチで激しく打ち鳴らす。日本には伎楽の楽器として渡来）も乗りこんで来た。普段は静まりかえっている黄土高原は、天地を響《どよ》もす楽の音に包まれた。数日前から順《シュン》隊が駆り出され整地に追われた臨時駐車場は一時間とちょっとで数千台の車に埋め尽くされた。道路は大渋滞、遠くから風に乗ってクラクションのけたたましい音が伝わってくる。

特等席二千八百元（約四万八千円）、一般席千六百元（約二万七千円）という券面の入場券は、主催者のディベロッパー企業が一枚も売りに出さず、すべてＶＩＰの招待券として要路にばらまき、豪儀なところを見せた。入場前、順《シュン》隊は全員ゲート前の清掃をさせられた。順《シュン》は手下《てか》の者たちに本番の舞台を見せてやりたいと思い、寇鉄《コウティエ》をつかまえた。どこか片隅から立ち見させてもらえないかと頼みこんだ。上の指示をもらうと言った寇鉄《コウティエ》の返事は「ノー」だった。舞台の前後は警官とヘルメット姿のガードマンたちがぎっしりととり囲む中、順《シュン》はなおも食い下がった。ねえ、お願いしますよと、あくまでも下手に出たが、まったく相手にされず、順《シュン》は閉め出された最後の一人になった。

仕込みの作業を十数日続け、その舞台に立つ大物スターたちを一目拝んでも罰は当たるまいと、順《シュン》は楽屋と舞台をつなぐ通路をのぞいた。すると、ここも警官とガードマンたちが十重二十重に固めている。爪先立ちの隙間から、サングラスをかけ、シャツの襟を高く立てたスターたちの顔半分がやっと見えた。順《シュン》の尻の痛みがまたぶり返した。今度は焼け火箸を当てられるような痛みだった。廃工場に戻って横になった。とにかく眠りたかった。公演が終わったら、あとは一晩の解体作業《ばらし》が残っているだけだ。

順《シュン》が眠りについてすぐ、朝見た夢の続き、いや、繰り返しが始まった。だが、場所はホテルではなく、舞台の現場だった。公演終了後、観客の拍手が潮鳴りのように舞台に押し寄せ、引いてはまた押し寄せてきた。スターたちは全員前舞台に勢揃いし、口々に公演の成功をほめたたえた。あの演出家は、さあ、仕込みの皆さん、と情熱的に呼びかけた。舞台に上がって下さい。今回の大成功は素晴らしい舞台装置の賜物《たまもの》です。スターたちと一緒にカーテンコールに応え、喜びを分かち合いましょう。順《シュン》、大吊《ダーディアオ》、猴《ホウ》、墩《ドン》らが肩を寄せ合って舞台に並んだところで、演出家は観客に呼びかけた。ここに立つ仕込みの皆さんこそ舞台裏の英雄です。心からの称賛を彼らに捧げましょう。客席の拍手は鳴り止まず、プラスチックの応援バットを打ち鳴らす音が加わってさらに盛り上がった。万雷の拍手、拍手の嵐、こういった形容が少しも誇張に感じられなかった。あの太っちょの演出助手が赤い袱紗に包んだ報奨金を持って舞台に駆け上がり、恭しく順《シュン》に手渡した。彼は札束を数え始めた。数えても数えても、二十万元（約三百四十万円）まで数えても、まだ数えきれない……ここで目が覚めた。夢は逆夢だと言うが、逆夢を二度見せられたら、ろくな前触れではあるまい。

果たしてそうか。翌日早々、無残な現実が夢の不吉を証《あか》し立てた。

十五

その夜、「大夜会・錦秋田園賛歌」はどのように行われたのか。順《シュン》は現場にいなかったが、黄土高原の闇をあざむく不夜城の熱気と喧噪が会場の外に伝わってきた。画然と仕切られた中に蝟集《いしゅう》した三千人の群衆はみなプラスチックの応援バットを持たされ、ぱこぱこと一糸乱れぬリズムを刻んでいる。順《シュン》は黄土高原の小高い丘に立って会場を見下ろした。暗闇に浮かび上がる応援バットは観客の義手のようにも見えた。きっとハイテク機器の回線につながって、観客の興奮を意のままに操っているように思われた。

「みんな！　盛り上がってるか？」

「おう！」

ぱこぱこ、ぱこぱこ。

その夜、黄土高原を渡る風は突然、勢いを増した。会場を囲う極彩色の大壁面は、黄砂を巻きこんだ突風にあおられてばたばたと鳴った。「大夜会・錦秋田園賛歌」の派手なロゴタイプ、スターや協賛企業の大看板が引き裂かれ、鉄のポールから飛ばされそうになった。大量に動員されたガードマンが必死で押さえ、立て直しにかからなければ、会場は丸裸にされていただろう。順《シュン》は尻の痛みに耐えかねて、地面に腹ばい、会場を眺めやっていた。どうにも解《げ》せない。三千人もの人がここに集められている。その中には西京でこの人ありと知られた名士も少なくない。その面々がなぜ、かくもおとなしく、お利口さんになって夜の夜中に高原の荒れ地に連れて来られた上、黄砂にまみれながら、はしゃいでいるのか。嬉々として応援バットを打ち鳴らし、スターへの声援に声をからしている。この人たちの心の中が不思議だった。

「大夜会・錦秋田園賛歌」はさらに吹き荒《すさ》む風の中、フィナーレにさしかかった。順《シュン》の見るところ、黄砂の暴風は高原の西の果てから巻き起こってやってくる。この風は危ない。西の空の一角に禍々《まがまが》しい悪意の目が貼りついているかのようだ。案の定、会場の囲いはみなばらばらになって空高く巻き上げられた。ばちばちっという音がしたかと思うと、会場のすべての電気が切れた。ちょうど、出演者総出で『忘れ難き今宵』（李谷一のヒット曲。二〇一七年、中央電視台の年越し番組でも歌われた）を歌っているところだった。突然の暗闇の中、楽隊はなお演奏を続けようとしたが、歌手の歌声はすでに途絶え、観客はわっとばかりに逃げ出した。順《シュン》は舞台目がけて走り始めた。これは本能としか言いようがない。まるでそこに自分の舞台があるかのような、火を見たら反射的に消しに走る俊敏さだ。そこに行かなければならない。そこに居合わせ、そこに起ることを見届けなければならない。

観客はクモの子を散らすように四方八方に散った。高いところから見ると、人間はやはりクモの子にしか見えない。周りに遮るものは何もなく、てんでに黄土高原の暗闇の中へと姿を消した。人が折り重なったり、踏みつけにするといった事件は起きなかった。素芬《ソフェン》はこの後、深いざるいっぱいのハイヒールを拾った。一千台を超える車も我がちに逃げ出した。闇の底、テールランプの赤い列は延々と続き、さながら地の龍がのたうつ図だった。やけくそのクラクションが一時間以上飛び交かったが、高原の一本道、おいそれと抜け出せるはずがない。

名だたる演出家、プロデューサー、照明家たちは、敗軍の将さながら踏みにじられた帷幕《いばく》に立ちつくしていたが、「大夜会・錦秋田園賛歌」の戦いは終わった。みな逆旅《げきりょ》（旅）の身だ。スターたちと一緒に、そそくさと帰り支度を始めた。幕が下りた後、次の公演地へ急ぐ旅の一座のように逃げ足は速い。順《シュン》はこのときを逃さず、ご機嫌伺いを忘れなかった。これは彼の習慣で、仕込みに携わる人間として舞台芸術家に対する当然の礼儀だと考えている。彼は親指を立てて言った。

「「大夜会・錦秋田園賛歌」、やり抜きましたね。見事な演出でした。さすがです！　お疲れさまでした！」

演出家は〝刁《ディアオ》家の三男坊〟をほとんど忘れていた。彼には目もくれず、プロデューサーたちと何ごとかをささやき交わし、慌ただしく立ち去った。その後に屁の音が高鳴った。確かにに聞き覚えのある、辺り憚ることのない、あの照明家最後の舞台効果だった。

後に残されたのは各部門の責任者と解体《ばらし》、撤収を受け持つ順《シュン》隊だった。これほどの大舞台ともなれば、まるまる一晩かかる。幸い風も収まって、作業は順調に進んだ。墩《ドン》はこの公演にまつわる情報をいろいろ聞き出しており、順《シュン》の耳に入れた。墩《ドン》はちゃっかり会場にまぎれこんでいた。大風が吹き始め、外壁の大看板に大きな穴を開けたとき、墩《ドン》は土地の若者たちに紛れて会場になだれこんだのだ。ガードマンたちがそれを止めようにも手立てはもうなかった。

墩《ドン》に言わせれば、この「大夜会・錦秋田園賛歌」はとんだ食わせものだった。鳴り物入りで宣伝した大スターは、たった三人しか来なかった。そのほか、往年の大スターは喉が涸れて高音がひっくり返り、ある者は持参のCDを音響係に渡して〝口パク〟で歌ったという。趙本山《チャオベンシャン》、劉歓《リュウホアン》は替え玉だった。なかなかよくできた〝そっくりさん〟だったが、本人ではなかった。墩《ドン》は言った。これがもし、〝ただ券（招待券）〟のばらまきでなく、入場料を取っていたら、会場で暴動が起き、客席はめちゃめちゃに壊されていただろうと。

「大夜会・錦秋田園賛歌」の興行主であるディベロッパーの社長は公演の途中で秘書に命じて「総演出」をつかまえ、こりゃ何だと詰問した。社長は公演が終わってから「総演出」に対し、「詐欺師、ペテン師、ろくでなし、手前《てめえ》、月夜の晩ばかりではないぞ」と悪罵の限りを浴びせかけたという。

この話を聞いて、順《シュン》は秘かに恐れた。寇鉄《コウティエ》を探し出し、どうなっているのか問いただした。寇鉄《コウティエ》はさっぱり見当がつかないと言ったきり、表情を曇らせて黙りこんだ。順《シュン》は言った。

「寇《コウ》主任、こいつはうかうかしてられない。逃げられないうちに奴らを取っ捕まえて、払うものを払ってもらおう」

「まさか、逃げられるこたないだろう。こちらの人間と一緒にいるんだから」

「それが甘いんだよ。総元締めまで騙されているんだから、俺たちの分け前がフイになりかねないぞ」

「見ろ、この移動用タワー。何十基もある。俺らがレンタルしたものだからな。こいつがどさくさ紛れに盗まれてみろ。どぶの底浚《さら》っても弁済できないぞ」

「それより、早く追いかけた方がいい。移動用タワーは俺たち三十人がしっかり見張っているから、今は何を置いても奴らから金をむしり取れ」

寇鉄《コウティエ》は行った。しかし、順《シュン》の心にぽつんと生じたわだかまりが、だんだん大きくなってくる。夜中近く、彼はまた寇鉄《コウティエ》に何度か電話したが、電波の届かない場所にいるらしい。解体《ばらし》の作業は夜明けにすべて終わったが、寇鉄《コウティエ》への電話はまだ通じない。順《シュン》は片づけた道具類の運搬を大吊《ダーディアオ》に任せ、自分は三輪車をこいで五つ星のホテルへ向かった。尻の痛みは引かない。彼は藍の長衣《チャンイー》を脱ぎ、三輪車のサドルに巻きつけてクッション代わりにした。何度も座り心地を試し、やっと尻の半分をサドルに乗せ、もう半分は宙に浮かせてペダルを踏み、ホテルへ向かった。

　ホテルに着いたとき、もう朝の九時を回っていた。また寇鉄《コウティエ》に電話したが、今度は電源が切られていた。寇鉄《コウティエ》はホテルの一室を与えられていることを思い出し、カウンターで呼び出しを頼んだ。係員によると、「大夜会」のスタッフのために八十室用意され、昨夜三十室、今朝残りの全室がチェックアウトされ、五時半ごろ、全員が空港に送られたという。とりつく島もなくロビーに取り残され、一人とぼとぼとホテルを出た。彼の尻は、もうサドルをまたげないと激しく訴えている。彼は三輪車を付近の自転車置き場に預け、バスに乗って寇鉄《コウティエ》の家に行こうとした。だが、預かり料が一日二十元（約三百四十円）かかると聞かされ、この二十元が惜しくなった。またバス代を払って取りに来るのは馬鹿馬鹿しい。三輪車を押して歩くうち、歩道が一段高くなっているのに気づき、無理に三輪車にまたがった。ペダルをこぎ、足を踏みしめる度に尻が悲鳴を上げ、涙で目の前がうっすらとにじんだ。子どもなら大声で泣くところだ。しっかりしろ、この泣き顔を誰に見せるんだ？

　彼は奥歯を噛みしめ、あの連中のことを考えることをした。あの連中にしたら、舞台の現場にへばりついて働いている苦力《クーリー》たちの手間賃など端金《はしたがね》だ。払えないはずがないだろう。あの連中を呪いながら、順《シュン》の三輪車は秦腔《チンチアン》劇団の団地の方へ向かっていた。

　寇鉄《コウティエ》はとうに劇団の団地に帰っていた。三輪車を止めてまた電話したら、今度はすぐに出た。その声は沈みきっている。長いことほったらかしにされ、恨み言の一つも言ってやろうと思ったが、それはやめにして、どこにいたのかと尋ねたら、家にいたという。それなら順《シュン》の家に来ないかと誘うと、いや、俺の家に来いという。順《シュン》は三輪車を降りた。サドルに巻きつけた藍の長衣《チャンイー》が血で真っ赤に染まっていた。彼は三輪車を押し、まるで壁をつたう思いで寇鉄《コウティエ》の家にたどり着いた。

　入り口をノックしようとしたとき、秦腔《チンチアン》で小旦《シャオダン》（お嬢様、お姫様役）を演じる寇鉄《コウティエ》の妻が夫をなじるけたたましい声が中から伝わってきた。

「あの人でなし、けつの穴なしで生まれたのかよ（肛門なしで生まれ、生きる見込みのないろくでなしという悪罵）。踏んだり蹴ったりじゃないか。何とか言っておやりよ」

「静かに、静かに」と妻を抑えにかかる寇鉄《コウティエ》の声が痛々しい。

順《シュン》が入り口をノックするのと、「お嬢様役」が開けるのとほとんど同時だった。彼女は矛先を順《シュン》に向けた。

「順《シュン》よ、あの悪党、どうしてくれる。あんたらもあんたらだ、情けない。大の男が手玉にとられて、はい、それまでよかい。ざまはないよ」

「静かに、静かに」と寇鉄《コウティエ》は力なく手を振り続け、煩《はん》に堪えないといった素振りだった。

寇鉄《コウティエ》は客室のソファに横になり、額に熱いタオルを乗せている。順《シュン》に座るように手真似したが、順《シュン》は座らなかった。座るとどうなるか、尻の具合が教えている。寇鉄《コウティエ》はただため息をついているが、順《シュン》は聞こうとしない。いや、聞きたくもなかった。これはもともと寇鉄《コウティエ》から持ちかけられた仕事だ。それがどう転ぼうと、順《シュン》の知ったことではない。耳を揃えて精算してもらうまでだ。

お嬢様役はどうにも腹の虫が治まらない。歯を磨きながら罵り続けた。

「あの罰当たりども、乗った飛行機ごと、ぶん回して地面にたたきつけてやろうか」

ついに寇鉄《コウティエ》が堪忍袋の緒を切った。

「おい。落ち着けよ。劇団中が聞き耳を立ててるぞ。口をつぐめ」

お嬢様役も負けていない。うがい水の入った陶器の器を床にたたきつけ、破片が部屋中に飛び散り、順《シュン》の顔は雨の飛沫《しぶき》を浴びたようになった。

「どうしたんだよ。弱い者には大威張り、他所者《よそもの》にはあっさり騙されて、泣き面かいて逃げ帰ったってか。あたしから持ち出した金はどうしてくれるんだよ。その仏頂面で知らんぷりかよ。末代までの恥さらしだよ」

お嬢様役は口いっぱいに含んだ粉《こな》の歯磨きをぷっと吹き出して順《シュン》の首筋にぶちまけ、ばたんとドアの音、捨て台詞を残して出て行った。

順《シュン》は三道弯《さんどうわん》の姿勢（胸と腰と下肢がSの字となる舞踊のポーズ）で立ちつくし、足の震えを懸命に抑えようとしていた。寇鉄《コウティエ》はついに口を開いた。

「くそっ、奴らに騙された」

順《シュン》は返事をしない。

「すまん。悪気はない。よかれと思って紹介した仕事がこんなことになった」

こんなことになったと言われても、はい、そうですかと受けるわけにはいかない。この仕事は寇鉄《コウティエ》から請け負ったものだ。元請けの寇鉄《コウティエ》がいて、下請けの順《シュン》がある。ただ働きする下請けはどこの世界を探してもない。寇鉄《コウティエ》が騙されたというのなら、それはそちらの問題だ。こちらには口を開けて工賃を待っている三十人の働き手がいる。さっきこの家に着いたとき、大吊《ダーディアオ》から電話があった。荷物は全部車に積み終え、みんな工賃を待っていると言う。心配するな。先に帰ってみんなを休ませてくれと順《シュン》は答えたが、しかし、参った。こんな騒ぎになろうとは。

順《シュン》はしばらく考えてから言った。

「寇鉄《コウティエ》主任、主任は俺らの恩人です。俺らは主任のおかげでおまんまにありついている苦力《クーリー》だ。この十数日、主任の口利きと思えばこそ無理を押し、働きづめに働いた。汚い話だが、俺の尻から大腸がはみ出した。だからといって、これは誰のせいでもない。だが、あの連中は食うや食わずの臨時雇いで、人のために働く義理は持ち合わせちゃいない。当たり前だが、働くのは金のためだ。奴らを使うため、強面《こわもて》には出るが、奴らも俺と同じ苦力《クーリー》だ。稼ぐ金も俺と同じ、血と汗の結晶だ」

しかし、彼は北京語を話す男のことには敢えて触れなかった。寇鉄《コウティエ》はあの男から金を回してもらわなければならない。その窓口は寇鉄《コウティエ》一人だけだ。順《シュン》としても寇鉄《コウティエ》に強くは当たれない。普段は彼から仕事を回してもらっている弱い立場なのだから。

寇鉄《コウティエ》はやっと口を開いた。順《シュン》は相変わらず立ったまま聞いたが、その表情に憐れみの色も混じっていた。

「ここのところは、ひとまず帰ってくれ。何とか方法を考える。十分とは言えないが、君らの働きを無駄にはしない」

この言葉を聞いて、順《シュン》は内心ほっとした。寇鉄《コウティエ》としても逃げられっこないのだ。順《シュン》は寇鉄《コウティエ》の家を出た。

順《シュン》が階段の壁をつたい、やっとのことで下りたとき、素芬《ソフェン》から電話があった。どこにいるのかと聞き、秦腔《チンチアン》劇団の住宅にいると答えると、さらに聞いてきた。家の鍵を取り換えたのかと言う。そんなことはない。半月前、二人一緒に家を出て以来、帰ってはいないのだ。素芬《ソフェン》はなおも叫んでいる。ドアの鍵が取り換えられている。入れないと。

順《シュン》はまた無理をして三輪車にまたがった。家に着き、見ると、鍵はやはり取り換えられている。順《シュン》に菊花《ジュイホア》の顔が浮かんだ。彼は怒りに駆られ、三輪車から金槌を取り出し、鍵を打ち壊そうとした。だが、金槌を振り上げる前に、全身がふわっと軽くなった。三輪車が宙に浮き、快い墜落感に包まれた。耳元で素芬《ソフェン》の叫び声が聞こえた。

「あ、血が、血が！」

順《シュン》は素芬《ソフェン》に担がれて病院に入った。

十六

菊花《ジュイホア》が母親の兄である伯父の家に転がりこんで数日が過ぎた。当初は互いにもの珍しく、伯父の妻も客としてもてなしてくれたが、一週間も経たないうちに雲行きが怪しくなってきた。菊花《ジュイホア》は来る夜も来る夜も眠れなくなった。寝につくのはやっと明け方の四時、五時、目が覚めるのはお昼過ぎの一時ごろというありさまだった。伯母は小さな店でコオロギやキリギリスなど鳴く虫を商っていた。客が朝早くやってくるから、夜寝るのは早い。伯父はこれといった定職は持っていないが、一年中、外をばたばた駆け回っている。元手をかけず機を見るに敏、狙った獲物は逃さないといった商売だ。数年前、切手の収集がブームになったとき、郵便局の兄弟分にちょっとした品物を握らせてまとめ買いをする。じっと値上がりを待って売りに出し、そこそこの稼ぎにはしているようだ。かと思えば、スター歌手のリサイタルがあると聞けば、すかさず内部の人間に渡りをつける。ギフトカードなどを贈って割引かせ、頃合いを見計らって転売する。大した稼ぎにはならないが、台湾の人気歌手・斉秦《チーチン》が来たときには二万元（約三十四万円）を懐にしたという。

大事なのはここ一番の判断とおつむの回転だと言う。彼の口癖がホラに聞こえないのは、これまでに一度もヤマを外したことがないからだ。頭には寸草《すんそう》のそよぎとてなく、つるりと禿げ上がった顔にやたらと目立つのは異常に発達した耳だ。誰かに思い切り引っ張られたみたいに横に張り出し、ぴんと立っている。遠くから見ると、アメリカのＳＦ映画『スター・ウォーズ』に出てくる異星の頭目・ヨーダそっくりだ。伯父は、伯母が鳴く虫で細々稼ぐ金をまったく当てにしていない。二人ともたまたま家に居合わせ、同宿しているといった感じだった。伯母の伯父に対する態度は、指図がましいことは何もなく、むしろ関わりを避けているかに見える。それぞれ自分の商いに精を出し、互いに口出しをしない。ただ、二人に共通しているのは、三輪車をこぎ、舞台の仕込みなどという賃稼ぎをしている順《シュン》をとことん見下していることだった。

菊花《ジュイホア》は母親が出奔する前、よく連れられて実家へ遊びに来ていた。それ以後、菊花《ジュイホア》が行く度に伯父も伯母も不憫な子だよと彼女を抱きしめ、一緒に泣いてくれた。しばらくすると、そんな気持ちも薄らいだのか、よそよそしい素振りを見せられて、菊花《ジュイホア》の足も遠ざかるようになった。特に彼女がもう少し長じてから、伯父伯母が彼女の父親を馬鹿にしきった顔で散々にこき下ろすのを聞いたとき、ああ、そういうことだったのかと冷える心で合点がいった。彼女も父親に今の仕事を変えるようせがんだことがあるが、父親の返事はいつも決まっていた。俺はこれしか能がない。この仕事をやめたら、親子二人路頭に迷い、飢え死にするだけだと。彼女は不満だったが、どうすることもできなかった。

尚芸路《シャンイールー》界隈で順《シュン》の家は西京という気位の高い大都市の旧家ということで通っていた。その子孫が、何が悲しくて三輪車の賃仕事に身を落とし、乞食役者の靴紐を結ぶような真似をしなければならないのか。農民の出稼ぎの方がまだましというものだ。この辺りの人々はこんな風な陰口をたたいていた。彼らの多くは部屋を貸したり、高層集合住宅の分筆登記をしたりして先祖伝来の土地の上で生計を立てている。過去に九十ヘクタールあった土地が半分以上が売りに出されており、どの家も少なからぬ余沢にあずかっていた。特に一九九〇年代、都市新開発の波に乗って一家に二、三十万元（約三百四十万円～五百十万円）の大金が転がりこむと、街並みも人々の暮らしもがらりと変わってしまった。子孫は勤労の意欲をなくし、どの家も毎日麻雀卓を囲む中で菊花《ジュイホア》は成長した。しかし、彼女の父親は麻雀は打てず、三輪車にしか乗れない。三輪車に乗り慣れて自転車をすいすい追い抜いて走っていた。

刁《ディアオ》家の人間で菊花《ジュイホア》がただ一人見上げた存在は大伯父の刁大軍《ディアオダージュン》だった。世の中と渡り合って威勢を張り通していた。キューバの葉巻をくゆらせながら両手の指全部に金の指輪をはめ、首には一粒が小指ほどもある金のペンダントを下げ、流行に合わせてダイヤモンドや玉石に変えていた。菊花《ジュイホア》がせがむと、彼女の目の前で懐から一千元（約一万七千円）、二千元の札束を無造作に取り出して見せてくれたこともある。そのお札は通し番号でつながっていることも教えてくれた。マカオから帰ってきたときには、やたら胴体の長いベントレーという車に乗っていた。ここらの人は羨望と嫉妬の目でエリザベス女王御用達の車だとか、買えば六百万元（約一億円）以上する超高級車だとか噂し合った。度外れた豪奢、洒脱、快楽と醜聞の臭い、人と生まれたからにはこうなりたいものよと、尚芸路《シャンイールー》界隈の若者たちに憧れと見果てぬ夢を見せていた。しかし、それ以来、刁《ディアオ》大軍《ダージュン》は二度と顔を見せていない。マカオのカジノの大株主におさまっていると話す人もいる。

菊花《ジュイホア》は思う。同じ血を分けた兄弟で、こんなにも人間に差が出るのだろうか。刁大軍《ディアオダージュン》に及ばなくても、せめて母親の実家の伯父を見習い、世間体を保つ仕事と収入を得られないものか。それに引き換え、彼女の父はあまりにもふがいない。十代から畑で肥桶を担ぎ、土地を奪われると三輪車をこいで舞台の仕込みに日も夜もない。本人はともかく娘にまで近所の人や親戚に肩身の狭い思いをさせている。しかし、何より彼女にとって我慢ならないのは、貧相なご面相をしながら恥ずかしげもなく妻を次々と取り換え、娘に鬱憤をためこませていることだった。彼女が母親の実家の伯母に打ち明けると、伯母はぴしゃりと言った。

「お前の父親は病気なんだよ。哀れなもんだ。女の体の上で無駄に人生を探しているのさ」

菊花《ジュイホア》は父親を恨めしく思う一方、伯母からこんな言われ方をすると、娘としてたまらない思いだった。

母の兄の家で数日経って気づいたのは、伯母の話にはいろんな含みがあることと、仕事の時間にむらがあることだった。ある日、伯母は伯父の面前で大ヒステリーを起こした。夜眠れないのよ。神経がやられちゃったのよ。もう体が保《も》たないよ。

また、ある日突然、コオロギが死んだと泣きわめいた。よりによって、つがいの黄金コオロギ《ゴールデン・クリケット》十数対だよ。何千元の損を出した。祟りだ。疫病《やくびょう》神がこの家にとりついた。夫に命じて家中に消毒薬を撒かせ、悪霊《あくりょう》退散の紙銭《かみぜに》を焼いた。何が疫病だ。何が悪霊だ。見え透いた当てこすりに腹を立てた菊花《ジュイホア》はこの日この家を出て、それから二度と足を向けていない。

長いこと家を空けたが、結局、埒があかなかった。流浪の生活を変えるより他にない。父親の家に帰ることだけが、彼女の自主と自由に任されており、しかも心の安静も約束されていた。好きなときに眠り、好きなときに目覚める。壊したいものを壊し、怒鳴りたい人を怒鳴る。主導権は自分にあるのに、なぜ人の意をうかがわなければならないのか。家出することによって「刁《ディアオ》順子《シュンツ》」を脅しつけることも、あの女を追い出すこともできなかったが、これからはねちねちとやる。持久戦、消耗戦だ。あの女の希望を全部打ち砕けば、家にいられなくなるだろう。

彼女は家に戻った。何日も続けて順《シュン》とあのお騒がせ女の姿が見えない。どうも変だと思っているうち、あの女がひょいと姿を現した。菊花《ジュイホア》は悪意のバナナの皮を剥き、素芬《ソフェン》の足元に仕掛けようとしたのだが、それより早く素芬《ソフェン》の一言が菊花《ジュイホア》をたじろがせた。

「あなたのお父さん、入院したのよ」

菊花《ジュイホア》ははっきりと聞いたが、聞こえないふりをした。この女は口をきく値打ちもない。

菊花《ジュイホア》は近所を聞いて回り、その日の夕刻やっと父親が入院した病院を突き止めた。医者に尋ねると、脱肛と直腸の痔創《じそう》だという。これは命に関わる病気ではないと菊花《ジュイホア》は思い、あの女が付き添っているから自分が手を出す必要はないと判断した。

病院の廊下でまたあの女を見かけた。うるさく父親につきまとっている。父親が何か言うと、女はわざとらしく腰をひねり、父親の腰にぶつけたりしている。いやらしい。

菊花《ジュイホア》の心に名状しがたく騒ぎ立つものがあった。この家にいるのは、自分かそれともあの女か。そのどちらかしかない。彼女はそう自分に言い聞かせた。

十七

あの日、順《シュン》は素芬《ソフェン》に背負われて病院へ行き、検査を受けた。脱肛はすでに五、六センチに及んでいて、医者は呆れて言った。

「こんなになるまで放っておいて、迂闊にもほどがある」

素芬《ソフェン》は何も言えないでいた。彼女は本当に知らなかったのだ。痔という病気は深刻に話すのが難しい。順《シュン》も笑いに紛らしながら冗談のようにしか話していなかった。すぐ手術され、意識がゆっくりと醒めてくると、素芬《ソフェン》が目を真っ赤に泣きはらして自分を見つめている。その目はトランプのハートに似ていると思った。笑うと傷口がぴりぴりするのを感じながら順《シュン》は言った。

「どうってことない。痔で死んだ人間はいないぞ。泣くことはないだろう」

それから数日間、順《シュン》の大便はすべて素芬《ソフェン》の手指でほじくり出されることになった。彼の望むところではないが、いかんともし難かった。

病状が小康を得て、順《シュン》の思い煩うのはやはり「大夜会・錦秋田園賛歌」の労賃のことだった。大吊《ダーディアオ》から何度も電話があって、臨時雇いの十数人から矢の催促だという。順《シュン》は自分の入院を伏せていた。見舞いに来られては、見舞金の負担をかけるからだ。家にちょっとした取りこみがあって、支払いは数日のうちに必ず済ませるから安心するようにと伝えさせた。その実、彼の心の導火線に火がついた。尻の炎症が消えない上、唇の周りにへばりつくように水疱状のヘルペスが出たのは、いても立ってもいられない心労の表れだろう。寇鉄《コウティエ》に何度も電話したが、電源が切られている。いつかは開いて見ることがあるだろうと、メールを送ったが、返信がない。順《シュン》は寇鉄《コウティエ》のところに出かけようとしたが、素芬《ソフェン》に押さえつけられた。彼はまたメールを発した。一字一字、並々ならぬ決心が込められていた。

尊敬する寇鉄《コウティエ》主任。ご機嫌いかがですか？　順《シュン》です。電話しましたが通じません。メールの返信もありません。お忙しいこととは思いますが、工賃のことでお願いです。三十人もの人間が口を開けて待っています。私はもう、にっちもさっちもいきません。みんな苦しいその日暮らしです。私はこれ以上みんなをだましたり、ごまかしたりできません。私は尻の具合が悪く、脱肛と分かりました。これもみんなをだました罰が当たったのではないかと考えています。寇鉄《コウティエ》主任は大人《たいじん》です。私たちは小人です。私たちの汗と涙の工賃をどうかお支払い下さいますようお願いします。私、順《シュン》はここに伏してお願い申し上げます。

メールを打って丸一日、何の音沙汰もなかった。順《シュン》はもうこれ以上寝ていられなくなった。夜になって、素芬《ソフェン》が洗濯に外出したのを見澄まし、彼はこっそりと病院を抜け出した。三輪の人力車を雇って寇鉄《コウティエ》の家に向かった。

寇鉄《コウティエ》は不在で、あの「お嬢様役」がドアを開けた。まだ夫に腹を立てている。むざむざ人にだまされ、わずかな金を儲けるどころか、何十万元も巻き上げられた。順《シュン》が寇鉄《コウティエ》をだましたような口ぶりだ。ははあ、これは寇鉄《コウティエ》のいつもの手だ。工賃を払う気はなく、居留守を決めこんでいるのだ。お嬢様役は順《シュン》を中に入れようとはせず、話すいとまを与えずに荒々しくドアを閉めた。中から詐欺師だの、痔持ちだの、尻腐れだの順《シュン》を罵る声が聞こえ、とうとう彼の尻の痛みがぶり返した。

彼は病院へ帰るしかなかった。ベッドに横たわると、明らかに下血している。看護師からみっちりとお説教された。薬を換えるとき、この幼顔《おさながお》の残る看護師はわざと力任せに尻のガーゼを引き剥がし、彼は皮膚の皮がむしられたような痛みを感じた。また二日寝こんだ。しかし、これ以上じっとしてるわけにはいかない。もう一つの心配がのしかかってきたのだ。入院してからの五日間ですでに四千元（約六万八千円）以上使っている。労賃が回収されたとしても、もうその半分が入院費で消えようとしている。まして、これから情況がどう転ぶか、まるで見当がつかないのだ。

菊花《ジュイホア》が戻ったことを順《シュン》も知った。素芬《ソフェン》の話によると、菊花《ジュイホア》は順《シュン》がこの病院にいることも知っている。きっと会いに来てくれると彼は心待ちに待ったが、その訪《おと》ないはない。その夜、素芬《ソフェン》が眠り、一人病室の天井に目を凝らす切なさに、その目から涙がこぼれてくるのを止められなかった。仕方がない。これが自分の育てた娘だ。この三十年近く、男手一つ、父としてまた母として育てた挙げ句が仇《かたき》同士になってしまった。こうなったのは、そもそも素芬《ソフェン》を家に引き入れたのが原因だとは彼も分かっている。しかし、素芬《ソフェン》と結婚して一カ月あまり、これでよかったのだという思いをますます強めている。特に入院この方、もし素芬《ソフェン》がいなかったら、どんな難儀に見舞われていたか、娘には分かってもらえないだろう。

娘と父親というのは、どうにも厄介で不便な関係だ。だが、夫婦同士には親子にもない、兄弟にもない心安立《こころやすだ》てがあり、素芬《ソフェン》はそれをしみじみ感じさせてくれる。彼女を迎え入れてから、彼女はずっと堪え忍び、どんな仕打ちを受けても口出しせず、手出しせずを守ってきた。賢くしっかり者で、しかも心やさしい。入院してから数日、夜の目も合わさず、身の回りの世話から下《しも》の世話、体を拭き、背中や足、足の裏までもんでくれる。以前の二人の妻はこんなところまで面倒を見てくれなかった。自分はもうすぐ五十になる。いつまでこんな仕事ができるか？　ある日体がいうことを聞かなくなったら、このような女性に出会うことは一生かけても無理だろう。順《シュン》は素芬《ソフェン》に満足している。彼女を追い出すような者がいたら、それが誰であろうと、彼は身を以て守るだろう。

順《シュン》はついに退院した。素芬《ソフェン》に助けられながら中庭に入ったとき、菊花《ジュイホア》は二階で音楽を大音量で聴いていた。何の音楽か、順《シュン》にも素芬《ソフェン》にも分からない。ボリュームいっぱいに聞かされる音楽はスピーカーだけでなく二階の天井までびりびりと震わせた。順《シュン》は我慢がならず、二階へ上がって怒鳴ろうとするのを素芬《ソフェン》が懸命に止めた。素芬《ソフェン》は順《シュン》のためにいつもの荷包蛋《ホーバオダン》を作り、菊花《ジュイホア》への一椀も忘れなかった。しかも二階へ運び、ドアを開けるのではなく、窓の敷居に置いた。これをずっと見守っていた順《シュン》がほっと安堵の吐息をついたが、彼の口から出たのは「馬鹿だなあ」の一言だけだった。

順《シュン》は眠るためでなくベッドで横になったことはあまりない。いや、ほとんどない。目が覚めたまま横になっているのは何ともぜいたくで、かえってくつろげない。かえって窮屈だ。

しかし、素芬《ソフェン》は窮屈であろうとなかろうと、彼をもう一日寝かせた。菊花《ジュイホア》は一晩中、音楽を高鳴らせている。夜中になって突然、さらに音量を上げた。雷さまが二階で大きなテーブルと椅子をがたがた引きずっているような響きだ。その上、菊花《ジュイホア》は手に何かを持ってリズムに合わせ、床板を叩き始めた。順《シュン》は心臓が震え出しそうな不安を覚え、二階へ上がって止めさせようとしたが、また素芬《ソフェン》に体を押さえつけられた。彼はぶつぶつつぶやく。

「前世の悪因か何かは知らないが、夜の夜中にこんな騒ぎをしでかしたら、隣近所から怒鳴りこまれ、八代前の墓まで曝かれるぞ」

しかし、素芬《ソフェン》は何も言わず、棉を揉んでいたと思ったら、耳栓の玉を作って彼に渡し、順《シュン》の耳たぶとこめかみを軽く揉み、彼をゆっくりと睡りへと誘った。朝、彼が目が覚めると、音楽はまだ高鳴りを止めない。だが、それに構っている暇はない。工賃の精算が彼の頭を占めている。何と言っても大金だ。その上、大吊《ダーディアオ》が一日中メールで催促してくる。寇鉄《コウティエ》との連絡はどうにもつかない。万事休すか？　ここで思い出すのは、いつものことだが、時の氏神、瞿《チュイ》団長だ。順《シュン》は思う。団長を頼るしかない。団長なら、この難問にもけりをつけてくれるだろう。

十八

順《シュン》は劇団の団長室で瞿《チュイ》団長を探し当てた。事情を一通り説明すると、団長はすぐ寇鉄《コウティエ》の携帯に電話を入れた。だが、電源が入っていない。ここ数日、団長も寇鉄《コウティエ》の姿を見かけていない。団長は今度は寇鉄《コウティエ》の家に電話した。「お嬢様役」の妻は電話口でまくし立てた。今どこをほっつき歩いているのか、どこでくたばっているのか、私は知りませんよ。生きていようが死んでいようが、私の知ったことですか。その声は順《シュン》の耳にもはっきりと届いた。団長は寇鉄《コウティエ》にメールを入れた。劇団に用事がある、すぐ電話を寄こせ。

順《シュン》はひとまず帰ることになったが、出しなに振り返って言った。

「瞿団《チュイトウアン》、私から聞いたとは、どうかおっしゃらないで下さい。私も八方ふさがりの行き場のない状態なんです」

それは団長も心得ている。翌日の正午、順《シュン》はまた団長室へ呼ばれ、瞿団《チュイトウアン》が知り得た一部始終を聞かされた。ことの重大さに気づいた団長は順《シュン》が帰った後、また寇鉄《コウティエ》にメールを入れたのだ。自分の劇団員が大がかりな詐欺事件に巻きこまれている。これは下手すると大事《おおごと》になりかねない。そして昨日の夜、寇鉄《コウティエ》から電話が入った。どこにいるのかと尋ねると、友人の家に身を隠しているという。すぐに劇団に戻るよう促されても寇鉄《コウティエ》はぐずぐずと煮え切らない。それなら、団長の方から出向こうと、喫茶店で会うことになった。

瞿《チュイ》団長が会った寇鉄《コウティエ》は、やつれた頬に憔悴の色を浮かべ、逃亡者さながらのむさ苦しい風体で縮こまっていた。団長は相手に考える隙を与えず切り込んだ。一体、どうしたんだ？　寇鉄《コウティエ》は一切合切を打ち明けた。友人の家に逃げこんだのは、妻の悪罵と近所の目に耐えきれなかったからだと言う。

寇鉄《コウティエ》は確かに騙されていた。この仕事は友人の口利きだった。寇鉄《コウティエ》は自分の劇団以外に外部の団体の公演やイベントの制作を請け負っていた。近年は好景気の会社がレセプションやセレモニーを派手に打ち上げ、できたばかりの会社まで負けじと大型のプロジェクトを競っている。このご時世に乗じて企画の立案から実施までを引き受ける代理業《エージェント》もまた大流行《おおはやり》だった。寇鉄《コウティエ》もこの〝会社〟を立ち上げていた。彼のような制作者《プロデューサー》にとってお手のものの仕事で、片手間にちょいちょいとまとめてみせる。会社といっても二、三人の仲間が仕事のあるときに集まり、終われば解散する。社員は置かずに稼ぎは山分けだった。

今回の「大夜会・錦秋田園賛歌」と銘打ったイベントは、当初の話では、舞台装置の数十万元を立て替えるという条件だったから、さすがの寇鉄《コウティエ》も二の足を踏んでいた。だが、発会式に乗りこんできた大物、有名人たちの威勢にのまれ、地元の花形不動産屋《ディベロッパー》のネームバリューに気圧《けお》されて、ついついその気になってしまった。「お嬢様役」の妻にかけ合って二十万元（約三百四十万円）を出資させ、さらに彼の〝会社〟の仲間にも一人数万元の負担を同意させた。滑り出しはすべて順調に見えたが、次第に話が食い違ってきた。夢のスターの夢の顔合わせは夢と消え、出演料に天と地の開きが生じた。この差額は誰の懐に入ったのか。そればかりではない。最終段階で元請け会社は十五パーセントの支払いをカットしてきた。

契約書を見ると、どの条文も紋切り型の作文で、しっぽをつかまれないよう上手にできている。五十人のスターが一堂に会するという件《くだり》は、その五十パーセント以上を確保するという文言《もんごん》に変わっていた。「大夜会」請負人の言い分はこうだ。往年の大スターといえどもスターはスター。しかもわずか三万元（約五十一万円）で四曲も五曲も歌ってくれた。歌い始めたら止まらなくなったのはご愛敬だ。大スターに向かって誰がやめろと言える？　趙本山《チャオベンシャン》と劉歓《リュウホアン》が替え玉だというが、そのタイトルにはちゃんと「歌謡ショー」と断り書きを入れてある。趙本山《チャオベンシャン》と劉歓《リュウホアン》が生《なま》出演するとはどこにも書いていない。この契約書のどこに不備があるというのか？

契約書は読み返せば読み返すほど、その意味が読み取れなくなった。また、地元不動産屋《ディベロッパー》の社長が西京で交渉の詰めに当たったとき、請負人はその社長を大歓待し、一生忘れられないような〝いい思い〟をさせている。数人の女優を張り付けて麻雀を一緒に打ち、バーのお供をし、食事を共にし、女優たちの嬌声と拍手の中で契約書に心地よくサインしている。元請け会社は経費の八十五パーセントをすでに二回に分けて支出しており、残りの十五パーセントは西京での接待に関わる人件費と諸経費に当たると言う。

「大夜会」が終盤にかかるころ、この先どんなトラブルが出来《しゅったい》するか、元請け会社は細部に至るまで読みこんでいたようだ。実務担当者たちはその日の午後からこっそりとホテルに引き上げ、「大夜会」の終了と同時に、かねて手配の車で逃走を始め、裏道や回り道を走り抜けた。寇鉄《コウティエ》が逃さじと後を追わせた二人の男は、ものの見事に撒《ま》かれてしまった。その日の夜、集金のためホテルに集まった業者、債権者たちは、夜明けになってやっとホテルがもぬけの殻だと知ることになった。

十五パーセントカットの対象となる寇鉄《コウティエ》と一緒に実務を担当していたマネジャーたちは、ずっと元請け会社の社長を探していた。その雇員たちも労賃の支払いを受けておらず、詐欺と横領で訴えを起こそうとしていたが、動きがとれないでいた。雇員たちは何度も総合演出家や総合マネジャーに電話したが、その電話番号は現地でしか通じないもので、携帯電話はもはやうんともすんとも言わなかった。

弁護士に相談した者もいた。弁護士の答えはこうだ。こんな荒唐無稽な契約書、笑うしかない。相談される方が迷惑というものだ。もし、相手にしてくれる弁護士がいたとしても役に立たないだろう。これだけのことを公然とやってのける連中はただ者ではない。相当な素性の持ち主で全国を股にかけて荒らし回り、背後の大組織に操られている可能性もあると。

寇鉄《コウティエ》たちはもはや自分たちが太刀打ちできる相手ではないと見切りをつけ、主催社である地元不動産屋《ディベロッパー》の社長に談じこんだ。聞くところによると、この社長がこのプロジェクトに出資した二千万元（約三億四千万円）は自社の負担ではなく、関連企業や仕事仲間から二百万元、三百万元といった協賛金を集めたらしい。他人のふんどしで相撲を取ったようなもので、自分の懐は痛んでいない。これに引き換え、数百万元の身銭を切った寇鉄《コウティエ》たちの追求は血を吐くような思いがこめられているから、不動産屋《ディベロッパー》の社長はたじたじとなった。下手をすると、寇鉄《コウティエ》たち被害者がこれを遺恨として不穏な行動に走り、社長の身に危害を及ぼしかねない。返答は意外に早くもたらされた。まず請求額の十パーセントを補償し、さらに被害額の確定を待って残りの五パーセントを支払いたいという。やり手社長の苦渋の決断というところか。寇鉄《コウティエ》たちはいささかの同情を覚えないでもなかったが、まずは十パーセントの支払いを受けてからの話だ。寇鉄《コウティエ》の計算では、彼らの立替金はこれで何とか回収できるにしても、半月以上に渡る働きは無に帰すことになった。

瞿《チュイ》団長一番の心配は順《シュン》隊への支払いがちゃんと行われるかどうかだった。

寇鉄《コウティエ》は団長にざっと次のような説明をしたという。順《シュン》隊の血のにじむ労苦はもとより承知している。支払わないというのではない。しかし、約束の全額を支払うことはできない。六万元（約百万円）を上限として了解してもらえないだろうか。今回は詐欺に遭ったのだから、応分の負担をお願いしたい。寇鉄《コウティエ》が家から持ち出した立替金は返して貰う。さもなければ、自分はあの〝鬼嫁〟に取って食われてしまうから。

瞿《チュイ》団長からこう聞かされた順《シュン》は、しばらくの間、黙りこんだ。寇鉄《コウティエ》が騙されたことにウソはないにしても、この六万元という額は腑に落ちない。寇鉄《コウティエ》が自分は一銭の損もせず、立て替えた元手を全額引き上げるというのでは、みんなも承知すまい。彼は頭を垂れたまま黙りこくっていた。これでは仲間に申し開きができないというものだ。

瞿《チュイ》団長は煙草を順《シュン》に勧めた。自分も一本に火をつけて深々と吸い、順《シュン》に話しかけた。

「順《シュン》よ、君の辛い立場はよく分かる。だが、ことここに極まりだ。ここから抜け出すためには、君に一歩引いてもらえないか。寇鉄《コウティエ》という男の癖を私はよく知っている。彼に貸しを作るんだよ。いいか、これは私と君の間だけの話だ。君が受けてくれれば、寇鉄《コウティエ》は必ず君に借りを返そうとするだろう。寇鉄《コウティエ》には私からもう一つ言って聞かせる。もう一万元（約十七万円）、何も言わず上乗せしろとな。彼の稼ぎは君よりいい。それぐらいはできるだろう。どうだ？　私のできることはここまでだ」

瞿団《チュイトゥアン》の話は、確かにこの袋小路からもう一歩先へ踏み出すものだった。順《シュン》はこれ以上何も言うことはなかった。先の見通しを得られただけでも、彼が思いこんでいたより事情は好転したかに見える。瞿《チュイ》団長に対する感謝の念が生まれた。団長がいなければ、この六、七万元の金も取り戻せずに終わったかもしれない。団長室を出るとき、順《シュン》は三度お辞儀をした。団長は握手の手に力をこめ、順《シュン》はもう一度お辞儀した。

順《シュン》が家に帰ると、素芬《ソフェン》が入り口の前にいるではないか。菊花《ジュイホア》に鍵をかけられ、家から閉め出されていたのだ。

十九

素芬《ソフェン》は入り口の階段に腰を下ろしていた。どうしたことかと聞くと、ゴミ出しをして戻ると、鍵がかかっており、菊花《ジュイホア》は出かけてしまったらしいという。順《シュン》はこれ以上言わせず、隣家へ言って金槌を借り、素芬《ソフェン》が止めるいとまもなく、鍵をたたき壊した。

素芬《ソフェン》の心配は、菊花《ジュイホア》が帰ってきたらまたどんな言いがかりをつけられるかもしれないということだった。できるだけ菊花《ジュイホア》の顔を見ないですませたかった。順《シュン》は言った。

「何を企んでいるんだか。もしかしてお前じゃなくて、俺を閉め出そうとしているのかもな」

部屋に入って、順《シュン》は瞿《チュイ》団長に呼ばれて聞いた話を素芬《ソフェン》に伝えた。今回はえらい損害を出してしまったという順《シュン》を素芬《ソフェン》はたしなめた。いい勉強になったでしょ。授業料を払ったと思えばいいのよ。きっと小さい儲けを捨てて大難を避けたということなんだわ。順《シュン》はほっと安堵の吐息をつき、胸の中にほかほかと温かいお湯が注ぎこまれる気がした。

秋が深まり寒風が室内に吹きこむ季節になっていた。順《シュン》は布団からなかなか出られない。素芬《ソフェン》は彼をそのままベッドに寝かしておいた。彼女は盥《たらい》に汚れ物をどっさり入れ、部屋の真ん中で洗濯を始めた。ごしごしと手を動かしながらおしゃべりをする。彼女の体が下向きに揺れる度、その豊かな上半身がゆさゆさと垣間見える。順《シュン》の心に灯がともった。彼はベッドに素芬《ソフェン》を誘った。

「何よ、昼間から」

「俺たち、こんな閑している時間は滅多にない。いつもは家に帰っても死んだ豚みたいに眠るだけだ」

素芬《ソフェン》は誘いに応じない。洗濯物を一枚洗うと、次の一枚にかかる。順《シュン》は我慢できなくなって立ち上がり、盥を足で彼女の後ろに押しやった。どこからそんな力が出るのか、素芬《ソフェン》を抱き上げると、一緒にベッドに倒れこんだ。

「まあ、何て力」

素芬《ソフェン》は菊花《ジュイホア》が気になって仕方がない。

「おしりは大丈夫なの？」

順《シュン》は腕時計を外し、破れたソファの上に放り出した。そこで横になっていた犬の好了《ハオラ》は、順《シュン》の股間の怒張したものを見て驚いたのか、わんわんと吠えかけた。

順《シュン》と素芬《ソフェン》は眠ってしまった。そこへ鉄の扉を力任せにがたがたさせる音がした。外から内側へ押している。素芬《ソフェン》はびくっとして順《シュン》の腰を抱いた。彼は大丈夫の意をこめて素芬《ソフェン》の腕を握った。菊花《ジュイホア》が帰ったのに気づいている。順《シュン》は鍵を壊した後、わざと内側に閂《かんぬき》をかけていた。急には開けられない。ドアを揺する音はまるで匪賊の襲来だ。素芬《ソフェン》は慌てふためいて衣服を身につけ、順《シュン》が身繕いをしているところへ、菊花《ジュイホア》はドアに蹴りを入れ始めた。順《シュン》は菊花《ジュイホア》に話して聞かせるつもりだった。閂をぎいぎいさせながらドアを引くのと、菊花《ジュイホア》がどんと蹴りをいれるのと同時だった。順《シュン》はもろに菊花《ジュイホア》の蹴りを受けその場に座りこんだ。

「何をするんだ！」

順《シュン》の一瞬の驚きが怒りの形相に変わるのを見て、素芬《ソフェン》はあわてて二人の間に割って入った。すると、菊花《ジュイホア》は何に気づいたのか、しげしげと素芬《ソフェン》に見入った。素芬《ソフェン》は、はっとして菊花《ジュイホア》の視線を追った。胸のボタンが掛け違っている。頭は鳥の巣のようにぼさぼさだ。あわてて髪をなでつけているところへ、菊花《ジュイホア》の怒声が飛んだ。

「この恥知らず！」

順《シュン》が怒鳴り返した。

「恥知らずはどっちだ？」

「恥知らずだから恥知らずと言ってるのよ！　真っ昼間から何の真似？　あ、そうか、鶏さんの真似だ」

菊花《ジュイホア》は言い終わると、踵が箸のように細いハイヒールの音をかたかたとたて、さっさと二階へ上がった。順《シュン》は今日こそ菊花《ジュイホア》にきついお灸をすえてやろうと思っていたのだが、素芬《ソフェン》に腰を抱かれ、部屋に引き戻されるしかなかった。彼は部屋に入っても二階へ駆け上がろうとした。父親として、また一人の男として今日はどうしてもけじめをつけたかった。娘の今日のような振る舞いを見過ごしにすれば、家族のけじめがつかず、一家は四散する。だが、順《シュン》がいくら熱弁を振るっても、素芬《ソフェン》に水を差され、高まった気分は挫かれてしまった。

「俺は本当に罰当たりだ。前世の悪縁でこんな罪作りを生んでしまった」

菊花《ジュイホア》はまた二階で大音量の音楽を流し始めた。床を蹴る強烈な伴奏入りだ。順《シュン》は大口を開けて泣き始めた。

素芬《ソフェン》はせっせと順《シュン》の背中をさすりながら言った。

「私がこの世の悪縁なんだわ。私には福がない。いっそ私がこの家を出て行けばいいのね？」

順《シュン》は素芬《ソフェン》を抱きしめていった。

「お前が行くんなら、俺も一緒に行く。福がないのは俺の方だ。仕事はしくじる、みんなに迷惑はかける……」

二人がこの世の終わりみたいに嘆き合っているところに、寇鉄《コウティエ》から電話が入った。金を払うから来いという。

順《シュン》は素芬《ソフェン》を連れて出かけた。

寇鉄《コウティエ》は瞿団《チュイトウアン》に言われた通り、七万元（約百二十万円）を用意して順《シュン》に渡した。寇鉄《コウティエ》は幽鬼のように表情をやつれさせ、順《シュン》から逆に慰められて帰っていった。金を手にした順《シュン》は大吊《ダーディアオ》と猴《ホウ》を呼び出した。配分をどうするか。大吊《ダーディアオ》と猴《ホウ》はいろいろあっても長年一緒にやって来た仲だ。詐欺師たちを散々罵った後、順《シュン》に力を貸して他の仲間たちには何とか泣いてもらい、丸く収めてもらおうやと請け合った。分け前について、順《シュン》は自分が受け取っては仲間たちには申しわけが立たない、一銭も不要と言ったが、大吊《ダーディアオ》と順《シュン》は気を利かし、最後に順《シュン》に二千元（約三万四千円）、素芬《ソフェン》には飯炊《めしたき》代として一千二百元（約二万円）を渡すことにした。順《シュン》はこれまで仲間の結束に気を遣い、山あり谷ありの場面を乗り切ってきた年月を価値あるものに思った。

仕込みという仕事は、毛沢東の『中国革命戦争の戦略問題』の一フレーズを借りると、「東が暗くても西は明るい」――あっちが終われば、またこっちと間断なく続く。

まずはロシアから『白鳥の湖』が来演し、招聘元の劇団代表から順《シュン》隊に仕込み、解体《ばらし》、撤去、道具類の運搬、まとめて六千元（約十万円）でどうかと電話があった。順《シュン》は半日ねばって五百元（約八千五百円）上積みさせた。外国からやってくる公演の仕込みは簡単と相場が決まっている。背景の大道具はほとんどなく、照明の調整と手軽な張り物、吊り物の配置でできあがりだ。気が抜けるほど気楽で、みんなは墩《ドン》にズボンを脱がせて『白鳥の湖』を踊らせ、男性バレリーナと尻の美を競わせた。

後で聞いたことだが、この公演も粗製の模造品だった。触れこみの主演級は来ずに名もない田舎役者とその他大勢の顔見せで終わったという。これを〝山賊版（中国語では山寨版）〟と呼び、劇場というより農家の庭に広げた豆殻を打つような、どたばた芝居といってよかろう。ロシア政府公認の『白鳥の湖』は大がかりで精緻な舞台作りで知られている。

『白鳥の湖』の後、豫劇《よげき》（発祥は河南省の開封地区。京劇、評劇、越劇、黄梅劇と並んで、中国五大戯曲《シーチュイ》＝伝統劇＝とされる）がまたやって来た。西京は河南出身者が少なくない。順《シュン》はこうした〝西京っ子〟をたくさん知っている。市内を東西に走る鉄道の北は河南人の住みかとなって「道北人」と呼ばれている。民国の一九三〇年代（一九三一年の柳条湖事件＝満州事変＝を経て一九三七年の盧溝橋事件によって日中戦争に突入する）、飢饉と戦乱で故郷を追われた河南人がここに蓆《むしろ》掛けの掘っ立て小屋を作り、バラック街を形成した。

豫劇の名優で河南豫劇院院長も勤めた常香玉《チャンシアンユイ》（一九二三～二〇〇四年）もかつて西京の曲芸団で唱い、人気を博したことがあるという。順《シュン》の若いころは、地元の関中訛り（陝西省の渭河《いが》流域）と河南訛りの双方をちゃんぽんに操ることができれば、生粋の西京人と認められ、そうでなければ〝偽ブランド品〟ということになった。最近は河南人は下に見られ、河南出身の西京人は河南訛りを隠すようになった。しかし、河南訛りの豫劇を好む西京人は依然多く、順《シュン》もその一人だった。豫劇は「山に吠える」といわれる通り激烈で悲愴美に満ち、また質朴で気宇壮大だ。順《シュン》はいつも小さな携帯ラジオを持ち歩き、閑を見てニュースを聞くか、戯曲《シーチュイ》（中国伝統劇の総称。秦腔《チンチアン》も豫劇も京劇もすべて戯曲《シーチュイ》の範疇）を聴いていた。ニュースを聞くのは地元の情報を仕入れ、仕事に役立てようとするからだが、戯曲《シーチュイ》を聴くのは彼にとってまったくの楽しみだった。長年地元で仕込みという仕事をやっているせいで秦腔《チンチアン》や豫劇《よげき》が主だが、京劇や黄梅劇（安徽・江西・湖北省で流行の戯曲）も嫌いではない。要するに舞台で唱われ、語られるものに親近感を持っていたということだ。好みといえば好みだが、舞台に関わる職業人として、舞台人が好み、親しむものに通じていなければ、まず話が合わないし、耳よりな話を聞き出すこともできない。

今回の豫劇公演は、ある劇場の柿落《こけら》としだった。豫劇団の団長が下見に来たとき、順《シュン》は出かけていって、親指をぴんと立てて言った。

「豫劇はいい。西京中、噂で持ちきり、切符の奪い合いで、私の電話も鳴りっぱなしですからね」

その団長は、順《シュン》が何者なのか、ある劇場の代表に聞いたところ
「あの人こそ、西京の名物男「刁 順子《ディアオシュンツ》」ですよ。こと仕込みにかけて、あの男の右に出るものはいない。西京の演劇界で彼を知らないともぐりと言われますよ」

こんなとき、順《シュン》はいつもの台詞を繰り返す。

「いや、私はただの苦力《クーリー》、現場の担ぎ屋ですよ」

豫劇の公演は五ステージ行われる。毎日開演前に鬼やらいの儀式に倣《なら》った「破台戯《ポータイシー》」を奉納ずる。これをやらなければ劇団内に争いが起こったり、出演者は台詞を忘れたり、とちったり、舞台に怪我人や死人が出たりするからだ。劇団は特にこの古式ゆかしい破台戯《ポータイシー》を重視している。まして西京は名にし負う古都、口うるさい見巧者《みごうしゃ》がにらみをきかせている。観客は豫劇をよく理解し、愛好者の数も地元の秦腔《チンチアン》にひけをとらない。劇団の舞台装置に対するこだわりは強く、要求も厳しかった。順《シュン》隊は七日七晩かけて仕込みを行った。

最初の二日は照明、額縁舞台《プロセニアム》のセッティング、第一幕の背景で順《シュン》隊はへとへとになった。中空に吊す「雲海」一つでさえ、繰り返しやり直しになった。「雲海」といっても、豫劇を含め戯曲《シーチュイ》は写実《リアリズム》の舞台ではないから象徴的な祥瑞《しょうずい》の雲だ。大吊《ダーディアオ》はついに向かっ腹を立てた。

「たかが一片《ひとひら》の雲に、高いだ低いだ、右だ左だ、金の延べ棒ぶら下げるわけじゃあるまいし……」

順《シュン》はみんなを抑えにかかった。辛抱しろ。これは破台戯《ポータイシー》なんだ。めでたく奉納できれば万々歳、舞台の成功、千客万来間違いなしだ。

だが、仕込み人にとっては厄介千万な習わしだ。毎晩終演後、翌日の破台戯《ポータイシー》のために本番の装置を取り外さなければならない。翌日は昼間から本番の仕込み直し、明かり合わせ、ステージ・リハーサルと連日連夜の繰り返しになる。順《シュン》隊はみな疲労のあまり、目が死んだようになった。

今回の仕込みにも、素芬《ソフェン》はずっと一緒だった。犬の好了《ハオラ》は三輪車でおとなしく待っている。順《シュン》隊は全員、連日連夜帰宅せず、現場に貼りついた。素芬《ソフェン》は客席の前列で丸くなってまどろみ、順《シュン》はいつでも、どこでも横になり、段ボールを敷いた上で数十分、高いびきをかいていた。明け方近い四時ごろ、順《シュン》がPC照明を背負って移動用タワーを登っているとき、突然メールが入った。見ると菊花《ジュイホア》からで「三千元（約五万円）振りこんで」とある。彼はそのまま放っておこうとしたが、しばらくして思い直し「三千元もどうするんだ？」と尋ねると、「なければ死ぬ」と返ってきた。

順《シュン》は気分が落ちこむのを止められなかった。菊花《ジュイホア》の一ヵ月の生活費は少なくない。毎年末、尚芸路《シャンイールー》の村

（住民組織）から入る分配金（住民は高層住宅を分筆登記し、その賃貸収入から得た利益が還元されている）は一万五千元（約二十五万円）あり、一昨年から尚芸路《シャンイールー》の会計から直接、菊花《ジュイホア》の口座に振りこませている。これ以外に毎月、一千五百元（約二万五千円）の決まった額を渡している。しかもこれには普段の小遣いは含まれていない。総計すると、彼女は年に二、三万元（約三十四万円〜五十一万円）は遣っていることになる。

今度は三千元（約五万円）よこせか。一言の説明もなしに三千元だ。最近の彼女の顔つきや振る舞いから察すると、わざと順《シュン》の金を浪費しているように見える。最近、意固地になって口を開けば順《シュン》にあれがほしい、これがほしいとねだり、彼として与えないわけにはいかない。順《シュン》はもう一度メールした。

「一体、何に遣うんだ？　本当に必要なら、駄目とは言わない。この金がどこへ行くか知りたいだけだ」

「あの女には好きに遣わせて、私は遣っちゃいけないの？」

「お前という奴は！」

「私が何だというの？　何なのよ」

誰かが順《シュン》の名を呼んだ。彼は作業用の足場となる天橋《ブリッジ》まで登って、メールの口争いは止めにした。金を出したくないのではない。重たい荷を背負いながらメールを打つどころではないのだ。まして父親として娘とこんな争いをして何の益があるのか。しかし、毎日がこんな風に過ぎていく。どうしようもなく流されていく。時には恥じて、やましい気持ちになる。年がら年中、家を空けて劇場暮らし。菊花《ジュイホア》のために時間を割くことはほとんどない。菊花《ジュイホア》が金が必要だというのなら、やはり必要なのだろう。三千元で済むことなら、出してやろう。

翌日の早朝、順《シュン》は劇場の隣にある銀行から菊花《ジュイホア》のカードに三千元を振りこんだ。手続きを終えても、胸の騒ぎは収まらなかった。

二十

菊花《ジュイホア》は金を要求したものの、はっきりとした遣う当てがあるわけではない。「刁順子《ディアオシュンツ》」にいい思いばかりをさせたくなかった。彼に他の女を養うだけの金があるのなら、自分の生みの娘にはもっと金をかけるべきだろう。父親がくれるというのなら、もらわないよりもらった方がいい。もらったからには自分のものだ。あの女は刁順子《ディアオシュンツ》の腰巾着のように付いて歩き、家に帰ろうとしない。あの女はお湯に浸かったカエルのように、自分が煮立てられているのを知らない。いつかそれを知るだろう。

菊花《ジュイホア》は毎日の生活に退屈しきっていた。音楽にも飽きてしまった。家の者に聴かせてどうなるものでもなく、自分の体の中にも、もう入ってこない。昔はあんなにも夢中になって聴いていたのに、急に白々しくなった。周りの風景も色あせて後ずさっていく。今はただ天井板をうつろな目で見つめているだけだ。しかし、何もしたくないわけではなかった。何年か前、化粧品店を開いたことがある。彼女が一番やりたかった仕事だった。毎日時間がたっぷりあり、いろんな化粧品を使って美しくなれる。そう思って始めたが、開店五ヵ月で二万元以上の赤字が出た。

女友達はみなもう店を閉めた方がいいと忠告した。言うには、これは美女がするべき仕事だ。化粧品を売ると言うことは、天性の美質を備えた女店員が客の目をくらまし、ペテンにかけることなのだと。彼女が最も親しくしている友人の烏格格《ウーガーガー》は言った。

「私のかわいこちゃん、今が止めどきだよ。私たちの顔《つら》、鏡で見てみよう。二人ともどう見たって兵隊か牢屋番、重量挙げかハンマー投げの選手だよ。お花を見て、まあきれいって顔じゃないし、ちまちまおままごとの柄じゃない。あるがままの自分で行こう。自分をもっと大事にするんだよ」

菊花《ジュイホア》は店を畳み、また烏格格《ウーガーガー》たちと一緒に麻雀を始め、また昼と夜逆さまの生活に戻った。尚芸路《シャンイールー》の子どもたちはみんなこんな具合だ。衣食に困らない。学校にも行きたがらなかったが、親に無理矢理通学させられて何とか中学（初級中学）を卒業した。就職もしない。人の顔色を見て暮らすなんてまっぴらよ。人に指図されたり、恥をかかされたりするのはもっといや。汗かいて働くのは、私のすることじゃない。だから、刁順子《ディアオシュンツ》はここでは賎しい仕事をしている変わり種なのだ。

どうせそうですよと、順《シュン》は平気な顔で下々《しもじも》の者たちと入り交じっている。菊花《ジュイホア》の大伯父《おおおじ》はマカオでギャンブラーたちに入り交じっているし、男は入り交じる範囲が女よりも広いのかもしれない。ここの女たちは自分の〝縄張り〟を流して歩くのがせいぜいだ。共通しているのは結婚願望はあっても〝外の世界〟の馬の骨たちには目もくれない。というのも、ここは土一升、金《かね》一升の土地だ。何もしないで寝ているだけで、人間の首を乗せてさえいれば、一年経つと一万元（約十七万円）の分け前にあずかれる。幸いなことにこの数十ヘクタールの土地はまだ金の卵を産み続けている。というわけで、この界隈では不良少女や女番長のじゃじゃ馬たちが幅をきかすことになった。菊花《ジュイホア》はいつまでもじゃじゃ馬でいたいわけではないが、結婚前の今が花と思っているうちに相手がいなくなった。まるで男日照りの荒蕪地《こうぶち》のあり様だが、手っ取り早く気晴らしする相手に困っているわけではない。それは道ばたの空き缶を蹴っ飛ばすぐらい簡単だ。

その日、菊花《ジュイホア》が退屈を持て余しているところへ、烏格格《ウーガーガー》から電話が入った。サウナへ行こうと言う。彼女は気が乗らなかったが、それで引き下がる烏格格《ウーガーガー》ではない。

「すぐ行くの。人と会うのよ」

「誰よ」

「誰ってことはない。雄《おす》一匹よ」

二人して湯船に浸かりながら菊花《ジュイホア》が尋ねた。誰なのよ。烏格格《ウーガーガー》の答えは同じだった。おじんよ。知り合ってからまだ一週間足らず、人から紹介されたのだと言う。有名ブランド酒の代理商《エージェント》をしている。四十を過ぎたばかりなのに、顔を見たら五十代、六十に手が届きそうな老け顔よ。

こう言いながら、烏格格《ウーガーガー》は手の間からお湯をばしゃっと飛ばした。

菊花《ジュイホア》は笑みを浮かべながらも内心はねたましく、また切なかった。烏格格《ウーガーガー》も菊花《ジュイホア》と同じ三十歳だった。祖父の代まで純粋の蒙古系で、その後漢族の血が入ったという。そのせいか、どこかエキゾチックな印象を与える。菊花《ジュイホア》より三ヵ月年少で、まだ結婚相手がいない。この点が菊花《ジュイホア》にとって慰めだったが、烏格格《ウーガーガー》の方が明らかに菊花《ジュイホア》より美人だ。鼻筋が通り、直線的で意志的な顔立ちをしている。菊花《ジュイホア》は化粧品店を開いていただけあって、いわば化粧のプロだ。烏格格《ウーガーガー》は化粧も上手で事実、化粧映えのする顔をしているが、脂粉を塗るのが嫌いだった。冬のスキン・ケアさえいやがった。

烏格格《ウーガーガー》は尚芸路《シャンイールー》で男の子とサッカーをしながら大きくなった。横町や小路でボールを追い回して迷惑がられていたが、長じてもなお修練の脚力、蹴りの強さを見せたがった。街で不良から眼《がん》を飛ばされたりすると、たちどころに自慢の蹴りをお見舞いし、男は手もなくその場にひっくり返る。彼女に対して不届きな振る舞いに及ぼうとする男たちに対しては容赦がなかった。こうして彼女は「女番長」の異名を奉られることになった。彼女に思いを寄せる男は少なくはなかったが、彼女の強面《こわもて》と突っけんどんな態度は取りつく島がなかった。

ブランド酒の代理商は、菊花《ジュイホア》と烏格格《ウーガーガー》が入浴を終えたとき、日本式の浴衣を着てロビーの個室で待っていた。菊花《ジュイホア》はこの男を見て、思わず笑いを噛み殺した。四十過ぎの男の頭頂部は撮影用のライトパネルみたいな光沢を帯び、周りに人気がないのを幸いに、まばらになった頭髪をその上にかぶせようとしていた。間が悪く彼女たちを見た拍子に、そのネット状のものが滑り落ち、ばさっと意外な長さに垂れ下がった。男は慌てて頭頂部にぐるぐると二巻きし、ことなきを得た。菊花《ジュイホア》は笑い出そうとする自分の口を押さえた。笑うと彼女の口は大きくて目立ちすぎるのだ。

代理商の男は譚道貴《タンダオグイ》といって四川訛りがあった。タイヤのミシュランの広告のようなふくれあがった巨体を浴衣からはみ出させている。その顔はコンパスを回したみたいに丸く大きい。豆電球のような両の目は、はればったい瞼に埋まって、油断ならない情熱の光を放っている。菊花《ジュイホア》の第一印象は、烏格格《ウーガーガー》もヤキが回ったということだった。こんな「おじん」を烏格格《ウーガーガー》の美意識が許したとすれば「最低」としかいいようがない。

譚道貴《タンダオグイ》は菊花《ジュイホア》をほめた。このような美女をご紹介いただいてと烏格格《ウーガーガー》に礼を言った。菊花《ジュイホア》は知っている。女とみれば、口から出任せ、ありったけを並べるのだ。菊花《ジュイホア》は譚道貴《タンダオグイ》の落ち着きのない目を、盗人《ぬすっと》の目だと思った。その視線はずっと烏格格《ウーガーガー》の半開きになった浴衣の胸を無遠慮に這い回っている。菊花《ジュイホア》は思わず目をそらした。

烏格格《ウーガーガー》の言い方は相変わらず遠慮がない。

「ねえ、でぶおじさん、その頭のてっぺんの毛、剃っちゃったらどうよ。光るものは光らせよ。成熟の美でしょ。何で頭の上に過橋米線《グオチャオミーシエン》（雲南省のライス・ヌードル。㊦三百三頁参照）を乗せているの？　見てると落ち着かないわ」

菊花《ジュイホア》はいくら何でも言いすぎだと思い、烏格格《ウーガーガー》の太腿をつねった。しかし、譚道貴《タンダオグイ》はユーモアの分かる男だった。

「過橋米線《グオチャオミーシエン》、お好きでしょう。毎日でも作ってあげるよ。きっと好きになる」

譚道貴《タンダオグイ》は言った。

「隠すものは現れるっていうでしょ。知ってる？」

「そりゃ、隠しても隠しきれませんよ。でも、隠さないよりましじゃないですか。都市の緑化運動と思えばいい。鉄とコンクリートの街に緑を、ですよ」

譚道貴《タンダオグイ》という男は、確かに難局打開の能力と言い逃れの才能を持っている。ちょっと見直したが、やはり、ちゃらんぽらんだ。この男とでは食事は勿論、お茶を飲む気にもならない。あの盗人《ぬすっと》の視線が転じて今度は菊花《ジュイホア》に向けられ、まるで青バエに見つめられているような嫌悪感を感じた。譚道貴《タンダオグイ》が烏格格《ウーガーガー》をほめた口で菊花《ジュイホア》をほめ始めたとき、彼女はいたたまれずに腰を浮かそうとした。烏格格《ウーガーガー》もこれを察して、先に席を立った。

譚道貴《タンダオグイ》が気張って予約したご馳走のテーブルはこうして無駄になった。

サウナを出て、烏格格《ウーガーガー》は菊花《ジュイホア》に尋ねた。どうかしら？　どうかしらっていわれてもねえ。本当のこと言っていい？　もちろんよ。

菊花《ジュイホア》は言った。

「あなた、何を好んでいやな目に遭おうとしているの？　一生お嫁に行かなくても、こんな悲惨な目に遭うことはないわ」

菊花《ジュイホア》は自分の言ったことに確信を持った。この話は駄目だ。単に五十、六十の老人のところへ行くだけというなら、それもよし。しかし、この「過橋米線《グオチャオミーシエン》」が眼前の現実となって現れると、この世の悲惨をいやってほど見せつけられるような気がするし、そもそもそこまでハードルを下げる意味が分からない。何が悲しくてこうなるの？　烏格格《ウーガーガー》は答えた。えらく気に入られちゃって、麻雀や食事に何度もつき合った。お金はあるし、男性ホルモンのかたまり……でもやはり好きになれそうにない。なので菊花《ジュイホア》を引っ張り出して彼女に見せたと言う。好きになれなくて、どうしてそんな気になったかということには触れなかった。菊花《ジュイホア》ははっきり言った。早く手を切りなさいよ。「過橋米線《グオチャオミーシエン》」と麻雀するのも食事するのもいいけれど、結婚の相手だなんて信じられないと。

「結婚なんか、するもんか！」

烏格格《ウーガーガー》はこう言うなり得意の蹴りを一閃させると、道ばたに置かれた鋳物《いもの》のゴミ桶が数メートル先へころころと転がった。

菊花《ジュイホア》が烏格格《ウーガーガー》と別れてしばらく、発信元不明の電話が来た。出る気はなかったが、それから続けて二度電話が鳴った。出てみると、やはり「過橋米線《グオチャオミーシエン》」だった。彼はまず菊花《ジュイホア》にお世辞を並べ、そして彼女の女友達に「よしなに口づて」を頼みたい、これが本音だった。すげなくされた烏格格《ウーガーガー》から色よい返事がほしいのだ。そして菊花《ジュイホア》にはちょっとした贈り物を用意した、どうか受け取ってほしいと言う。菊花《ジュイホア》は丁重に断った。また電話が来た。ひとしきり菊花《ジュイホア》のご機嫌をとり、どうか烏格格《ウーガーガー》に「よしなに」とたっての頼み、そして菊花《ジュイホア》にはじかに「お目にかかり」、贈り物を受け取ってもらいたいと、ひるむことがない。菊花《ジュイホア》はやはり丁重に断った。しかし、その翌日、彼女が眠っているとき、入り口を叩く音がした。起き出して、見ると「過橋米線《グオチャオミーシエン》」が立っている。贈り物らしい派手な包装の箱を抱えていた。ドアの隙間から見られているし、ドアを開けないわけにはいかなかった。贈り物もこれ以上断り切れずに受け取った。彼は中へ招じられ、席を勧められることを待っている。座ったが最後、いつまでも話しこむだろう。菊花《ジュイホア》を見つめながら西京はやはり美人の産地だとか言ったが、彼女は心を動かされず、この「でぶ」はやはりうそつきだと思った。彼女はここまで考えて招かれざる客を入り口でくい止め、追い払った。

「過橋米線《グオチャオミーシエン》」が立ち去った後、菊花《ジュイホア》は贈り物の包装を開いた。化粧品だった。しかも、輸入物、買えば一万元（約十七万円）はするだろう。なるほど、烏格格《ウーガーガー》がお金持ちだと言ったわけだ。金の使いっぷりが半端ではない。格格《ガーガー》に伝えた方がいいだろうか？　贈り物のことは格格《ガーガー》に内密にして、用件だけを伝えてほしいと念押しされている。彼女は考えた末、格格《ガーガー》には話さないことにした。あの二人の間でどんな誤解が生ずるか分からないからだ。しかし、本当のところは格格《ガーガー》に、よさげな話を聞かせたくなかっただけだった。要するに、菊花《ジュイホア》はこの男が好きになれなかったのだ。

二十一

豫劇《よげき》団の最終幕は『清風亭』だった。物語はこうだ。豆腐屋の張元秀《チャンユアンシュウ》夫婦がいた。商いに市場へ行く途中、清風亭の前で捨て子を拾う。その身には出生を記した母親の血書と金の簪が隠されていた。捨て子は張継保《チャンジイバオ》と名づけられ、大事に育てられる。だが、捨て子ゆえに学校でいじめられた継保《ジイバオ》は、生みの親に会いたいと養父母を責める。張元秀《チャンユアンシュウ》は嘆き、怒る。逃げ出した継保《ジイバオ》は清風亭で生みの母親・周桂英に出会う。彼が持っていた血書と金の簪によって、周桂英は継保《ジイバオ》を実の子と知る。継保《ジイバオ》に去られ、悲嘆にくれた張夫婦は病気になり、物乞いに身を落とす。一方、継保《ジイバオ》は科挙の試験で状元に合格し、大官に出世する。継保が清風亭の前を通り過ぎようとしたとき、養父母は喜びのあまり我を忘れて馬前に飛び出すが、継保《ジイバオ》は落ちぶれた養父母を見捨て、知らぬふりをする。悲憤の養母は壁に頭を打ちつけて死に、養父はこの仕打ちをお上《かみ》の詮議にかけようとする。だが、継保《ジイバオ》は養父を足蹴にし、養父もまたあの世に旅立つ。だが、この悪行が天の目を逃れることはできなかった。養父が恨みをのんでこの世を去ったまさにそのとき、突然雷鳴が轟き、天の怒りとなって忘恩の徒を引き裂く。ところはいずこ、因縁深き清風亭の前と伝えられている。この芝居は因果応報のテーマによって、別名『雷打張継保（雷は張継保を打つ）』、『天雷報《てんらいほう》』とも呼ばれている。

順《シュン》はこの芝居が大好きだった。数え切れないぐらい見て、特に秦腔《チンチアン》の聴きどころはすらすらと暗唱できる。この芝居は京劇、豫劇、晋劇《しんげき》（山西省の地方劇）、秦腔《チンチアン》、どの舞台にかけても大同小異で、特に老夫婦が去った息子を明け暮れに偲ぶ『門に倚《よ》って子を盼《ま》つ』の段は、いつ見ても満面の涙を禁じることができない。順《シュン》はこの二日間、老生《ラオション》（老人役）老旦《ラオダン》（老婦人の役）と掛け合いを一緒にうなりながら聴いていた。

老旦《ラオダン》　この嘆き　吾子《あこ》を怨むにあらねども
老生《ラオション》　去る者は　水の流れか　呼べど返らず
老旦《ラオダン》　聞こえずや　母を求めし　吾子《あこ》の呼び声
老生《ラオション》　今も見ゆ　あれ欲しと父にせがみし吾子の手よ
老旦《ラオダン》　この母と　挽き臼《うす》の重きを挽きしは幻か
老生《ラオション》　この父と　登りし南山　草を刈りしは幻か
老旦《ラオダン》　学校帰りに転《まろ》びきて
老生《ラオション》　戯れかかりし　その笑顔　その姿
老旦《ラオダン》　張継保……
老生《ラオション》　わが息子……
老旦《ラオダン》　母は　母は……（倒れ伏す）
老生《ラオション》　年老いてこの苦しみが来ようとは

豫劇のこの舞台はまさに圧巻だった。まさに指圧のツボをぐいと押された感じだった。順《シュン》は上演前から豫劇団の団長に伝えていた。

『天雷報』は傑作です。間違いなく大当たりをとる。私が保証しますよ」

彼はこう言って、団長に親指を立てて見せ、さらに玄人めかした論評つけ加えた。

「この世で一番当たる芝居は何だと思います？　主人公が耐えに耐える芝居です。『天雷報』は耐える芝居の中のまさに圧巻ですからね。ウソだと思うんなら、今夜の入りを見てからにしてほしい。満席も満席、超満席ですよ」

隣から大吊《ダーディアオ》が口を挟んだ。

「売れ残った切符は、全部買い取るってことですね」

「勿論、買い取るさ」

その夜、順《シュン》の予言が的中した。満席どころか、客席の通路まで観客が押すな押すなの盛況となった。順《シュン》は舞台裏へ行き、芝居のポーズを決めて団長に近寄った。

「団長、どんなもんです。満席ですよ。なぜか。この芝居がよかったからですよ。団長の指導よろしきを得て、よき劇団、よき演目の三拍子が揃ったからですよ」

彼はまた親指を立て、揺らして見せた。団長は言った。

「ありがとうございます！　この次の仕込みもよろしくお願いします」

順《シュン》はついでに自分の名刺を渡してこの場を引き上げた。

『天雷報』は順《シュン》にとってどうしても見たい舞台だった。気に入った芝居だったら、百回見ても飽きることがない。この日は仕込みが早々と終わり、普段なら舞台裏のどこかでうたた寝して疲れをとり、終演後の解体《ばらし》に備えるところだ。しかし、今夜の舞台は見逃すわけにはいかない。客席も通路も客でいっぱいだが、順《シュン》には恰好の特等席を知っている。客席前部の両側に耳のように張り出した照明の操作室《ブース》（フロント・サイド）である。順《シュン》は素芬《ソフェン》を連れてここに忍びこんだ。彼は舞台を見ながら素芬《ソフェン》を相手に見どころ聴きどころ、ひたすらしゃべり続けた。しかし、素芬《ソフェン》はちょっと見ると、頭を順《シュン》の肩にもたせかけ、居眠りを始めた。疲れているのだろう。

素芬《ソフェン》がふと目を覚まし、見ると順《シュン》が盛大に涙を流している。自分の持ってきたちり紙では足りずに素芬《ソフェン》のまで使い切って、それでも涙が止まらない。彼女は尋ねた。

「芝居は作り物でしょう。それなのに、どうしてそんなに泣くの？」

「作り物だけど、役者の情《じょう》は本物だよ。張継保《チャンジイバオ》には人の心がない。二人の老人の心を踏みつけにした」

「親不孝な子どもはみな雷に打たれて死んでしまえばいいんだわ」

「それは芝居の話だ。親はたとえどんなに傷ついても、子どもを雷に打たせるのは忍びない」

幕が下りて、順《シュン》と素芬《ソフェン》がさあ、下りて解体《ばらし》にかからなきゃと話している最中、墩《ドン》が突然叫んだ。舞台裏で喧嘩が始まったと言う。慌ててフロント・サイドから下り、見ると、あの捨て子を演じて雷に打たれた張継保《チャンジイバオ》役の小生《シャオション》（二枚目役）が養父の張元秀《チャンユアンシュウ》役の老生《ラオション》（老人役）と争っている。上演中、張継保《チャンジイバオ》が張元秀《チャンユアンシュウ》を蹴る場面、芝居ではなく本気で力任せに蹴ったのだという。老生《ラオション》は衣装を脱ぎ、屈《かが》んで腰を見せた。腰の窪みの一カ所に紫色のアザができている。小生《シャオション》が厚底の靴で蹴った痕らしい。団長は二人をなだめにかかった。この場はこれまでにして、話は劇団に戻ってからちゃんと聞くからと、傍目を気にし、けりをつけようとしたが、養父役は頑として聞き入れない。捨て子役と養父役は大声を出して揉み合いを始めた。劇団員の関係は昔のように師弟関係ではなく、言ってみれば兄弟付き合い、あるいは親戚付き合いのようなものだ。普段はみんな仲よくしていても、一旦ことが起こると仲間内の勢力図が明らかになる。ある者は老生《ラオション》役に肩入れし、またある者は小生《シャオション》役に荷担して、片方が蹴りを入れるともう片方は拳でお返しするといった具合で、騒ぎはますます大きくなり収拾がつかなくなった。

順《シュン》はその間に割って入り双方を押さえこもうとしたが、数回足払いを食わされて弾《はじ》き出された。とうとう団長が揉み合いの中に飛びこんだが、足蹴りのほかにこのときとばかり、どこからともなく拳が飛んでくる。誰の仕業か見定めはつかない。双方引くに引けない状況の中で疲れ果て、いつともなく沙汰止みになった。

解体《ばらし》をしながら、順《シュン》は劇団員から話を聞き出した。この騒ぎは今夜突発的に起こったのではなく、しこりの根は深いと言う。劇団が認定する職制のランクづけがからむからだ。半月前、審査委員会が開かれ、遺恨の種がまかれた。あの小生《シャオション》は「一級俳優」の認定を望んでおり、あの老生《ラオション》は審査委員に任じられていた。しかし、小生《シャオション》のよからぬ風評が持ち出され、結果、票は過半に満たずに却下となった。小生《シャオション》の恨みは内にこもった。普段は双方ともさりげない会話を交わすが、わだかまりは麻花《マーホア》（ねじり菓子）のようにこじれ、何人もの劇団員が巻きこまれていった。もっと早くに爆発してもよかったのだが、今回の公演は陝西省肝いりの演劇祭だから、いくら何でもそれを前にしていざこざを起こすわけにいかない。抑えに抑えていたものが、今夜芝居の打ち上げと同時に一挙に噴出したのだった。

団長が顔面を撲られた痕は目の周りに青黒い隈《くま》を作っていた。劇団員たちが引き上げた後も舞台に残って片づけものをしている。順《シュン》は慰めの言葉をかけた。

「あの場面、よく切り抜けましたね。見事なお手並みです。騒ぎのまっただ中に身を挺して、団員の心をしっかりとつかんだ。あなたは実に骨のある団長です。多くを学ばせてもらいました。一つ扱いを間違えたら、警察が乗り出してくる瀬戸際でしたからね。何はともあれ、公演は大成功だった。観客の拍手喝采を聞いたでしょう。西京の口うるさい連中はめったなことでは拍手しませんからね。今回の公演は大西京を揺るがしたんですよ」

団長は決まり悪そうに顔を上げた。しかし、目の青あざをじろじろ見られるのを避け、また体を屈めて照明器具やケーブルの数を数え、それを黙々と車に積みこんで劇場を離れていった。

順《シュン》たちが照明器具、衣装、道具類、背景幕などを三台の車に積み終えたのは、すでに早暁四時を過ぎていた。工賃の支払いも滞りがなかった。七日七晩、五演目の仕込みと解体《ばらし》、道具類の積み卸しと運搬の二往復締めて二万元（約三十四万円）、団長がすでにサインを済ませており、積みこみが終わるころ事務局員が駆けつけて精算を済ませた。仕込みに取りかかったとき、順《シュン》は十五人を呼び集めたが、それを八人に減らし、解体《ばらし》のときには作業量に合わせてまた五人増員していた。劇団関係の車が出発するのを見送って、順《シュン》隊は劇場の外の暗い街灯の下に円陣を作った。いつもの規定に則って工賃の支払いだ。大吊《ダーディアオ》と猴《ホウ》にはそれぞれ二千五百元（約四万二千円）、墩《ドン》、三皮《サンピー》と二番手の老人組には一人二千元（約三万四千円）、さらに臨時の助っ人組には一人一千五百元（約二万五千円）、素芬《ソフェン》にはこれより少なく一千二百元（約二万円）、こんな風にすっぱりと払うべきものが払われるのは、滅多にあることではない。みな満足し、安堵のあくびをしながら帰っていった。

順《シュン》は大吊《ダーディアオ》が三輪車に乗るとき、足をやっと上げるのを見た。大吊《ダーディアオ》のような頑健な体を持っている者さえ、疲労の極限まで来ていた。順《シュン》はみなに声をかけた。

「おおい、みんな。眠ったままくたばるな。明日の仕事が決まりそうだ。決まり次第、電話するからな」

十数台の銀輪隊が闇の中に消えていった。

みなが去って、順《シュン》が素芬《ソフェン》を三輪車に乗せようとしたとき、素芬《ソフェン》は順《シュン》に、車に乗れと言った。順《シュン》は変な顔をして、どうした？　と聞くと、彼女は乗れと言う。順《シュン》はまた尋ねる。お前、自転車にも乗れないのにと。素芬《ソフェン》は試してみましょうとまた笑った。順《シュン》が乗ると、犬の好了《ハオラ》が隅っこで眠っていた。順《シュン》を認めると、寝乱れた毛をぶるぶるっとふるって、彼の懐に飛びこんだ。素芬《ソフェン》は落ち着き払って三輪車にまたがった。ふらふらっと二度三度、あっちへ曲がり、こっちへ倒れかかったりしたが、何とか姿勢を立て直し、踏むペダルに力をこめた。車はまっすぐ走り出したが、順《シュン》はは信じられない思いで尋ねた。

「いつ覚えた？」

素芬《ソフェン》はペダルを踏むだけで答えない。順《シュン》はまた尋ねる。

「いつだよ？」

「ここ二、三日よ」

「二、三日で覚えられるのか？」

「いけない？」

「いい、いい。ちゃんとさまになってる」

素芬《ソフェン》が三輪車をこぎたいと思ったのは、連日深夜、自分を乗せて家に重いペダルを踏む順《シュン》の疲れを見かねたからだ。今回は劇場の西側に空き地があった。人がいないのを見澄まして、こっそり練習を始めた。幸いなことに自転車には以前少し乗ったことがある。自転車というのは一度乗れたらもう大丈夫、体が覚えているものだ。何度か空き地に通ううち、ぐるりと一周できるまでになった。上達しなくてもいい、せめて夜の仕込みを終えた順《シュン》を乗せて家へ運びたい、そう思ったのだ。荷台の順《シュン》は疲れの色を見せるどころか上機嫌で、歌まで歌い始めた。秦腔《チンチアン》に特有の悲愴美に満ちた節回しだ、天空に響けとばかりに甲高い声をさらに張り上げた。その歌は秦腔《チンチアン》の『十五貫』という演目で、小旦《シャオダン》（お嬢様役）が歌う曲だった。

わたしゃ売られて行く途中
身をはかなんで逃げ出した
助けて下され姨母《おば》上さまと
急《せ》かるる足は深い山路に踏み迷い
旅のお方に助けられしも
突如　後ろに呼ばわる追っ手の声
聞けばあまりな言いがかり
不義を働き　あまつさえ父殺し
金を奪って逃げ出したとぞ
先の難儀に後の災い　一難去ってまた一難

お奉行さま　願わくは情深きお裁きを
この世の真《まこと》を明らかに　疑い晴らして下さりませ
……

順《シュン》の歌声は山羊の悲鳴のようで、笑い出した素芬《ソフェン》はペダルを踏めなくなった。どうだと得意顔で聞く順《シュン》に素芬《ソフェン》は答えた。

「山羊が首を絞められたのかと思った。あなたが喉を絞る声は山羊と同じだわ」
「何を言うか。かの秦腔《チンチアン》の名優・馬《マー》師匠を知らないか。照明室で習い覚えた本調子だぞ」
「人前で言わない方がいいわよ。馬《マー》師匠に知られたら、はっ倒されるから」
順《シュン》は高揚感に満ち、幸福感に浸りながら歌った。七日七晩の仕事はきつかったが、手元に残った分け前は素芬《ソフェン》と合わせて三千二百元（約五万四千円）になる。菊花《ジュイホア》に振りこんだ三千元を差し引いても手元に二百元残る。嬉しかったのはこればかりではない。もっと嬉しかったのは自分を気遣ってくれる人が側にいるということだった。俗塵にまみれ「ぼろ三輪こぎ」と蔑まれている順《シュン》をいたわり、やさしくし、可愛がってくれる人がいる。この幸福感は歌わずにいられない。今度は豫劇《よげき》の『花木蘭』を歌った。

劉《リュウ》の哥《あに》いは　女子《おなご》びいきの度が過ぎる
言うことにゃ　女子は誰も閑《ひま》していない
昼は畑を耕して　夜は夜なべの糸紡ぎ
……

この声はやはり異様に響いた。街をうろついていた野良犬を驚かせ、犬たちはしっぽを巻いて退散した。素芬《ソフェン》は笑いすぎて脇腹が痛くなった。順《シュン》はますます元気になり、無人の通りを歌い続けた。

素芬《ソフェン》が順《シュン》を乗せて家にたどり着いたとき、あたりは静まり返っていた。順《シュン》がを戸をそっとを押すと、中から締まっている。いつもなら菊花《ジュイホア》を呼んで開けさせる。しかし、ちょっと考えて大声を出すのは止めにした。素芬《ソフェン》に手を貸してもらい、無理矢理中庭の塀をよじ登ろうとした。しかし、体が疲れ切って、なかなかいうことを聞かない。塀を乗り越えようとしたとき、もんどり打って内側に転げ落ちてた。体が棒のようになっていた。体のどこかがしくしくと痛みを訴えたが、かろうじて起き上がって閂を外した。素芬《ソフェン》が犬の好了《ハオラ》を抱いて入ってきた。

二人は足音を忍ばせて歩き、そっと部屋に入った。素芬《ソフェン》は湯を沸かし、順《シュン》に足湯を使わせようとしたが、彼は断った。もう目を開けていられない。寝る。

彼はベッドに横になった。寝返りを打つのも億劫だった。だが、目をつぶった途端、二階で大音量の音楽が始まった。踵でリズムをとり、床を打つ甲高い音が響く。ここで怒らなくてどうする。彼は起き上がって怒鳴ろうとしたが、ただ手だけがひくひくと動き、「このろくでなし」とつぶやくだけだった。

素芬《ソフェン》は急いで綿を丸めて耳栓を作り、彼の耳をふさいだ。彼女の手が離れる前に、彼は寝息を立て始めていた。

二十二

本格的な冬に入って間もなく、次女の韓梅《ハンメイ》が帰ってきた。

韓梅《ハンメイ》は来年に卒業する。卒業に必要なすべての単位を取り終えて、授業は特に出なくてもよく、今年の帰宅は早かった。

韓梅《ハンメイ》が帰ってきたとき、丁度家にいた菊花《ジュイホア》が戸を開けてやった。菊花《ジュイホア》がまだ幼かったときは、この血のつながっていない妹に悪感情はなく、新しい遊び仲間でもあった。韓梅《ハンメイ》だけでなく、順《シュン》が家に入れた彼女の母も喜んで受け入れた。二人は同じ部屋で何年も仲よく過ごした。喧嘩もしたことがなかった。大きくなるにつれて、韓梅《ハンメイ》の美少女ぶりをみながほめそやすようになったとき、菊花《ジュイホア》の心に微妙な陰がさした。さらに韓梅《ハンメイ》が高校に入ってから秘かに大学入試の勉強を始め、順《シュン》が何かと応援するのを見て敵対心が生まれ、韓梅《ハンメイ》は心を許せない連れ子でしかなくなった。韓梅《ハンメイ》が大学に合格してからは、二人の間に通い合うものがなくなった。夏休みや冬休みに韓梅《ハンメイ》が秦嶺《しんれい》山脈の南、商洛山《しょうらくさん》から帰ってきても、菊花《ジュイホア》の方から避け、できるだけ顔を合わせないようにしていた。勿論、表面上は姉妹の顔をとり繕って二人に仲違いはなかった。

しかし、今回、韓梅《ハンメイ》は背後に同級生という男を従えていた。一メートル八十センチもの身長に、顔は日本の高倉健みたいに苦み走っていた。菊花《ジュイホア》は台湾で人気のフランス式居酒屋《ビストロ》「五味瓶《ウーウェイピン》」のキャッチフレーズさながら「これが人生《セ・ラ・ヴィ》」を思い知らされ、彼女の五味瓶《ウーウェイピン》は今にも破裂しそうになった。戸が開き、韓梅《ハンメイ》が同級生の紹介を始めたとき、菊花《ジュイホア》は鼻先でふんと言ったきり身を翻し、さっさと二階へ上がってしまった。彼女は部屋を締め切り、中から龔琳娜《ゴンリンナー》の『忐忑《タンター》(私の情緒は不安定＝意味をなさない歌詞が早口言葉のように連射され、神にしか歌えない「神曲」と評判になって中国のネット上で大ヒット。ヨーロッパで歌唱大賞を受賞)』が大音量で流れ始めた。部屋の窓ガラスがびりびりと震え、妖しい光を発するかと思われた。

韓梅《ハンメイ》は同級生を伴って自室に入った。今回は継父に連絡を入れていなかった。だから、部屋の中はクモの巣だらけになっていた。いつもなら、継父が何日もかけて部屋を掃除し、布団を陽に干してくれていた。

継父は彼女にやさしかった。「ぼろ三輪こぎ」と陰口されている父を人に胸を張って紹介し難いが、彼女は父に感謝し、よくなついていた。彼女が連れ帰った同級生は実は恋人で、もう一年以上交際が続いている。男の家庭環境はまあまあで、実家は秦嶺山脈の南、鎮安県《チェンアンシエン》の柴家坪《チャイジャーピン》という田舎にある。家は農家だから、「自転車こぎ」の父親を紹介するのに、それほどの引け目はなかった。

男の名前は朱満倉《チュウマンツァン》といった。実直なタイプで、彼女にも誠実だった。韓梅《ハンメイ》はすでに彼の朱《チュウ》家を訪問している。喜んだ彼の両親は年明けには、何が何でも結婚するよう命じた。韓梅《ハンメイ》は満倉《マンツァン》が気に入っていた。だが、一つだけ彼女が思い悩むのは、満倉《マンツァン》の実家に伴われ、一生田舎暮らしをすることだった。彼は商洛山《しょうらくさん》から西京に出て就職し、競争社会に飛びこむ能力も勇気もなかったのだ。しかし、韓梅《ハンメイ》は都会人とは言えないまでも西京育ちの意識がある。中国を南北に分ける秦嶺の南は同じ陝西省とはいえ、そこは黄河ではなくもはや長江の流域、西京人から見れば隔絶の地だ。

こんなやり取りを二人の間で交わすうち、朱満倉《チュウマンツァン》は次第に不安を覚えていた。今回の彼女の帰郷に同行し、父親に挨拶したいと言い張り、彼女も同意した。姉菊花《ジュイホア》の韓梅《ハンメイ》に対する態度が変わったのも、彼女が大学合格したころから感じ取っており、次第に慣れてきた。しかし、今日の同級生に対するあの態度は、いくら何でもひどすぎる。彼女は憤怒の思いでいたが、自分のこの家における立場も十分わきまえている。生みの母親が病死して以来姉の菊花《ジュイホア》の目から読み取れるのは、継父の言う通り、彼女がこの家の実の娘なのだということだ。

韓梅《ハンメイ》の継父である順《シュン》は午後帰宅した。新しい連れ合いの素芬《ソフェン》と一緒だった。素芬《ソフェン》がこんなに若いとは韓梅《ハンメイ》は思ってもいなかった。結婚前に継父から電話でこの話を聞かされたとき、彼女の家庭内の立場からして反対などできるはずがない。彼女は電話口で答えたのを覚えている。お父さんが幸せになれるのだったら大賛成よ。継父は感動し、喉を詰まらせたのが伝わってきた。

継父と新しい連れ合いは韓梅《ハンメイ》と朱満倉《チュウマンツァン》を心からもてなした。継父は韓梅《ハンメイ》に素芬《ソフェン》を「姨《おば》さま」と呼ばせ、朱満倉《チュウマンツァン》も「姨《おば》さま」と呼んだ。姨《おば》さまはかいがいしく立ち働き、二人のために七、八皿の料理を作り、熱心に勧めた。家族団らんの食卓だ。一緒に食べようと、継父は韓梅《ハンメイ》に命じ、二階へ菊花《ジュイホア》を呼びにやった。韓梅《ハンメイ》の呼びかけにドアは閉められたまま応答がない。今度は継父が二階へ行って声をかけたとき、室内の歌声が突然大きくなった。龔琳娜《ゴンリンナー》のけたたましい「ウン、ウオー、アー、ヨー」が狼の吠え声か鬼の怒号か、この世ならぬものに聞こえた。継父は怒ろうとして新来の客の前では見せたくなかったのだろう。黙って降りてきた。

「お前の姉さんは食べてきた。構わずに食べてくれと言うことだ」

韓梅《ハンメイ》と朱満倉《チュウマンツァン》、継父と素芬姨《ソフェンおば》さまは一緒に団らんの食卓を囲んだ。

継父はこの数日、忙しい毎日を送っている。新しい仕込みを請け負い、遅出も早出も姨《おば》さまと行き帰り一緒で、影が形に寄り添うという言葉がぴったりだった。犬の好了《ハオラ》もいつものように三輪車にちょこんとお座りしている。継父は満倉《マンツァン》に気を遣いながら韓梅《ハンメイ》に尋ねた。結婚は決めたのか？ 彼女は答えて言った。

「何でそうなるの？ 同級生なんだから。西京見物に来ただけよ」

継父は満倉《マンツァン》の今夜の泊まりを心配し、どうしようかと韓梅《ハンメイ》に相談すると彼女は咎めるような口調で
「お父さん以外女ばかりの家で、どこにそんな場所があるのよ」

継父は民宿をやっている隣家で一室を予約してきた。一泊百元（約千七百円）だが、補償金《デポジット》として五百元（約八千五百円）支払った。韓梅《ハンメイ》は言った。

「あの人はお金を持ってきたのよ」

「この家に来たら、この家の客だ。客から金を取れるか」

韓梅《ハンメイ》は感動した。継父が出かけるとき手袋をしていないのに気づいたので、出かけて手袋を買い、職場に届けた。継父は、そんなに寒くないんだと言い、それでもありがたく押しいただいて早速手にはめた。

韓梅《ハンメイ》は家の中の空気がまるで変わっているのに気づいていた。これまで姉の菊花《ジュイホア》はごく普通の態度で、二人の間で姉妹の会話もあった。ところが今回はまったく口もきいてくれない。韓梅《ハンメイ》と菊花《ジュイホア》の部屋は並んでおり、菊花《ジュイホア》の部屋は奥の角部屋で韓梅《ハンメイ》のより少し大きかった。菊花《ジュイホア》の出入りはいつも韓梅《ハンメイ》のドアの前を通る。以前は声をかけてくれたり、部屋に入ってきておしゃべりをしたりした。しかし、今はドアを開けていてもさっさと素通りし、音楽を大音量でかけっぱなしにして、周りの人間はみな、はらはらして腫れ物に触るような扱いをしている。また、以前は一つのテーブルで食事していたのに、今は菊花《ジュイホア》が下に降りてきたのを見たことがない。出前を取ったり、外食したりしているのだろう。菊花《ジュイホア》と素芬姨《ソフェンおば》さまは一家に並び立たない形勢で、父親は板挟みのまま口を挟めないでいる。朱満倉《チュウマンツァン》も見かねて言った。

「君の姉御って、ありゃ何だ。不思議な人だなあ」

韓梅《ハンメイ》は家の内部をあまり知られたくなくて弁解した。

「人は誰でも虫の居所が悪いときがあるの」

朱満倉《チュウマンツァン》は以前一度西京に来たことがあるだけだった。西京の見るもの聞くものがみな珍しい。韓梅《ハンメイ》は彼を案内し、見物して回った。朱満倉《チュウマンツァン》はホテルに泊まることにしたから、韓梅《ハンメイ》が家にいる時間は少ない。こんな時間を過ごしながら彼女が気づいたのは、満倉《マンツァン》の自分に対する思いが日増しに深まっていることだった。彼女もそれに引かれ、離れがたい気持ちになった。昨日の夜は大雁塔から戻るともう十一時近かった。朱満倉《チュウマンツァン》はホテルの部屋でもっと話そうと言う。彼女ももの足りない気持ちでいたので、彼についてホテルの部屋に入った。この不器用な若者は接吻の後、彼女をベッドに押し倒した。彼女は抵抗のそぶりを見せたが、それほどの力はこめていない。彼はその気持ちを察したのか、次の行動に移ろうとした。普段はぼんやりに見えるこの若者がこんな機敏な動きをするとは、彼女は思ってもみなかった。うっかり気をゆるめたすきに彼は彼女の外套の第一ボタンを外した。彼女は抵抗し続けたが、それほどの力はこめていない。第二ボタンが外された。彼女は抵抗を止めないが、力は弱まったかに見えた。だが、第三ボタンが外されたとき、突然彼女は猛烈な力で彼を押しのけ、若者はのけぞった。

彼女にとって、これから先は許してならない最後の一線だった。これを越えたら、この田舎くさい若者と秦嶺の遙か向こうの山奥で一生暮らさなければならない。彼女はここに至っても、朱満倉《チュウマンツァン》が単なる同級生なのか、それとも恋人なのか決められないでいる自分に気づいた。自分に対するもどかしさが相手に対する憤懣になって、部屋の隅に立っている満倉《マンツァン》をにらみつけた。彼はとんでもないいたずらの現場を押さえられた小学生のようにうなだれ、教師の叱責を待っているかに見える。これがどうにも憎めない。家では百キロもの挽き臼を動かす牛のような膂力《りょりょく》を持ち、二キロ近い餃子をぺろりと平らげるという鉄のような胃袋の持ち主が、四十キロそこそこ「風の中の羽毛」のような彼女にはさんざんに手こずらされている。その牛のような巨体が彼女の企みに手もなく鼻面を取られ、引き回されている。それが可愛い。満倉《マンツァン》は本当に彼女を愛している。これが彼を西京に伴って父親に会わせ、一緒に見物して回る本当の理由だった。

朱満倉《チュウマンツァン》の部屋を出た韓梅《ハンメイ》は、彼を明日鎮安県《チェンアンシエン》へ帰すことにした。これ以上ぐずぐずしていると、この劣勢は挽回できなくなる。彼女は満倉《マンツァン》にメールを送り、明日帰るように伝えると、彼はもう数日西京で遊んでいたいと返信してきた。彼女は駄目、遊びたいのなら自分で遊んだら。自分は絶対一緒に行かないと突き放すと、彼は聞き分けよく従った。翌日の早朝、彼女は満倉《マンツァン》をバスターミナルまで見送った。鎮安県《チェンアンシエン》へ遊びに来て欲しいと言う彼に、今は家の中が、がたがたしてるから、また後でということにした。出発の時間になって、韓梅《ハンメイ》は彼に抱きしめて欲しいと思った。だが、このような男は公衆の面前では何もできない。回りでは若者たちが抱き合い、人目も憚らず接吻しているというのに、満倉《マンツァン》という男は二つの田舎くさいバッグをぶら下げてバスに乗った。今度は彼女が鎮安県《チェンアンシエン》へ遊びに来てくれると信じている。その太平楽の青い煙を残してバスは走り去った。彼女は手を振り、満倉《マンツァン》も手を振った。彼女は手を振りながら、自分の心はこの青年に秦嶺山脈の彼方へと運び去られるような気がした。

韓梅《ハンメイ》が家に戻ると、火の気のない部屋は凍《い》てついて耐えがたかった。継父と素芬姨《ソフェンおば》さまは二日続けての夜業で帰らず、菊花《ジュイホア》は昨夜出たきり、部屋にいる気配はない。自分で食事を作ろうかと思ったが、台所には何もない。数匹のネズミが竈《かまど》の上をちょろちょろしている。彼女を見ると一斉に竈の穴に逃げこんでいった。食事を作る気がしなくなり、街に出て焼き芋と鶏蛋灌餅《ジーダングアンビン》（卵と小麦粉を混ぜて焼き、野菜などの具をくるんだもの。河南省信陽の郷土料理。㊦三百三頁参照）を買い、家に帰って白湯と一緒に流しこみ、ベッドに倒れこんだ。

初冬の西京はすっかり真冬の寒さだった。家の中には火の気はない。彼女が大学受験の勉強をしているとき、継父は彼女の部屋に電気ストーブを入れてくれた。しかし、顔だけがぽっと熱くなり、壁や床は結露し、体の芯まで冷え切った。一番暖かいのはベッドの中だった。高校時代、彼女は夜具にくるまって勉強した。韓梅《ハンメイ》はこのわずか十四平米の小部屋をゆっくりと見渡した。西京人として彼女が依って立つ場所は、まさにここしかない。彼女は知っている。母親が死んでからこの大都市に一人の親類縁者もいない。継父は自分にとてもよくしてくれるが、この家には血を分けた娘がいて、彼女は自分の中に閉じこもり、韓梅《ハンメイ》との間には厚く高い壁ができてしまった。何が起ころうとも、彼女はこの十四平米の領地を手放すわけにはいかない。一旦手放してしまうと、自分はこの西京という都市と何の関係もなくなってしまう。朱満倉《チュウマンツァン》が韓梅《ハンメイ》を残して出発したほんの一瞬間、彼女はいっそのこと彼を追って鎮安県《チェンアンシエン》へ行き、一緒に冬休みを過ごそうかと考えた。そこは熱い炭火が熾《おこ》り、掌《たなごころ》の玉のように自分を慈しんでくれる人たちがいるに違いない。生きる力を分け与えてくれる愛情に満ちているだろう。しかし、駄目だ、こんな弱気を起こしてはいけない。今、鎮安県《チェンアンシエン》に引き寄せられてしまったら、もう二度とここには戻ってこられない。自分の生みの父親と母親を思え。一歳に満たない自分を連れ、田舎から西京という都市に出て身を起こし、夢を叶えようとした若い命を思え。もし、自分が鎮安県《チェンアンシエン》へ行ってしまったら、死んだ両親に申し訳が立たないではないか。

韓梅《ハンメイ》はこの十四平米という自分の部屋を守らなければならなかった。この部屋は彼女の別の人生、夢と希望につなげてくれる。トーチカ（陣地）を守るようにこの部屋を死守しなければならない。トーチカは氷のように冷たく、守るのに大変なものだけれど、ここにたてこもって戦い続けるしかない。

この家に帰ってくる度に、韓梅《ハンメイ》は強く思う。トーチカを守るためには戦士のように、手には武器が必要だ。

二十三

順《シュン》はこの数日、仏教の新年行事・修正会《しゅしょうえ》に駆り出されていた。元旦の夜、旧年の罪過を悔い改め、新年の幸を祈るという法会《ほうえ》だ。舞台を寺の境内に一から組み立てられる。腕の見せどころだ。

寺は西京の中心部から二、三十キロ離れている。もとは名の知られた古寺だったが、〝文化大革命〟のときに焼き尽くされ、今の本堂が新築された。法会の規模はそれなりに大きい。これを機に新年の参拝客を増やそうという初めての企てだった。

この仕事は寇鉄《コウティエ》が請け負ってきた。寺の住職が彼の遠縁だと言う。数百万元の出資が見こまれているこの法会は、地元の商店主らがスポンサーらしい。修正会の構成から演出、照明、音響、舞台美術などの一切が寇鉄《コウティエ》の一手に任されていた。

寇鉄《コウティエ》が電話をかけてきて、どうだと言わんばかりに
「おい、順《シュン》。今回はほんのちとばかりだが、前回の埋め合わせをさせてもらうぜ」

前回はまんまと奴らの口車に乗せられて、数十万元の損をぶっこいた。奴らの口にたたってやる。見てろ、野郎めら口腔癌でおっ死《ち》ぬだろうと寇鉄《コウティエ》は悪罵を繰り返した。瞿《チュイ》団長にとっちめられて数万元を順《シュン》に支払わされる羽目になった寇鉄《コウティエ》は、きっと順《シュン》に腹を立てていると思ったが、それどころか、さらに埋め合わせをするという。順《シュン》はあわてて言った。

「寇《コウ》大主任にそうおっしゃられたら、もう一も二もありませんよ。こうやって仕事にありつけるのは、ひとえに寇《コウ》大主任のおかげじゃありませんか。給金が高いだ安いだ、四の五の言わずにやらせていただきますが、一つだけ寇《コウ》大主任にご損をおかけしてよろしいですか？　このおんぼろ三輪車ですよ。こいつさえ、まともに走ってくれりゃ、いついかなるときでも現場入りできるんですがね」

順《シュン》は一隊十数人を引き連れ、暁暗《ぎょうあん》をついて寺に向かった。みな三輪車をこぎ、順《シュン》はいつものように素芬《ソフェン》を乗せている。

郊外の空気は爽快で、その瞬間、頭を出した太陽の金色の光が一閃し、一人一人の顔を朝焼け色に照らし出した。みな血色がいい。油でなでつけ、土ぼこりを浴びた頭髪がてかてか光っている。みな浮き立って交わす言葉が弾む中、大吊《ダーディアオ》が歌い出した。

「娘さん、舳先《へさき》にお座りよ　おいらは岸で船を曳く」（一九八九年に大ヒットした『船曳き男の愛』。一九九三年に中央電視台第一回ＭＴＶ大賞の銀賞などを受賞）……」

笑い出した素芬《ソフェン》は何度も順《シュン》の背中を叩いて喜んだ。

郊外の道は広々とどこまでも続き、行き交う車も少ない。一隊は順《シュン》を囲んで三輪車を走らせた。いや、順《シュン》を囲んでというより、素芬《ソフェン》を囲んでといったほうがこの場はふさわしい。久しぶりに心遊ばせた男たちは、突然陽光の中で素芬《ソフェン》の美しさを発見したかのようだった。そのまぶしさは、生まれたての朝の光のように彼らの心を弾ませた。この男たちは劇団と長年の付き合いがあるから、美女という美女は大概見尽くしている。しかし、このときの素芬《ソフェン》はその誰よりも美しく、順《シュン》隊堂々の行進の中、朝風に髪をなびかせてパレードの女王のように気高かった。墩《ドン》が声を発した。

「いよっ！　姐《あね》さん、西京一！」

男たちはありとある恋歌を思い出しては競って歌い出し、素芬《ソフェン》に聞かせようとした。姐さんを喜ばせながら、自分も愉悦感に浸り、過ぎゆくこのいっときを惜しんでいる。

素芬《ソフェン》は喉をころころと転がすように笑い、リズムを取る指先を順《シュン》の背中で踊らせている。これが俺の嫁さんなんだ。順《シュン》はその喜びと幸せを背中いっぱいに感じ取り、ペダルを踏む足に力がこもった。三輪車はぐんぐんスピードを上げていく。猴《ホウ》が順《シュン》の車の隣にぴったり寄せて叫んだ。

「哥《あに》い、哥いは頭領だ。一番稼いで、その上、西京一の美女まで独り占めかよ。幸せな男だよ。道理であっちの足も強いわけだ。なあ、みんな」

みんなはこれに唱和する。

「ああ、まったくだ、まったくだ」

素芬《ソフェン》は、「あっちの足」という、この下ネタが分からない。だから、自分を乗せてペダルを踏む足の疲れを本気で心配し始めた。順《シュン》はすでに頭から汗をしたたらせている。素芬《ソフェン》は一計を案じて隣の猴《ホウ》の車にひらりと乗り移った。

「はあい、今朝の私は西京一、猴《ホウ》、どうもありがとう。車に乗ったげるわ。幸せに思いなさい。ひっくり返らないでね」

順《シュン》の一隊は一路愉快に走り続けた。

一行が寺に着いたとき、住職と数人の僧侶、数十人の在家僧らが本堂で朝の勤行の最中で、読経の声が耳を圧した。順《シュン》たちがぽかんとして本堂の中をのぞきこみ、安置された観音菩薩像に感心していると、小僧が来てそこから連れ出された。勤行の障りにならぬよう、先に境内のあちこちを下見してほしいとのことだ。順《シュン》は本堂の前の香炉が煙を上げているのを見て、落ちている線香を香炉の周りから三本拾い集めて火をつけた。口の中で何やら念仏を唱えながら観音菩薩に三回叩頭した。猴《ホウ》が早速茶々を入れる。

「順《シュン》の哥い、四番目の嫁さんの願掛けをしているよ」

素芬《ソフェン》は途端に不機嫌になり、頬をふくらませた。すかさず順《シュン》は言い返した。

「お前たち、その罰当たりな口、慎めよ。俺の願掛けは商売繁盛、お前らのおまんまのためだよ。四番目の嫁さんは、お前の死んだ爺さんのために拝んでやるよ」

大吊《ダーディアオ》が口を挟んだ。

「猴《ホウ》の爺さんは草葉の陰でうれし涙だ」

今度は墩《ドン》が口を出した。

「ここのお堂の観音菩薩様、どう見ても哥《あに》いん家《ち》の韓梅《ハンメイ》にそっくりなんだがね」

「冗談も休み休み言え。仏罰が下るぞ」

順《シュン》は内心ぎくりとして言い返したのはわけがある。本堂の観音菩薩像が二番目の妻の趙蘭香《チャオランシアン》そっくりだったのだ。娘の韓梅《ハンメイ》はすでに母親より背が高くなり、姿、形、ますます母親に似てきている。それはいいのだが、韓梅《ハンメイ》の大学受験前、墩《ドン》がいきなり韓梅《ハンメイ》を嫁に欲しいと言い出したのだった。韓梅《ハンメイ》は当然ながら、これをはねつけ、順《シュン》も墩《ドン》ごときがと腹を立て、相手にしなかった。これがしこりとなって、墩《ドン》は長いこと順《シュン》と口をきかなかった。

順《シュン》は本堂を振り返った。読経の声が急に止み、出てきた住職に挨拶をしようと走り寄った順《シュン》だが、何と呼びかけたものか、はたと戸惑った。団長でもない、社長でもない、主任はもっとふさわしくない。とりあえず思い当ついたのが「大師さま」だった。

「大師さま、刁順子《ディアオシュンツ》と申します。寇《コウ》主任のお声掛かりで修正会《しゅしょうえ》の舞台作りを担当させていただきます。どうかよろしくお願いいたします」

順《シュン》は恭しく腰をかがめ、右手で握った左の拳を胸の前で上下させた。住職は何の表情も表さず、ただ軽くうなずいただけで若い僧侶に二言三言、言い置いて僧侶たちに囲まれながらこの場を去って行った。

若い僧侶がまず一隊に指示したのは、仮設舞台を組み立てる鉄のフレームを近くの倉庫から運びこむことだった。舞台の設計者が手配済みだという。この作業を終えるころ、寇鉄《コウティエ》をはじめ、舞台装置家、演出家、音響、照明のアーティストたちが顔を揃え、住職が身振り、手振りで説明を始めた。順《シュン》はこの顔ぶれを一目で見て取った。みな地元秦腔《チンチアン》劇団や歌舞団の顔見知りではないか。彼はためらいなくその中に踏みこんでいった。今回は寇鉄《コウティエ》が我が物顔にすべてを仕切っている。まず彼の身内の老住職がその意とするところを一くさり弁じた後、それぞれの作業隊にてきぱきと指示を与えた。アーティストたちは別殿の休憩所で打合せに入り、舞台の仕込みも一部はすぐにも作業にかかれる段取りとなった。

順《シュン》はこの住職の呼び方を人に聞いていた。「大師」ではなく「方丈」が正しかった。ここは「廟《びょう》」ではなく仏教寺院なのだ。彼は素早く機会を捉え、再度の挨拶を試みた。

「方丈、ご安心下さい。お考え通りの舞台を作ってご覧に入れます。いやあ、このお寺は繁盛してますなあ。方丈の差配、いやご人徳のよろしきを得て、参詣者が街中からもひっきりなし、香華《こうげ》の煙の絶えることなし。修正会《しゅしょうえ》成功の暁には、どんとどでかい大伽藍の落慶供養……」

順《シュン》はすぐ後悔した。言い方が俗に過ぎた。方丈は彼に目もくれず、そそくさと立ち去った。

この舞台の仕込みは普段とは勝手がまるで違う。縁日の大道芸みたいに周りを仕切る顔役がいない。村芝居の舞台だって組み立て材料が一式揃っており、出来合いの鉄のフレームの上に木の板をとんとん打ちつけたらすぐにも演しものを乗せられる。しかし今回、劇場の舞台奥《ホリゾント》がない。演出家が要求してきたのは、背景として本堂を生かすこと、本堂に登る十数段の階段もさまざまな儀式や演芸に利用することで演出効果を狙っていた。これが簡単そうで厄介だった。舞台の作りがまったく規則にはまらないからだ。舞台というのは古来、来てすぐ組み立てて、すぐ解体《ばらし》、後は雲を霞と逃げ出すのが芸人の身上だ。だから、決まった寸法のフレームを組み合わせ並べていければ、どんな舞台でもすぐに仕上がり、すぐにばらせる仕掛けになっている。しかし、今回は最初に用意したフレームが一部しか使えない。ほとんどが一から作り直さなければならず、最初の二日間は材料の入手だけに振り回された。

順《シュン》と大吊《ダーディアオ》は何度も市内へ通い、劇団によって異なる規格のフレームをレンタルしたり、溶接機材、切断機などを運んできた。現場でハンダ付けの作業を始めてから四日目、舞台のあらましが姿を現したが、順《シュン》の腰がやられてしまった。曲がった腰を立てようとすると、激痛が走るのだ。

作業場での食事は寺の賄《まかな》いで、毎日菜食が続くと、さすがに飽きがくるだけでなく、仕事に力が入らない。腹の皮と背中の皮がくっつく感じだった。墩《ドン》たちは近くの商店へ豚足《とんそく》を買いに走り、皮と筋と軟骨をかじって栄養の補給をしていた。ある日、墩《ドン》は食べ残した豚足を寺に持ち帰ったところを、寺の小僧に見つかり、住職に告げ口されてしまった。住職は寇鉄《コウティエ》を呼びつけ、さんざんに小言を言った。寇鉄《コウティエ》は順《シュン》を呼びつけた。寺で豚足をかじるとは不届き千万、仏を恐れぬ所行、直ちに出て行けと噛みついた。順《シュン》は十数人の配下を呼び集め、葷酒《くんしゅ》山門を入《い》るを許さずだ、生臭物の持ちこみは一切相ならぬと噛んで含めるように説き聞かせた。その実、順《シュン》は素芬《ソフェン》のために手羽先を二つ買ってきたりして、要は見つからなければいいのだ。

夜は本堂に泊る。寇鉄《コウティエ》が住職にかけ合い、渡り合って、やっと認めさせた。毎日市内から遠い道を往復するのでは作業が捗らないとあって住職も折れ、寺側が夜具を用意し、本堂の床に布団を敷くことになった。しかし、素芬《ソフェン》が一緒に泊ることは、誰もがどうしても同意しない。やむなく、寺の厨房の賄い婦の家に泊めてもらうことになった。

順《シュン》は本堂の観音菩薩を見上げる度に、得も言われぬ感動に襲われる。口に出せば恐れ多いことであるが、見れば見るほど、亡妻趙蘭香《チャオランシアン》の面影を模して彫ったのではないかと思われる。その夜も月の光が忍びこみ、おぼろに菩薩の面《おもて》を照らし出すと、さながら趙蘭香《チャオランシアン》が生きてさまよい出たのではないかと見入ってしまう順《シュン》であった。

彼が初めて趙蘭香《チャオランシアン》に出会ったのは、反物の卸売市場だった。丁度、仕込みの仕事が一段落したところで、彼はいつものように三輪車を駆って市場の入り口に止め、運びの口がかかるのを待っていた。その日、彼が趙蘭香《チャオランシアン》に行き会ったのは、ありきたりの日常の一こまだった。　彼は三輪車仲間と世間話をしているところにいきなり女の叫び声がした。

「そこの三輪車！」

仲間たちはほとんど同時に三輪車に飛び乗り、ほとんど同時にこぎ出していた。同じような顔が並ぶ中、女はなぜか順《シュン》を指さした。

「ほら、あんただよ」

彼らはなおも品物を争おうとしたが、女は誰にも渡さず、彼の三輪車の中に風呂敷包みを放りこんだ。この後、彼は趙蘭香《チャオランシアン》に尋ねた。

「あのとき、何でわざわざ俺に決めたんだ？」

「どうってことはないけれど、あんたが一番車引きらしく見えたから。一番確かだと踏んだのよ」

「俺が一番車引き面《づら》をしてたってのかよ？」

当時、順《シュン》が彼女から受けて印象は、背が低いことだった。荷物を荷台に積んだ後、自分が乗るのに何度も飛び上がって、やっと乗っていたからだ。後で知ったことだが、彼女の身長は一メートル六十センチに満たなかった。しかし、その面立ちはその眉、その目、さながら観音菩薩の慈悲をたたえていた。

その日、趙蘭香《チャオランシアン》はカーテン生地、ホック、ファスナーなどのほか、布地を何反《たん》か仕入れた。これらの品は後に順《シュン》が自分で仕入れ、自分から納めることになる。

趙蘭香《チャオランシアン》は裁縫を生業にして、小さな裁縫店を営んでいた。南稍門外《ナンシャオメンワイ》の小路《こうじ》に小商いの店が建てこむ一軒を借りていた。通りは狭いが繁盛しており、生活用品は何でも揃った。市内に近いこともあって、家賃は安くはなかったが、通勤族のホワイトカラーも多く間借りで住んでいた。趙蘭香《チャオランシアン》は十代から裁縫の修行をしていた。仕事を始めたのは西京ではなく、陝西省南西部の漢中《ハンジョン》（四川・甘粛省に隣接する山地・丘陵地帯。三国時代にはこの地をめぐって蜀と魏が争った）で衣類の露店を出し、結婚してから夫と一緒に漢中県に出て衣服作りを始めた。夫は腕のいい左官、レンガ積みの職人で、親方について仕事を請け負っていた。後に韓梅《ハンメイ》が生まれ、まだ一歳に満たぬころ、夫婦は思い切って西京に出た。趙蘭香《チャオランシアン》は南稍門外《ナンシャオメンワイ》に店を持ち、夫はもっと割りのいい工事を任せられるようになった。その数年間というもの、二人の狙いが当たり、仕事は面白いように順調だった。夫は彼女と出会ってから運が開けたと言って、彼女を福の神と呼んだ。彼女も言った。夫と出会う前はボタンつけや袖つけの間違いがしょっちゅうで、頼まれた服をアイロンで焦がし、その弁償に一年以上かかったこともあったが、今は仕事に張り合いがあるから、つまらない失敗もしなくなったと。そのうち市内の目抜き通りに店を構えようという話までするようになった。

だが、いいことはそこまでだった。夫が突然、鼻血を流した。最初は気にもとめなかったが、鼻血が止まらなくなって、検査してもらうと、白血病との診断だった。二人の蓄えは、あっという間に底をつき、そして夫は逝った。彼女はわずか数歳の韓梅《ハンメイ》を抱え、寄る辺ない身の上となって、一時は故郷の漢中《ハンジョン》へ帰ろうとも思ったが、幸い、南稍門外《ナンシャオメンワイ》の店が思ったより繁盛し、今では母子二人の生活を楽に支えるまでになっていた。

順《シュン》と趙蘭香《チャオランシアン》が初めて出会ったのは、彼女の夫が亡くなって二年後のことだった。そのころは二人の関係がこんな風に進展しようとは二人とも想像だにしていない。品物を店に卸すと、趙蘭香《チャオランシアン》は彼を店に入れて座らせようともせず、入り口で支払いを済ませたら、そのまま帰してしまう。折り入って話すことなど、あるはずがない。しかし、彼はポケットから紙切れを出して手渡した。当時は名刺を出すなど気恥ずかしいことだったから、自分の電話番号を書いた紙片を、お得意になりそうな相手にそっと手渡すのだった。だが、趙蘭香《チャオランシアン》はそれを受け取ったまま目もくれず裁縫台の引き出しに放り入れた。それから一カ月ほど経って、その商店街で注文待ちをしていると、折よく彼女から声がかかった。

「そこの、あんただよ」

彼が品物を荷台に積むと、彼女は飛び上がりながらまだ乗れずにいる。ここで彼が手を貸すことになるのだが、三輪車仲間は順《シュン》を冷やかして言った。あのちび女を荷台に引っ張り上げて、降ろすときは抱っこしてやるのか？

今回も順《シュン》は店に招じ入れられることもなく、座席を勧められることもなかったが、彼女の方から電話が入り、これからの仕事は順《シュン》一人に任せると言った。果たして一ヵ月後に電話があり、今日大丈夫かと聞かれた。その日はほかに用があったが、ここは新しいお得意を優先した。先に決まった仕事は人に譲り、自分は趙蘭香《チャオランシアン》と荷物の「客貨同送」へと向かった。荷物を降ろしたとき、趙蘭香《チャオランシアン》は順《シュン》が頭から汗をしたたらせているのを見て、氷で冷やしたサイダーを隣の雑貨店で買い、彼に一本振る舞った。彼はそれを干天の慈雨のように一気に飲み干し、彼女に一つ提案を持ちかけた。仕入れのコツは順《シュン》も呑みこんでいた。これからはもう一緒に来てくれなくても大丈夫。直接店まで届けましょう。仕入れの金を先に預けるのが心配なら、現物が届いたときに店先で支払ってもらっても結構というものだったが、彼女は彼の顔をじっと見てから、その話はまたにしようと返事した。その次は先に電話があり、やはり趙蘭香《チャオランシアン》が同行して、これを二回繰り返した後、すべてを順《シュン》に任せることになった。

二ヵ月に一回、順《シュン》は荷物を納め続けた。あるとき、荷物を届けたとき、彼女の手がふさがっていたため、精算は次にと声をかけて引き上げた。それから何回か数日おきに彼女は電話を寄こし、さらに細々とした追加の注文を出した。順《シュン》はその都度いそいそと配達し、これが繰り返されるうち、彼が気づいたのは、俺はこの女性の顔を見るために仕事をしているいるのではないかということだった。

趙蘭香《チャオランシアン》の態度が段々丁寧に、親切になった。ある日、昼の時分時《じぶんどき》に行ったとき、彼女は家の鍋からじかに飯をよそい、紅焼肉《ホンシャオロウ》（豚バラ肉の丼。㊦三百三頁参照）をたっぷり乗せてくれた。遠慮する彼を見て、

「食べなきゃ、食べないでいい。勝手に腹減らしてるがいいさ」

その表情は明らかに家族に対するような親しみがあった。彼はいかにもうまそうに、がつがつと食べて見せた。それは多分に彼女に見せようとして見せた演技だった。

二人がこの先どうなるか、それは彼女の娘次第だ。韓梅《ハンメイ》は四歳になっていた。順《シュン》が品物を届ける度、韓梅《ハンメイ》は彼に抱いてもらい、三輪車に乗せてもらうのを喜んだ。店への行き来がさらに頻繁になり、彼女が店で手いっぱいのとき、順《シュン》は幼稚園へ韓梅《ハンメイ》の迎えにやらされることもあり、それが習慣になった。幼稚園が退《ひ》けるころ、彼は三輪車で周りをぐるぐる走り時間を待った。もちろん仕事優先だが、仕事のないときは韓梅《ハンメイ》を迎えに空の三輪車を走らせ、いつの間にか、これが自分の仕事だと思うようになった。たまに趙蘭香《チャオランシアン》が迎えに行っても、今度は韓梅《ハンメイ》が喜ばない。こうして順《シュン》は趙蘭香《チャオランシアン》母子の生活に巻きこまれていった。

順《シュン》の娘菊花《ジュイホア》が中学に上がったとき、彼は趙蘭香《チャオランシアン》の手助けをして韓梅《ハンメイ》の送り迎えをし、それからまた三輪車を駆って家に帰り、菊花《ジュイホア》が下校する前に食事を作って鍋に移しておく。菊花《ジュイホア》が夕食をとる時間、彼は仕事に出ており、舞台の仕込みか品物の搬送、ときには劇場で夜を明かすこともある。彼がいつも気にかけているのは娘の勉強のこと、登下校時と夜の安全のことだった。彼は娘にいざというときのために携帯電話を持たせていた。彼が幾晩も家を空け、菊花《ジュイホア》が悪夢にうなされて目覚めた夜、順《シュン》の電話が鳴る。菊花《ジュイホア》は爸爸《パパ》、爸爸《パパ》と泣きわめいて仕事中の順《シュン》を切なくする。こんなとき、順《シュン》は家の中に一人の女性がいて欲しくなる。趙蘭香《チャオランシアン》はこうして順《シュン》の中で存在感を増していった。

しかし、順《シュン》は家の事情は別にして、自分が趙蘭香《チャオランシアン》にふさわしい男だとは思ったことはない。自分はしがない「車引き」であり、西京育ちと粋がってみても始まらない。朝から晩まで藍の長衣《チャンイー》の着た切り雀、むさ苦し

く異臭を発している。趙蘭香《チャオランシアン》は裁縫の名人だし、職業柄、身につけているものもこざっぱりと垢抜けしている。白いカラーを愛用し、それはいつも一点の汚れもなく真っ白だった。彼女の真っ白な肌、身に合ったおしゃれ、アイロンの線がぴしっと通った衣服、そして何よりも両肩に掛けられ、白地に赤の目盛りが浮き立って見える巻き尺《メジャー》、これこそ裁縫師の証しで、ブランドのネックレスよりずっと彼女に似つかわしく思われた。

初めて彼女を見たときは背の低い女だと思った。頭のてっぺんが彼の首に届かず、三輪車に乗るときは彼の手を借りなければならない。今は彼女が自分には手の届かない高嶺の花に見える。しかし、趙蘭香《チャオランシアン》は彼によくしてくれるし、韓梅《ハンメイ》は自分になついてくれる。そして何よりも自分の家が一人の女性を必要としている。これらが彼に高嶺への登攀を促していた。

その年の春節、順《シュン》は自分のために西洋の背広上下を買った。値切りに値切って百元（約千七百円）に負けさせた。この品は彼が知人に口を利き、その知人は三百元で転売する腹だったが、まんまと順《シュン》にせしめられてしまった。家にはネクタイがあった。長兄の刁大軍《ディアオダージュン》がマカオ土産に買ってきたものだが、家で試しては見たものの一度も首に絞めたことがなかった。また奮発して白いワイシャツを買った。これでまた数十元が吹っ飛んだ。元旦の朝、彼はこの一式を身につけ、趙蘭香《チャオランシアン》に徳懋功《ドーマオゴン》の水晶餅（白玉《はくぎょく》の輝きを持つ陝西省特産のスイーツ。㊦三百四頁参照）二斤（一キロ）、回民《イスラム》街の老鉄家《ラオティエジャー》の臘肉《ラーロウ》（十二月の寒風にさらした漬け干しの肉。㊦三百四頁参照）二斤、韓梅《ハンメイ》には百元入ったお年玉を携えて彼女の家を訪ねた。思いもよらず、彼女は熱の入った歓迎ぶりを見せて言った。

「どうしたの？　めかしこんで花嫁さんでももらうのかい？　どこでお見合いするの？」

彼は待ってましたとばかりに応じた。

「そうさ、お見合いだよ」

「へえ、誰と？」

「お告げが出た。正月元旦、福の神と出会うんだと。一番最初に出会った女がそうだとさ」

二人は実のある話をした。彼は汗だくになりながら自分の置かれた情況と心の内を打ち明けた。順《シュン》は趙蘭香《チャオランシアン》に劇団の女優とはまた違った知性、聡明さを感じていた。彼女は自分が置かれている現実を、まるで肩の巻き尺《メジャー》で採寸するかのような適確で飾り気のない口調で、しかも明るく語った。自分は寡婦であり、福の神ではない。韓梅《ハンメイ》というこぶつきの田舎女で、この街には「錐《きり》を立てる」ほどの足場も持たず、もし、将来捨てられるようなことになれば、母子ともに寄る辺のない身の上になると。順《シュン》は趙蘭香《チャオランシアン》に未来永劫の愛と忠誠を誓い、両者の話はまとまった。

このとき、順《シュン》の娘菊花《ジュイホア》はまだ十二、三歳で、父親に対して聞き分けがよかった。これに加えて、趙蘭香《チャオランシアン》の賢明な心遣いがあった。まず菊花《ジュイホア》に新調の洋服を贈り、菊花《ジュイホア》は娘の体面を保ち、近所に誇らかな顔を見せた。趙蘭香《チャオランシアン》と韓梅《ハンメイ》が順《シュン》の家に入ったとき、一杯目のお茶は菊花《ジュイホア》が自ら淹《い》れ、趙蘭香《チャオランシアン》をうれしそうに「媽《マー》」と呼んだ。韓梅《ハンメイ》と同じ部屋に住み、韓梅《ハンメイ》の夜具は菊花《ジュイホア》が自分で抱えて二階に運び、自分で敷いてやった。順《シュン》は今にして思う。その数年、こんな幸せで満ち足りた日々はなかったと。しかし、趙蘭香《チャオランシアン》は病を得た。そのあまりにも甘い蜜の壷は、あまりにも早く粉々に砕け散った。

順《シュン》は金白色の観音菩薩に目を凝らした。遠い記憶をたどるうち、すっと眠りに入って夢を見た。趙蘭香《チャオランシアン》が観音像の中から出てきた。彼女は観音菩薩のような慈顔で順《シュン》を見つめた。その表情は慈しみだけでなく悲しみの色をたたえている。彼女は観音の衣装を身につけ、手に瓶のようなものを持っている。近寄ってよく見ると、それは趙蘭香《チャオランシアン》が最後の一年、手元から離さずに持っていた点滴の瓶だった。両の肩は永遠に無垢な巻き尺《メジャー》で荘厳《しょうごん》されて（飾られて）いた。彼女は順《シュン》の眼前に近づいて言った。

「韓梅《ハンメイ》をお頼みします。可哀想な子です。父もなく、母もなく、頼るのはあなた一人。将来嫁に行くときはせめて一椀の飯《めし》を祝いの席に用意して下さい」

趙蘭香《チャオランシアン》はこう言い終えて姿を消した。順《シュン》はその袖をとらえようとしたが、手応えがなく、そこで目が覚めた。

突然、携帯電話が身悶えするように振動した。見るとメールが入っており、韓梅《ハンメイ》からだった。

「お父さん、いつ帰ってくるの？　私はこの家にいてはいけないの？」

夜中の一時に発信されている。彼はすぐ返信を打った。

「どうした？　かわいこちゃん」

少しして韓梅《ハンメイ》の返信が来た。

「何でもない。こんなに遅く、ご免なさい。お父さん、お休みなさい」

順《シュン》は目が冴えて眠れなくなった。

二十四

韓梅《ハンメイ》は長い「思想闘争」を戦い、考えあぐねた末にこのメールを継父の順《シュン》に送ったのだった。もう我慢ができなかった。今回、家に帰ってみたら、家の中が妙にざらついている。そのわけは彼女にも見当がついた。菊花《ジュイホア》姉さんが新しく来たあの女性にヒスを起こしているのだ。しかし、それなら、自分にまで当たるのは、あまりというものだ。

片足の折れた犬の好了《ハオラ》は、元はといえば、彼女の母親が家に置いて飼い始めた犬だった。彼女の子宮癌が見つかった日、あの犬が突然、戸口に姿を現したのだ。継父の順《シュン》は何度も外に追い出した。しかし、犬は足を引きずり、よろけながら戻ってきた。その後、継父は東の郊外へ配達に出かけるとき、犬を三輪車の荷台に乗せて行き、東門《ドンメン》の外に置いて帰ってきた。しかし、犬は二日後に帰ってきた。一家の者はみな呆然とし、彼女の母親が言った。

「この犬、家で飼おうよ。可哀想じゃない。もしかしてこの家と何かの縁があるのかも。飼おう、飼おう。犬の餌に困るわけじゃなし」

もしかしてこの犬は、お前のママの命を助けるために神様が使わしてくれたのかもなと継父は言った。このとき、菊花《ジュイホア》姉さんは別に反対はしなかったが、なぜかこの犬が好きになれなかったようだ。その後、菊花《ジュイホア》がぽつんともらした言葉が忘れられない。犬に好かれるのには、きっと生まれ合わせがあるのねと。

片足の折れた犬は母親に何の幸運も運んでくれなかった。母親は子宮癌と診断されてから二年後、薬石《やくせき》効なく永眠した。子宮癌は切除がうまくいけば、九十パーセント以上が快方に向かうと言われているのに、母親は十パーセントの中に入って全身を蝕まれ、無念の形相を残して逝ってしまった。今はの際《きわ》の数日間、犬の気がおかしくなった。犬が病院の母親の病状を知るはずはないのに、家の中を狂ったように吠えて回り、継父のズボンの裾を咥《くわ》えて家から出そうとした。きっとお前の母親に会いたがっているんだなと継父が言った。韓梅《ハンメイ》がこのことを母親に伝えると、

「可哀想な犬。捨てちゃだめよ。たとえ犬であれ、命は大切なんだから」

母親は病院で息を引き取った。そのとき、犬は続けざまに頭を出口のドアにぶつけ、家人が止めても止まらず、頭から血を流した。

母親を亡くしてから、韓梅《ハンメイ》は犬を抱いて過ごすときが長くなった。犬が母の霊に通じていると信じている。彼女が商洛山《しょうらくさん》上の大学に通っている間、犬とは疎遠になったが、帰る日は彼女が着かぬ先から犬はそわそわし始める。継父のズボンの先を引いたり戸口に爪を立て、継父はやっとそれと察するのだった。朱満倉《チュウマンツァン》と一緒に帰ったとき、犬は家にいなかったが、継父に言わせると、三輪車の上でひとしきり吠え声を立てたという。時間を尋ねると、彼女が家の門を叩いたときとほぼ一致した。しかし、韓梅《ハンメイ》が犬をますます可愛がる一方、菊花《ジュイホア》の犬に対する不機嫌が嵩じていた。それがどうしてか犬には分からない。うっかり彼女の道をふさいだり、その前を歩こうものなら、たちまち蹴りを一発入れられる。菊花《ジュイホア》が家を出るときや帰るとき、犬はじっと自分の場所を動かず、一声も立てずになりをひそめているのだった。

韓梅《ハンメイ》が朱満倉《チュウマンツァン》を連れて帰って以来、菊花《ジュイホア》は一言も口をきかなくなった。こんなことはこれまでに一度もな

かった。商洛山《しょうらく》から帰るときにはいつも菊花《ジュイホア》に商洛の新鮮な山の幸を手土産に持ち帰った。クルミや甘栗、紅薯糖《ホンシュータン》（サツマイモの水飴。㊦三百四頁参照）、干し柿など、手ぶらで帰ったことは一度もない。今回も朱満倉《チュウマンツァン》と一緒に市場へ行き、せっせと買い集めた特産品を菊花《ジュイホア》に渡した翌日、それらがゴミ箱に捨てられているのを見つけた。もしかして期限切れの生鮮品がカビを生やしたのかとあらためてみたが、何ともなかった。韓梅《ハンメイ》ももう何もしゃべるまいと思ったが、口の中のいやな後味を噛みしめた。菊花《ジュイホア》から相手にされなくなった今、彼女は犬を連れて自分の部屋に閉じこもり、本を読んだり、ネットをしたり、卒業論文の資料を見たりしていた。

菊花《ジュイホア》はずっと自分の部屋で音楽を大音量にして聴き、踊りのステップを踏んだり勝手放題だ。ときには名状し難い声、物音、振動が混ざるが、韓梅《ハンメイ》にはすべて自分への当てつけに聞こえた。しかし、彼女は耐えた。この家の自分の立場をわきまえているからだ。菊花《ジュイホア》は「嫡出子《ちゃくしゅつし》」、自分は非嫡出の「連れ子」だ。しかも母親が死に、つながっているかに見えた線も断ち切られている。自分が追い出されずにここにいられるのは、お情けにすがっているからだ。我慢、我慢と思いつつ、いつかこの緊張関係は破れるときが来ると覚悟した。

彼女は先手を打った。喧嘩を売るのではない。まずは下手《したて》に出る。こうした手詰まりは放っておくと、ろくなことにならない。遅かれ早かれ、両方が土壷《どつぼ》にはまるのは目に見えている。こちらから動いて、相手の意を迎えよう。彼女はその日回民街《イスラム》へ行って軽食をつまんでから、菊花《ジュイホア》への土産にと彼女が大好きな甘いものを詰め合わせてもらった。剁糖《ドゥオタン》や南糖《ナンタン》、攪糖《ジャオタン》の水飴類（㊦三百四頁参照）のほか、特に羊臉《ヤンリエン》（羊の頭の煮込み）と羊雑《ヤンザー》（羊の内臓の煮込み）を加えてもらった。彼女は覚えている。いつか継父が三輪車で回民街《イスラム》に通りかかり、買って帰って二人の娘を大喜びさせたことのある品物だ。そのとき、菊花《ジュイホア》は特に羊臉《ヤンリエン》と羊雑《ヤンザー》がお気に入りだった。韓梅《ハンメイ》の心が弾み、姉妹の感情が蘇った。もう何の悪気もない。

菊花《ジュイホア》の部屋を尋ねたとき、彼女は美顔パックをしていた。白い仮面に目と鼻、三つの黒い穴があき、彼女の方を向いた。口は白く塗りこめられていたが、その口から大豆かソラマメを炒るような音が飛び出した。早く早く早く早く、出てけ出てけ出てけ出てけ。臭い臭い臭い臭い、やだやだやだやだ、ぷぷぷぷぷぷー！　韓梅《ハンメイ》は品物を持って部屋を出た。ああ、ざまないなあ。私としたことが、面目丸つぶれ。でも、だからこそ、私はあの人の妹でいられるのだ。韓梅《ハンメイ》は顔をさすり、ざわつく心を静めた。

　翌日の昼、韓梅《ハンメイ》は昼食の支度をし、二階の菊花《ジュイホア》に何が食べたいか声を掛けた。返事はなかった。韓梅《ハンメイ》は元宵《ユアンシャオ》（元宵節を祝う団子。㊦三百五頁参照）を煮て、荷包蛋《ホーバオダン》も作った。これは母親が継父と彼女のためによく作った食事だった。これをもって二階に上がったとき、また、出てけ出てけ出てけ出てけと炒り豆の音。彼女が部屋を出ると、ばたんと力任せにドアを閉め、壁がびりびりと震える音を聞いた。我慢だ。ここで腹を立てたら、菊花《ジュイホア》と同じ程度の人間になる。自分は大学に入り、しかもその学資は菊花《ジュイホア》の父親の血と汗の結晶からから出ているのだ。彼女はまだ覚えている。菊花《ジュイホア》と喧嘩した子どものとき、母親はこっそりと彼女をたしなめた。

「何があっても、菊花《ジュイホア》姉さんに逆らってはいけないよ。菊花《ジュイホア》姐さんが麺棒だったら、お前は餃子の皮、おとなしく伸《の》されていなさい」

　母親が死んだ後、韓梅《ハンメイ》がしゃにむに勉強して大学に入ったのも、この言葉がいつも頭に響いていたからだ。しかし、とうとう我慢ができなくなるときが来た。足折れの好了《ハオラ》が菊花《ジュイホア》に蹴られて鼻血を出したからだ。好了《ハオラ》は片時も韓梅《ハンメイ》の側を離れずにいた。そのときも彼女のベッドの側で横になっているはずだった。彼女は部屋を閉め切りにしておくのが嫌いな質《たち》で、昼になって太陽がぼんやりと顔を出し、ドアを開けて空気を入れ換えようとしたとき、そのわずかな隙間から好了《ハオラ》は飛び出していったのだろう。突然、耳をつんざく犬の吠え声がした。明らかに何か重たいものの衝撃によって発せられる悲鳴だ。続いて菊花《ジュイホア》の叫び声。

「こいつめ。出てけ。今度来たら、その四つ足、全部へし折ってやる。出てけ、とっとと出てけ!」

すぐ韓梅《ハンメイ》の部屋の隙間から好了《ハオラ》が逃げこんできた。鼻血をしたたらせ、折れた片足に加え、もう一本の足もやられらしい。部屋に転がりこむと、自分の体が支えられずにのめりこんでしまった。打たれた足をなめながら、激しく波打つ腹に痙攣を何度も走らせている。力なく鳴きながら、両目から涙の粒を落とし、全身を篩《ふるい》のようにふるわせているのを見ると、あまりの不憫さに胸が張り裂けそうになった。彼女はこれまで何度も自分に言い聞かせてきた誓いを捨てた。

韓梅《ハンメイ》が気負いこんで菊花《ジュイホア》の部屋を開けたとき、菊花《ジュイホア》は革のブーツにブラシをかけ、出かけようとしているところだった。韓梅《ハンメイ》はブーツの尖ったつま先に好了《ハオラ》の毛と血痕がこびりついているのを見た。彼女は言った。

「姉さん、好了《ハオラ》をそのブーツで撲《ぶ》ったの？」

菊花《ジュイホア》まるで二分の耳が信じられないといった素振りで答えた。

「何言ってるの？」

「好了《ハオラ》をそのブーツで撲ったのね」

「ああ、あのおっちょこちょい、自分から私のブーツにぶつかったのよ」

「私に何か不満があるのなら、直接言って下さい。何も足の不自由な犬に当たることはないでしょう」

「刁順子《ディアオシュンツ》は自分一人でさえ養えない貧乏暮らしをして、何で犬まで飼わなくちゃならないのよ。変だと思わない？　行ってよ。そんなところでうろちょろされたら、目障りなんだから」

彼女はうるさそうに手を振った。

韓梅《ハンメイ》は、言いたいことはたくさんあるが、まず単刀直入に切り出した。

「当てこすりはやめて下さい。でも、姉さん、私さっぱり分からない。私がどうして責められなければならないの？　どうして私に冷たいの？　はっきり言って。私に間違いや悪いところがあるのなら、改めますから」

韓梅《ハンメイ》は言葉に気を遣ったつもりだが、菊花《ジュイホア》の返事は身もふたもなかった。

「お、分かってるじゃん。刁順子《ディアオシュンツ》はあんたを大学に入れてやった。ところが、男が見つかったら、家に引っぱりこんで、寝たってわけね」

「そんないやらしいこと。よく言えるわね」

「ちっちっち。いやらしいのは、そっちでしょ」

「言いがかりはやめて。あの人は私の同級生です」

「よく見え透いたウソがつけるわね。あーあ。この家はあんたみたいなよそ者に、みんな持っていかれてしまうんだわ。男ができたんなら、さっさとどこへでも行ってしまえばいいじゃん。それとも、いつかこの家の分け前にあずかろうと狙ってるの?」

菊花《ジュイホア》は言ってはならないことをとうとう言ってしまった。韓梅《ハンメイ》は怒りのあまり、言葉を失った。

「どうして……そんなことが言えるの? 姉さんと呼んできた人からまさから、そんなことを……」

「何が姉さんよ。そんなこと、誰も頼んでいないわよ。母さんが産んだのは私ひとり、ほかに弟も妹もいない。そこどいてよ。邪魔だから」

菊花《ジュイホア》は言いながら、ぐいと韓梅《ハンメイ》を押し出した。ドアが自然にばたんと閉まった。韓梅《ハンメイ》はそこに呆然と立ったまま、一階の鉄の扉が閉まる音を聞いた。体中の力が抜け落ちた。自分の部屋に入り、ベッドに倒れこみ、わっと泣き出した。

しばらく泣いてから、何かに取りつかれたかのように荷物をまとめ始めた。出て行くしかない。この家に自分の居場所がなくなった。もう二度と戻るもんか。朱満倉《チュウマンツァン》のいる鎮安県《チェンアンシエン》へ行って一緒に住もう。しかし、彼女はまた考えた。いや、今行くわけにはいかない。一時の感情にまかせて行動するのは愚か者のすることだ。そうだ、学校がある。学校へ戻ろう。そこが唯一無二の居場所だ。頭の中を整理して、家を出るのはそれからだ。一度出てしまえば二度と戻れなくなる。継父は自分を可愛がり、何につけよくしてくれている。この十四平米の居場所はきっと父が守ってくれる。彼女はまとめかけた荷物をまた元に戻した。

彼女は父が忙しいことを知っているし、また、疲れているとも思う。それでも父に知らせずにはいられなかった。人の寝静まった夜中に電話するのは気が引けて、メールを打った。まさか、翌日の朝早く、父が三輪車に乗ってやってくるとは思わなかった。

継父は何ごとかと聞いた。彼女は泣きながら昨日のことを話した。犬の好了《ハオラ》は口の周りを腫《は》らし、打たれた足はまだ立たなかった。父は愛おしそうに好了《ハオラ》を抱き上げた。

菊花《ジュイホア》は昨夜出たきり、まだ戻っていない。父親は言った。向こうの仕事はまだ忙しい。お寺を見るのもいいぞ。一緒に行こう。郊外の空気を吸えば、気晴らしにもなるからな。韓梅《ハンメイ》は好了《ハオラ》を抱き、継父の三輪車に乗って一緒に出かけた。

二十五

菊花《ジュイホア》は昨日、韓梅《ハンメイ》と喧嘩した後、烏格格《ウーガーガー》と一緒に銅川《トンチュアン》の玉華宮《ユイホアゴン》へスキーに行った。雲南ソバの「過橋米線《グオチャオミーシエン》」譚道貴《タンダオグイ》に車の運転をさせている。烏格格《ウーガーガー》と過橋米線《グオチャオミーシエン》の仲はあれからさらに発展しているらしい。烏格格《ウーガーガー》は過橋米線《グオチャオミーシエン》を嫌い抜き、手を切ったはずなのに、この〝雄《おす》〟を意のままに操っている。過橋米線《グオチャオミーシエン》は得意そうに西瓜帽子《スイカキャップ》をかぶり、頭頂部をしっかりと隠蔽している。烏格格《ウーガーガー》はその帽子をぱっと取りのけて言った。

「おお、美しい、真実は美しい」

譚道貴《タンダオグイ》の頭部を覆う「米線《ミーシエン》」はだらっと垂れ下がり、烏格格《ウーガーガー》は鼻歌交じりにそれを弁髪に編んだ。菊花《ジュイホア》の髪留めが宝石で青い蝶をデザインしているのに目をとめると、それを外して譚道貴《タンダオグイ》の弁髪につけた。この奇妙奇天烈《きてれつ》な取り合わせに、菊花《ジュイホア》は笑いすぎて脇腹を押さえた。譚道貴《タンダオグイ》はこれをバックミラーで見て、怒ったりせず、いたくご満悦の表情をつくった。ただでさえ細い目が、笑うと糸くずのようになり、厚ぼったい瞼《まぶた》の中で見分けがつかなくなってしまう。烏格格《ウーガーガー》が叫んだ。

「しっかりお目々を開けてよね。高速道路を走っているんだから」

譚道貴《タンダオグイ》は慌てて姿勢を正し、目を見開こうと懸命にしばたかせながら自慢のランドローバーを加速させた。

菊花《ジュイホア》は考える。この男の何が格格《ガーガー》を引きつけ、なぜ一歩一歩深みにはまっていくのだろう？　これに比べたら、自分の方がまだ幸せだと思う。自分は今、わけの分からないことで苦しんで、じたばたしているが、格格《ガーガー》たちほどの悲惨にはまだ達していない。譚道貴《タンダオグイ》を見ていると、胸が悪くなってくる。彼女は突然思い出した。韓梅《ハンメイ》が連れてきた高倉健そっくりの、あの山出しの男の子を……。西京で生まれていたら、一流のモデルにでもなって、さぞ売れることだろう。韓梅《ハンメイ》はこれまで、ちょっと可愛い顔をしているというだけで、彼女にとってどうでもよく、ただの連れ子に過ぎなかった。それが一人前に成人し、もうすぐ大学卒業となって男に追いかけられている。これが面白くなかった。おまけに一メートル八、九十センチはあろうかという種牛、種馬、種ロバのような男を連れこみ、これ見よがしにしている。目障りなことでは蔡素芬《ツァイソフェン》というお騒がせ女と変わらない。

みんな「刁《ディアオ》順子《シュンツ》」がまいた種だ。菊花《ジュイホア》一人が割を食っている。これでは自分が「妾《めかけ》の連れ子」ではないか。この家で正統の血を引いているのは自分一人だというのに、どこの馬の骨か分からない者たちが大きな顔でのさばって、いい思いをしている。これでは世の中逆さまだ。あの足折れの犬にしても、以前はそんなに嫌いではなかった。つい何年か前までは、抱いてやり、風呂に入れ、爪を切ってもやっていた。しかし、今はあの二人の女と犬が馴れ合って、彼女一人がのけ者だ。自分の幸せが波にさらわれるように奪われている。どこかで食い止めなければならない。

あの足折れ犬がこれまで自分の部屋に入ってきたことはなかった。たとえドアを開けていても入ってくるはずはなかったのだ。そのとき、彼女が出かけようとしてドアを開けたとき、目の前にあの犬がいた。ドアの前の階段の手すり近くで日なたぼっこの最中だった。周囲に立ちふさがった隣家が日光を遮っていたが、ここにだけ洗面器ほどの大きさに光が漏れていた。この犬はそれを知って、ぬくぬくと暖をとっていたのだ。彼女が部屋を出ると、ちょっとだけ薄目を開け、無関心にまた閉じた。韓梅《ハンメイ》や素芬《ソフェン》を見て全身で表す愛嬌や甘えがまるで感じられない。彼女は犬にまでそっぽを向かれたと思った。

菊花《ジュイホア》はこの犬を普段から目の敵にしていたわけではなかった。犬はきっかけに過ぎなかった。彼女は思い切り犬を蹴った。蹴ると余計にいらいらが募った。すると今度は抑えが利かなくなった。また蹴った。この犬は韓梅《ハンメイ》の母親が飼い始めたことを菊花《ジュイホア》は知っている。それがいくらも経たないうちにこの家と縁のない女たちの慰みものになってしまったのだ。

今回の一件は、彼女にしてみれば、階段の日だまりからこの犬を追い払えば、それでよかった。犬は二階を逃げ回り、階下へ転げ落ちるだろう。実際には尻と腹を蹴られ、頭を壁に打ちつけ、両脚に傷を負いながらも、ちゃんと韓梅《ハンメイ》の部屋に逃げこんだ。これまでにしよう。

韓梅《ハンメイ》と言い争いになり、捨て台詞を残して家を出たが、菊花《ジュイホア》はずっと後悔している。犬のことではない。彼女が放ったどの言葉も、出ていけがしの毒を含めたつもりだが、今思い返すと力不足で、とどめをさすまでには至らなかった。それが悔しい。また、家に帰って言い漏らしたことのすべてを韓梅《ハンメイ》にぶつけてやりたい。ここまで考えたとき、烏格格《ウーガーガー》と譚道貴《タンダオグイ》の車が待ち合わせの場所に着いたので、菊花《ジュイホア》は乗り乗り込むしかなかった。

車を運転している間、この銘酒代理店《エージェント》はコメディアンを演じて冗談口を連発し、ひたすら女性二人のご機嫌を取り結んだ。二人が笑い疲れたころ、玉華宮《ユイホアゴン》のスキー場に着いた。烏格格《ウーガーガー》は譚道貴《タンダオグイ》が弁髪をほどくことを許さなかった。この恰好でゲレンデに入ったものだから、みな好奇の目で振り返った。彼は南方の人間だから、スキーはできない。格格《ガーガー》はわざと彼に失敗を演じさせ、彼も嬉々として、大げさにやってのけた。スキーの技術はまるでないのに、ゲレンデのてっぺんから滑り降りようとした。怖がる様子を少しも見せず、滑っては派手に転び、転んではまた滑っているうち、肥満の体に無理に穿いたスキーズボンが裂け始め、真っ赤な毛のズボン下が見えてきた。裂け目は脂肪でビヤ樽のようになった下腹部に及んだ。これ以上放っておくと大怪我をしかねない。格格《ガーガー》と菊花《ジュイホア》は彼の前へ滑りこんだ。譚道貴《タンダオグイ》は笑いに紛らして言った。

「大丈夫。でっかい尻が二つに割れただけだから、まだ使えるさ」

滑り終えた三人はゲレンデ付近のホテルに投宿しようとした。不覚だったのは、今日が週末でスキー客が押しかけて満室となり、グランド・スイートの部屋しか残っていなかった。譚道貴《タンダオグイ》はためらわずチェックインしようとしたが、菊花《ジュイホア》が同意するわけがない。「お二人さんのお邪魔虫になるのいやよ」とか言って、近くの農家と宿の交渉をしようとした。格格《ガーガー》も同室は絶対いやよと言い、譚道貴《タンダオグイ》には部屋の外で不寝番をするようにと言いつけた。彼は分かった、分かったを連発して、三人はグランド・スイートに入ることにした。まずは焼き肉で腹ごしらえしようとホテルの外に出た。譚道貴《タンダオグイ》は焼き肉、串焼き、海鮮焼き、野菜焼きなどを注文してから寒い中を走って車に戻り、トランクからワイン、白酒《バイチュウ》、輸入ビールなどを運び出してグランド・スイートの部屋に持ちこんだ。三人は焼き肉屋で気勢を上げた後、焼き肉類をホテルに持ち帰ってさらに飲み続けた。

譚道貴《タンダオグイ》は女性へのサービスにまめな性格で、座持ちの名人と言ってよかった。格格《ガーガー》と菊花《ジュイホア》が座りにくそうにしていると、腰の軽いところを見せてソファーのクッションを集め、彼女たちが座るのを見届けてから、またビールを飲み始めた。

彼は力説した。

「酒とはよきものです。もちろん本物でなければなりません。このテーブルに並べたのは正真正銘、本物です」

格格《ガーガー》は尋ねた。

「それじゃ、あなたが商売で売っている酒は全部偽ものってこと?」

譚道貴《タンダオグイ》は曰くありげな微笑を浮かべ、

「何をおっしゃるやら! 正真正銘の本物です。さあ、飲みましょう」

譚道貴《タンダオグイ》は酔いに任せて、両手を伸ばし、二人の女性の太腿に這わせた。格格《ガーガー》は笑っているだけで、嫌がる様子もなかったが、菊花《ジュイホア》はむっとしながらその都度その手から逃れた。譚道貴《タンダオグイ》はますます陽気になり、笑い話を次々と繰り出した。どれも低級なネタだが、名人技で二人の女性を大いに笑わせた。今度は「和尚さんの密通事件」を身振り手振りで話し始め、和尚さながらの禿頭《とくとう》を格格《ガーガー》の巨乳の間に滑りこませようとした。格格《ガーガー》は自分の腹の上の光る頭を両方の手のひらでぴちゃぴちゃと、まるで腰鼓《ようこ》を連打するように叩いた。

次のネタは「義父《おとう》さんのいけない愛情」で、義父と息子の嫁が演じる迫真のベッド・シーンを再現した。この喘ぎ声を聞いた馬鹿息子と馬鹿 姑《しゅうと》は、猫が重湯をなめる音と間違えるというおまけ付きだ。もし、隣室の客がこれを聞いたら、思わず壁を叩き、これが人の劣情をそそるものであることの注意を促し、夜中にこのような音を聞かされてはとてもたまらない、どう責任を取ってくれるのかとねじこみたくなるだろう。

烏格格《ウーガーガー》はソファの上を転げ回って笑い、菊花《ジュイホア》の大きなイヤリングを二つとも外すと、譚道貴《タンダオグイ》の耳にぶら下げた。菊花《ジュイホア》は不愉快だったが、態度では示せなかった。こんなおふざけは自分には合わないと思った。譚道貴《タンダオグイ》はますます酔いを発し、熱に浮かされたようにその口はますます回り、とどまるところを知らない。その中で譚道貴《タンダオグイ》がぽろりともらしたのは、彼が十年前、三輪車を踏んで手間賃仕事をしていたということだった。菊花《ジュイホア》は、はっとして顔の赤らむ思いをしたが、その話を聞くことにした。

譚道貴《タンダオグイ》は十数歳のとき、三輪車に乗せて酒の配達を始めたという。一回回ると十元（約百七十円）から五十元（約八百五十円）ほどの稼ぎになった。ところが、同じ三輪車仲間の一人が、ろくに働かずに稼ぎまくり、一財産作るのを見た。同じ酒を扱っても目の付けどころ、頭の使いどころが違った。譚道貴《タンダオグイ》もその極意を遂に発見した。試しにやってみると、一回車を動かすだけで一万五千元（約二十五万五千円）の稼ぎになった。五十元がどうして一万五千元になるのか。やらないのは大馬鹿だ。こうして百十万元たまったとき、彼は酒の代理店《エージェント》を始めたのだった。代理店《エージェント》の方が偽酒《にせざけ》の密造に手を出すより危《やば》くなくないし、現に警察《さつ》につかまったこともない……。

譚道貴《タンダオグイ》のホラ話は明け方近くまで続き、やっと眠りについた。へべれけになって、最後は小便を漏らし、ズボンをぐしょぐしょにした。烏格格《ウーガーガー》はやはり笑っている。菊花《ジュイホア》は今回格格《ガーガー》と行動を共にして初めて気づいたのだが、格格《ガーガー》は菊花《ジュイホア》の無二の親友ではあるが、笑いに火がつく「笑点」は随分と低い。菊花《ジュイホア》の目に映る譚道貴《タンダオグイ》は「俗」の極みの鼻つまみである。譚道貴《タンダオグイ》の笑い話はとてもおかしいが、笑っているうちに白けてくる。特に譚道貴《タンダオグイ》が「三輪こぎ」の出身だと名乗ってからは、この男が身につけているイタリア製の革の上下以外は何もかもうそ臭い「最低」の男に見えてきた。

菊花《ジュイホア》は「三輪こぎ」という言葉を聞くと耳を塞ぎたくなる。顔に出すまいとするのだが、体がこわばり、顔が赤らみ、耳が熱くなり、まともに顔を上げていられなくなる。彼女の目に譚道貴《タンダオグイ》という男はただのいかさない男だったが、もと「三輪こぎ」と聞いてからは、この脂身の肉の塊が道ばたの小石ほどの値打ちもなくなった。

譚道貴《タンダオグイ》が床の絨毯の上で大いびきをかきながら放屁したり、歯ぎしりしたり、正体もなく眠りこけているのを見て、菊花《ジュイホア》は足の先で彼の顔を起こし、その耳から彼女のイヤリングをむしり取ると、トイレに駆けこみ、ポーチに放りこんだ。それが純銀でなければ、ゴミ箱に捨てただろう。しかし、格格《ガーガー》は譚道貴《タンダオグイ》の放屁に笑い、歯ぎしりに笑い、大いびきの真似までして見せた。菊花《ジュイホア》は言った。

「あなた、このおでぶ、本当に好きなの？」

「面白いじゃない」

「どこが面白いの？」

「面白くないかしら？」

烏格格《ウーガーガー》が譚道貴《タンダオグイ》を蹴飛ばして目覚めさせたのは、すでに正午になっていた。彼は小便でズボンを汚しているのに気づいてさすがにきまりが悪そうで、夕べ何か変なことを口走らなかったかと、しきりに気にし始めた。格格《ガーガー》は言った。

「一晩中、与太話、与太者の与太話」

それは二人の美女を楽しませるためで、本当は真面目な人間なのだと譚道貴《タンダオグイ》は弁解した。格格《ガーガー》は言った。

「あなたは利《き》き酒の名人で、昔、ソムリエをやってたんだって？　それから三輪こぎもやってたんだってね」

譚道貴《タンダオグイ》は急に慌てだした。

「そんなでたらめ、冗談、冗談、酒の上の冗談ですよ。ソムリエをしていたというのは本当ですがね」

烏格格《ウーガーガー》はしつこく絡んだ。

「てめえ、この野郎。ソムリエの仮面をかぶって偽酒の密造、密売してたんだ。ブランドの酒に混ぜものしやがって。そりゃ、儲かるわな。でも、ご用になったらどうする気だ？　そりゃ、飲まずにいられないわな。飲めば悪酔いするわな」

譚道貴《タンダオグイ》は青ざめた。

「そんな出任せ、言っちゃいけませんよ。この譚道貴《タンダオグイ》は痩せても枯れても商人道に悖《もと》ることはしたことがない。坊主と鉢の頭は結《ゆ》った（言った）ことがないってね。私のオフィスに来たことあるでしょう。表彰状、表彰メダルがいっぱいですよ。故郷の町では「十大遵法《コンプライアンス》実業家」にも選ばれて、正直者の鑑《かがみ》ですよ。偽酒など作るはずがない。あなたたち、飲み過ぎの聞き間違いですよ。ねえ、菊花《ジュイホア》お嬢さん」

菊花《ジュイホア》はもうどうでもよくなっていた。

「私は何も聞いてないわ」

「それ、ご覧なさい。そんなこと絶対ないって」

譚道貴《タンダオグイ》は格格《ガーガー》に向かって、あかんべえをして見せた。格格《ガーガー》の笑いの沸点はやっぱり低かった。たちまち爆笑となった。

玉華宮《ユイホアゴン》は、西京が長安と呼ばれた唐の時代には軍隊の駐屯地だったという。それから皇帝御幸《ぎょこう》の行宮《あんぐう》となり、『西遊記』の三蔵法師が西国から持ち帰った経文をここで翻訳したとも聞いた。それからさらに仏教寺院に衣替えし、今も多くの僧が居住している。

三人が昼食を取った後、譚道貴《タンダオグイ》が焼香に行くと言い張った。自分は僧を見れば叩頭し、寺に行き会えば焼香する、そんな人間なのだという。格格《ガーガー》と菊花《ジュイホア》は彼についていった。譚道貴《タンダオグイ》は型にのっとった跪拝をし、読経も堂に入っていた。格格《ガーガー》はまた笑い出した。譚道貴《タンダオグイ》が尻を持ち上げて叩頭を終えたとき、格格《ガーガー》はお経の文句は何だったのかと尋ねた。譚道貴《タンダオグイ》は答えた。

「一に商売繁盛、二に安心立命」

「あら、私のことはどうでもいいの？」

「どうか私の妻になって下さい」

烏格格《ウーガーガー》はくっくっと笑って言った。

「あなたのママにならなら、なってあげる」

「それなら、チーママだ」

烏格格《ウーガーガー》は笑い崩れ、菊花《ジュイホア》はぞっとして、全身に鳥肌が立つのを覚えた。

二十六

順《シュン》は韓梅《ハンメイ》を連れて西京郊外、仕事中の寺へ行くことにした。境内の目の届くところに置いておけば、娘の気も自然と休まるだろう。重い傷を受けた犬の好了《ハオラ》は、三輪車を見ると、韓梅《ハンメイ》の胸から不自由な足を庇いながらもすぐに乗り移った。

父の三輪車に乗った韓梅《ハンメイ》は、慣れ親しんだ感覚で当たり前のように乗った。見るまでもなく、荷台に飛び乗るときの高さも体が覚えていた。だが、乗っているうちに次第に居心地が悪くなってきた。通行人の自分を見る目が気になる。風が冷たく感じられるのに、背中にいやな汗をかいている。韓梅《ハンメイ》は四、五歳のころから三輪車に乗るのが大好きだった。継父と母親がまだ特別な関係でなかったとき、荷物運びの順《シュン》おじさんが彼女を三輪車に抱き上げ、「さあ、ドライブ」だと言った。継父と母親が正式に結婚してからは、この三輪車は彼女にとって恰好の遊び道具であり、交通手段にもなった。母親が嫁ぐ日に言ったことを彼女は今も覚えている。これからは順《シュン》おじさんのお家で暮らすのよと。彼女は喜んで飛び跳ねた。わーい、これから毎日三輪車に乗れる！

それから順《シュン》おじさんは何度も車を乗りつぶし、乗り換えた。どの車もどこがへこんでいるか、レザークロスのどこがはげているか、韓梅《ハンメイ》は掌《たなごころ》を指すように覚えている。彼女が小学校に上がったとき、継父が毎日三輪車で送り迎えしてくれた。尚芸路《シャンイールー》には彼女と一緒に学校に通う子が何人かいた。継父はその子どもたちを一緒に乗せ、うちの韓梅《ハンメイ》と仲よくしておくれと言った。当時、継父と同じように小学生たちを三輪車で送迎する人たちがいた。一台に数人乗せ、一人から月に七、八十元取っているということだった。しかし、継父はお金なんか取らない。ただ梅梅《メイメイ》のために子どもたちを手なずけようとしているのだった。彼女にとっては、自分の家の車に乗って、しかも父親がペダルを踏んでくれることに一種独特の優越感を感じていた。

継父の仕事が次第に忙しくなり、彼女が自転車に乗れるようにもなって、三輪車の送り迎えは間遠になった。しかし、雨や雪の日は彼女を乗せ、レザークロスの幌《ほろ》をかけ、滑りやすい道を前のめりになってひた走った。彼女ははっきり覚えている。雪道にみぞれが降り注いだとき、継父はスピードを出したまま十字路を曲がろうとして曲がりきれず、三輪車ごと転倒した。彼女と何人かの子どもたちも道路に放り出された。継父は口から流れる血を袖口でぬぐい、足を引きずりながら、子どもたち一人一人の腕を揉み、足をさすって怪我はないかと声を励ました。幸いなことに大した傷はなく、子どもたちはみな元気で、かえってこの状況を面白がっていた。継父は一人一人を抱いてそれぞれの家に送り届けた後、自分は病院で診てもらい、肋骨が一本折れているのが見つかった。

彼女ははっきり覚えている。彼女が高校三年の時、また三輪車に乗せてもらった。風邪をこじらせて自転車に乗れなくなった彼女を数日間、送り迎えしてくれたのだ。大学受験の日の早朝も継父が受験場まで送った。だが、受験場までまだ相当の距離があるところで、継父は三輪車を降りるように命じた。どうして？　といぶかる彼女に、よその家の子はみなマイカーで送ってもらっている。家《うち》の子が三輪車では恥ずかしかろうと継父は言った。だが、そのとき、彼女にそんな感覚はなかった。自分が高校に行き、大学に進学できるのは、継父が血の汗を流して働いてくれたおかげという思いがあったからだ。自分は実の娘ではないという意識はいつも念頭にあり、それだけ感謝の念も深かった。大学に合格して初めて登校する日も、継父は三輪車で駅まで送ってくれた。夏休みや冬休みに家に帰るとき、前もってメールしてさえおけば、どんなに忙しくても駅まで迎えに来てくれた。

そして今日、どういうわけか、また継父の三輪車に乗っている。隅から隅まで知っているはずの長安路《チャンアンルー》を走っているのに、この気詰まりは何だろう？　道行く人の視線がどうして彼女の背中に刺さるのか？　彼女は頭を垂れ、その視線を避けようとしたが、とうとう座っていられなくなった。体を屈《かが》めっぱなしで尻も痛くなっていた。止めて、と彼女は継父に言った。

「父さん、こんなに遠い道、疲れちゃうわよ。私、降りる。どこか教えて。バスで行くから」

「おいおい、梅《メイ》。お前は五十キロもないだろう。父さんは二百キロや三百キロの荷物を運んでいるんだ。どうってことない。空の車を走らせているようなものさ。軽すぎて浮き上がりそうだ。座っていろ。父さんはまだまだ元気なんだから」

継父は言いながら走り出そうとしたので、彼女は飛び降りた。

「父さん、これ以上は駄目。私、やっぱりバスで行く」

順《シュン》は通行人の目を気にしている娘の気持ちをどうにか理解したようだった。寺に行くまで、どのバスに乗り、どこで乗り換え、どこで降りるかを詳しく説明して走り去った。

韓梅《ハンメイ》が二回乗り換えてバスを降りようとしたとき、継父と姨《おば》さまの蔡素芬《ツァイソフェン》がバス停に立っているのに気づいた。犬の好了《ハオラ》も三輪車の荷台から身を乗り出して彼女の到着を待っていた。ここから寺までまだ一里（五百メートル）以上あるから三輪車に乗るようにと、継父は娘に命じた。郊外の道に人は少なかった。韓梅《ハンメイ》が乗ると、好了《ハオラ》がすかさず彼女の懐に飛びこんできた。素芬姨《ソフェンおば》さまはどうしても三輪車に乗ろうとしなかった。寺まで登り坂になっているから後押しをすると言い張る。韓梅《ハンメイ》まで降りると言い出したので、継父はいきなり腰を持ち上げてペダルに力をこめ、ぐいぐいと坂道を登り始めた。姨《おば》さまは後ろから小走りでついてくる。寺に近づき、通行人が増えてきたところで韓梅《ハンメイ》は三輪車を飛び降りた。まず韓梅《ハンメイ》の泊まるところへと、姨《おば》さまが先導した。そこは在家の尼さんの家で、姨《おば》さまがずっと世話になっているところだった。韓梅《ハンメイ》を迎えるためのすべての用意が整っていた。

尼さんは寡婦《かふ》だった。夫は広東《カントン》へ出稼ぎに行ったまま、そこで別な女に子を産ませ、尼さんがそれを知ったとき、すでに二人目の女が臨月を迎えていた。夫の不実がはっきりしたとき、出家して法名を「静安」と号した。寺は家から近く、彼女はそこで飯炊《めした》きをし、信者が集まって講を開くときなどに呼ばれて働いていた。夫の不実がはっきりしたとき、出家して法名を「静安」と号した。まだ四十歳、家の中はきちんと整えられ、彼女のきれい好きと気丈さを物語っていた。この家は遠くからやってくる寺の信者、居士たちの宿坊にもなっていたから、いくつもの空きベッドがあり、素芬《ソフェン》や韓梅《ハンメイ》を快く受け入れてくれた。韓梅《ハンメイ》は最初、好了《ハオラ》まで泊めてくれるかどうか不安だったが、静安居士は好了《ハオラ》の足と傷を見て、自ら好了《ハオラ》を抱き、その上、犬のために経文を唱えてくれた。それは傷を負った犬の福と幸《さち》を祈るものだと聞き、韓梅《ハンメイ》はほっとした。

寺はかつてないビッグ・イベントを抱え、静安居士も継父も素芬姨《ソフェンおば》さまもみな大忙しだった。それをよそ目に韓梅《ハンメイ》は一人境内をぶらついていた。父親の仕事の場を見ることは、大人の目を通して世の中を見ることだった。継父の生き方がどうしてこんなにも微賎《びせん》の扱いを受けなければならないのか。その不条理感が悲しみと共に彼女の胸を締めつけていた。継父は誰を見ても頭を下げ腰を屈め、二言目には「俺ら苦力《クーリー》」が飛び出し、天下の同情、憐憫を一身に集めようとしているかのようだ。韓梅《ハンメイ》が子どものとき、継父を見る目にこんな感情はなかった。やさしくて、親しみ深くて、面白くて、ほかの「三輪こぎ」たちとはまるで違った。彼らは子どもをまるで虫けらのように見て、その羽や足をむしりかねない怖さを持ち、そのくせ大人に対してはいつも作り笑いしてぺこぺこしている。彼らの三輪車には触れることさえ許さず、近寄る子どもはみな追い払われた。しかし、順《シュン》おじさんが来ると、車の上は子猿が群がるような騒ぎとなり、時には車をひっくり返したりするが、おじさんはそんな小さなことは少しも頓着せず、「おいおい、頭を搗《か》ち合わせるな」が口癖で、ときには子どもたちを乗せて町内を一周したりした。韓梅《ハンメイ》の記憶の中で、継父の背筋がしゃんと伸びていたとは思えないが、今見る継父はまるで弓みたいに曲がりっぱなしだ。継父の着ている藍の長衣《チャンイー》は前後に長い裾を垂らしている。昔

の文人のような身なりと現在の振る舞いがあまりにも不釣り合いに見えた
彼女がここへ来たのは、家の中でくさくさしているより気散じによかろうと継父に引っ張ってこられたからだ。ところが、気散じどころか、彼女が見たくもない光景を、首根っこを押さえられて見せられることになった。それは継父が人前でびんたを張られ、土下座させられる惨劇、悪夢のような場面だった。

彼女がここに来て二日目の昼、本堂前の舞台があらましの姿を見せた。彼女は舞台から遠く離れた礎石に腰を下ろし、太陽に背中を炙らせながら彫刻の破片を見ていた。これは唐代の遺跡だった。この寺は境内の石碑によると唐代、玄宗皇帝の開元期（七一三〜七四一年）に建立されて破壊と再建が繰り返され、〝文化大革命〟の時代には石像や石刻のすべて、瓦一枚残さないまでに打ち毀《こぼ》たれた。今彼女が夢中になっているのは民間の調査によって掘り出されたものだった。今ある堂宇はすべて築後二十数年の新しいものだったから、彼女はたちまち興味をなくし、もっぱら遺跡の破片を携帯で撮影し、朱満倉《チュウマンツァン》に微信《ウィーチャット》で送ることにした。彼からの返事は、家の牛の去勢や豚の発育ぶりとか、昨日山へ柴刈りに行ったら洞穴でヤマネコを捕まえたとかで、その一部始終を撮影して得意気に仲間に送りつけている。話として面白くなくはないが、それは彼女が求めている生活ではない。私は西京の水で洗われた女、牛や豚やヤマネコと一緒には暮らせないのよ。彼女が朱満倉《チュウマンツァン》に遺跡の画像を送り続けているのは、彼女と彼が住む世界の違い、二人の意識の隔たりを伝えたかったからだが、どうやらそれが通じる相手ではなさそうだった。

韓梅《ハンメイ》がこの作業に夢中になっているとき、突然、本堂前の舞台に背が高く恰幅のよい男が現れたかと思うと、彼女の継父に手を上げ、両頬にしたたかな平手打ちを二発入れたのだ。継父はよろけながら、かろうじて立ち続け、頭を下げ腰を折っている。彼女は弾かれたように立ち上がり、駆け出そうとしたが、すぐに立ち止まった。養父をびんたした巨漢の後ろからこの寺の住職が現れた。怒りの形相をあらわにしている。彼女の見ている前で、継父は突然、住職の前に這いつくばり、頭を舞台の床に打ちつけ始めた。素芬姨《ソフェンおば》さまが慌てて舞台に飛び出し、夫の頭を抱えた。すると、その巨漢はまだ気が済まないのか、継父に思うさま蹴りを数回入れた。このとき、数人の和尚が舞台に現れ、続いて継父と一緒に舞台の仕込みをしている男たちも舞台に登って、その巨漢を両側から取り押さえた。それでも継父は頭を床に打ちつけ続けている。回りの男たちはこれを止めさせようとしながら、養父の話を聞いていた。住職はさっと立ち去り、素芬姨《ソフェンおば》さまは両肩の中に継父を抱きしめていた。韓梅《ハンメイ》は何度も駆けつけようとしたが、最後までその勇気が出なかった。継父は素芬姨《ソフェンおば》さまに支えられながら、舞台の脇にあるブドウ棚の下に連れられ、身を横たえた。

韓梅《ハンメイ》はこのときまで、ずっと舞台から離れていた。子どものときは継父に連れられて仕込みの現場に行くのが大好きだった。舞台でぴょんぴょん跳びはねて見せ、周りの大人たちからやんやの喝采を受けてご機嫌だった。大人の目を通さずにこの世を見る、人生で一番幸せな時期だったのかもしれない。大学に入ってからは一度も継父に連れられて舞台に上がることなく日が過ぎていた。

そのころ、継父が舞台で揉られているのを一度だけ見たことがある。大概十一、二歳のときだ。その日、舞台でリハーサルが行われていた。継父は背景に用いる大きな岩の張り物（パネル）を抱えて舞台下手に向かっていた。ちょっとした不注意から、この岩石の端が主演俳優の腰に当たった。その俳優は継父の腹目がけて足を蹴り上げた。継父はすぐ詫びを入れ、その張り物を舞台裏に運んでそのまま倒れこんだ。体をよじって腹の痛みに耐え、顔は冷や汗にまみれていた。

韓梅《ハンメイ》はこのとき舞台のすぐ下からこの芝居を見ていた。あの主演俳優が靴底の厚い革靴で父を蹴ったのだった。彼女はすぐに舞台裏へ走り、継父の顔にしたたる汗をぬぐった。おろおろと泣きながら、痛い？　痛いの？　と聞き続けた。継父は何でもないと答えた。しかし、彼女はこの主演俳優の顔をしっかりと自分の頭に焼きつけた。劇場の裏に止めてあった彼のオートバイの空気を抜いたのも彼女の仕業だった。本番の舞台では継父の後について舞台袖に入りこみ、こっそりとあの主演俳優をにらみつけていた。すると、彼は台詞を忘れ、うっと詰まって立ち往生した。このとき、先頭切って拍手を送ったのも彼女だった。

しかし、今日、彼女は本堂前の舞台に駆け寄ることができなかった。自分が順《シュン》の娘であることを知られたくなかったのだ。まして、継父の配下には彼女を知っている人間が大勢いる。特にあの墩《ドン》の奴は、厚かましくも自分を嫁にしたいと継父に申しこんだ。本当に笑わせる。実は彼女が父と一緒に舞台に顔を出さなくなったのはこのとき以来で、だから余計に彼らの前に顔を出したくなかったのだ。

周りの様子が落ち着いてから、彼女はこっそりと寺の境内から抜け出した。彼女は何も見ず、何も知らなかったことにして、バスに乗った。

継父にはメールを打って、学校に急用ができたことにした。

二十七

こんなろくでもないことが起こるとは、順《シュン》にとってまさかの痛棒だった。これが別の場所だったら、これほどの騒ぎにはなるまいが、ここが寺だったばかりにとんでもない事態になってしまったのだ。

ことの発端は、あの小法師《こぼうし》の告発だった。墩《ドン》が観音菩薩像の後ろで眠り、夜中に自慰行為《マスターベーション》を行って不浄のものを菩薩さま目がけて射出し、聖体を汚してしまったのだ。数人の僧侶が現場検証に当たって、その不純物が確認され、しかも、ただならぬ量だったことが騒ぎを大きくした。最初は住職がいなかったため、僧侶たちはこの事態を押さえにかかったが、この不届き者が墩《ドン》と特定されてしまったのだ。

墩《ドン》も馬鹿ではない。彼をちらちら見やる者がいて、菩薩像の後ろをひっきりなしに行ったり来たりして、出てきたときはのけぞるような表情をしていたことから、墩《ドン》も一部始終を見られていたことに気づいた。その視線を彼は昨夜からうすうすと感じ取っていた。菩薩像の真ん前を寝場所としているあの小法師が闇の中でずっと自分を見張っている気配があったのだが、彼はそれほどの用心をしなかった。というのも、その行為は実は大吊《ダーディアオ》、猴《ホウ》、三皮《サンピー》らも行っており、みな見て見ぬふりをしていた。それを咎めるなら、誰もがその槍玉に上がるはずではないか。

墩《ドン》は昨日、韓梅《ハンメイ》を見た。以前より美しさを増して、彼はたまらない気持ちだった。かつて彼は順《シュン》につきまとって韓梅《ハンメイ》を嫁に欲しいと言い、順《シュン》は一昨日《おととい》来やがれと一蹴した。墩《ドン》は己《おのれ》の想像力を空しくかき立て、空しく放出するしかなかった。ただ、それをこともあろうにこの本堂で、しかも菩薩像の後ろで行えば、ことはまったく別な様相を呈するということに彼は思い至らなかった。あの僧侶たちの仁王のような憤怒、降魔《ごうま》の形相を見て、彼はやっとことの重大さを悟ったのだった。彼は逃げ出そうとしたが、あの痩せた小僧が本堂の入り口を塞いでいた。眉を逆立て眼《まなこ》を怒らせて彼をひたと見据え、逃すまじと見張っている。進退窮まったと見た墩《ドン》は厠へ行くふりをして、側の塀によじ登り飛び越そうとした。だが、塀は高く、もんどり打って地面に落ちた彼の腕を折った。彼の逸物《いちもつ》をもてあそび、つかの間の幸福感と快楽《けらく》を生み出したその腕は、仁王の金剛杵《こんごうしょ》によってしたたかに打ち砕かれたのだった。彼はぼきっという音を聞き、因果応報の仏罰を知った。

墩《ドン》の告げ口をしたその小法師は、もともと家なしの物もらいで、この寺にやって来ては食べ物をねだり、いくら追い払っても性懲りなく舞い戻る厄介者だった。だが、これも仏の縁と住職はこの子を手元に置き、得度《とくど》させた。折よくこの寺は本堂の常夜灯の油を継ぐ人手を必要としていたのだ。彼は毎晩、観音菩薩像の前に布団を敷き、寝過ごすことなく法灯の番をしていた。暗闇になれたせいか、夜目《よめ》がよくきいた。真っ暗闇でもネズミの髯までよく見えるという。彼が夜中に突然、靴の片方を投げる。すると、そこにネズミが一匹ころっとひっくり返っている。一晩に二匹のネズミを仕留めることさえあった。いつしか人々はこの小法師を「フクロウ小僧」と呼ぶようになった。

墩《ドン》がこの寺に来たときから、フクロウ小僧は彼を胡散《うさん》臭いとにらんでいた。普通の人間なら、観音菩薩の御前で寝につけることをありがたくも、もったいないことと思うはず。煩悩解脱の安眠が約束されるからだ。ところが彼はなぜか菩薩の後ろで寝たがった。作業員たちが高いびきで寝入っている時間に輾転反側《てんてんはんそく》、落ち着きがない。やがてフクロウ小僧が見守る暗闇の中、布団の真ん中がぽっこりと盛り上がり、激しい上下運動が続いた。フクロウ小僧は彼の表情の変化を見逃さない。歓喜自在天《かんぎじざいてん》が天頂に到来してたまゆらの刻が過ぎ、ゆるやかな弛緩が始まる。これが何を意味するか、フクロウ小僧はすぐ分かった。彼が寺に入る前、宿なし仲間と放浪していたとき、年上の連中がこのような行為に耽《ふけ》り、得も言われぬ表情を浮かべるのを見ていたのだ。これはこの世で第一等のよきこと、誉むべき行為であるらしい。試さない手はない。フクロウ小僧もたちまち病みつきになった。

しかし、彼がこの寺で得度を受けて髪を降ろしたときに大事な戒律を授かり、その第一条が手淫の禁止だった。これを行えば、仏の功徳を損ない、すべての修行が自己欺瞞に陥るという。彼はその夜からゴム紐で両方の手を縛って数カ月が経ち、あらゆる妄念を断ち切った。ところが、墩《ドン》はあろうことか観音菩薩の裏に回って恥ずべき行為にふけっている。法師は仏法を守る責任がある。彼は闇を見通す天与の目を見開き、この事態を見届けようとした。第一夜、墩《ドン》の布団がもっこりと盛り上がった。さてはと見守る中、がばっと起き上がった墩《ドン》は小用をたすと、また眠ってしまった。よほど眠かったらしい。布団の盛り上がりは引っこんでいた。第二夜、墩《ドン》は仕事でくたくたに疲れ、本堂に戻って汗になった衣類も脱がず、布団をかぶって爆睡した。第三夜、小法師は「神の目」を懸命に見開き、ついにその現場と証拠を押さえることができた。観音菩薩の裏でむっくりと身を起こした墩《ドン》は、その醜悪な怒張する逸物《いちもつ》を露出し、扱《しご》き始めたのだ。最後の段階に達すると、掛け布団を汚さないため、そそり立つ逸物の先端から観音菩薩目がけて一メートルもの高さに及ぶ水柱をほとばしらせた。菩薩の高さは六、七メートルある。そのおびただしい水量は菩薩の膝頭の裏あたりから蓮の台座《うてな》にかけてしたたった。

小法師は怒りのあまり、台所の包丁を持ち出して墩《ドン》の罰当たりな肉塊を切り落としてやろうと考えたが、かろうじて思いとどまった。この本堂には墩《ドン》の仲間が十数人、一緒に寝泊まりしている。下手をすると自分の方が袋だたきに遭いかねない。そこで一計を案じた。夜明けを待ち、彼らが仕込みの仕事に出払った後、寺の総務を呼び、現場を見てもらった。住職は昨日から修正会《しゅしょうえ》の招待状を配りに回って夜まで戻らない。総務は別の僧たちを呼び集めた。彼らは見終えるまでもなく、尋常ならざる事態に気づいた。これはもはや自分たちの判断の及ぶところではない。住職の帰りを待つしかないと衆議一決した。

　この騒ぎは寺中にあっという間に広まった。しかし、順《シュン》たちはまだ何も知らないでいる。順《シュン》は舞台の下にもぐりこんで支柱の数を増やしていた。そこへ突然大吊《ダーディアオ》の大声が聞こえた。寇鉄《コウティエ》主任が来たという。ずっと順《シュン》を探し回っていたらしいが、何のことか分からない。順《シュン》は舞台の下からぼうっとした顔で這い出した。寇鉄《コウティエ》は順《シュン》を見つけ出すと、有無を言わせず本堂の中に連れこんだ。観音菩薩の後ろは昼でも暗い。寺の総務が懐中電灯で照らし出したところを見ると、液状のものが放射されたらしく、ぼんやりと浮かぶ菩薩の体にしたたって弧形を描き、何やら湿っているようだ。寇鉄《コウティエ》は順《シュン》に真相を告げ、墩《ドン》を探し出せと命じた。

　舞台に戻って、やっと事情が分かり始めた。墩《ドン》は二時間前に厠へ行くといったきり戻ってこない。そこへ住職が姿を現した。寇鉄《コウティエ》は住職の前でわざと順《シュン》に張り手を二発食らわした。順《シュン》はそこにへたりこみ、住職に向かって叩頭を始めた。何を言っても住職は頑として聞き入れず、とにかくこの罪深い男を直ちに連れ戻せ、観音菩薩に香を手向けて罪を悔い、ご聖体の汚れを祓い清めなければならないと言い渡した。

　墩《ドン》は逃げた後、携帯電話の電源も切った。順《シュン》は思う。彼を連れ戻すのは考えものだ。連れ戻したら最後、力自慢の坊主たちからここぞとばかりに寄ってたかって袋だたき、命を落としかねない。順《シュン》は口では草の根を分けても墩《ドン》を探し出すと言いながら、彼にこっそりとメールを送った。とにかく田舎に帰って身を隠せ。西京《まち》をうろうろして顔をさらすな。まあ、あんな恥ずかしいことをしさらして、世間に合わせる顔もなかろうがな。

　こうして順《シュン》は墩《ドン》の身代わりとして彼の罪科《つみとが》を一身に受けることになった。

　その日の夜、寺では汚れを祓う法会《ほうえ》が行われた。まず、四人の僧侶が順《シュン》の名を呼ばわり、祈祷の場に引き出した。四人の僧侶は寺内でも膂力《りょりょく》にすぐれた巨漢で、顔中ホクロだらけの男が順《シュン》の背中をずいと押した。

　順《シュン》は十数歳の時、尚芸路《シャンイールー》の葬式を見たことがある。その家は三人立てつづけに死人を出した。まず七十数歳の旦那さんが病死し、半月も経たないうちにその連れ合いが後を追い、そしてすぐ、その孫が交通事故で死に、順《シュン》の家は香典代わりに紙銭《かみぜに》をお供えした。これは銭形の紙を焼いて霊を祭り、新仏が冥途で路用として用いるためのものだ。楽隊は門口で大太鼓、銅鑼を打ち、喇叭《ラッパ》、チャルメラを吹き鳴らし、僧侶たちは太鼓、鐃鈸《にょうはち》、横笛などめいめいの鳴り物を手に一斉に読経して鬼遣《おにや》らい、厄除け、魔除けの加持祈祷を行った。この時ならぬ賑わいに町内あげて沸き立ったが、それに引き換え、今日のこの法会の、このものものしさ、陰惨さは何ごとか。

住職は、ことがことだけに外聞を憚った。寺の全僧侶が金堂に入ったのを見届けると、門を閉めさせた。扉が重々しく軋りながらばたんと閉じられたとき、順《シュン》の心臓もどきんと鳴った。この法事とやらは、一体いかなる定法《じょうほう》に則り、いかなるお仕置きを伴うものなのか。

大吊《ダーディアオ》と猴《ホウ》が恐れたのもこのことだった。順《シュン》を坊主たちの好きにさせてはならない。何がどうであれ、大吊《ダーディアオ》と猴《ホウ》の二人だけでも金堂に入れるよう寺側とかけ合った。だが、住職は頑なで、答えは外に控えよ、手と膝を地面につけ、線香をたきながら仏果《ぶっか》を念じよとのことだった。蔡素芬《ツァイソフェン》はおろおろと本堂の周りと歩き回った挙げ句、寇鉄《コウティエ》に跪いて助けを求めた。寇鉄《コウティエ》は言った。

「大丈夫だって。ここはお寺だよ。いくら手荒だといって、寺から死人を出すわけがない」

しかし、彼の表情には何の確証もなかった。素芬《ソフェン》と大吊《ダーディアオ》、猴《ホウ》、三皮《サンピー》らは何度も扉に聞き耳を立て、中の様子をうかがった。

順《シュン》は四人の僧侶に引き立てられ、観音菩薩の前に引き据えられた。誰かが後足蹴りの一発を入れ、順《シュン》の体は前にくずおれ、菩薩にぬかずく形となった。そこへ別の僧が銅の香炉を彼の頭の上に乗せた。皿状のものに線香立ての金具がついている。順《シュン》はこの重さをほぼ二キロと感じ取った。彼の頭は重さを計ることができる。長年荷物を担ぎ、運び慣れているだけに、両手はもちろん、両足、背中、そして菱形に成長した頭頂部まで、すべて正確に目方を言い当て、その誤差は二十五グラム以内と豪語している。

あるとき、上海から西京に公演団が来て仕込みの作業に入った。順《シュン》の評判を聞きつけた上海人スタッフは、彼の腕前で賭けをしたいという。仕込み道具一つ一つで彼の能力が試された。まず、左手でスポットライトを持ち、右手に衣装のトランクを下げたとき、両方ともぴたりと正解を言い当てた。次に左足にケーブル線、右足にワイヤー一巻きをからめたとき、右足はどんぴしゃ、左足は二十五グラムの誤差となった。さらに背中で銅鑼、シンバル、太鼓を計ったときの差違はまたもや二十五グラム以下で、最後に彼の才槌頭《さいづちあたま》が試された。役人の制帽を入れた風呂敷包みの重さも正確な目盛りを出し、上海人の負けとなった。このケチといわれた上海人は、仕込みスタッフ全員にビール一本、豚足一本のほか焼餅《シャオビン》まで振る舞った。

順《シュン》の頭にこの香炉が乗せられたとき、この香炉はさほど重くはないと頭の中に量目《りょうめ》が出た。しかし、これがこのままずっと乗り続けると、えらいことになるだろう。ところがこれはすぐ引っこめられて、今度は「盤頭香《ばんとうこう》」が頭に乗った。これは順《シュン》も見たことがある。頭に乗せて用いるための香炉だ。渦巻き状の線香が具合よく頭に乗るよう工夫されている。火保ちもよさそうだ。一晩保つだろうと順《シュン》は思った。

住職は磬《けい》（鉢）を三度叩き、菩薩の前にぬかずいて朗々と仏の名を讃えた。やがて盤頭香に火が灯される。

「南無《なむ》、帰命頂礼《きみょうちょうらい》。大慈大悲の観音菩薩。われら仏縁浅く修行未だし。徳行ならず罪障を重ねたり。ああ、あさましや、此度《こたび》、無頼の徒が不浄の行為に及びて聖体を汚し奉り、至尊の御名《みな》を辱めたり……（激しく嗚咽して言葉を詰まらせる）……たとえ恒河《ごうが》（ガンジス川）無量の砂をもて濾《こ》そうとも、この濁世《じょくせ》の汚穢《おわい》を清め、玉体を犯せし汚臭を晴らすこと能《あた》わず。たとえ恒河無量の水をもて雪《すす》げども、畜生道《ちくしょうどう》の振る舞い、あがなうに術《すべ》なく、残生《ざんせい》をもって償うこと能わず。九死をもって心根《しんこん》を改めることまた能わず……。ああ、犬畜生にも劣る放埒《ほうらつ》無頼の徒、仏門に押し入り、偽りの香華《こうげ》を手向《たむ》け、よって快楽《けらく》を貪らんとす。その所業、よって六道輪廻《りくどうりんね》の地獄道に堕ちるべし。永劫《えいごう》の苦界《くがい》に沈むべし。阿弥陀仏、阿弥陀仏！　善哉《ぜんざい》、善哉！……」

住職はここで口を閉ざした。順《シュン》はよく聞き取れなかったが、おおよその意味は分かった。住職は順《シュン》に決してありがたいお経を聞かせたのではなく、観音菩薩の怒りを静めるために順《シュン》の成仏を許さず、六道の輪廻転生《てんしょう》——永遠の生まれ変わり、死に変わりを命じたのだ。解脱《げだつ》の道は断たれた。これからの人生に救いはなく、苦しみと迷いがついて回るのだ。これも仕方がない。ほかの誰でもない、彼の手下《てか》が菩薩さまを辱めたのだから。

順《シュン》の心の中で観音菩薩は、亡き妻と愛娘《まなむすめ》の面影をしのぶ神聖と純潔の象徴だった。あの墩《ドン》めが生まれ変わってロバになり、睾丸《たま》を抜かれて人間の食卓に上るのも当然だし、順《シュン》がその連帯責任を負うのも、もって瞑すべしか。

　とつおいつ考える中、僧侶全員の読経が始まった。悪いのは俺だと順《シュン》は思った。突然悔恨の涙がとめどなく湧いて出て、その泣き声は読経の声を覆うばかりに高まった。彼は何度も観音菩薩に詫びを入れた。

「すべての罪は私、刁順子《ディアオシュンツ》にあります。菩薩さま、部下の管理が至らなかったばかりに、あの畜生はついにあの手癖を直せず、あのでっかいぶら下がりものはウジ虫に食われ、使いものにならなくなるでしょう……。墩《ドン》よ。お前という男は観音菩薩の背中で妙な気分を出したばっかりに、もう生身の女の観音開きは拝めない身の上になっちまったのだ。その腐れチンポコはもう使い道がない。犬にでも食われてしまえ。一生身寄りのない哀れな老人でいろ。それとも、女のいない国で仙人にでもなるか。いや、お前に来られたら、また一騒動、仙人が迷惑だとよ。どうせ、ろくな死に方をしないんだ。千切りの鱠《なます》になるか、首を切られてあっさり死んじまえ……」

　順《シュン》の申し開きは観音菩薩への真情があふれ、その表情も真面目そのものだったが、いやでも近くの僧侶たちの耳に入り、彼らは笑いをこらえるのに懸命になった。住職の表情もやや和んだかに見えた。

　読経が進む中、総務がやってきた。順《シュン》の頭には盤頭香《ばんとうこう》が乗せられている。ぐるぐる巻きの線香に火を点《とも》し、ゆっくりと順《シュン》を観音菩薩の背後へ引き立てた。墩《ドン》が残した不浄のものを洗い清めるのだ。すでに銅の鉢に清水《せいすい》と赤い布巾が用意され、梯子が立てかけられている。総務は順《シュン》に作業を促した。手に鉢と布巾、頭に盤頭香《ばんとうこう》を乗せて梯子を登れってか。順《シュン》は香炉が落ちるのを恐れ、ひとまずおろして手近なところに置こうとした。そこへ総務の一喝が飛んだ。

「誰が降ろせと言った！」

　これは曲芸だ。順《シュン》はそう思いながらそろそろと梯子を登った。水に浸した布巾を菩薩の背中に伸ばすと、頭がぐらつき、足元が危うくなる。おまけに墩《ドン》は若いときているから、その分量が多く、やたらと広く飛び散っている。墩《ドン》の野郎め。俺に何をさせるんだ。どこかでおどおどしているより、ここへ来い。ここで潔く、手前《てめえ》の出したものを手前で始末しろ。

順《シュン》が作業に精出す中、僧侶たちの読経はさらにその声を励まして金堂を揺るがした。しかし、経文の一字も順《シュン》の耳には入らない。総務と小法師は順《シュン》の手元から目を離さず、小法師は遠くに飛散した小さな点々まで見逃さず、ここだここだと指さした。菩薩の膝頭の裏から蓮の台座《うてな》まで拭き終わるのにほぼ小一時間、総務が住職に点検を依頼した。住職がうなずく。順《シュン》はやっと梯子から下りるのを許された。総務の声。

「そのまま。そこに控えておれ」

順《シュン》は姿勢を正したままゆっくりと元の場所に戻り、跪いた。住職はさらに経文の一くさり、歌うように声を張り上げて僧侶たちが唱和した。住職が引き上げ、ほかの僧侶たちもこれに続いて、本堂に残った総務が小法師に言いつけるのを順《シュン》は聞いた。ずっと順《シュン》を見張れ。片時の懈怠《けたい》も許すでない。一時間ごとに磬《けい》を三度打ち、明朝、盤頭香《ばんとうこう》の火が尽きたときに磬を九度打て。勤行はそこまでだ。

人が去り、がらんとなった本堂の扉を小法師がまた閉じ、閂をかけた。順《シュン》の一隊が初めて寺に入ったときは、この小法師の応対にまだ慎みや礼儀があった。墩《ドン》の事件が起きてから手のひらを返すようにそっぽを向き、特に順《シュン》を見る目が険しくなった。扉を閉めた小法師はロウソクの何本かを消した後、菩薩と向き合う燭台に油をさした。それからおもむろに円座に座って瞑目し、経を唱え始めた。順《シュン》は小法師が目を閉じているのを見て、痺れた足をさすり、そっと腰を浮かそうとした。すると、小法師は目を閉じたまま叫んだ。

「動くな！」

順《シュン》は身じろぎ一つできなくなった。

彼は思う。この一件をこのように収めたのは寇鉄《コウテイエ》の手腕だ。彼の才覚が働かなければ、もっととんでもない結果になったかもしれない。確かに順《シュン》は寇鉄《コウテイエ》から二発張り手をかまされ、坊主たちから数発の足蹴りも食らっているが、これはことを大きくしないための方便だった。宗教者的・原理主義的な厳格主義《リゴリズム》に走ろうとする住職に対して寇鉄《コウテイエ》は先手を打った。住職の頭を冷やそうと修正会《しゅしょうえ》の招待状を持たせて一日中関係者を回らせる一方、ここで仕込みの連中にヘソを曲げられたら困ることを繰り返し説得したのだ。舞台の陰の主役は彼らなのであり、彼らに逃げられたら舞台はお手上げになり、西京広しといえども、彼らほどの仕込み人はもう探せないことを力説したのだった。住職は折れた。墩《ドン》を探し出せとは二度と口にせず、順《シュン》を生贄の羊にすることに同意したのだった。

韓梅《ハンメイ》が寺を去って、メールは入ったものの順《シュン》の方はそれどころではなく、娘の好きに任せるしかなかった。彼が殴られているところを韓梅《ハンメイ》が見たかどうか分からない。もし、見ていたら、子どもとして辛かったろう。寺で気晴らしさせるなどと言って連れ出したことを後悔した。韓梅《ハンメイ》は彼の人生の誇りになっていた。実の娘かどうかなどと考えたことはなく、彼女が大学に入ってからは人前に伴い、どうだこれが「刁《ディアオ》順子《シュンツ》」の二番目の娘だと見せびらかした。しかし今回、仕込みの現場に連れてきても、舞台の上で遊ばなくなっていた。広い境内の写真などを撮り、人前に顔を出そうとしなかった。彼には娘の気持ちが分かる。顔を出そうと出すまいと、ただ機嫌よく遊んでいてくれたらそれでいい。だが、娘は突然姿を消した。それが彼の心に重くのしかかっていた。

「動くな！」

確かに、順《シュン》の体が動いていた。両足のしびれが限界近くなっていたことと、頭に乗せた盤頭香《ばんとうこう》の重みで肩がぱんぱんに張り、首筋がだるくなって、体を支えるのがやっとだった。小法師を見ると、体を微かに左右に揺らし、目を閉じている。眠っているようにしか見えない。目をつぶったまま、彼の体の動きを言い当てる。彼は慌てて居住まいを正した。

突然、本堂の外で素芬《ソフェン》と大吊《ダーディアオ》の話し声がした。

「どうにかして。一晩中あんな恰好をさせられて、人の命を何だと思っているの」

大吊《ダーディアオ》が答えた。

「どうにもならないんだ。さっき、寇鉄《コウティエ》に言ったら、これ以上騒がないでくれ。これでも軽い処罰に押さえこんだんだと」

「姐《あね》さん、心配ない。田舎の通夜は、年寄りでもああやって一晩過ごすんだから」と猴《ホウ》は言った。

「でも、頭にあんな大きな銅の香炉を乗せられているのよ」と素芬《ソフェン》。

「俺の田舎では親の葬式を出すとき、息子は火鉢を頭に乗せるんだ」と猴《ホウ》。

「あの小法師にこっそり話をつけ、何とか中へ入れないものかね。香炉だけでも代わってやろう」と三皮《サンピー》の声がした。

このとき、小法師が突然身を起こし、本堂の扉を荒っぽく開け、完全に大人の口調で相手をやりこめようとした。

「おいおい、何を企んでいるんだか。今、勤行《ごんぎょう》の真っ最中だ。がたがた騒ぐんじゃない。菩薩さまが驚きになる。仏罰を恐れよ」

「小法師さま、いや、私たちの気持ちは……」

大吊《ダーディアオ》が言い終わらぬ先に小法師がぽんぽんと言い返した。

「何が気持ちだ。あんたたちの気持ちがどうあろうと、菩薩さまのご利益《りやく》は現れない。さ、行った、行った」

小法師が扉を締めようとしたところへ、その隙間に誰かがぐいと足を夾んで押し入ろうとしたらしい。小法師の叫び声が順《シュン》の耳に届いた。

「出て行け、出て行かないと人を呼ぶぞ」

扉を背にした順《シュン》は、慌てて大声を出した。

「みんな、行ってくれ。俺は大丈夫だ。こっちは暖かくて、何ともない。菩薩さまに一夜の香をたいてお許しをいただくんだ。さ、早く引き上げて明日の仕事に備えてくれ」

「ほら、足を引っこめろ。おい、お前、引っこめろったら、引っこめるんだ。早く、早く！」

小法師の命令口調が甲高くなり、しばらくしてやっと扉が閉まった。

素芬《ソフェン》の泣き声が続き、大吊《ダーディアオ》らが追い払われる物音が順《シュン》に聞こえた。墩《ドン》がこの騒ぎを起こしてから、この寺はもう彼らが入って仕事をし、自分たちの天地を作りあげ、それを所有する場所ではなくなった。寝る場所も追われて舞台下の周囲に幕を張りめぐらし、地面に寝具を敷いて眠ることになった。冬の夜、舞台下で寒さを凌ぐのは楽ではなかった。

小法師の霊能ともおぼしき感知力の鋭さに、順《シュン》は驚くばかりだった。頭上の香炉が次第に彼の意識をも圧迫し朦朧となったとき、突然チチチチと鋭い鳴き声が聞こえた。見ると、小法師が目を閉じたままゆっくりと靴を脱ぎ、ちょっと動きを止めたかと思うと、猛然と本堂の一角に投げつけた。すると、そこにさっき最後の鳴き声をあげたネズミが転がっていた。小法師はその方向に合掌して祈祷を捧げた。これは菩薩の慈悲を感得する加持《かじ》の作法だ。

「南無阿弥陀部、善哉《ぜんざい》、善哉！」

小法師は機敏な動作で暗闇の一角から死んだネズミをぶら下げて姿を現した。順《シュン》はここ数日、小法師にまつわる不可思議な物語を聞かされていたが、どうにも信じられないでいた。しかし、この小法師の「心眼」は真っ暗闇の中で己《おの》が逸物《いちもつ》をもてあそぶ墩《ドン》の姿を見通している。そして今、この死んだネズミを見せられて、順《シュン》はもはや信じるしかなかった。感服だ。小坊師に向かって、わざと親密な口調で話しかけた。取り入ろうとする魂胆が丸見えだ。

「何と不思議な！　菩薩さまのお力だ」

「話すな！」

「小法師さま、ゆくゆくは教祖さまにおなりなされ！」

「黙れ！　聞こえないのか」

るかに見えた。

順《シュン》は口を閉じた。この小僧、座禅を組んで精神の精神の集中をしているのか。住職よりはるかに老成しているかに見えた。

順《シュン》はもう眠れなくなった。眠ってしまったら、香炉を落として割ってしまう。上を向いて、そうだ、菩薩さまの顔を拝もう。ここへ来たその日、墩《ドン》の奴め、すぐに観音菩薩が韓梅《ハンメイ》にそっくりだと言った。確かに似ているが、母親の趙蘭香《チャオランシアン》の方がそっくりだ。その慈愛に満ちた眼差しは慈母観音と呼ぶにふさわしい。彼女が家に来てから、豚小屋に清風が吹きこんだ。散らかり放題の家の中を片づけただけでなく、順《シュン》や菊花《ジュイホア》の着るものまでが「総取っ替え」になった。着た切り雀の藍の長衣《チャンイー》は「どどめ色」からこざっぱりした藍染めに変えられた。「汚れる前に着替えましょうね」「汗をかいたら着替えましょうね」が合い言葉になった。それまでは汗がしみた上着は霜が降りたみたいに塩をふいていた。全身が異臭を発して近づくとさっと身をかわすのはまだ礼儀の正しい人で、「あっちへ行け」と露骨に顔をしかめる人もいた。

一年目の大晦日、趙蘭香《チャオランシアン》は彼のためにクリーム色のトレンチ・コートを作った。彼はこんなもの着て出られるかと言った。「三輪こぎ」風情がこんなこじゃれたものを着て歩いたら、世間は大笑いする。しかし元日の朝、彼女はそれを無理に着せ、見ると袖に韓梅《ハンメイ》や菊花《ジュイホア》とお揃いのアップリケがついていた。父と娘三人はこの出で立ちで三輪車に乗り、正月のドライブを楽しんだ。この感じ、腹の底からの愉悦感——この世にこんな素晴らしいひとときがあるのかと思った。

彼女は順《シュン》にだけでなく、菊花《ジュイホア》にもやさしく、自分の娘のようにおしゃれをさせた。菊花《ジュイホア》は顔立ちのよい子ではなかったが、「人には衣装、馬には鞍」のたとえもある。腕のいい裁縫師だった趙蘭香《チャオランシアン》は、娘たちに洋服を作るのはもちろんお手のもので、生地や柄のよいものを選び、流行にもよい感覚を持っていたから、彼女のいた数年間、菊花《ジュイホア》におめかしさせると別人のように可愛く見栄えがした。しかし、趙蘭香《チャオランシアン》が死んでから菊花《ジュイホア》のファッション感覚は滅茶苦茶になった。新しいものにすぐ飛びつき、やたらに肌を露出させたがる。胸元が締まっているかと思ったら背中はがら空きの丸見え、ウエストの短いパンツをはいてヘソには花模様の切り貼りがしてあったり、正視に耐えなかった。もうすぐ三十になろうかという一人前の大人が十代の娘と張り合っているかのようだ。顔に青や紫のメーキャップをするのも彼には我慢がならなかったが、腹を立てたところでどうにかなるものでもない。

趙蘭香《チャオランシアン》がいたとき、家の中は彼女中心にきちんと収まり、韓梅《ハンメイ》と菊花《ジュイホア》は実の姉妹のようだった。彼にとって一番着心地がよく、またよく似合ったのが彼女に作ってもらった背広だった。しかし、趙蘭香《チャオランシアン》は病魔に冒され、彼女の死と共に家の中は変わり果てた。

だが、趙蘭香《チャオランシアン》が突然帰ってきた。彼女が初めて刁《ディアオ》家に来たときのバラ色のスーツを着ている。赤に似て赤にあらず、紫に似て紫にあらず、黒に似て黒にあらず、洋風の襟が目を引いた。もちろんアイロンがきれいにかかっている。まだ六歳の韓梅《ハンメイ》がまるで花束のように着飾って、彼女の手に引かれている。順《シュン》もネービー・ブルーの洋服を着ていた。趙蘭香《チャオランシアン》が彼のために念入りに誂えた一品だ。赤いネクタイをしめ、十四歳の菊花《ジュイホア》と一緒に玄関に出迎えた。近所の人は口々に言い交わした。「三輪こぎ」の順《シュン》が一丁前に後添えだとさ。世の中には物好きな女がいるもんだ。しかもいい女だよ。こぶつきだけどね。裁縫で稼いでいるらしい。やり手の女だよ。順《シュン》は逆玉の輿だよ。大丈夫かね。早いとこ、逃げられなきゃいいが……。趙蘭香《チャオランシアン》のスーツの胸には端切れで作ったバラの花がつけられている。バラの花を縫い合わせているとき、順《シュン》はその場にいた……。しかし、どういうわけか、趙蘭香《チャオランシアン》は中空に漂いながら降りてきて、着地すると、さわやかな空気を発散し、溌剌とした身ごなしで韓梅《ハンメイ》を彼に引き合わせる。そして、菊花《ジュイホア》の手を取りながら慈しみのこもった目で彼に言った。

「順《シュン》、私、来たわ。来たからには、楽しい家庭を作りましょう。これからは菊花《ジュイホア》を私の娘として、韓梅《ハンメイ》をあなたの娘として、私たちの命がある限り、西京の誰もがうらやむような美しい家庭を作りましょう……」

ばたんという音がして、順《シュン》は夢から覚めた。銅の香炉が頭から落ちて線香が砕け、灰が散った。小法師が竹箒を持って足早に近づくが早いか、彼を数発蹴り、竹箒で彼の背中を続けざまに打ちながら「南無阿弥陀仏、南無阿弥陀仏」を唱え続けている。順《シュン》はあわてて香炉を頭上に戻した。半分ほど燃えた渦巻きの線香は破片となり、散らばった灰の中に埋もれている。順《シュン》は何度も頭を下げ、小法師に詫びた。小法師は言った。

「私に詫びてどうする？　これは菩薩の御心《みこころ》をお慰めする行《ぎょう》だ。お前は菩薩に対してまたもや不敬を働いた。詫びて済むことではない。仏罰を恐れよ」

小法師は新しい線香を探したが、盤頭香《ばんとうこう》は残っていないようだ。厨子《ずし》の中から別な線香を三束探し出し、また火をつけて順《シュン》の頭に乗せた。

「気をつけるんだ。また居眠りしたら、明日の晩もまた寝ずの行だ」

夜中過ぎて、本堂の冷気がしんしんと身にしみてきた。小法師は一時間ごとに磬《けい》を打ち、数時間が過ぎた。打ち終わる度、小法師は床に身を投げ出し、菩薩に向かって三回頭を打ちつけた。順《シュン》の見るところ、この小法師は菩薩に対して絶対的な帰依《きえ》の念を持っているようだ。小法師は仏の前を素通りしたことがない。必ず線香を手向け、叩頭の礼を欠かさない。順《シュン》は思う。小法師は自分から去った人、別れた人の面影を仏の慈顔に彷彿《ほうふつ》させているのではなかろうか。そして仏は人に善を為《な》せ、不善を為すなと戒めている。小法師にとって仏は善のすべてなのだろう。

菩薩に跪く順《シュン》の姿勢が少しでも崩れると、小法師の会釈のない叱声が飛び、それは次第に苛烈になってきた。順《シュン》はこれ以上、身を起こしてはいられそうにない。このまま死ねば楽になると思った。小法師は言う。

「性根を入れ替えるんだ。因果応報、菩薩の霊験はあらたかだ。人《にん》を見て法を説けと言うが、お前の人は悪くない。必ずよき仏果《ぶっか》が得られるだろう。偽りの香を手向けた男の末路は見た通りだ」

順《シュン》はこれを聞いて、ふっと心が和らぎ涙ぐんだ。内心の力が湧いてきた。この行を続けても耐えられると思ったが、実際には体が音を上げていた。痛みを通り越して感覚がなくなっていた。しかし、正座の行を続けよう。姿勢が正しければ、家庭の円満は実現する。姿勢が正しければ、素芬《ソフェン》がわが家に長くいられる。姿勢が正しければ、菊花《ジュイホア》によい嫁ぎ先が見つかる。姿勢が正しければ、韓梅《ハンメイ》によい就職先が見つかる。そして、あの足の折れた犬の好了《ハオラ》にも福が訪れ、何ごともなく歩き出せるかもしれない。あの哀れな犬……。とうとう順《シュン》の全身が硬直し、意識が遠くなった。仏さま、俺は体も心もぼろぼろです。指先の一押しで俺は倒れます。朽木のように……。だが、彼は耐えた。仏に疑いの心を持ってはならないのだから。

とうとう夜が明けた。朝の光が次第に強く本堂の高窓から差しこんでくる。順《シュン》は菩薩の円光が本堂の闇を隈なく照らしているような気がした。菩薩に目を上げると、高いところにいた座像がよいしょと腰を上げ、どっこいしょと低いところに降りてきて、意外な、どぎまぎするような間近からじっと彼に見入っているように思われた。目は開いているかに見えて開いておらず、閉じているかに見えて閉じておらず、彼は突然感得した。それは「許す」という表情なのだ。賢《さか》しらな言挙《ことあ》げをせず、とがめ立てもせず、のびやかな笑いを笑っている。むごい心を蔵さず、企みをめぐらさず、悪心を働かさず、悪計を抱かず、ただ黙思あるのみ。今だから分かる。菩薩がこの世を見そなわしているとすれば、墩《ドン》のしでかしたことは断じて故意や悪心ではない。墩《ドン》は若く思慮のない男だが、仏や世の中に不遜な考えを持たない。二十六、七にもなって嫁の来手もなく、たまりにたまった水鉄砲の水が自動的に放射されたのだろう。菩薩さま、願わくば、小人の過ちをどうかお咎めなきよう……。

菩薩がうなずいたように見えた。初めて見たときより、明るい陽光の下、笑顔がきらきらかだ。そして、彼の二番目の妻、趙蘭香《チャオランシアン》にますます似てきた。しかし、これを言ってはならない。いや、考えてもいけない。考えるだけでも罰当たりのことなのだろうから。趙蘭香《チャオランシアン》は自分の心の中に秘め、心の中に生かしておけばよい。

「よし、線香は燃え尽きた。立ってもよいぞ」

小法師の声を聞き終えると、順《シュン》はばたんと床に倒れた。

二十八

蔡素芬《ツァイソフェン》は昨夜、一睡もできなかった。同じ光景が頭の中でぐるぐる回っていた。昨日のお昼、夫がいきなり平手打ちされ、足蹴にされ、地面に引き据えられて膝を折っているのをただぼんやりと、信じられない思いで見守っていた。何が起きているのか、どうしてそんな仕打ちを受けなければならないのか、さっぱり見当がつかなかった。しかも夫は逆らおうとしない。殴り返しもしなければ、罵り声一つあげない。ただぺこぺこと頭を下げ続けている。本堂に引き立てられて頭に香炉を乗せられ、菩薩の前で亀の子のように体をすくめたまま終夜正座の行を強いられることになった。彼女は夫の身代わりになりたかったが、本堂に入ることは許されなかった。本堂の扉を隔てて蹲《うずくま》り、夜通し付き添おうとしたが、最後にはみんなから説得され、宿坊に引き下がることになった。

静安居士の宿坊に戻ったとき、居士は床で座禅を組み、念仏に余念がなかった。素芬《ソフェン》は邪魔にならぬよう向かい側の部屋に引き取った。横になったところへ居士の方から顔を出し、声をかけてくれた。

「心配、おしでない。観音さまに一夜仕《つか》えることはありがたいご縁だ。普段から観音様の御名を唱えて息災を念じ、行いを謹んでおれば、今夜無理無理、金堂に入れられることもなかっただろうがの」

この一件が起きたとき、素芬《ソフェン》はすぐにも居士に泣きついて、住職に取りなしてもらおうとしたのだが、居士の話を聞くほどにこの不始末ついては住職よりも強い憤懣を持ち、順《シュン》のお仕置きもまだ手ぬるいと言いたげだった。

このような仏を恐れぬ不届き者は即、首を切るか釜茹で、それも油で煮るのがよかろうと言った。さらに、男の腰にぶら下がるあの不潔な代物はすべて切り取って犬の餌にするがよかろう。さすれば、この世の諸悪の根源を絶つことができるであろうと。素芬《ソフェン》は居士の怒りにたじたじとなって、この話は止めにしようとしたが、一度火のついた怒りはおさまらない。仏の身に不浄の精をもらした男を罵るだけでは済まず、その男の素性を知りたがった。年齢《とし》はいくつだ。嫁さんはいるのか。普段の行いはどうだ。悪さは働いていないか。素芬《ソフェン》が「悪さ」とは何かと尋ねると、下品な話が好きだとか、女の体に触りたがることだという。素芬《ソフェン》は分からないと答えた。

「男というものは、腰のモノが駄目にならない限り、外へ出るとじっとしていられない生き物なのだよ」と静安居士は言って、彼女の夫について語り始めた。口を開けば、いやらしい話。女を見ると、足に根が生える。すぐ手を出す。人妻に言い寄り、太腿や尻に触りたがる。果たして広東へ出稼ぎに行って一年になるかならないうちに、別の女を孕ませた。今はまた別の女とできているという。こんな男に出会ったら、どんな女も逃げられっこないのさ。静安居士が出した最終的な結論は、女はすべからく出家すべし。この汚らわしい生き物から遠く離れて暮らせば、この世は平穏で、腹の立つことはない。

静安居士は自室に去ったが、素芬《ソフェン》は寝つけずに寝返りを打つばかりだった。順《シュン》がほかの女に心を移すことなど心配したことはないが、仕事の鬱屈をためこむことの方が気がかりだった。彼女は自分の身の上を誰にも話したことがない。順《シュン》から何度も聞かれたが、自分の胸の中に畳みこみ、記憶の中で噛みしめるだけだった。

蔡素芬《ツァイソフェン》は甘粛省に生まれた。辺鄙な地方だった。近郷で評判の美しい少女に育ち、村で羽振りを利かす男たちの間で彼女をめぐる争いが起きるほどだった。高校を卒業して代用教員になったとき、別の教師から愛を告白された。その教師は刀で自分の片方の耳を切り落として愛の証しとした。その後、村一番の「きかん坊」、「やんちゃ坊主」と恐れられた男に言い寄られた。毎日朝から晩まで片ときも彼女から離れない。この男につきまとわれると、鉄の箍《たが》で囲われるのと同じで、ほかの誰も手を出せなくなった。結果、彼女はその男と結婚して西京に出た。男の名は孫武元《スンウーユアン》。八年経って子どもが生まれず、病院の検査を受けると彼女に問題ありということになった。夫の実家は彼女を嫁にはしておけぬと離縁させようとした。しかし、孫武元《スンウーユアン》は離婚を肯《がえ》んじずに良医、良薬を探し歩いた。

孫武元《スンウーユアン》は気性が激しく一本気、負けん気の強い男だった。一度怒り出すと手がつけられなくなり、「目にホコリ一つ入っても暴れ出す男」と陰口をきかれていた。腕のいい左官で、レンガ積みにかけては誰にもひけをとらなかったが、しょっちゅう揉めごとを起こしては次々と親方を換えていた。だが、頑丈な体格にもの言わせ、徹夜仕事も平気で引き受けるから稼ぎもよく、十分に余裕のある暮らしをしていていた。だが、彼は素芬《ソフェン》を働きに出さなかった。心配で外に出せないという。町中、いやこの世の男がみんな彼女を狙っていると思っていた。彼女は一日中本を読み、テレビを見、市場に買い物に出る毎日で、さすがにふさぎこむ日もあるが、町の人に言わせればお気軽な「専業主婦」だった。しかし、こんな毎日は続かなかった。悪因《あくいん》の男が現れた。そして孫武元《スンウーユアン》の命を奪うことになる。

それは隣村の男だった。漢方の生薬《しょうやく》を売りながら身を起こし、名は蒋《ショウ》といった。粗暴な男で女性に対して手癖が悪かった。素芬《ソフェン》の気を引こうとして彼女の胸を触り、紫色のアザを残したことがある。彼女から何度怒鳴られても懲りなかった。生薬《しょうやく》の商売が当たって元手を作り、店を西京に移した。病院の得意先を増やし製薬会社ともよろしくやってさらに事業を拡大した。病院の医師や薬剤師とは「俺お前」の仲だという。ある日、素芬《ソフェン》と孫武元《スンウーユアン》は郷里の名物料理を食べさせる小さな店で食事していたとき、たまたま蒋《ショウ》に出会った。ろくに話も交わさないうちに、蒋《ショウ》社長はいきなり武元《ウーユアン》に話を持ちかけた。今の仕事の足を洗って俺のところへ来いと。汗水流して人にはぺこぺこ、半端な稼ぎをするより、漢方薬や医療器具を商った方が楽して大きな稼ぎになる。一ヵ月に一万元（約十七万円）、うまくやれば三万、いや五万元は固いと請け合った。話しながら蒋《ショウ》社長の目はずっと素芬《ソフェン》の顔と全身をなめ回している。この数日、武元《ウーユアン》はいつもの向かっ腹を立てて親方と揉め、こんな仕事いつでもやめてやると啖呵を切っていたから、この話は渡りに船だった。素芬《ソフェン》は蒋《ショウ》の目によこしまな色を読み取り、また、蒋《ショウ》との行きがかり、その手癖の悪さを話すわけにもいかずにテーブルの下で武元《ウーユアン》の足を踏んだ。武元《ウーユアン》は思案ごとの真っ最中だったから、足を踏まれても何のことか分からない。二つ返事で蒋《ショウ》の申し入れを受け、明日から出社すると約束してしまったのだ。

破局はすぐにやって来た。

こうなった責任は自分にあると素芬《ソフェン》思った。自分が心をしっかり持ち仏の定力《じょうりき》を頼めば、みすみす相手の思う壺にはまることはなかっただろう。蒋《ショウ》に心は許せないが、武元《ウーユアン》の転職を認めることにした。だが、武元《ウーユアン》が行ってすぐ、地方への出張に飛ばされた。一度行くと商談や薬の配達で数週間行きっぱなしになる。この間、蒋《ショウ》は毎日のように素芬《ソフェン》のところへやって来て、ある日いきなり手を出した。狼が赤頭巾ちゃんを丸呑みするような性急さだったから、彼女からたちまち数発、張り手をかまされ、彼の急所まで蹴られそうになったので戦法を変えた。泣き落としだ。自分の人生は望むものをすべて手に入れ、この世の快楽を尽くした。自分の思いを叶えてくれないのは素芬《ソフェン》ただ一人。悲願成就のため神仏に願をかける。その誓いとしてほかの女はすべて断つことにした……。彼女としても、夫を人質に取られているようなものでもあり、しかも収入は格段によくなっている。夫も新しい仕事にやる気を出しているから、蒋《ショウ》に対してそう強くも出られなかった。彼女は自分がしっかりしていさえすれば大丈夫と自分に言い聞かせていたが、食事に行ったりカラオケに行ったり、いい医者まで紹介してくれて彼女の〝不妊〟も診てもらった。輸入物の薬を出してもらい、薬は効かなかったが、いつしか蒋《ショウ》に借りを作ったような負担を感じていた。高級ワインをしたたかに飲んだ夜、二人はついにベッドを共にした。しかし、その後、普段から疑い深い孫武元《スンウーユアン》の目を逃れることはできなかった。さらに激怒に駆られた武元《ウーユアン》は会社の社長室で蒋《ショウ》を殺した。

裁判所の判決文は次のようなものだった。

孫《スン》の所業は残忍を極め、冷酷非道、悪辣無残の凶悪犯と断じざるを得ない。豚を解体する一尺五寸（四十五センチ）の肉切り包丁で蒋某《ショウなにがし》に対して二十四回に及ぶ刃を加え、さらに無残にも被害者の首を落とし、生殖器を切断して事務室のドアに吊り下げ、悠々と退去し去ったのである……。

蔡素芬《ツァイソフェン》も警察に数日拘束されたが、すぐ釈放された。だが、この地を離れず、孫武元《スンウーユアン》の銃殺刑が執行された後、遺骸を引き取って火葬し埋葬した。墓碑には姓名を記さず、西京の一季節労働者とした。彼女が尚芸路《シャンイールー》の就活市場に顔を出したのはこのときからだ。毎日職探しに歩き回ったが、あっという間に半年が過ぎた。独り身で高齢の女はほとんど相手にされず、いい加減な応対しかされなかった。声をひそめていかがわしい斡旋をされたこともあった。

そうか、こうなれば、男をつかむしかない。蔡素芬《ツァイソフェン》はそう考えた。しかし、強い男、やり手の男はもう懲りた。甲斐性なしでいい。意気地なしでいい。もういざこざはご免だ。尚芸路《シャンイールー》を行ったり来たりしながら、彼女のもの憂《う》い目に止まったのが、三輪車をこぐ「刁順子《ディアオシュンツ》」の姿だった。彼女は順《シュン》の観察に数ヵ月をかけた。何度も後をつけ、家庭内の情況が見えてきたところで、彼がいつも通る道筋を点検し、すれ違ったり、さりげなく目を合わせたりした。夫が銃殺刑に遭った後、彼女は化粧や身なりなど、どうでもよくなっていた。なまじに装えば、破滅させた昔の男たちが蘇る。だが、彼女はまた念入りに化粧を始めた。そして、順《シュン》の三輪車に正面衝突し、雨の中でまたひかれそうになり、ついに彼の家の中に招き入れられることになった。

素芬《ソフェン》は最初、順《シュン》との出会いに満足していた。菊花《ジュイホア》からどんな仕打ちをされようと甘んじて受け、耐えたのも、やっと生きている感覚がもどり、何よりも剣呑《けんのん》な男たちから逃れ出た安心感と解放感があったからだ。しかし、順《シュン》でよかったのかという疑いがゆっくりと芽生えてきた。あの御《ぎょ》しがたく、また度しがたい悪《わる》たちの思われ者だった自分が蔡素芬《ツァイソフェン》なら、今の蔡素芬《ツァイソフェン》は一体、誰なのか？　夜中にふと目覚めて、今自分は本当に生きているのかと自問し、自分の体をつねってみたりする。順《シュン》は彼女の体に馴染んできた。やわな体で彼女を抱き、繰り返し抱き、綿のように疲れ、泥のように眠る。順《シュン》が緩んで伸びたゴム紐なら、武元《ウーユアン》は鉄の箍《たが》のように彼女を締めつけた。武元《ウーユアン》が怒りを発させるときは相手が死ぬか、自分が死ぬかだった。

昨日、彼女の見ている前で、順《シュン》は寇鉄《コウティエ》の殴る蹴るに任せていた。このとき彼女の目に浮かんだのは前夫の姿だった。もし、孫武元《スンウーユアン》がその場にいたら、熱血の赴くまま、相手の足腰が立たなくなるまで打ちのめしただろう。しかし、順《シュン》は地べたに這いつくばったまま許しを請い、泥のように踏みつけられていた。元はと言えば、墩《ドン》が逃げ出したために、その身代わりになっただけのことだ。被虐癖《マゾヒズム》の持ち主みたいに自ら香炉を頭に乗せ、勇んで本堂に入っていった。もし、孫武元《スンウーユアン》がその場にいたら、工賃をすべて叩き返してでも、こんな屈辱は受けなかっただろう。二人の男が彼女の前を行ったり来たりして、彼女の心をさらにかき乱した。

刁菊花《ディアオジュイホア》とは折り合えそうにない。素芬《ソフェン》も努力したが、無駄に終わった。だが、結果は予想に反して、菊花《ジュイホア》の方から彼女を避け、身をかわすようになった。韓梅《ハンメイ》はまだ多少の礼儀はわきまえており、表面上は何とかやっていけそうだ。しかし、韓梅《ハンメイ》の心の中は、まだのぞけそうにない。韓梅《ハンメイ》と菊花《ジュイホア》がいさかいを起こしたとき、順《シュン》は韓梅《ハンメイ》を迎えに行き、静安居士の宿坊に素芬《ソフェン》と一緒に住まわせた。韓梅《ハンメイ》は素芬《ソフェン》に多くのことを語ったが、そのまま相づちを打つわけにはいかなかった。そのほとんどが菊花《ジュイホア》に対する不平と腹いせで、順《シュン》の妻という立場上、姉と妹のどちらにも肩入れできないからだ。それに、どの話も将来に禍根を残す種が含まれていた。素芬《ソフェン》の若いころにもよくあった話で、今日の敵は突然明日の味方になったりし、ましてこの二人は姉と妹をうまくやって来たのだから、うっかり話に乗ると後で取り返しのつかないことになりかねない。

韓梅《ハンメイ》はどうやら素芬《ソフェン》と共同戦線を組み、菊花《ジュイホア》という共通の敵に当たりたいようだった。素芬《ソフェン》には願ってもないことのようだが、これについても素芬《ソフェン》の方から言ってはならず、やってはいけないことだった。何が起こるか分からない家庭内のいざこざに巻きこまれるのは、これ以上避けなければならない。だから韓梅《ハンメイ》の気持ちを理解しながら彼女をなだめ、家庭内の風通しをよくするしか素芬《ソフェン》の役割はないのだが、韓梅《ハンメイ》の側からすると、突き放されたような気になるのかもしれない。二人の話は次第に少なくなった。韓梅《ハンメイ》は本に視線を移し、素芬《ソフェン》が何かを聞いても上の空の返事しかしなくなった。

順《シュン》が殴られていたとき、素芬《ソフェン》は遠くから韓梅《ハンメイ》の動きに目を凝らしていた。韓梅《ハンメイ》は舞台に近づくことなく、すぐに境内から姿を消した。ややあって、韓梅《ハンメイ》からのメールが届いた。

「姨《おば》さま、学校から急用で呼び出しがかかりました。これで失礼します」

それからの動きは、順《シュン》は住職の叱責と懲罰を受けるため本堂に連なる偏殿《へんでん》に呼び出され、終夜、菩薩のお側に侍《はべ》ることになる。墩《ドン》に代わって香炉を頭に戴《いただ》き、香煙にむせびながら改悛の情を示すのだ。素芬《ソフェン》はずっと偏殿の前にたたずみ、また順《シュン》に暴力がふるわれないかを気遣った。順《シュン》が偏殿を退出するとき、住職に恭順の意を示し、両手を胸元に組み上下させる拱手の礼を行うのを素芬《ソフェン》は見守った。

「方丈さま、寛大なご処置、感謝します」

順《シュン》は偏殿脇のコンクリートに腰を下ろし、しばらく立ち上がらなかった。

「大丈夫?」

素芬《ソフェン》が尋ねると、

「いや、何でもない。香炉の行《ぎょう》を仰せつかっただけだ」

順《シュン》はこう言いながら突然ポケットから携帯電話を取り出して素芬《ソフェン》に尋ねた。

「韓梅《ハンメイ》は学校に行ったのか?」

「私にもメールがありました。学校に急用があって、すぐ戻れということのようです」

「今日のこと、韓梅《ハンメイ》は知らないだろうな」

素芬《ソフェン》は遠くの雲を目で追いながら答えた。

「さあ、どうだか。多分知らないでしょう」

「墩《ドン》の奴め」

順《シュン》の脳裏にわが身を襲った一連の光景が蘇り、彼は頭を振り続けた。


舞台の仕込みは上々のできで、修正会《しゅしょうえ》は予定通り開幕となった。

こんな田舎の寺にこんな多くの人が押し寄せるとは考えられないことだった。住職は袈裟を新調して出迎えの先頭に立ち、次々とやってくる諸方の寺の長老たち、地方政府の幹部たちやその夫人たちに相好《そうごう》を崩していた。この住職は軽々しく笑ったりしない人と素芬《ソフェン》は思っていたが、今日ばかりは引きも切らぬ名士たちに、順《シュン》と変わらぬ腰の低さ、愛想のよさだ。

あの小法師は駐車場の入り口に配置され、入場する車の整理に能っていた。ベンツがクラクションを派手にならして割りこもうとした。素芬《ソフェン》の前夫、孫武元《スンウーユアン》に殺された蒋《ショウ》社長が乗っていたのと同じ車だと彼女は思った。小法師は山門の神聖と権威を一身に背負っているような、いつもの居丈高な調子でベンツを止め、いっかな入れようとしない。双方がにらみ合いとなり、業を煮やしたベンツの社長が車から降り、小法師を殴りにかかろうとしたとき、車に乗っていた二人の美女の一人がそれを押しとどめた。彼女は小法師の頭を指先で弾いてから、幼顔の残るその頬にルージュの跡を残して言った。

「可愛い小僧さん、お願いよ。お姉さまを入れてくれない？」

小法師は憤然として頬をぬぐい、固い表情を変えず、相手をにらみつけようとしたときに住職がやって来た。小法師は我に理ありといった表情でベンツの社長と連れの女性を指さし、不心得者がいますと訴えた。住職のお褒めの言葉をもらえるものと勝ち誇ったその顔に、住職の平手が飛んだ。

「この馬鹿が！　あっちへ行け」

小法師はよろめきながら山門をくぐって姿を消した。素芬《ソフェン》の側で誰かが声をひそめて言った。

「相手が悪い。あのベンツ野郎は石炭会社の社長だよ。住職の友だちで、この法事に二百万元（約三千四百万円）寄付したっていうからな」

素芬《ソフェン》は山門の賑わいを面白がって見ていた。へえ、お寺のお偉いお坊さまも会社の社長さんには頭が上がらないんだ。順《シュン》や小坊主の弱い者には居丈高に反《そ》っくり返り、スポンサー筋にはその一顰一笑《いっぴんいっしょう》をうかがって、へいこらしている。地獄の沙汰も金次第ということか。

修正会《しゅしょうえ》は住職の挨拶から協賛企業の社長連、諸方の寺の住職たちの祝辞へと続いた。いよいよ本番が始まって百人を超す僧侶の読経が満場を圧した。素芬《ソフェン》は知っている。この僧侶たちはみな俳優のアルバイトだ。演出家とプロデューサーの寇鉄《コウティエ》が舞台裏でやり合っているのを素芬《ソフェン》は聞いていた。演出家は「芸術上の要請」として僧侶に扮する俳優の頭髪を剃るよう要求した。俳優たちは剃髪を了承したものの、一人当たり五百元（約八千五百円）の剃髪料を要求した。そうでなければこの厳冬の寒空につるつるのヒョウタン頭をさらすことはできないと。寇鉄《コウティエ》が算盤をはじくと、百二十人の陣容を半分の六十人に減らしたとして三万元（約五十万円）が余分の出費となり、とても引き合わない。しかし、演出家は俳優の減員に同意しなかった。六十人では気勢が上がらず衝撃力に欠けると、どうしても首を縦に振らない。思案投げ首の末、妙案が出た。パンティストッキングを俳優の頭にかぶせるのだ。一人に一足。一足で長髪を隠せなかったら、二足かぶせればいい。一足一元として経費はかなり削減できる。しかし、男の俳優を百二十人揃えるのはかなりの物入りだ。そこで駆け出しの女優を相当数かき集め、紛れこませることにした。観客にばれないようにするため、演出家は照明を暗くして舞台に神秘感を持たせようとした。果たせるかな、僧侶たちがおぼろな光りの中で読経の所作を決めると、会場からの拍手は天をも響《どよ》もすばかりだった。

新機軸を打ち出し、見事な演出効果を収めたとはいえ、舞台に乗せた人数の多さは計算外だった。法会が始まってまもなく、舞台が妙に軋った。その音をいち早く聞きつけたのは舞台脇にいた順《シュン》だった。

「まずい！」

順《シュン》と大吊《ダーディアオ》が腰を屈めて舞台下にもぐりこむと、舞台支える支柱が何本か倒されて地面に散らばっていた。修復していくと、その中の二本が見えなくなっていることが分かった。遊びに来た子どもたちが舞台下にもぐりこんでいたずらしたか持ち出したのだろう。順《シュン》と大吊《ダーディアオ》は舞台を支えようと、太極拳の構えで両足を開き、腰を沈め、うんと踏ん張った。男女混交の「僧侶たち」が読経の声を張り上げ、二本の足で歩き回る音が、彼らの真上から落雷のように耳をつんざいた。素芬《ソフェン》はなくなった支柱を探し出そうとし、三皮《サンピー》も手伝ったが、結局、見つかったのは一本だけだった。これだけではまるで心許ない。順《シュン》と大吊《ダーディアオ》は舞台下で補強策を練った。

素芬《ソフェン》は舞台の袖からこの一大ページェントを見守っていたが、何の感興も湧かなかった。舞台は次の場面に移り、俳優たちは衣装を替えながら入れ替わり立ち替わり見せ場をつないでいく。僧侶が琵琶を持った古代の楽人になったり、天女の衣装のバックダンサーに早替わりした。演目の最初と最後が寺の法会を模したものになるが、その間は歌のヒットパレードのような構成だった。『一度だけ愛して』とか『一万年の藍』とか、十代の女の子が熱を上げる歌ばかりで、しかも有名スターが呼ばれているとあって、西京の中学生たちがどっと押し寄せていた。自撮り棒を掲げて互いに写真を撮り合ったり、周りはお構いなしに抱き合ったり接吻したりしている。あるいは涙で顔をくしゃくしゃにして失神しそうな子や舞台に飛び上がろうとして制止されている子までいる。前評判以上の盛り上がりだが、素芬《ソフェン》はどのスターの名も知らず、一人取り残されたような気分だった。舞台裏では出演者がごった返し、水洗トイレの水が流れなくなる騒ぎになっていた。舞台の前も後ろも、舞台を離れた境内の暗がりまでが何やら猥雑な雰囲気に染まってきた。

素芬《ソフェン》は一人寺の門を出た。麦の畑を歩いていくと、後ろから足跡が聞こえた。振り返ると、三皮《サンピー》だった。三皮《サンピー》はもうすぐ三十になる。妻は田舎に住まわせて、自分は年に一回帰るだけと聞いた。細かいことによく気が回るところから順《シュン》から重宝がられ、細々した雑用をさせられていた。順《シュン》が初めて素芬《ソフェン》を連れて仕込みの現場に来たとき、彼女は三皮《サンピー》と一緒に道具類の片づけをさせられた。順《シュン》は簡単な仕事から彼女を慣らしていこうと考えていたのだ。「大夜会・錦秋田園賛歌」のイベントのときは、三皮《サンピー》と組んで賄い方の仕事をした。順《シュン》が言うには、三皮《サンピー》は体が弱い。力仕事は任せられないが、よく気がつき仕事に手抜かりがないので、今度のお寺の仕事にも頼りになると。

三皮《サンピー》は素芬《ソフェン》を姐《あね》さんと呼んでいた。彼女に対して遠慮がちながら、よく手助けをした。しかし、三皮《サンピー》の目つきがどうも気になった。目の奥に時に正視を憚るような何かを隠している。三皮《サンピー》は自分では「目が悪い」と言っていつも近視鏡をかけていた。しかし、彼女から見ると、その目は実にすばしこくよく動く。「大夜会・錦秋田園賛歌」の厨房に入っていたとき、近くに女トイレがなかったので彼女は盛り土の陰で小用をたしていた。そのときのこと。立ち上がった彼女の向かい側に三皮《サンピー》が立っていた。まっすぐな、刺さるような視線だった。彼女は慌ててズボンを上げた。とにかく恥ずかしかった。しかし、三皮《サンピー》は何も見ていない、石炭が切れたから薪《たきぎ》を拾いに来ただけで、周りのことは何も見えないのだと言った。

このことを素芬《ソフェン》は順《シュン》に話していない。こういった微妙な事柄については、彼女はこれまでの経験に教えられて、誰にも負けない手管を持っていると思っている。男はこういったことの扱いは不得手だし面倒がる。知るよりもむしろ知らないでいた方がいいこともある。素芬《ソフェン》はこの後、三皮《サンピー》をずっと観察していた。彼は確かに真面目で温順だった。あのとき、本当に見ていないのかもしれない。何よりも、この仕事に慣れない彼女の世話をこまめにやいてきた。どうせ目が悪いのだから警戒するに当たらないのではと思ったりもした。しかし、それは彼女の人を見る目の至らないところで、この目の悪い男はとんでもない手の早さを持っていた。

素芬《ソフェン》は彼を見て言った。

「こんな暗いのに大丈夫？　ちゃんと見えるの？」

「姐《あね》さんこそ大丈夫ですか？」

「私はちゃんと見える。大丈夫よ」

「それなら、目の悪い弟の手を引いて下さい」

「馬鹿なこと言ってないで、帰りましょう」

「あそこは空気が悪い。ちょっと歩きましょう」

素芬《ソフェン》もそれは同感だった。舞台の前も後ろも寺の境内も空気が汚れている。三皮《サンピー》のそんな言い方にも心がこもっていると思った。それに、普段から世話をやかれている。素芬《ソフェン》は彼の手を引いた。

最初、不自然なことは何もなかった。目の不自由な知り合いの手を引いてやっている。それだけのことだ。三皮《サンピー》が次に口を開くまでは、そう思っていた。

「姐さん、墩《ドン》の奴が舞台の裏で……ナニしていたでしょう。俺も見たんです」

「そんな話二度と聞きたくないわ。気持ち悪い」

素芬《ソフェン》は慌てて制しようとしたが、三皮《サンピー》の口はもう止まらなくなっていた。

「本当は……墩《ドン》一人でなく、大吊《ダーディアオ》も猴《ホウ》もみんなやってるんです。俺もやりました。だって、ほかに方法がないから」

「やめないと、溝に落とすわよ」

素芬《ソフェン》はそう言って、三皮《サンピー》の手を離した。彼の全身に震えが来た。

「俺はあんたが好きなんだ……」

彼はまた素芬《ソフェン》の手をつかんだ。意外な力だったから、彼女はふりほどくことができず、彼の手に爪を立てた。

「放さないと、人を呼ぶわよ」

「ここは誰もいない。呼んでも来ない」

寺の中では「私をおんぶして　この川を渡ってよ」のデュエットに観客の歓声がかぶさって大盛り上がりだ。素芬《ソフェン》と三皮《サンピー》は寺の裏側にいた。そこは大小のスピーカーがいくつも置かれ、大音響が地響きとなって麦畑に伝わってくる。素芬《ソフェン》は大声を出したが無駄な抵抗だった。

三皮《サンピー》は勢いに乗って素芬《ソフェン》を抱き、麦畑の中に押し倒した。普段はまるでしょぼくれている三皮《サンピー》が豹変した。彼女は平静を取り戻し、全身の力を抜いて彼の体の下に横たえ、彼に尋ねた。

「三皮《サンピー》、私は誰?」

「姐《あね》さんです」

「誰の姐さん?」

「みんながそう呼んでる」

「どうしてそう呼ぶの?」

「順《シュン》が年上だから」

「それから?」

「順《シュン》は……親方……だから」

「あんたは順《シュン》を何て呼んでるの?」

「……哥《あに》いと」

「あんたの哥いは、あんたに大事にしていない?」

「それと……これは」

「答えなさい。あんたの哥いは、あんたに大事にしていない？」

「それと……これは」

「違うと言うの？　私はあんたの姐《あね》さん、順《シュン》哥いの嫁だよ。順《シュン》哥いはあんた方の親方だ。順《シュン》哥いは普段からあんたにやさしくしてる。あんたの目が悪いからと言って、随分気を遣っている。それが分からないの？　こんなことをして！　さあ、どきなさい、どくのよ！」

三皮《サンピー》の体がへなへなとなり、素芬《ソフェン》の体からずり落ちた。

二十九

郊外の寺から家に帰って、順《シュン》はまる一日眠った。本当は配達の仕事が二件あるのだが、素芬《ソフェン》は彼の疲れを見て彼の携帯電話の電源を切った。痔がぶり返しそうなのは、彼女の経験が知っている。彼には何も知らせずに寝たまま放っておき、彼女は二人の汚れ物の洗濯に追われた。

韓梅《ハンメイ》は継父が今日の朝、家に戻ることを知っていたから、お昼に帰ってきた。実のところ学校には行かずに中学の同級生のところに二晩泊まっていた。その同級生は韓梅《ハンメイ》の家の事情をよく知っており、彼女に知恵を授けた。絶対に立ち退かないこと。この西京にたとえ数平米であろうと場所を占めていたなら、市街地再開発で取り壊しになったとき、引き換えの一室をもらえることになる。その前に出てしまったら、何の権利もなくなってしまう。短気は損気、耐えるが勝ちよ。

韓梅《ハンメイ》はそんな欲得ずくの計算はしたことがない。ただ、西京に帰る場所がなくなると自分の根がなくなるような不安を感じていただけだった。同級生に教えられて彼女の肝が据わった。家に帰る自信と勇気が体に満ちてきた。これまでは抜き足忍び足でドアを開け、ドアを閉め、ひたすら菊花《ジュイホア》の顔色をうかがう毎日だったが、今日は大威張りで帰ろう。入り口の鍵の音を忍ばせることなく開けると、素芬姨《ソフェンおば》さまが笑顔で迎え「お帰り」の声をかけてくれた。韓梅《ハンメイ》も朗らかに返事を返したところに犬の好了《ハオラ》が胸に飛びこんできた。「よよよよ、好了《ハオラ》、元気してましたか」と思うさま声を上げ、好了《ハオラ》としばらく遊んだ後、自室に入った。後ろ足でドアを閉め、ばたんと小気味いい音がして、まるで芝居の拍子木のように聞こえた。

素芬《ソフェン》は洗濯しながら韓梅《ハンメイ》の様子を見て、彼女の気持ちが幾分か分かるような気がした。しかし、素芬《ソフェン》が今望むことは一家が平穏無事で過ごすことだった。一家の平和は例えば、この洗濯。汚れきった順《シュン》の藍の長衣《チャンイー》を洗うとき、洗濯棒で叩けばきれいになる。しかし、彼女はあえて洗濯棒を使わない。手でせっせと揉み洗いするのが彼女の流儀だった。

今日の早朝、菊花《ジュイホア》は順《シュン》とお騒がせ女が帰ってきたのを知っている。相変わらず足音を忍ばせているのが気色悪い。彼女は昨夜、烏格格《ウーガーガー》や譚道貴《タンダオグイ》と麻雀し明け方近く帰っていた。眠気がすぐ来て、順《シュン》たちに構っていられなかった。二番目のお騒がせ女が帰ってきたとき、声高におしゃべりし、犬と遊び、ドアをばたんと閉め、一々癇に障って眠れなくなった。いつもならまだ寝ている時間だが、韓梅《ハンメイ》は部屋に入るなり、この寒空に窓を開け、今度は黒人のロック音楽をかけ始めた。韓梅《ハンメイ》の部屋にはスピーカーはないはずだが、コンピューターの音がシャカシャカと漏れている。それが余計、耳障りだった。おそらくコンピューターが古いか故障のせいで、黒人歌手の声がまるで首を絞められて息も絶え絶えに聞こえる。しばらくすると、突然水道の蛇口から水がほとばしるような雑音が入る。これで菊花《ジュイホア》の眠気は完全に吹き飛んだ。とりわけ我慢がならなかったのは、韓梅《ハンメイ》が自分でも歌い出し、しかも英語の歌詞をひけらかし始めたことだった。わけの分からない節回しがチェンソーの爆音か、盛りのついた猫の夜鳴きのように聞こえ、とうとうたまらなくなった。手当たり次第、続けざまにハイヒールを隣室の壁に投げつけ、効果がないと見るや、寝間着を引っかけて韓梅《ハンメイ》の部屋のドアを蹴った。

「ちょっとちょっとちょっと、人を殺す気？」

「何のこと？」

「ロバや猫の鳴き真似はやめろよ」

「何のこと？」

「お前のことだよ。それが人間の声か」

「言いがかりはやめてよ。私が何をしたって言うの？……お姉さんと呼んでた人から、どうしてこんなことを言われなきゃならないの？」

「言いがかりはどっちだ。私には妹などというものを持ったことはありません。妹だなんて、聞いただけで吐き気がする」

「あなたという人は……」

韓梅《ハンメイ》は菊花《ジュイホア》に飛びかかろうとした。しかし、取っ組み合いになったら、またどんな悪罵を浴びせかけられるか分からない。韓梅《ハンメイ》は自分の言葉を呑みこんだ。犬の好了《ハオラ》が吠えて彼女の味方をしているようだった。

菊花《ジュイホア》が先に行動を起こした。韓梅《ハンメイ》の部屋のドアを蹴ったが、韓梅《ハンメイ》は開けなかった。菊花《ジュイホア》は今度は窓の外から怒鳴った。

「その馬鹿犬、こっちに寄こせ。ぶっ殺してやる」

好了《ハオラ》は菊花《ジュイホア》に向かって吠え続けている。

菊花《ジュイホア》は窓から部屋に入ろうとした。韓梅《ハンメイ》は好了《ハオラ》をかばうように抱いて言った。

「犬に当たってどうするの？　あなたが怒鳴るから犬が吠えるんでしょ」

「犬が吠えるから叱ってるんだ。この馬鹿犬を火にくべてやる」

菊花《ジュイホア》は言いながら窓のカーテンを引き裂き、身を躍らせて韓梅《ハンメイ》の部屋に飛びこんだ。二人は好了《ハオラ》の引っ張り合いを始めた。

韓梅《ハンメイ》はあらん限りの声で悲鳴を上げた。

下で洗濯していた素芬《ソフェン》は、眠りこけている順《シュン》を揺り動かした。

二階の異変に順《シュン》は肌に粟が生じるのを感じた。とりあえずメリヤスのシャツと股引を身につけて中庭に飛び出すと中空で「ワンワンワン」の鳴き声がして、好了《ハオラ》が宙に舞い、虚空にあがいている。順《シュン》はすかさず庭に足から滑りこみ、腹筋のトレーニングベンチのような態勢を取った。そこへ好了《ハオラ》が具合よく落ち、順《シュン》の懐におさまった。順《シュン》は自分にしがみつき、ひきつけを起こしている好了《ハオラ》を抱きしめた。続いて彼の耳に飛びこんできたのは、韓梅《ハンメイ》と菊花《ジュイホア》がつかみ合っている派手な物音だ。彼はすぐさま身を起こそうとしたが、背中が重くこわばって身動きがならない。駆けつけた素芬《ソフェン》が助け起こそうとして、好了《ハオラ》を順《シュン》の胸から無理矢理引きはがした。好了《ハオラ》はまだ動顚がおさまらない。順《シュン》は這ってでも二階へ上がろうとした。姉と妹が争って、のっぴきならない事態に陥っている。こんなことがあってはならない。彼は腰を持ち上げようとしたが、力が入らない。足を少しでも動かすと、背筋に激痛が走った。しかし、順《シュン》はそろそろと壁をつたいながら二階へと向かった。


時間を少し戻そう。

韓梅《ハンメイ》と菊花《ジュイホア》はまず好了《ハオラ》を奪い合った。菊花《ジュイホア》はやたらと拳を振り回し、韓梅《ハンメイ》の胸元を数回打った。好了《ハオラ》は菊花《ジュイホア》に奪い取られ、二階の窓から投げ下ろされるのを見たとき、韓梅《ハンメイ》は子を失った母獅子のような悲しみとやり場のない怒りに駆られた。菊花《ジュイホア》が勝手に人の部屋に踏みこんできたことも、もちろん許せなかった。彼女は菊花《ジュイホア》の胸元にむしゃぶりついた。

「何の権利があって、人の部屋に入るのよ。窓から泥棒みたいに何なのよ」

「あなた、分かってないわね。ここは刁《ディアオ》家の家なの、刁《ディアオ》家のね。韓梅《ハンメイ》さんなんてどこの人？　あんたが連れ子になって来る前から、この家は建ってるの。あんたなんか関係ないのよ」

菊花《ジュイホア》はこう言うと腕をぐいと伸ばし、襟元をつかんだ韓梅《ハンメイ》の手を振り払おうとした。しかし、韓梅《ハンメイ》は手を放さなかった。

「刁《ディアオ》家のものであろうが、今は私が住んでるの。あなたが窓から飛びこむ理由はないわ」

韓梅《ハンメイ》は息を弾ませながら言い返した。菊花《ジュイホア》も負けずに、ぐいぐい押してくる。

「刁《ディアオ》家のものなら、窓から入ろうが、屋根に穴を開けて入ろうが、私の勝手でしょ。あなたの指図は受けないわ。これは私、刁《ディアオ》菊花《ジュイホア》の権利なの。あなた韓梅《ハンメイ》の知ったことじゃないのよ」

「たとえあなたの財産でも、私が引っ越しでもしない限り、勝手に入るのは不法侵入なのよ」

「ここが私の財産だと認めるのなら、たった今、出て行って頂戴。たった今、出て行け」

菊花《ジュイホア》はまた韓梅《ハンメイ》の腕をはねのけようとしたが、韓梅《ハンメイ》はいっかな手を放さない。

菊花《ジュイホア》は間近にこの怒れる母獅子の顔を見て、言いようのない苛立ちがこみ上げてきた。こんな近くでまじまじと韓梅《ハンメイ》の顔を見るのは随分と久しぶりだった。やはりこの小娘の鼻筋はこんなにも高くすっきりと通り、面長《おもなが》な瓜実顔はオードリー・ヘプバーンを思わせると誰かが言った。見たくもないものを見てしまったと菊花《ジュイホア》は思った。白粉気《おしろいけ》のまるでない色白の肌はきめ細かく、若葉の息吹を発散している。たかが貧乏裁縫師の連れ子が自分をあざ笑っていると菊花《ジュイホア》は重ねて思った。菊花《ジュイホア》の部屋に明代の長安城を築いたレンガの破片がある。これを振り下ろせば、その整った目鼻立ちは洗濯板のようになるだろう。

菊花《ジュイホア》はとうとうそれをやってしまった。韓梅《ハンメイ》の目の前にぱっと赤い花が散り、おびただしい鼻血となってを何も見えなくなった。韓梅《ハンメイ》の背丈は菊花《ジュイホア》に及ばない。それでも彼女の手は菊花《ジュイホア》の襟首をつかんでいた。菊花《ジュイホア》はそれを振りほどこうと、膝頭で彼女の下腹を突き上げた。韓梅《ハンメイ》も膝頭でそれをはねのけようとしたが、膝が持ち上がらなかった。韓梅《ハンメイ》は手を菊花《ジュイホア》の頭髪に持ち替えた。二尺（九十センチ）もあって肩に垂れる菊花《ジュイホア》の頭髪を指に絡めて力任せに引っ張った。菊花《ジュイホア》は屠殺される豚のような悲鳴を上げた。今度は菊花《ジュイホア》が韓梅《ハンメイ》の髪の毛をつかんだ。指に挟んで続けざまに引っ張った。このとき、順《シュン》がやっと部屋にたどり着いて、二人を一喝した。

「何をしている。二人とも手を放せ、放すんだ！」

しかし、二人とも順《シュン》に耳を貸さない。順《シュン》は二人の間に割って入り、鉗子《かんし》のように絡み合った四本の手をもぎ離そうとしたが、ますます相手の頭髪に食いこんでいくばかりだ。やむなく順《シュン》は二人の前でどっと膝を折った。

「二人とも手を放せ。赤の他人だって、こんなひどいことをしないぞ。ましてお前たちは十何年も姉妹《きょうだい》でやってきた仲だろう。父さんがこうして頼んでいるんだ。二人とも譲り合うんだ。これ、この通り！」

順《シュン》は床に叩頭した。どんどんと床を打つ音にも二人はまったく動じない。やむなく順《シュン》は、普段から素直に言うことを聞く韓梅《ハンメイ》から口説き落とすことにした。

「韓梅《ハンメイ》、お前は妹だ。先に手を放せ。父さんはこれまでお前に頼みごとをしたことはない。これが初めてだ。お前から先に手を放せ。いいか。手を放すんだ」

韓梅《ハンメイ》は手を放した。菊花《ジュイホア》は相手の髪に絡めた手をもう一度ぐいと引っ張ってからやっと手を解いて身を離し、部屋に戻ろうとした。

このとき素芬《ソフェン》が韓梅《ハンメイ》の部屋に入ってきたのを見て、菊花《ジュイホア》はまた戻り、彼女に言葉を投げつけた。

「あばずれは出てけ。どいつもこいつも今すぐ出てけ！」

順《シュン》はたまりかね、立ち上がって言った。

「馬鹿を言うな！」

菊花《ジュイホア》はひるまずに言い返した。

「あばずれだからあばずれよ。この家の娘は私だけなんだから。違う？　赤の他人はみんなこの家から出け。みんな出てけ！」

「誰があばずれだ。赤の他人はどこにもいない。お前は誰を追い出すんだ？」

部屋を出た菊花《ジュイホア》を追って、順《シュン》がなおも言い募ろうとするのを、素芬《ソフェン》がやっと抱き止めた。

素芬《ソフェン》はちり紙で韓梅《ハンメイ》の鼻血を拭いた。

床には二人の頭髪が曲がりくねって絡み合っていた。菊花《ジュイホア》のはパーマの波形、韓梅《ハンメイ》のは直毛で、あきらかに直毛の量が多かった。

大声で泣き始めた韓梅《ハンメイ》を順《シュン》が慰めた。

「こらえるんだ。辛かろうが、気にするな。この家にはちゃんとお前の居場所がある。ちゃんとお前の父さんがいる」

さっき菊花《ジュイホア》が韓梅《ハンメイ》に投げつけた言葉を、順《シュン》は素芬《ソフェン》から聞いていた。彼はまた言葉を補った。

「父さんがいる限り大丈夫だ。みんなこの家の子だ。誰にも追い出せない。たとえ追い出されても、父さんが必ず連れ戻す」

順《シュン》はさらに隣室に聞こえよがしに言葉を継いだ。

「誰の勝手にもさせんぞ。自分を何様だと思ってるんだ」

素芬《ソフェン》がまた止めにかかった。

「鬼の金棒は、やたら振り回すもんじゃないわ。大事なときのために取っておくのよ」

「あの子だって悪い子じゃないのに」

順《シュン》は部屋の外で号泣している。

隣室で音楽が始まった。あの龔琳娜《ゴンリンナー》の『忐忑《タンター》(私の情緒は不安定)』だ。ウン、ウォー、アー、ヨー、鋭い叫び声のような歌声が順《シュン》の泣き声をかき消した。

この夜、またアリの引っ越しが始まった。

アリは西の塀の穴から東に向かった。アリたちはどう進路を決めているのか知らないが、二階へ上がり、二階の隙間から外へ出て行った。アリの行列の一部が菊花《ジュイホア》の部屋に紛れこみ、怒った菊花《ジュイホア》は鉄瓶の熱湯を行列に注ぎ、おびただしい死骸を残した。翌朝、順《シュン》が見つけ、背筋に悪寒が走るのを感じた。アリの死骸を箒で掃き取りながらつぶやいた。

「むごいことだ」

三十

打ちひしがれた自分をもう一度見直し、自分の生活を立て直そうと韓梅《ハンメイ》は考えた。これからどう生きていくか、方向を見つけなければならない。法律はどこまで自分を守ってくれるだろうか、まず弁護士に相談してみよう。こんなことはこれまで考えたことがなかった。母親に連れられ、この家に来て新しい暮らしに慣らされ、それまでのことを忘れさせられ、ここがたった一つの自分の家なのだと思いこまされてきた。それから十五、六年、突然、こっぴどく思い知らされた。自分の帰る家はここではない。自分の家を探すなら、あの仕立て屋の店へ帰れと。自分はただの「こぶつき」のこぶでしかなく、足折れの犬のように、いつ叩き出されてもおかしくない余計者なのだと。

自分の継父は自分を追い出そうなどとは夢にも考えず、自分を愛してくれてさえいる。その愛情表現は不器用で少々雑だが、自分と菊花《ジュイホア》を同じ天秤棒によいしょと乗せて担いできてくれた。それどころか、何くれとなく自分の方に目をかけてくれた。これをはっきり感じていた。これが自分の心の支えになってきたのだから。その一方で、継父は菊花《ジュイホア》を怖《こわ》がっていた。これもはっきり感じていた。特に蔡素芬《ツァイソフェン》が家に入ってから、継父の恐れようは度を超していてあきれてしまう。もし、素芬《ソフェン》が来なければ、自分と菊花《ジュイホア》の関係はここまでこじれ、壊れることはなかったとさえ思う。素芬《ソフェン》が来たのは、自分と比べたらとびきりのスペシャル・ショー、この家庭の心臓部に楔を打ちこむみたいにして入りこんだ。この家の主とは一心同体、菊花《ジュイホア》や韓梅《ハンメイ》の入りこむ余地はない。素芬《ソフェン》がこの家の心臓なら、自分は一体何なのか。せいぜいイボかカサブタか、たとえ切り取ってもこの家庭の命に関わることはない。

菊花《ジュイホア》と韓梅《ハンメイ》が大立ち回りを演じた後、韓梅《ハンメイ》の鼻血がなかなか止まらず腫れてきた。素芬《ソフェン》は病院へ連れて行き、レントゲンを撮ろうとした。鼻の骨が折れているかもしれない。しかし、韓梅《ハンメイ》は一人で行くと言い張った。継父は黙って彼女のポケットに千元押しこんだ。

病院で検査してもらうと、骨折はなく、軟組織が損傷しているということだった。鼻孔を洗浄し、点鼻薬を処方してもらって病院を出たところで、彼女は急に鎮安県《チェンアンシエン》の田舎にいる朱満倉《チュウマンツァン》が恋しくなった。彼からしょっちゅう電話やメールが入るが、彼女はろくな受け答えをしていない。彼と「深み」にはまりたくない、そんな気持ちがあったからだが、それとは裏腹に彼女は彼からの連絡を心待ちにし、今はその思いがさらに募っていた。

彼女は大学でのある夏の日を思い出す。彼女と朱満倉《チュウマンツァン》、数人の同級生が一緒に二龍山《アルロンシャン》ダムへ遊びに行ったときのこと。みんなは早速、水泳に出かけたが、彼女とカナヅチの朱満倉《チュウマンツァン》は岸に残って彼らの洋服や荷物の番をした。彼女は誰かが黄金色のアンズをかじっているのを見て、口につばきが湧いてきた。朱満倉《チュウマンツァン》はこれを聞くと二つ返事で二里（一キロ）ほど離れた果物の売店へ買いに走った。このとき、三人の不良がこの機会を待っていたのに気づくはずもない。みな奇妙な髪型と服装をして、三角の水泳パンツをはいた一人が薄ら笑いを浮かべながら彼女に絡んできた。こんなかわいこちゃんは見たことがない。俺が言うんだから間違いない。一度抱いたら、これまでの女はみんなかすだよ。だけど、邪心を起こしたら、罰が当たるかもな。生まれ変わったら豚になるか、タマを抜かれた宦官《かんがん》になるかもな。また、背の低い別な男はぺらぺら回る口で言った。こんな絶世の美女と肩擦れ合って、何にもできないなんて、こんな悲劇はないなどと。おびえた韓梅《ハンメイ》は逃げ出そうとしたが、彼らはぐるりと取り囲んで、すごみを見せる。そこに朱満倉《チュウマンツァン》が駆け戻ってきた。

朱満倉《チュウマンツァン》は男たちの間に割って入り、まず韓梅《ハンメイ》を守ろうとし、少しも恐れる素振りを見せない。そのときの光景が今も彼女の脳裏に蘇る。不良たちはおじけづいたが、龍の爪の刺青をした小男が思いっきり虚勢を張り、朱満倉《チュウマンツァン》の肩を叩いて言った。

「いい娘見《こ》っけたね。この幸せ者！」

不良たちはせせら笑いを残して立ち去った。彼女はこのとき、確信した。私の守り神は朱満倉《チュウマンツァン》だ。今日、菊花《ジュイホア》が窓から飛びこんできたとき、真っ先に助けを求めようとしたのは、継父ではなく、朱満倉《チュウマンツァン》だった。彼は韓梅《ハンメイ》の守護神なのだ。

彼女は朱満倉《チュウマンツァン》に電話した。彼は喜んで感極まった声を出した。牛小屋の糞《ふん》を掻き出しているところだった。

これを畑に運んで堆肥《たいひ》にし、来年春のトウモロコシの作付《さくつ》けに備えるのだという。彼は彼女に、今何をしているかと尋ねた。彼女は答えた。

「あなたのことを思っているの」

これまで彼女は彼に曖昧な返事しかしていない。彼は声を詰まらせ、泣き出すような声を出した。

「すぐ、僕の家へおいでよ。面白いぞ。昨日雪が降って、一面の雪景色だよ。素晴らしいんだ。君に見せてやりたい」

彼はせきこんで言葉を継いだ。すぐ迎えに行く。しかし、彼女は返事しない。彼はさらに言った。もし、来られないなら、自分の方から西京に行ってもいい。それでも、彼女は返事しない。朱満倉《チュウマンツァン》の住む辺りは電波が弱いので、今、クルミの木のてっぺんまで登って電話していると言った矢先に電話が切れ、彼女も切った。

韓梅《ハンメイ》はとある法律事務所を訪れた。中年の弁護士は熱をこめて応対してくれた。家庭内の情況を聞くと、即座に断を下した。

「あなたには、あなたのお姉さんと同等の財産継承権があります。嫡出子（正妻の産んだ子）、養子、それから扶養関係にある連れ子はみな、両親の財産を受け継ぐ権利があるのです。扶養関係とはあなたのことですよ。あなたは五、六歳の時、その家に来て継父の養育を受けた。これがまさしく扶養関係です。十八歳を過ぎてその家に入ったとしたら、扶養関係は生じません」

弁護士はさらに尋ねた、

「訴訟を起こしますか？　私が代理人になりましょう。絶対に勝ってみせますよ」

韓梅《ハンメイ》は答えた。今すぐではありません、そのときはお願いに来ます。

彼女が法律事務所を出たとき、朱満倉《チュウマンツァン》から電話が入った。君の精神状態はどうもおかしい。情緒不安定だ。これから西京へ様子を見に行く。彼女ははっきりと断った。もう大丈夫、すっかりよくなった。彼は言った。もう洋服を着替えて駅へ行くところだ。彼女はきっぱりと伝えた。駄目、来ないで。やることがたくさんあるの。

もう忙しくて。同級生と会ってる暇はないの。そう言って彼女は電話を切った。

電話を切った後、彼女は晴れ晴れと自信に満ちた足取りで家路をたどった。そこは刁菊花《ディアオジュイホア》の家かもしれないけれど、韓梅《ハンメイ》の家でもある。彼女は法律も味方につけ、自分の足場を固めたのだ。

三十一

俺の家庭内の統率能力は地に落ち、踏みつけにされている。順《シュン》は日ごと夜ごと、無念を噛みしめている。言うまでもなく最も手強いのは菊花《ジュイホア》だ。彼は知っている。菊花《ジュイホア》さえおとなしくしていてくれれば、家庭内はまるく収まる。しかし、菊花《ジュイホア》はますます手がつけられなくなり、素芬《ソフェン》や韓梅《ハンメイ》をぎりぎりまで追いつめている。韓梅《ハンメイ》が意地を見せて突っ張り返した。気弱で自分を主張することのなかった子が、稲の芒《のぎ》のようなとんがりとなって相手をちくりと刺したのだ。

素芬《ソフェン》は、この姉妹の仲を壊したのは順《シュン》のせいだと思っている。順《シュン》は外の仕事にかまけ、家の中はことなかれ主義、特に家族のいざこざには臆病で、ひたすら逃げ回ってきた。具合が悪くなると、悔し泣きして見せるが、それは「嘘泣き」に決まっている。役に立たないこと「屁の突っ張り」に等しい。このまま一日延ばしに延ばしていると、いつか取り返しのつかないことになると内心危ぶんでいる。しかし、順《シュン》は手を打とうとしない。自分で自分の手を縛って日和見を決めこんでいる。じっとしていれば、妙案の銀貨がポケットに飛びこんでくると思っている。素芬《ソフェン》から見ると、順《シュン》は自分だけが苦労していると思っている。身を細らせ命を削って働いているのに、どうして女房や子どもたちから感謝されないのか、仕事も先の見通しが立たず、やりきれない毎日だというのにと。

しかし、刁《ディアオ》家の仕事の見通しは実際のところそんなに悪くなかった。労を惜しまなければ、三輪車の手間賃稼ぎはいくらでもある。それに最近、西京で順《シュン》の受けがすこぶるいいのだ。西京市内で演劇やイベントなど舞台の仕込みを要する仕事は、ほとんどが順《シュン》ご指名でやってくる。

あの寺の仕事を終えた後、北関《ベイグアン》村の長老で村民委員会主任である父親が死んだ。故人の意を汲んで葬儀は賑やかにやりたい、出棺までの数日間、本物の芝居を本物の舞台にかけたいという。この公演を請け負ったのが耕升《ゴンション》という役者上がりの肝煎り《プロモーター》で、出演者はすべて彼の「顔」で呼び、舞台の仕込みは有名人の順《シュン》でなければならなかった。

順《シュン》は大吊《ダーディアオ》を伴って下見に行った。二階建ての家が軒を接して舞台を組む空き地がない。左見右見《とみこうみ》、やるとすれば、村内の通りを会場にするしかなかろうということになった。しかし、村の一本道を塞いでいいものかと迷っているところへ、どこから話を聞きつけたのか、新しい主任がやって来た。やりたいところに舞台を組めばよい。相談は無用、やりたいようにやってくれと言う。村の人たちはすぐさま道路の封鎖に取りかかった。

仕込みは順調に進んだ。山にぶつかると道が開け、川に出会うと橋が架かるといったとんとん拍子で、可ならざるはなかった。舞台の柱を立てるときはコンクリートの舗装道路に穴を開け、舞台の梁を二本渡すとき、通りの両側の家は壁に穴を開けることに同意した。電圧が足りないというと、主任の電話一本で変圧器を乗せたトラックがすぐ到着した。

作業が進む一方で、あの恥さらしの墩《ドン》がひょいと顔を出したのだ。片腕を色の見分けがつかなくなった汚い布で吊している。石膏で包帯を固めてあるという。寺の高い塀を乗り越えようとして転げ落ちたとき腕を折り、かばった手の骨にひびを入らせたと、さっぱり要を得ぬ説明をくどくどと繰り返した。

猴《ホウ》がすぐ半畳を入れた
「あの晩、おちんちんを撫でた手だろう」

墩《ドン》は笑って言い返した
「こん畜生」

順《シュン》は墩《ドン》を見たとき、すぐにも蹴りを一発お見舞いしてやろうと思った。正座させられたときに破れた膝頭の皮が今もぐずぐずと膿汁《うみ》を出し、しゃがんだりすると激痛が走って目から涙がほとばしる。寺の工賃はまだもらっていない。順《シュン》もさすがに寄こせとは寇鉄《コウティエ》に言い出しかねている。あれだけの大騒ぎを引き起こした張本人を、順《シュン》は体を張ってあの場から逃がしてやれた。それだけでもよかったと思っている。しかし、墩《ドン》は悪びれず、そこで笑っている。まるで徒競走で一等を取ったみたいだ。目が小さいから笑うと目が皺の間に隠れる。

順《シュン》は思い切り怒鳴り上げた。

「この腐れチンポコめ。まだ生きてたのか。どの面さげてきやがった。人に死ぬ思いをさせとは知るまいな。また仕事をを寄こせってか？　俺がどんな目に遭ったか、とくと拝んでおけ」

順《シュン》は言いながらズボンをたくし上げた。両方の膝頭のカサブタがまだ固まりきらず膿汁をにじませている。墩《ドン》は今度は笑わなかった。ひざまずき、順《シュン》のズボンの裾を元へ戻そうとしたところへ順《シュン》の蹴りが入った。

「こん畜生め」

墩《ドン》はまた笑った。これを見てみんながを笑った。笑いすぎて目が開かなくなるほど笑った。笑いながらみんなは考えている。順《シュン》はどう出るか。よもや墩《ドン》を仲間に残すことはしまい。だが、墩《ドン》は帰ろうとせず、ぐずぐずと現場に居残って、おずおずと仕事に手を出し、針金を通したり、幕を縛ったりし始めた。順《シュン》はほったらかしにして、相手にするのも面倒な様子だった。大吊《ダーディアオ》はどうしたものか、順《シュン》に尋ねた。順《シュン》は言った。

「どうしたらいい？　あの野郎、田舎には寝たきりのおっかさんがいる。毎月送金を待っているんだ。どうする？」

順《シュン》はこれ以上、指図がましいことは言わなかった。大吊《ダーディアオ》の好きに任せるということか。大吊《ダーディアオ》はこのときとばかりに大仰な身振りをし、大声を上げた。

「おい、墩子《ドゥンズ》、順子《シュンツ》の哥《あに》いはお前の心底《しんてい》を、とっくと聞けとよ。お前はここに残りたいのか、それとも、冷やかしにここへ来たのかってよ」

「残りたい。残らせてくれ。本当だってば」

「本当に残りたいんなら、哥いは条件が一つあるとよ」

「何でも聞く。大吊《ダーディアオ》の哥い、言ってくれ」

「順子《シュンツ》の哥いはお前のチンポコを切ってもってこいとよ。そいつをあの犬の片足の先っちょにつけるんだと。お前の悪い手癖が直るかどうか、お前がずっとおとなしくしていられるか、しばらく様子を見るんだと。それを見届けたら、チンポコを返してやる。また持って帰ってお前のにくっつけてもいいとよ」

「分かった。そうする」

こうして墩《ドン》はまた戦列に復帰した。

三皮《サンピー》はあの晩、素芬《ソフエン》とあんなことがあってから、彼女を見る目がおどおどしている。順《シュン》に対しても顔向けがならない様子だ。素芬《ソフエン》が順《シュン》に告げ口するのではと気に病んでいたが、何日か経っても順《シュン》の態度に変化は見られなかった。ある日、順《シュン》が突然息巻き、三皮《サンピー》目がけて駆け出してきた。彼はすわとばかりに持っていた道具を放り出して逃げ出した。しかし、誰知ろうか、菊花《ジュイホア》からの電話で、また金をせびられた時だったのだ。誰彼なくつかまえては愚痴を聞かせ始めた。俺はとうとう銀行を開業した。しかし、素芬《ソフエン》がこれを見かねて言った。家の恥を外にさらすのはやめなさいと。順《シュン》はやっと口を閉じた。

素芬《ソフエン》はこの世界に入ってからずっと三皮《サンピー》の手伝いをしてきた。あの一件があって、三皮《サンピー》と一緒に仕事をするのは意に染まなかった。余計な気を遣いたくなかったからだ。しかし、仕込みという仕事は自分の持ち場が決まっており、人の仕事に手出しはならない。今回の仕事で順《シュン》が素芬《ソフエン》と三皮《サンピー》に命じたのは、食事の手配、連絡や交渉ごと、その他もろもろの雑用だ。交渉ごとというのは、主催者からあれこれ物を借りたり便宜を頼んだりで飛び回る。仕事の遅れているところに手を出すのも勝手だ。要は目配りと気遣い一つで、仕事はいくらでも出てくる。

当地では滅多にない大きな葬儀とあって、宴席は席を決めずに弔問客が随時勝手に飲み食いを済ませて帰ってもらう「流水席」の形式だった。土地の名士、名流が引きも切らずやって来て、喪主や幹事連中は応対にいとまがなかった。順《シュン》隊には毎回二卓の食事が用意されると聞いていたが、それが見当たらない。主催者側の気が回らず、いわばどうでもいいということで放っておかれたのか、肝いり役の耕升《ゴンション》がどういう算段をしているのか、どうにもはっきりしない。幹事は仕込みの連中には賄い（食事）がつかないと言い張った。順《シュン》が幹事長とかけ合うと、耕升《ゴンション》の扱いとして俳優、楽隊、仕込み要員の経費は一括して計上されているが、そこに賄いの費用は含まれていなかったのだ。やむなく順《シュン》たちの食事の切り盛りは素芬《ソフェン》と三皮《サンピー》に任されることになった。夜の食事は、大吊《ダーディアオ》は温かいものが食べたいという。二人は小豆入りの粥と包子《バオズ》を街へ買いに出た。三皮《サンピー》は周りに人がいないのを見定めて素芬《ソフェン》に話を切り出した。

「あのことなんですが、姐《あね》さんは哥《あに》いにまだ話していないんですね」

「あのことって？」素芬《ソフェン》はわざと聞く。

「その……そのことですよ」

「姐さんは、忘れてた。姐さんはね」

三皮《サンピー》は哀れっぽく言う。

「姐さん、世間ではこうも言いますよ。姐さんの尻の半分は弟の物だって」

素芬《ソフェン》は気色ばんだ。

「ふざけたことを言っていると、姐さん、今度こそただじゃおかないよ」

三皮《サンピー》はさらに何か言いたげだったが、素芬《ソフェン》は構わずに粥と包子《バオズ》を買って鉄枠の桶に入れ、二人で持った。走って帰ろうとすると、三皮《サンピー》はまだうじうじしている。

「ぐずぐずしてると冷めちゃうわよ。みんなに温かいものを食べさせなくちゃね」

舞台は一昼夜で全部を仕込み終えた。翌日の昼前には肝いり役の耕升《ゴンション》が俳優、楽隊を引き具し、総勢三十数人が颯爽と姿を現した。午後の部は通し上演ではなく人気の見せ場を集めた四幕の「見取《みど》り」上演、夜の部は人気俳優が扮装なしで名場面のさわりを歌う素謡《アカペラ》が予定されていた。順《シュン》はこの顔ぶれとはすでに顔見知りで、すぐ挨拶に赴き、仕上がった舞台の点検に耕升《ゴンション》を案内した。耕升《ゴンション》は素晴らしいを連発し、よくやってくれた、順《シュン》に任しておけば間違いないと大満足の体《てい》だ。仕込みの連中にも挨拶抜かりなく、さあ、食事だ。喪主はもう料理を並べて待っている。さあ席に着いてくれと上機嫌だ。順《シュン》はそれを制して言った。

「俺ら仕込みの席はないようですよ」

「余計な気を遣うことはない。この大事の場に仕込みの親方たちの顔が揃わなくてどうする。さあ、腹の皮を緩めてやってくれ」

順《シュン》は全員を呼び集めて席に着かせた。みんなが箸を動かし始めた途端、罵声が飛んできた。

「ちょっと待った。誰が食べていいと言った？　誰が席に着けと言った？　ここは客のテーブルだ。お前ら裏方風情の座る席ではない」

耕升《ゴンション》はちょうど塩味の豚足を一口かじったところで、もう少しで取り落とすところだった。順《シュン》はすでに犍子肉《ジエンズロウ》（牛の腿肉を薬味で煮たもの）に手を伸ばしてほおばっていたが、一言話そうとして口から滑り落とした。耕升《ゴンション》は豚足をゆっくりと噛みながら言った。

「お前は誰だ？」

「先に豚足を下に置け。誰が食べていいと言った？　契約書に賄いつきと書いてあるか？」

耕升《ゴンション》は向かっ腹を立て言った。

「この野郎。今日を何の日だと思ってる？　仏の御膳をいただくのに、何でお前如きのお題目を聞かされなくちゃいけないんだ。幹事を呼んでこい」

「私が幹事だ」

耕升《ゴンション》は場数を踏み、喧嘩慣れしている。テーブルをどんと叩いていった。

「幹事だと？　幹事が呆れた。それでよく幹事が勤まるもんだ。さあ、食べよう」

このとき、幹事長が出てきた。大声こそ出さなかったが、十分におどしがきいていた。

「いや、食べることなりません。みなさん、箸を置いて下さい。お客の皆さまがおつきです。同席はなりません。食べるとおっしゃるなら、あちらの廊下へどうぞ。チャルメラ吹きと仲よく一緒に臊子麵《サオズミエン》（肉の味噌炒めそば）を召し上がれ。ここは正式の席です。けじめを守って下さい」

耕升《ゴンション》は本当に本当に怒った。

「けじめだと？　飯を食わせないけじめか。くそ食らえ」

「契約書をよく読んで下さい。賄いをお出しするとは一言も書いてありません。それでも召し上がるというなら、結構でしょう。一卓二千元（約三万四千円）いただきましょう。何卓召し上がっても結構。出演料から差し引かせていただきます」

してやられた。誰も何も言えなくなった。みんなこの叩き上げの肝煎り《プロモーター》が次に何をするか見守っている。耕升《ゴンション》はこの村の人間のしたたかさ、一筋縄ではいかないことをよく知っている。出演料から引かれるのなら、廊下の隅でほかの芸人たちと臭いソバをすった方がまだましだ。耕升《ゴンション》は箸をテーブルに叩きつけて言った。

「このどけち野郎！」

耕升《ゴンション》は先頭切って席を離れたが、世の中の大概の場面を演じ、見慣れてもいる役者たちに怖《お》じる気色《けしき》は毫《ごう》もない。このままでは舞台の引っこみがつかないというものだ。見得の一つも切らないで、おめおめと引き下がれるものか。いっそ、舞台を降りて帰っちまおう。ここらの下司野郎に見せる芸はないと。耕升《ゴンション》は、いや、待ってくれと懸命に押しとどめた。契約書にサインしている。訴えられたらひどい目に遭う。ここはおとなしく舞台に立つのが得策だ。それにギャラも悪くないしな。上から言うと、一人頭一万元（約十七万円）、八千元、五千元、三千元、舞台に立てば少なくても二千元、楽隊の手伝いでも八百元から千元だ。いやいや、たとえ何千元、何万元であろうとこの目で拝み、この手で握らなければ分からないと、役者たちは意地ずくの啖呵を切り始めた。ここまで虚仮《こけ》にされたら、役者の一分《いちぶん》が立たないと。この連中に恐いものはない。

順《シュン》は恐れた。俳優たちがヘソを曲げ、舞台を降りられでもされたら仕込みも無駄に終わり、支払いもフイになる。彼は耕升《ゴンション》に助け船を出した。長安の都を一歩出れば、一山《ひとやま》百文、みな「でくの坊」というじゃありませんか。そんな田舎者を相手に喧嘩したって始まりませんよ。最後には何とかみんなを引きとどめることができた。

この後すぐ、面白いできごとがあった。

この一座に加わった役者が一人遅れてきた。その名はちょいとどころか西京では金看板、今回は座長としての参加だ。自分で車を運転し、のこのこやって来て、挨拶代わりの決まり文句を吐いた。

「借問《しゃもん》す。わが膳はいずこなりや」

順《シュン》なら知っているが、こういった人種は芝居の中の台詞《せりふ》をぽんぽんやり取りして遊ぶ癖《へき》がある。これを受けたのがこの葬儀とは縁もゆかりもなく、ただ今日の舞台見たさにやってきた二人連れだった。ただ、先ほどの一悶着を見ていたから、芝居好き、いたずら好きの虫が騒いだ。

「主人《あるじ》より承っておりますれば、いざ、いざ、ずずいっと奥へ、正面桟敷に膳部を整えましてございます。酒に肴、お側に侍《はべ》るはいとけなき禿《かむろ》」

「大儀、大儀」

座長は持参の大きな湯飲みをごくりとやって喉を温め、遊冶郎《ゆうやろう》を気取った外股歩きで正面のロビーへ向かった。芝居好きの二人はやったとばかり大喜び、ことあれかしと後をついて中に入った。座長はソファにどかっと座り、近くにいた人に向かって人差し指と中指を立て、軽く二回振った。もったいぶった指図のやり方だ。だが、その人は言うことを聞く素振りも見せず、迷惑そうに何ですかと言った。座長は料理の注文を出し、簡単な伝言を頼んだ。

「一座の陳先生がお出ましと幹事に伝えておくれ。それからご苦労だが、牛肉を二両（百グラム）、猪耳《ミミガー》は生ニンニクを絡めて、キュウリは包丁で叩いて、それからホットケーキね。こんがりかりっと、よく焼いて。お酒は控えましょうか。目玉の『河東下り』を唱わなくちゃいけないから、飲むのはそれから。いや、ビールならいいでしょう。ビールをお願い。ああ、冷えたのは駄目よ。常温のにして」

そこへ先ほどの幹事が来て言った。

「私どもの幹事長が申しますには、役者衆には食事を出さぬ建前です。どうしてもとおっしゃるなら、あ、それ、廊下へ出てチャルメラ吹きと一緒に臊子麺《サオズミエン》を召し上がるのがよろしかろうと」

このとき、後をつけてきた二人はとうとう我慢できず、ぷっと笑い出した。座長は、ははあ、これには何か企みがあると二人に近づいてわけを聞き、二人はかくかくしかじかと先ほどの一幕を話した。座長は黙って自分の車に乗り、さっと姿を消した。

耕升《ゴンション》は困った。再三電話したが、今日の舞台はこちらから願い下げ、ギャラもいらねえよと、すげない返事。耕升《ゴンション》はギャラに色をつけるから、そこを何とかとねばったが、たとえ金《かね》の山を積まれてもご免だね。「八徳（仁・義・礼・智・信・孝・悌《てい》）忘れた王八蛋《あんぽんたん》」どもに見せる芸はないよとにべもない。耕升《ゴンション》はそれでも引き下がらず、今回の旗揚げは単に耕升《ゴンション》個人の名利のためではなく、人民のために奉仕するものだと迫った。座長はあの王八蛋《あんぽんたん》どもが人民かと切り返した。世に馬鹿は多くとも、馬鹿に奉仕するのにやぶさかではない。だが、あの王八蛋《あんぽんたん》に奉仕するのは真っ平ご免、一昨日《おととい》来やがれと言い切った。耕升《ゴンション》はやむなく西京市内から急遽、代役を呼び、穴を埋めた。

この公演に詰めかけた観客はことのほか多く、通行止めにした街にあふれかえった。順《シュン》たちの仕込んだ舞台もさすがとの評判で、気をよくした主家は弔旗の差配も順《シュン》の一隊に任せた。「永垂不朽（その功績は永久《とわ》に）」、「沈痛哀悼」などと縁取りされた弔旗が次々と寄せられ、舞台の背景幕や袖幕などと同じように張りめぐらされた。通りの両側にところ狭しと並んだ花輪を、順《シュン》たちは見て回った。陝西省、西京市の出先機関、全国の主要企業、果ては外国の領事館までが競うように幹部の名を連ねている。こんな田舎の村の幹部にしては顔が広いものだと順《シュン》たちは話し合った。北京の本省や本社からの花輪、垂れ幕も目を引いた。西京は古都の名に恥じぬ

「土一升金一升」の土地で、渡りをつけようとする人物が大挙して乗りこんできているのだろう。

　誰かがしたり顔で話している。この村民委員会の主任は局長以上の幹部とその夫人しか弔問を受けていない。力のない部局が香典を差し出しても、幹事長がお相手で、すげなくあしらわれる。このランクを一目で見定めるのが幹事長の腕の見せどころというわけだ。順《シュン》はなるほどと納得したものの、自分は西安城中、旧市内の生まれ、先祖代々の西京っ子という自負がある。たかが村民委員会の主任でこの羽振りとはちゃんちゃらおかしいと腹の中でせせら笑っている。

　順《シュン》は仕込みをする度、機会をうかがってその責任者、元締めに挨拶し、彼の思いの一端を吐露するのを習慣にしていた。これが仕込み集団をあずかる者の責任であり、営業政策だと思っている。しかし、ここでは主任に近づくことさえできない。いつも人の壁にぎっしりと取り囲まれ、外部の人間は弾き飛ばされてしまう。順《シュン》はじりじりするばかりだった。

　開演前、村民委員会主任が親族を代表して謝辞を述べるため、一群の人数に囲まれて舞台に上がった。だが、その前に村の長老が弔辞を読んだ。主任は彼の母方の兄弟に当たるという。一目で年代物と分かる銅縁《ぶち》の眼鏡をかけ、縁の欠けたところを新しい銅材でつなぎ、赤銅《しゃくどう》の暗い赤茶色と真鍮《しんちゅう》の黄色が入り交じっている。身につけた古式の中国服は蘇芳色《すおう》（紫がかった赤色）、周りの人に支えられながら口を開いた。「嗚呼哀哉《ああかなしや》」に始まって「尚饗《しょうきょう》（乞い願わくは供物を受けよ）」に至るまで、「南天、ために柱傾く」、「北海、ために水涸れる」、「日月《じつげつ》、ために痛悼《つうとう》」、「長風、ために嗚咽《おえつ》」と裃《かみしも》が巻紙を読むような口調で、毛沢東主席といえどもこれほどのお追従《ついしょう》を受けてはいないと思われた。長老はさらに話頭を転じて現主任の業績と栄誉を誉めたたえた。お父上の薫陶よろしきを得て、日月ともに輝きを増し、恩恵を人民に及ぼしといった四字熟語のありったけを使い切るまで、弔辞は果てしなく続くかと思われた。

　聞き終えた村主任は自ら先頭切って拍手し、全弔問者に謝意を表した。間髪おかず、村委主任の視線の及ぶ限りの聴衆から万雷の拍手がわき起こった。主任が降壇すると、代わって幹事長が立ち、また延々と長口舌をふるった。喪主《そうしゅ》がいかに偉大な存在であり、喪主から託された使命の重大さに、我と我が非力を嘆くのみ。ここに喪主になりかわって弔辞、弔電に感謝し、弔問のご来賓に紹介させていただきますと、数十ページにわたる名簿を読み上げ、名簿の漏れを繰り返し詫びながら追加し、やっと奉納芝居開幕の宣言にたどり着いた……。

舞台は定法《じょうほう》通り『祭霊（弔い）』の場から始まった。男が『大報復』の場の『劉備祭霊』の殯歌《もがりうた》、女が『河湾洗衣（または女祭霊とも）』の殯歌を歌った。これは関中（陝西省渭河流域、古都長安の中心部）の葬儀には欠かせない習わしで、順《シュン》も幼いとき聞いたことがある。歌と演技が始まる前、胡弓が泣くが如く忍び音《ね》の間奏を奏でて情感を高める。順《シュン》は舞台の袖にうずくまり、目を閉じて口ずさんだ。

全陣営三軍あげて服喪の色
軍旗は雪花の風にはためく
人　馬　旗みな白　白　白
銀弓《ぎんきゅう》　玉箭《ぎょくせん》　白翎毛《はくれいもう》
文官の白き冠は三尺の孝心
武官は白き戎衣《じゅうい》に身を正す

喪主は三日続けて大舞台の法要を営んだ。お開きは若い人のために華やかな歌舞劇が演じられた。耕升《ゴンション》がどこで手配したのか、派手な衣装の美男美女が数十人、半裸の肢体を披露した。背中を覆うものはなく、胸はかろうじて半分を隠すのみ。臍《へそ》は丸見えで、踊りが始まると赤い下着が見え隠れする。会場の目は釘付けとなり、席を立つ者は一人もいなかった。幕が下りた後、やはり老人から文句が出た。このような舞台は、葬儀とは明らかに不釣り合いだ。西の浄土へ赴いた者は、心安らかにはいられまい。これに対して別の老人が異議を唱えた。

「余計なお節介を言うものではない。故人は色の道、おさおさ怠りなかった。一昨年は村の若者と一緒にヌード・ショーを見に行ったし、村委主任にはいい供養になった。極楽往生間違いなしだ」

側で聞いていた順《シュン》たちは大喜びした。

芝居と歌舞ショーが終わり、残っていたのは順《シュン》、素芬《ソフェン》、三皮《サンピー》、墩《ドン》ら数人だった。ほかは仕込みが終わってすぐ次の仕事を与えられ持ち場を離れていた。式次第は東西南北の名刹から招かれた僧侶による読経を残すのみとなった。その中には順《シュン》たちがひどい目に遭ったあの寺も含まれ、順《シュン》に苦行を強いたあの住職が辺りを払う威厳を見せていた。住職のほか、順《シュン》や墩《ドン》に乱暴を働き、いずれ決着をつけなければならないあの僧侶たちの顔も見える。これに真っ先に気づいたのは墩《ドン》だった。いち早く逃げ出すことにした。幸いなことに、和尚たちは祭壇に安置された柩の周りを回り、衆生済度《しゅじょうさいど》の一喝に至るまで読経を続けなければならず、順《シュン》たちとは三百メートルほどの距離があった。両者は「井戸水と川の水の関係」で、お互い構いっこなしだ。できるだけ祭壇に近づかないようにし、顔を合わせる面倒を避けることにした。

五日五晩の千秋楽となり、順《シュン》たち舞台の解体《ばらし》を終えた。しかし、肝煎り《プロモーター》の耕升《ゴンション》が順《シュン》に泣きついてきた。初日に『河東下り』を唱うはずだった俳優が舞台に穴を開けた件で契約違反を問われ、一万元（約十七万円）の入金がフイになった。工賃を負けろという。耕升《ゴンション》は幹事長と半日やり合い、とうとう村委主任とかけ合ったが、主任は服喪中の身でそこまで頭が回らないと逃げを打ち、主事という男に引き合わされた。村の幹部にしてみれば、逃げた役者は逃げた牛と何ら変わるところがない。逃がした者、連れ戻せなかった者の落ち度ということになった。

耕升《ゴンション》は支払いを値切る相手がおらず、順《シュン》にしてみれば、自分のところに尻を持ちこまれるのは、城門の失火が池に飛び火して中の魚が煮られるようなもので、俺には関係ないとごねた。耕升《ゴンション》は助けると思って五千元（約八万五千円）泣いてくれ、後で必ず埋め合わせすると引き下がらない。後で必ず埋め合わせするという台詞を順《シュン》はこれまでに百万回聞かされ、約束を守った者は誰もいない。順《シュン》は慌てず騒がず、相手をじらし、一時間ほどねちねちといたぶってから得意の一席をぶった。

「俺らは仕事が苦労ではなく、苦労が仕事さ。仲間の苦労は俺らの苦労……」

耕升《ゴンション》は感に堪えないといった面持ちで膝を打って言った。

「分かったよ。みなまで言うな。俺も男だ。二千元（約三万四千円）はこちらで持とう。この仕事は皇帝陛下と落ち穂拾いをしたと思えばいい。儲けにはならなかったが、得難い体験だった。面白かった。いい気晴らしだったよ」

結局、工賃は三千元（約五万円）差し引かれ、順《シュン》は手下《てか》たちからさんざん嫌みと罵りを受けることになった。葬儀の解体《ばらし》が終わらぬうち、順《シュン》に電話が入った。彼の長兄、刁大軍《ディアオダージュン》からのものだった。マカオから帰ったという。

三十二

刁大軍《ディアオダージュン》の帰郷は尚芸路《シャンイールー》の一大事件だった。伝説《レジェンド》として語り継がれている大物のご帰還だ。数年前に帰ったときは六百万元（約一億円）以上もするベントレーのリムジンに乗って新しい妻を連れ、見せびらかした。みんな死ぬほどうらやみ、特に若者は人と生まれたからには大軍《ダージュン》おじさんのようになりたいとあこがれた。

今回は車でなく飛行機で帰り、前回よりももっと若い妻を伴っていた。二十数歳にしかならず、大軍《ダージュン》は五十七、八歳だから年の差は三十歳以上もある。西京の西、秦の都が置かれた咸陽の飛行場に降り立ち、順《シュン》に電話を入れ、年を越すと告げた。何年も西京で年を越していないからな。順《シュン》が家に泊まるのかと尋ねると、心配するなと言って電話を切った。大軍《ダージュン》が弟の陋屋に泊まるはずはなく、クリントン米大統領が訪中時に泊まったホテルの、外国元首専用のスイートルームを取り、妻に左腕、姪の菊花《ジュイホア》に右腕を引かせて尚芸路《シャンイールー》を一周した。

菊花《ジュイホア》は伯父の帰りを電話で知り、興奮を抑えられなかった。彼女にとって伯父は人生の面目を立たせてくれる唯一の人物だった。同じ親から生まれてどうしてこんなにも生き方が違うのかと不思議に思う。その差は広がるばかりで、一人はぼろ三輪をこぎ、もう一人は金の後光が射している。これはやはり変だと思った。

菊花《ジュイホア》がホテルを訪ねると、ロビーで待つように言われ、ほどなく「彼ら」が降りてきた。菊花《ジュイホア》は思った。彼らは昔の彼らではない。

菊花《ジュイホア》は伯父の姿が見えたらすぐ飛びつき、ハグしようと待ち構えていた。ところが、伯父の腕に自分より若い女の子がぶら下がっており、菊花《ジュイホア》はその場に立ちすくんだ。伯父は洒脱な質《たち》だった。標準的《スタンダード》な西京訛りで連れの女を紹介した。

「こいつ、新しい女房だ。どうだ？　美人だろう」

二人の女はぽかんとして見つめ合った。

大軍《ダージュン》は笑いをとり繕っていった。

「伯母さんと呼ぶことはない。馬蒂《マーディー》と呼んでやってくれ。馬《マー》はお馬さん、蒂《ディー》は草冠の下に美国《アメリカ》帝国主義の〝帝〟の字だ。馬《マー》は〝おっかさん〟の媽《マー》だと思ってくれ。あっはっは。こちらはいつも話していた姪子の菊花《ジュイホア》だよ」

馬蒂《マーディー》はこの姪子に失望したようで、会釈一つせず、無表情のまま大軍《ダージュン》の懐に寄りかかった。その意味するところは、あ、そう、姪子だろうがなかろうが、どうでもいいわよ。

菊花《ジュイホア》は二人を連れてホテルを出、タクシーで尚芸路《シャンイールー》へ来た。まずは尚芸路《シャンイールー》を一回りしてお披露目だ。菊花《ジュイホア》は通りに立つとすぐ、仕方なく馬蒂《マーディー》の腕を取り、自分の胸にしっかりと抱き寄せた。

大軍《ダージュン》は持参した土産を手ずから菊花《ジュイホア》に渡した。住人たちはこの光景にびっくりして、口々に言い交わした。

大軍《ダージュン》が帰ってきた！　大軍《ダージュン》がマカオから帰ってきた！

彼は菊花《ジュイホア》に連れられて、やっと弟の家の門をくぐり、早速この壊れた鉄の門に文句をつけた。

「おい、お前のおとっつぁんは何してるんだ。ぼろぼろだ。さっさと取り換えろよな」

菊花《ジュイホア》は不機嫌に答えた
「女を取り換えるのはマメなんだけど」

あ、まずい、と思って菊花《ジュイホア》は馬蒂《マーディー》の顔を見た。大軍《ダージュン》が聞き直す。

「何だ。また取っ換えたのか？」

「そう、聞いてないの？」

「聞いていない」

菊花《ジュイホア》は鼻を鳴らしていった。

「どの顔して言えるの」

「おいおい、そう言うなって。お前のおとっつぁんが後添えをもらうのは、もっともなことだよ。美人なのか？」

「自分で見れば」

菊花《ジュイホア》は面白くない。このとき、三輪車をこぎ、後ろに素芬《ソフェン》を乗せた順《シュン》が大慌てで帰ってきた。真冬だというのに、順《シュン》は頭から湯気を噴き、汗をしたたらせている。舞台の解体《ばらし》で全身土埃《ほこり》にまみれ、そこに大汗をかいたものだから、猫に隈取りをしたような出で立ちになっている。大軍《ダージュン》を見て、兄貴！　とうれしげに声をかけた。大軍《ダージュン》は素芬《ソフェン》を見て、人見知りする子どもみたいな挨拶をした。

「弟の嫁さんですか？　嫁さんが見つかってよかった。そうでなけりゃ、こいつの生活はどうなっていたか。よかった、よかった。きれいな嫁さんで、よかった」大軍《ダージュン》は喜んだついでに陝西方言で「いかった、いかった」とつけ加えた。

順《シュン》は得意さを交えて素芬《ソフェン》に言った。

「ほら、義兄《にい》さんと呼んで」

「初めまして、義兄《にい》さん！」

素芬《ソフェン》にとって大軍《ダージュン》の第一印象は悪くなかった。背丈が高く、堂々たる押し出しだ。話し方も嫌みがなく、すんなり耳に入ってくる。大軍《ダージュン》は連れの女性を紹介した。

「これが新しい嫁さん、馬蒂《マーディー》」

順《シュン》と素芬《ソフェン》は、この小柄で可愛らしい女性にどう挨拶したものか、どぎまぎしている。大軍《ダージュン》が大急ぎでつけ加えた。

「馬蒂《マーディー》と呼んでくれ。どう見たって、義姉《ねえ》さんなんてガラじゃない。兵馬俑の馬に、草冠の下は皇帝の帝の字、馬《マー》は〝おっかさん〟の媽《マー》だと思ってくれ」

この冗談に、みんなは笑った。

「そういえば、もう一人女の子がいただろう。えーと、何と言ったっけ」

「韓梅《ハンメイ》、韓梅《ハンメイ》だよ」

「今、どこ？」

「家にいるよ。おおい、梅《メイ》、韓梅《ハンメイ》。伯父さんが見えられた。早く降りてこい」

順《シュン》は客の気をそらすまいと懸命だ。

韓梅《ハンメイ》は二階で「ああ、伯父さんね」と応じてから静々と降りてきた。

大軍《ダージュン》に親疎《しんそ》の隔てはない。韓梅《ハンメイ》を見るなり熱烈に抱きしめた。菊花《ジュイホア》は先をこされた思いで、不機嫌になり、伯父夫婦が父親の部屋に招き入れられたのを機に、さっさと自分の部屋に入った。

大軍《ダージュン》は順《シュン》の部屋に入るなり、恨みがましく言った。結婚式といえば人生の大事。どうして知らせなかった？　順《シュン》は答えた。

「新郎新婦じゃなく、老夫老妻ですからね。出会って、そのまま一緒に暮らし始めて、誰にも知らせてません」

しばらくおしゃべりしてから順《シュン》が改まって言った。

「兄さんがここまで足を延ばすのは容易なことではない。こんなあばら屋であり合わせのものしか支度できないが、家族水入らずで夕食を……」

大軍《ダージュン》はやんわりと順《シュン》を制して言った。

「西京に来たら、何を置いても羊肉泡饃《ヤンロウパオモ》(餅《ピン》を手で小さくちぎって羊肉のスープにひたして食べる。㊦三百五頁参照)だろう」と回民《イスラム》街きっての名店同盛祥《トンションシアン》に予約を入れた。

順《シュン》が言った。

「さあ、みんなで行こう。今からよだれが垂れそうだよ」

大軍《ダージュン》は言った。それなら一時間やるから、風呂に入れ。俺たちは尚芸路《シャンイールー》をぶらついてくる。五年ぶりに来ると、昔のなつかしい顔が随分見られなくなったようだ。

順《シュン》は菊花《ジュイホア》を呼んだ。大軍《ダージュン》伯父さんと尚芸路《シャンイールー》を歩いてこい。

菊花《ジュイホア》は浮き浮きと降りてきた。彼女と馬蒂《マーディー》は両側から大軍《ダージュン》と腕を組んで出て行った。

順《シュン》が体を洗っているとき、素芬《ソフェン》はみんなと一緒の食事には絶対行かないと言い出し、順《シュン》は行かないと兄貴の面子がつぶれると言い争った。兄貴は大ざっぱな性格で、腹に含むものは何もない。ただ遊びと食い物にかけては意地が汚いから自分勝手に見えるだけだ。十一、二歳から麻雀を始め、すぐ大人顔負けの打ち手になった。この道一筋、ひたすら自分の欲望に忠実で、ぶれがない。勝って帰れば金山銀山背負ってきて、負ければ野宿、人間としてまっとうな暮らしをしたことがない。一生運がついて回り、一生博打を打ち続け、働いたことは一度もなく、遊ぶことしか能がない。とうとうマカオへ行って財をなし、五年ごとに故郷に錦を飾ってくれる。この世にたった一人の兄貴だ。三輪こぎの弟を見下すこともない。俺たち夫婦は兄貴の立てるところを立ててやらなければならないと言う順《シュン》の説得に素芬《ソフェン》はついに折れた。

だが、今度は韓梅《ハンメイ》が行きたがらない。順《シュン》はまたしても説得にかかった。ただ、彼女は大軍《ダージュン》に反感を持っているのではなく、自分とは遠い世界の人と思っていただけだった。それに得意然として大軍《ダージュン》と散歩に出かけた菊花《ジュイホア》の目障りになりたくなかった。だが、順《シュン》の気持ちにはこれ以上逆らえず、韓梅《ハンメイ》も不承不承ついていくことにした。

一家全員が団欒の円卓を囲むさまを見て、順《シュン》は感激の面持ちだった。ばらばらの家族が兄貴のおかげでこうして晴れやかな顔を合わせ、まるで人もうらやむ幸せな家族を絵に描いたようだ。できれば兄貴にはできるだけ長居をしてもらい、このがたぴしした家族を立て直し、帰るのはそれからにして欲しいと祈る気持ちでいた。

三十三

あと一ヵ月足らずで年の瀬となる。西京市秦腔《チンチアン》劇団は春節（旧暦の正月）の新作公演のため、休日、時間外お構いなしの追いこみに入った。背景幕、大道具、張り物（パネル）のほとんどが順《シュン》のところに丸投げになった。劇団総務の寇鉄《コウティエ》は、順《シュン》は仕込みの「何でも屋」だからと言ったが、実際に始めてみると、そんな生やさしい仕事ではなさそうだ。

演出家が出した難題は、まず舞台の上にもう一つの演技用の舞台「山台《やまだい》」を乗せること。少なくとも四十数人を乗せて前後左右に自在の動きをしなければならない。背景幕は六張り。一張りの仕上げに三日かけたとして全部で十八日かかる。演出家は旧暦十二月の二十日までに仕込みを上げるよう要求してきたが、いくらやりくりしても実際に使える日数は十五日しかない。このほか五張りの紗幕。これに桃の木二本を配する。桃の木の直径は一メートル五十センチ、木の下半分は幹、上半分は枝葉の部分で、結わえてつながるようにする。二本の木の枝は舞台いっぱいに広がり、三つの季節を表す。枯れ枝の季節、つぼみの季節、そして満開の花をつける季節だ。演出家は言った。満開の花にぱっと照明が当たったら、観客はどっと沸き一斉に拍手するだろう。もし拍手がなかったら、それは幕のせいだ。できが悪かったら、舞台は台なし、失敗だと。

墩《ドン》はこっそり順《シュン》に言った。

「大丈夫。そのときは俺、客席にいて真っ先に手を叩く。馬鹿な観客は必ずつられて拍手するから」

順《シュン》は墩《ドン》の足を踏んだ。これは人に聞かれてはまずいからだ。

順《シュン》は数十人の手下《てか》を作業別に細かく割り振った。大吊《ダーディアオ》と猴《ホウ》は舞台の仕込みだ。幸いなことに大吊《ダーディアオ》のグループには腕利きの大工や溶接工までいる。山台を動かすにはモーターを仕込まなければならないが、電気は猴《ホウ》のお手のものだ。三皮《サンピー》と素芬《ソフェン》は紗幕を担当した。順《シュン》は背景幕を受け持ち、墩《ドン》が助っ人についた。

一番厄介なのはこの背景幕だ。舞台いっぱいに広がる六張りの幕をまず縫わなければならない。順《シュン》は三台のミシンを探し出してきて、縫子たちは三日三晩、昼夜ぶっ通しで縫い上げた。この作業は業界の誰もやりたがらない。見た目は簡単そうだが、一反《たん》一反の反物から高さ九メートル、幅十六メートルの一張りに仕上げるのが難物だ。まず場所をふさぐ。場所を動かせない。そして何よりも技術の難度が高い。当たり前のことだが、平らに縫い合わせなければならない。引き攣《つ》れはもちろん、小さな皺一つ許されない。なぜなら照明を当てた途端、小さな皺がとてつもなく大きなゆがみに拡大されてしまう。だから、返品率が高い。一度でも幕を縫ったことのある人はみな逃げ出すか避けて通る。

順《シュン》の二番目の女房は名うての洋裁師だったから、何人もの弟子にこの技《わざ》を叩きこんでいた。今は四、五十代になったこの女性たちは、順《シュン》のたっての頼みとあっては無碍《むげ》に断るわけにはいかなかった。しかし、このミシン入れの作業中、彼はこの師匠たちの顔をまともに見ていられなかった。年の瀬で、みなかき入れ時だ。割のいい仕事はいくらでもあるのに、手間ばかりかかる上にすぐ駄目《ストップ》がかかる。その都度、彼女たちはまるで粗探しをされたみたいに不機嫌になり、苛立ちを隠さない。返す言葉も荒くなる。それを聞くだけで順《シュン》の耳たぶは熱くなり、目をつぶりたくなる。三台のミシンの前を行ったり来たりしながらミシン目の点検を一回、また一回と繰り返す。小さな引き攣れ一つが即「お釈迦」となり返品となっては、いくら地団駄踏んでも後の祭りなのだ。

墩《ドン》は弁当を買いに走ったり、ミシンの師匠たちとおしゃべりしたり、材料を仕入れに行ったり、夜は順《シュン》を手伝って、ミシン入れの点検をしたが、誰よりも早く音《ね》を上げ、工場の隅で背景幕の切れ端にくるまって眠りこけた。順《シュン》がいくら足でつついても目を覚まさない。

ミシンの師匠はみな口達者な上、口さがない四、五十代だ。あけすけな話がぽんぽんと飛び交う。最後の一晩になって、彼女たちの口も体も動きがぴたりと止まった。もう欲も得もなく、幕の上でもどこでも横になりたいと言う。しかし、夜明けにはできあがった幕を画家に渡し、背景を画《か》かせる段取りだ。間に合わなければ経費自分持ちで別な外注先を探さなければならないのだ。一つの遅れが次には取り返しのつかない羽目になる。

順《シュン》はこの師匠連中を寝かさない策を考えた。俳優たちのたまり場は猥談の宝庫だ。そこから仕入れたとっておきの話《ねた》を次から次へと話して聞かせた。彼女たちは嬌声を上げて喜び、はしゃぎ、じゃれ合っている。まあ、いやだ。遠慮もものかは、順《シュン》を追い回しズボンを脱がせると、窓の外に放り出してしまった。順《シュン》は幕の布地で下半身を隠して中庭に出ると、ズボンは木犀《もくせい》の木にぶら下がっている。墩《ドン》はとんだ見せ場にけらけら笑っているだけだ。順《シュン》は裸の尻を出して木に登り、ズボンを枝から外して下に降りて穿いてみると、持病の痔がまだ出ているのに気づいた。

この仕事は始まったばかりだ。焦らず気張らず気長にやろう。夜が明けて、ミシンのおばさん連中を家に送った後、劇団の出勤時間にはまだ間があり、幕を渡す背景画家の先生もまだ来ない。時間がぽっかりと空いた。順《シュン》は幕の端切れの間にもぐりこみ、瞬時の眠りを貪った。

順《シュン》は寇鉄《コウティエ》に足をつつかれて目を覚ました。時計を見ると。二時間ほど眠ったことになる。彼は寝足りた思いで幕の端切れから這い出した。画家が何人か来ていて、彼の顔を見てくっくっと笑っている。彼がきょとんとしていると、画家の一人が自分の顔を鏡で見たらと言う。鏡の前に立つと、幕の端切れの顔料が顔一面に広がり、藍色に染まっている。口の周りは涎で赤紫色をなすったようになっていた。彼は自分でも笑わずにいられなかった。

寇鉄《コウティエ》は言った。

「おい、急げよ。今回は綱渡りだ。足を踏み外したら、真っ逆さまだぞ。春節の新作をしくじったら、瞿団《チュイトウアン》のお目玉食らうだけじゃない。瞿団《チュイトウアン》の気持ちを無にすることだからな。工賃に響くぞ」

「と言うことは、瞿団《チュイトウアン》のお気持ちは懐《ぼっぽ》に入りきれないほどあるってことですね。ありがたくて涙が出ますよ」

寇鉄《コウティエ》は順《シュン》が言い終わらぬうちに言い返した。

「おい、刁順子《ディアオシュンツ》。お前の顔にはいつも工賃の不平不満が書いてある。よくやめずにやっていられるな。しかも嫁さんを何人ももらっててよ、さんざいい思いして、いいご身分だ。あやかりたいもんだよ。俺なんかおかちめんこのばあさんたった一人養うのがやっとだというのによ」

寇鉄《コウティエ》の話にみんなが面白がった。順《シュン》は笑いで返した。

「何をおっしゃいますやら。俺ら肉体労働者は一人の嫁さんも養いきれないでいるんでさ。養えていたら、とっくに塀つきの御殿を建てていますよ。あっちの方《ほう》もたった一人の嫁さんでひいこら言って身が保たない。寇鉄《コウティエ》主任は艶福家のお噂しきり、あやかりたいものですね」

「分かった、分かった。お前と閑な話をしているときじゃねえ。とにかく早くやってくれ。舞台と紗幕が緊急だ。演出家が午後に来るぞ。舞台を見て、設計の変更をしたいとよ」

そう言い置き、さっさと帰ろうとする寇鉄《コウティエ》に順《シュン》は

「寇鉄《コウティエ》主任、お任せあれ。痩せても枯れてもこの順子《シュンツ》、苦労してなんぼの仕事、労を惜しんだことは一度もありません。ただ……ただ……」

「ただ、何だよ。また、寺の工賃のことを言っているのか。ろくでもない手下《てか》しか持たねえから、ろくでもない目に遭うんだ。揃いも揃って役立たずの与太者、あぶれ者ばかりよくも集めたもんだ。あれだけの大迷惑かけといて金寄こせだと？　栃麺棒でも食らいやがれ」

「いやいや、お言葉ですがね、寇鉄《コウティエ》主任。あいにくここには与太者もあぶれ者もいないんでさ。迷惑呼ばわ

りもよしにしてもらいましょう。二十人ばかりのケチな仲間ですがね、せめて人民大衆と呼んでもらいましょうか」

「口の減らない野郎だ。俺は何もお前の顔をつぶそうとしているんじゃねえ。そこまできれいな口を叩くんだ。さぞかしきれいな仕事を見せてくれるだろうよ」

「寇鉄《コウティエ》主任、ご心配なく。この順子《シュンツ》がやると言ったらやって見せましょう。もし、しくじったら俺の顔に唾を吐いてもらいましょう」

「お前の減らず口はそこまでだ。いい仕事をまってるよ。じゃあな」

寇鉄《コウティエ》が去って、順《シュン》は尻の不調を覚えた。工場の片隅へ行って手をあてがい、ちょっと首を傾げたが、尻に構っている暇はない。作業場へ駆けこんで仕上がった幕を抱えた。背景画家たちをさっきから待たせていたのだ。

この画家たちは劇団の所属ではない。劇団の専属画家はとっくにこういった仕事をやらなくなっている。そこそこ名の知られた「職業画家」がちょっと劇団に顔を出し、そこそこの稼ぎをしているのだ。本業はあまりぱっとしないが、広告の看板や商店のシャッターのペインティングのほか、映画、テレビの臨時雇いで美術スタッフの口が結構かかる。ただ、最も人に知られたくないのが舞台の背景幕の内職だ。それはネギを剥いたり、ニンニクをすりつぶしたり、野菜のくずのよりわけといったコックの下働きと大差ないと見なされている。この隠れた「画かき屋」は年配者が多い。職業画家では食えないし、看板画家としては最先端の流行についていけず、映画やテレビの美術スタッフには体力がついていかない。背景画が手ごろというわけだ。

そうは言っても、背景画には高度の技術が要求される。縦九メートル、幅十六、七メートルという巨大な平面に筆を走らせるさまはまるでいたずら書きのようにも見える。この最初の一筆が決まると、後は「馬鹿でも画ける」という。今回の六張りの背景幕は、まず寇鉄《コウティエ》が上前をはね、その残りで画家の手配も含めて順《シュン》が仕上げるというやり方だ。一張りの幕につき縫い賃が七千元（約十二万円）、布代、リング代テープ代などの加工賃が合わせて一千五百元（約二万六千円）ほど。画料は三千五百元（約六万円）。手がけるのは最初の下絵と最後の仕上げだけで、途中の彩色《いろぬり》は順《シュン》たちに任せてしまう。自分は別の作業場で別の下絵に取りかかり、時々やってきては手直しをしたりする。

　下絵の彩色は一見簡単そうだが、疲れること甚だしい。数日間ぶっ続けで根を詰めると、最後の日は腰が立たなくなる。しかし、順《シュン》は長年の経験でコツをつかんでいた。刷毛に長い棒を縛りつけ、立って作業するのだ。時々首筋を伸ばせば、肩のこりが楽になる。しかし、長く立ち続けていると、彼の疣痔《いぼじ》がはみ出してくる。そんなときは、今回の稼ぎ高を計算して気を紛らわせる。今回は手下《てか》の者たちにも少しは潤わせてやれるだろう。平常は一人一日百五、六十元（約二千七百円）だが、今回は年末の工程で、しかも急ぎと来ているから一日二百五、六十元（約四千四百円）として二十数日間続くから、みんなはほくほく顔を隠せない。自分の稼ぎも一万二、三千元（約二十二万円）、素芬《ソフェン》の分も合わせると、一万七、八千元（約三十万円）は固い。いい年を越せるというものだ。これも瞿《チュイ》団長の図らいであることを順《シュン》はちゃんと心得ている。たとえ痔の具合が悪かろうと、瞿《チュイ》団長のありがたみが身にしみてくる。

　彼の痔は今また騒ぎ出している。彼は生理用のナプキンを買ってきた。ひっきりなしにトイレへ通って血に汚れたナプキンを取り換える。そこを見つけた墩《ドン》は大騒ぎして言った。

「哥《あに》い、まだ月のものがあるんですかい」

　順《シュン》は腹を立てて言った。

「お前の親父じゃあるまいし」

　最初の一張りができあがった夜、順《シュン》は幕の側のベンチに横たわって片目を閉じ、その完成品をほれぼれと見やった。その幕は自分も筆を入れている。快い疲労と達成感に浸っているとき、突然携帯電話が鳴った。刁《ディアオ》大軍《ダージュン》からだった。まずヒキガエルほどの大口をあけた大軍《ダージュン》の大あくびが伝わり、言うことには、

「順子《シュンツ》、今すぐ金を届けてくれ。今、疤子《バーズ》叔父のところで麻雀をしている。ホテルへ金を取りに行く時間がない。今すぐだ。安いレートだから三万か五万、いや五万（約八十五万円）だ」

のけぞった順《シュン》は椅子から落ちそうになった。三万か五万が安いレートだと？　弟の俺が三輪車をこいで一分一銭《いちぶいっせん》の仕事に血眼になっているというのに、銀行を開業したとでも思っているのか？　夜の夜中に、盗みでもしない限りどこにそんな金がある？　彼は腹を立てて兄に電話しようとした。いや待て。兄は何年ぶりかで里帰りして、順《シュン》の最初の妻の兄の家で麻雀をしている。近所の人がたくさん集まっているだろう。弟が一銭も用立てなかったら、兄の面子はまるつぶれだ。兄弟が仲違いしたと思われるかもしれない。

幸い今、劇団からの前払い金を一万元（約十七万円）と少し持っている。絵の具を買ったり細々した出費が毎日ある。劇団の経理に領収書を書いて渡された金だ。しかし、何であれ、兄の呼び出しに顔を出さないわけにはいかない。今いくら持っているか確かめよう。トイレへ行ってしゃがみこみ、二十分ほども考えこんだ。

財布は革のベルトにくくりつけてある。何度も数え直し、一万三千二百四十元を確かめた。うっかりして一元硬貨を下水溝に落とした。慌てて細い棒を箸代わりに使って拾い上げたが、また落として見えなくなった。五千元（約八万五千円）を用立てよう。いや、これではケチと思われる。これでは出さない方がましだ。笑われて兄に恥をかかせるのがオチだろう。しかし、一万元出すのは、さすがにためらわれた。兄は返してくれるだろうか？　返してくれなかったら、悲惨なことになる。六千元にするか八千元にするか？　どれも区切りが悪い。兄はあっさりと三万元、五万元持ってこいと言う。一万元を切ったら、子どもの使いと笑われる。一万元以上手渡そう。金持ちの兄が返せないはずはない。それに、数千元のはした金ではかえって返せとは言いにくい。いろいろ考えた挙げ句、順《シュン》は一万元ぽっきり用立てることにした。彼はまた生理用ナプキンを取り換え、三輪車にやっとのことでまたがり、兄の元へ急いだ。

三十四

刁大軍《ディアオダージュン》が麻雀をしているのはれっきとした雀荘《じゃんそう》だった。疤子《バーズ》叔父が経営し、開業してから三十年以上になる。疤子《バーズ》叔父自身の言によれば、この事業は鄧小平が「改革開放」政策の生き証人として後ろ盾だということだ。

雀荘の中に入ったとき、煙草の煙と人いきれにむせて、順《シュン》はしばらく目を開けていられなかった。やっと客たちの顔が見えてきたとき、真っ先に目に飛びこんできたのは疤子《バーズ》叔父だった。入り口に向かう正面に陣取り、口には親指ほどの葉巻をくわえている。順《シュン》はこれを「黒棒《くろぼう》」と呼んでいた。

疤子《バーズ》叔父は黒棒をくわえる名人だ。いや、くわえるというより、唇の端《はし》に貼りつかせて煙を吸い、しゃべり、葉巻を上下、前後左右にぐらぐら揺らせている。今にもずり落ちそうだが、しっかりと唇に粘り着いている。順《シュン》の印象ではこの黒棒は三十年以上も叔父の口に根を生やし、体の一部になっている。

この叔父がなぜ「疤子《バーズ》」と呼ばれているかというと、眉骨から上唇にかけて、ぶっとく走る傷跡だ。まだ十数歳のころ、サツマイモの配給を受けていたときの喧嘩が元だった。サツマイモの目方が二十グラムほど足らず、秤を使っていた会計係と殴り合いになった。前歯を折られた会計係は、秤の太い竿を振り回し、叔父を滅多打ちにした。叔父の顔は、銅を巻いた竿の先端でざっくりと割られ、真っ白い骨が露出した。ろくな手術をしなかったから、肉が盛り上がると傷痕はさらに醜くなった。十代の顔に二目と見られぬ傷を負った叔父は、人と顔を合わせることを厭った。

叔父に重傷を負わせた会計係は日々、仕返しにおびえながら死んだ。叔父はその葬式に出かけ、祭壇に向かって叫んだという。

「この老いぼれ犬、死んでも楽にはしてやらねえぞ。地獄の果てまで追いかけてやる。毎日毎晩、震えて暮らせ」

以来、この村を出ることなく、外出は夜、いくら遠出しても村はずれの牌楼《はいろう》(屋根つきの門)から先へ一歩たりとも踏み出すことはなかった。賭博罪で何度も警察に泊められたが、出所するのはいつも人々が寝静まる深夜だった。警察へ行くときはパトカーの出迎え、出るときは博打仲間の車だった。今も村の外で日の光を浴びることを避けている。

　順《シュン》は今も覚えている。疤子《バーズ》叔父が雀荘を開いたとき、一回だけ手慰みのまねごとをしたことがある一晩で六十数元（約二千円）負けた。三輪車を踏んで稼いだ三日分の血と汗と涙の結晶が吹き飛んだ。あまりの情けなさに、家に帰ると、鉄アレイで自分の手を打ち、それからは一度もここへ来たことがない。博打をやった十人に九人は負け、残りは債鬼《さいき》に追われる逃亡生活だとはよく言われる言葉だが、疤子《バーズ》叔父には当てはまらない。その長い雀歴《じゃんれき》で人生の「ハコテン（持ち点のマイナス）」は一度もない。その呼び名からして「くそ」や「鬼」呼ばわりはなく、「叔父」や「旦那」さらには「仏」とまで慕われているのはなぜか。単なる年の功ではない。一言で言えば、その雀風《じゃんぷう》がいいからだ。腕は天下一、いかさまに手を染めず、人のいかさまを見逃さず、また許さない。鶴のように痩せた体躯はまさに仙風道骨《せんぷうどうこつ》、いつのころからか身につけている黒繻子《くろじゅす》の上下は超俗にして非凡だが、本人は不精者にはこれが一番と笑う。詩人が山林の奥に身を隠すとすれば、この人物は雀荘の奥深く老大《ラオダー》（頭目）たる身分をくらまし、その眼光を鉛のように曇らせて世俗と交わっている。

　順《シュン》は疤子《バーズ》叔父が自分を見下していることを知っている。順《シュン》の生き方が疤子《バーズ》叔父のこの独特の洒脱癖と合わないからだ。順《シュン》と顔を合わせる度に言っていた。

「人としてこの世に生を受けたからには、生きる中にこそ楽しみがある。お前は何が悲しくて朝から晩まで三輪車をこいでいる？　何の因果で人が遊ぶ舞台を作って日の目も拝まず、暗闇の中でネズミみたいにがさごそ生きている？　ズボンの合わせ目のシラミとどこが違うんだ？」

はい、シラミとして生まれたから、ズボンの合わせ目に楽しみを見つけたんですよ。財運もなく、博打のツキにも見放され、飯を食いながら次の飯の心配をしながら日もすがら三輪車をこぎ、夜もすがら舞台の仕込みに追われるのがシラミのシラミたる生き甲斐です。でも、疤子《バーズ》叔父がシラミに生まれたのではないのなら、どうして日の光を恐れて雀荘の奥に身を潜め、そんなとこからこの順《シュン》を笑いものにできるんですか？　もっとも、これは人には聞かせれない順《シュン》の内心の声だ。疤子《バーズ》叔父の名望に対して、順《シュン》如きがこんな大口をたたけるはずがない。

順《シュン》は刁大軍《ディアオダージュン》が自分に背を向けて座っているのを見ている。馬蒂《マーディー》という女が彼の背中で蹲り、両手はしっかりと彼の首に回している。周囲の何人かは順《シュン》の顔見知りでこの界隈の住人だが、あと何人かはまったく面識がなかった。みんな卓上に目を吸い寄せられている。見たことのない手品か奇跡を目の辺りにするような感嘆の眼差しだ。順《シュン》が入ってきて長いこと立っているのに誰も気がつかない。

彼はもう何年もこういった場所に足を踏み入れていない。あのころは賭け麻雀がほとんどだったが、積み木を積んだり崩したりの手間が疲れるし、まだるっこしいと、次第にトランプのゲームに移っていった。しかし、今彼の目前で行われているのはまだ見たことがなかった。これだとあっという間に勝負がつく。彼が十数歳のころ畑でよく見かけた光景だが、まるで温室の屋根を葺《ふ》いたタール・フェルトが次々と風に巻き上げられ飛ばされていくようなあっけなさだ。兄の手つきを見ると、指先からプラスチックのカルタが滑り出すように卓上に積まれていく。その一方で花柄の大きな鍋が回り出し、その中で白いボールが点々と粗い縫い目を縫うように転がり、鍋底のポケットに落ちてお終いだ。積んだカルタが熊手でさっと引き寄せられ、勝った人の手許に渡される。

疤子《バーズ》叔父が口を開いた。

「おい、大軍《ダージュン》。順子《シュンツ》が金を持ってきたぞ。いつまで待たせるんだ？」

疤子《バーズ》叔父は順《シュン》が来たのを視角の端にちゃんととらえていた。刁大軍《ディアオダージュン》は振り向いてちらと順《シュン》に目を走らせた。まるでお茶かお菓子を届けに来たみたいに軽く顎をしゃくって、あっさりと言った。

「お、そこへおいておけ」

そういうなり、大軍《ダージュン》はまた卓に向き直った。しなやかな二本の指の間から軽々とカルタが繰り出されていく。ところが、他の人の手つきを見ると、重く未練がましい。まるで鉄の門をこじ開けようとでもするかのようだ。白いボールが鍋底の数字のポケットにぽとりと落ちた途端、卓上に熱狂と失意が交差する。カルタは麻雀の点棒のようなもので、数字が回転盤の数字に合えば山と重なり、外れれば消えてなくなる。このカルタの山が最後に札束に変身することが順《シュン》にも分かった。

順《シュン》の手は腰に巻きつけたバッグを開けようとしていたが、どうしても中の金を取り出すことができない。この一万元（約十七万円）はテーブルに積んだカルタの数枚にも相当しないことは順《シュン》にも理解できる。しかし、ここ数カ月三輪車を踏み続けた血と汗と涙の結晶でもある。取り出したが最後、彼のものではなくなり、大軍《ダージュン》のものでもなくなってしまう。しかし、何年ぶりかで正月を一緒に過ごそうとやってきた兄だ。弟と思えばこその気安さだろうし、兄と思えば、その頼みは黙《もだ》しがたい。しかし、バッグを開ければ、この金を出さないわけにはいかない。このテーブル囲む人にとっては、たかが一万元、はした金でしかなかろう。まして兄は五万元をご所望だ。たとえ五万元耳を揃えて用意できたとしても、兄にとっては屁の突っ張りにもならない額だ。みなは順《シュン》の「爪に火を点す」暮らしとケチぶりを笑うが、彼もそれを認めざるを得ない。彼にとって一万元は彼の命に等しいのだから。

しかし、彼はとうとう藍の上着の下に手を入れ、腰のバッグから金を取り出した。束にして意固地に固く巻きつけたような札束を一枚一枚ほぐし、平らにし、少し震える両手で兄が顎で示した場所に置いた。この長ったらしい手間のかかる動作に気を止める者はなかった。しかし、一万元をやっとテーブルに積み終えたとき、すべての人の視線はさっと大軍《ダージュン》に向けられた。みんな大軍《ダージュン》の反応を見たかったのだ。

大軍《ダージュン》は振り返って順《シュン》にちらと視線を送った。順《シュン》は喉をごくりと鳴らし、口ごもっていった。

「夜遅くなもので……、どこで用立てるというわけにもいかず……、これ……劇団の金、公金です」

大軍《ダージュン》の右隣に座っていた肥満体の男が軽蔑したように言った。彼の前にはプラスチックのカルタが山のように積まれている。

「いいのかい、順子《シュンツ》。それが公金なら、これは流用だ。ということは横領だ」

「これは舞台作りの預かり金、ちまちました材料を仕入れる前払いですがね。一時借用。しがない肉体労働者ができるのはこんなところでね」

回転盤《ルーレット》を仕切る男がボールを転がしながら言った。

「しがねえ肉体労働者が聞いてあきれたよ。お前さんだっていっぱしの親方と呼ばれる男だ。何十人の手下《てか》を顎で動かしてるってえじゃないか。その親方が当座五万、十万の金にも不足してるとは解《げ》せねえなあ。兄貴が一声かけて、なけなしの一万元とは情けねえ。兄貴の顔に泥を塗るようなものだろう。あんたの兄貴は一万元の金にも困っていなさるのかね。そもそもだよ。あんたに頼んだ金がそんな端金《はしたがね》とは、俺は信じられないよ。せっかく兄貴からのお声掛かりだ。さ、ここに五万元、存分に使って下さいと、それぐらいのこと、言えないものかねえ」

「よしてもらおうか。俺はただの三輪こぎさ。どう転んだって、親方の目は出やしない。手下といったって、仕事があれば集合かけて、稼いだ金は頭数で割り前勘定、その日暮らしの烏合の衆ですよ。五万どころかの一万の金など握ったこともない。俺ら、手に握るのせいぜい冷や汗ぐらいでね。十万の金？　そんな金、どこに落ちてますか？　どぶ浚《さら》い一年やっても出てきやしませんよ。人を踏みつけにした言い方はやめにしてもらいたい」

ここで大軍《ダージュン》が口を挟んだ。

「順子《シュンツ》をいじめるのは、まあ、それぐらいにして。夜中に大金を用立てろと、とんだ難儀をかけてしまった。勘弁な。悪気があったんじゃない。ここの勝負は小さいと聞いたから、十万がとこひっつかんできたが、どうにもいい芽が出ない。まあ、言いわけはこれぐらいにして、馬蒂《マーディー》、ちょっとひとっ走り、ホテルへ行って、金を取ってきてくれないか？」

大軍《ダージュン》の背中でまるくなっていた馬蒂《マーディー》は寝ぼけ眼で順《シュン》をにらみ、大軍《ダージュン》にだだをこねた。

「私は眠いのよ。お金が要るんだったら自分で行って」

大軍《ダージュン》は軽く馬蒂《マーディー》の頬を打って、子どもをあやすように言った。

「いけない子ちゃんだね。慣れてくると、だんだんお行儀が悪くなるんだから。こうしましょ。先にこの一万元で一勝負するから、それが終わったらすぐ行ってちょうだいね」

　言い終わると、左側の尻をぽんぽんと打ち、馬蒂《マーディー》は両手で大軍《ダージュン》の耳を思いっきり引っ張った。すると、大軍《ダージュン》は馬蒂《マーディー》の右の尻をぽんぽんと三回打った。

　疤子《バーズ》叔父は大声で笑い出して言った。

「おい、順子《シュンツ》、お前の兄貴をちっとは見習うもんだ。屁をひるにもな、すかっとぶっ放せ。春の雷みたいによ、ツキをどんと運んでこい。いつもご近所の目が光ってるぞ。ここいらはみなれっきとした西京の城内生まれ、なのにお前だけが半端人足《はんぱにんそく》のその日暮らしときた。ちっとは身内の体面も考えろ。舞台の仕込みだと？　利いた風《ふう》を抜かしやがって、要は乞食役者の使い走り、田舎芝居の小屋掛けだろう。それで刁《ディアオ》家のご先祖に顔向けがなるのか」

　順《シュン》は腹立ち紛れに言い返そうとした。だが、博打《ばくち》打ちが乞食役者を笑えますかとはさすがに言いにくい。

「疤子《バーズ》叔父、賭博で家族を養えるんですか？　三輪こぎや舞台の仕込みよりましな仕事ですか？」

　疤子《バーズ》叔父は間髪容れず答えた。

「当たり前だ。城内生まれは伊達じゃねえ。半端仕事はそこらの三下に任せとけ。ものを売るなら、分相応に飛行機、大砲、軍艦とでっかく出ろ。そいつが重たけりゃ、大麻、ハシシュ、クスリにしとけ。仕事を辞めたら日がな一日茶の談義、カルタ遊び、小鳥を飼うのもいいだろう。だが、人に使われるなど、もってのほかだ。まずはお前の兄貴を見習って、でっかい屁をぶっ放してみろ」

　大軍《ダージュン》は順《シュン》に向き直って言った
「分かった。お前も忙しいだろう。ここはこれぐらいにしておけ」

　ここにお前を理解できる人間はいない。長居は無用だ。大軍《ダージュン》の身振りに、順《シュン》はその意を解した。

　疤子《バーズ》叔父に対して順《シュン》はまだ言い足りない思いをしていたが、叔父を見ると、痩せた顔に顴骨が飛び出し、血の気の失せたロウソクのような肌に血管がぴくぴくと浮き出している。肉をそぎ落とした手に異常に長い指が伸びている。順《シュン》は突然、しゃべる気をなくした。この手合いは死んでも成仏しない。かかずり合うと、ろくなことがないだろう。

順《シュン》が部屋を出るとき、後ろで大きな放屁の音がした。たぎる油に菜っ葉を放りこんだような笑い声が一度に起こり、わざとらしいむせるような咳が混じった。順《シュン》は顔が次第に火照るのを感じた。満座の中で辱められた。彼の体の一分となり、命とも言うべき仕事を博徒たちにせせら笑われた。兄の面前、しかも兄が連れ帰った若い妻の面前とあっては、兄の面目をも失わせたことになる。彼も屁を一発、放ち返そうとした。力んではみたもの、すかとも音を立てないしけた屁だ。これでよかった。もし、盛大に鳴り響かせていたら、彼の痔がまた騒ぎ立ち、恐らく立っていられなくなっただろうから。

西京の冬は寒風が吹き荒《すさ》ぶ。今夜の風もひどかった。釘付けしていない横額、立て看板の類が吹き飛ばされて街中に散乱している。家を出たときは風だけだったが、疤子《バーズ》叔父の家を出てからは雪が交じった。さらさらの雪は積もる前に風音《かざおと》高く舞い上がり、また空を巻いて降りかかる。三輪車をこぐ順《シュン》の尻がまた痛み始めた。またがっていられなくなり、降りて推す三輪車の両手の感覚が鈍くなってきた。突然、地面が持ち上がってきたと思ったら、彼の両膝が頽《くずお》れていた。足がふらふらして力が入らない。そのまま人の家の前にぺたんと座りこみたかったが、そうすれば、二度と立ち上がれないことを彼は知っている。

こんな暮らしをしているが、順《シュン》とて人並みの楽しみを求めなかったわけではない。何年か前、小鳥を飼ったり、鳴く虫に興じたりしたこともあった。しかしここ数年、やたらと仕事が立てこみ、人間の方が飯《めし》を温める暇さえなくなった。鳥や虫たちを干からびさせ、日々の暮らしはまた元に戻った。確かに俺の暮らしはどん詰まりだ。屁の一発もぶっ放せず、先行きに筋道一つ見い出せずにいる。

西京の冬がこんなに身にしみるものだとは、順《シュン》はこれまで思ってもみなかった。襟口、袖口、ズボンの裾から体温がどんどん奪われていく。仕事の都合で冬でも綿入れのような着ぶくれるものは身につけたことがない。メリヤスの上下と一冬洗わずにすませられるジーンズだ。趙蘭香《チャオランシアン》が来てから手編みのセーターを着せてもらい、蔡素芬《ツァイソフェン》が来てからは麻糸でざっくりくっていた破れ目もちゃんと針で縫い合わせてもらっていた。しかし、その上は相変わらず藍の長衣《チャンイー》で通してきた。その下に何を着ようと、長い裾でぼろ隠しができる。しかし、十年一日のこの衣装に今夜の寒さは、裸で外気にさらされたようなものだった。がちがちと歯の根が合わず、舌の先を噛みそうだ。彼の足は一歩たりとも先へ進みたがらなかった。頭の中はすでに家に帰り着き、暖かい布団にくるまり、欲も得もなく眠りに落ち、目が覚めてまたあのろくでもない背景幕にミシンのおばさんたちと悪戦苦闘している……そんな場面が去来し、その一方で眠るな、眠るなと叱咤する声が聞こえ始めていた。

だが、現実の順《シュン》は三輪車を押して、自宅の戸口にたどり着いたところだった。ほっとしたのもつかの間、二階では二人の娘が競うように音楽のボリュームを上げている。まるで無人の荒野に住んでいるかのようだ。時計をみると、夜中の二時半を回っている。

彼の家が近所の目障りになっていることは順《シュン》も承知している。一つは順《シュン》の仕事だ。三輪こぎと蔑視される手間賃稼ぎ、舞台の仕込みとかいう得体の知れない賎業についている不気味さ、早朝と言わず深夜と言わず近所を驚かせ、いつ見てもホコリだらけ、垢だらけの風体《ふうてい》で近所を徘徊しているいやらしさ、嫌悪感だ。二つ目は菊花《ジュイホア》の深夜の行動だった。突然、大音量の音楽を撒き散らしたかと思うと、人の声とは思えない悲鳴、絶叫が響き渡る。近所から石やレンガが投げこまれたり、戸口に犬の糞がなすりつけられたりするが、菊花《ジュイホア》の行いは改まらない。順《シュン》としてもお手上げで、彼の方から娘を避けるようにしている。近所の人と出会い、けんか腰の苦情を投げつけられると、ひたすらお辞儀と揉み手で切り抜けるしかなかった。

順《シュン》はいつも思う。人からどう思われようが、この仕事は十数歳から始め、もう何十年にもなる。今さら時間をさかのぼれず、取り返しのつくことではない。気位ばかり高いこの地域で、自分の仕事はおそらく最下層、人として最も品のない仕事かもしれない。人は子どもを生み育て、どう育てるかは知らないが、あるいは有為なる人材に、あるいは従順に、あるいは美人に、あるいは親孝行に育て上げている。自分はと言うと、少なからぬ金をかけ、少なからぬ気を揉んだつもりだが、気がついてみると、こんな風に育っていた。実の親の目から見ても、育て損なったと思う。どこで踏み違えたのか知るよしもないが、正道があるとしても、そこに立ち戻ることはもはや不可能だ。

娘のために身を粉にして働き、娘からいくら金をせびられても親として厭うものではない。ただ、彼が願うことは、娘に少しはいい顔をして欲しいということだけだ。娘から父親へのほうび代わりに、少しは機嫌のいい顔をしてもらえないものか。それがいやなら、せめて父親の稼いだ金も、ほかの父親が稼いだ金も、稼いだ金に違いはないということ、父親が地を這う思いで稼いだ金が汚くて、肩身の狭いものだとは思わないで欲しい。そう思われたら、金の稼ぎ甲斐もなければ、娘に与える甲斐もない。今さら仕事を変えろといわれても、新しい仕事が身につくものではないし、そんな勇気もなければ、もちろんやるつもりもない。考えるだけ無駄なことだ。自分の運命は、仕事が苦労というよりも苦労が仕事と、この仕事を引き受けることなのだろう。

雪はますます激しくなってきた。順《シュン》は戸口に立ちつくしている。しばらく考えてから、やはり劇団の工場へ行こうと決めた。首筋に吹きこんでくる雪に、彼は何度も身震いをした。尻をかばい、こわばる足を踏みしめ、三輪車を一足ごとに滑らせながら進むと、心なしか尚芸路《シャンイールー》が震えているように思われた。

三十五

菊花《ジュイホア》は大軍《ダージュン》叔父が里帰りしてから、何日も一緒について歩いた。だが、馬蒂《マーディー》がそれをあまり喜んでいないらしいのに気づいた。菊花《ジュイホア》について来られると、その分の支払いも自分の財布から出て行く。大軍《ダージュン》叔父の毎日は麻雀しているか寝ているか、その合間に西京で行列のできる小喫《シャオチー》（ファースト・フード）の食べ歩きに熱を上げている。最初は馬蒂《マーディー》が請求書にさっと手を伸ばして払っていたが、次第に大軍《ダージュン》叔父がさりげなく菊花《ジュイホア》に声をかけるようになった。

「菊花《ジュイホア》、勘定を頼むぞ。財布をホテルに置いてきた」

樊記《ファンジー》の臘汁肉夾饃《ラージーロウジャオモ》（旧暦十二月の風にさらし、燻蒸した肉を甘辛く味つけした一種のハンバーガー）、賈三灌《ジアサングアン》の羊肉湯包子《タンバオズ》（スープ入りの小籠包《シャオロンバオ》。㊦三百六頁参照）、坊上《ファンシャン》（西安には正式に回族《イスラム》街と呼ばれる街路はないが、鼓楼以西、西大街以北、蓮湖路以南の回民《イスラム》居住区を西安人は「回坊《ホイファン》」「坊上《ファンシャン》」と呼んでいる）のイスラム風粉蒸肉《フェンジョンロウ》（小麦粉まぶし蒸し。㊦三百六頁参照）や羊の臓物、羊の脳など値段はいくらでもない。しかし、長年会わなかったの雀友《じゃんゆう》たちを引き連れて老孫家《ラオスンジア》や同盛祥《トンションシアン》の羊肉泡饃《ヤンロウパオモ》（既出。㊦三百七頁参照）を注文し、さらに牛尾《オックステール》の煮こみや牛タン、モツ、鹿の肉などの西安風味を追加し、気前よく西鳳酒《シーフォンジウ》（陝西省宝鶏市に伝わる銘酒。㊦三百六頁参照）の栓を抜いたりしたら、財布にずしりと来るのは間違いない。大軍《ダージュン》は毎回飲みつぶれ、友人たちに抱えられてホテルへ帰る。馬蒂《マーディー》は勘定の段になるとふてくされるから、菊花《ジュイホア》が結局、せっせと支払い役をつとめることになった。

ある日、小学校の同級生十数人と旧交を温めようと、羊肉の煮こみを食べに行くことになった。羊肉といっても、それはかつて陝西省北部を転戦していた毛沢東が絶賛したという横山《ハンシャン》の羊肉（㊦三百六頁参照）でなければならなかった。店に着くと、一斤（五百グラム）八十元（約千四百円）以上もする肉を一遍に十五斤（七・五キロ）も注文した。この大盤振る舞いに、壮絶な食べ比べが始まり、みんなが口いっぱいに頬張るさまを見て、菊花《ジュイホア》は胸が悪くなった。同級生の一人が大軍《ダージュン》の高級腕時計を誉めると、大軍《ダージュン》はためらうことなくその時計を外し、同級生の安物と交換した。その差額は数万元にもなろうか。一座の者たちは感嘆し、口々に誉めそやした。

十三人が十六本の西鳳酒《シーフォンジウ》を空にし、ビール二ケースを飲み干した。羊肉は十五斤で足りず、さらに五斤を追加した。出費はこれだけでは済まなかった。興に乗った一座は横山《ハンシャン》羊肉の故地、陝西省北部の民謡を総ざらいせずにはおさまらず、店専属の男性歌手、女性歌手に次々と歌わせ、一曲ごとに十数元が上乗せされた。宴会が終わったとき、鍋の底にわずかのスープを残すだけとなっていた。空恐ろしくなった菊花《ジュイホア》は、口実を作ってその場から退散した。だが、家に帰り着く前に同級生の一人から電話が入り呼び戻された。店に戻ってみると、大軍《ダージュン》の顔に大泣きした涙の跡が残っている。血肉を分けた弟の順《シュン》が三輪車をこぎ続け、役者たちのために何十年も舞台を作り続けていることが哀れでならないと言う。その仕事は出稼ぎの農民でさえ逃げ出すような〝嫌われ仕事〟だ。順《シュン》が誇り高い西京人として送るべき、あたら一生が台なしになろうとしている。大軍《ダージュン》はこうも言った。これから何年か経って、順《シュン》の体が動かなくなったときは、マカオに迎えて安楽な余生を過ごさせてやりたいと。

菊花《ジュイホア》が一番恐れていたのは、父親の仕事に触れられることだったから、大軍《ダージュン》伯父が父親の晩年のことまで心配してくれていたのかと、すっかりうれしくなった。大軍《ダージュン》伯父は酔って前後不覚になっており、数人の仲間に担がれてホテルへ帰っていった。請求書は当然のように菊花《ジュイホア》に回ってきた。五千元（約八万五千円）以上の額が記されていた。今度は怒りが彼女を襲った。すぐ父親に電話して金を返せと言った。父親の兄を案内してこれまでに一万元（約十七万円）を超える支払いをなぜ自分がしなければならないの。父親の返事はのんびりしたものだった。

「それはいいことをしたな。飯を食ってお前が支払いをする。人に功徳を施せば、この世は極楽だ。お前が払わなければ、人が餓死するのを見過ごすことになるからな」

「ちょっと待ってよ、刁順子《ディアオシュンツ》。間違えないで。あんたの兄貴のことを言ってるんだからね。私の知ったことじゃないわよ。餓死するんだったら、勝手に餓死すればいいでしょ。葬式には出てあげるから」

言い終わると、菊花《ジュイホア》は電話を切り、二度と刁大軍《ディアオダージュン》のお供をするものかと自分に言い聞かせた。

翌日の朝早く、大軍《ダージュン》がまた菊花《ジュイホア》を誘い出しに来た。今度は秦嶺山脈の南鎮安《チェンアンシエン》県へ行って豆醤条子肉《ドウジャンティアオズロウ》（醤油風味の湯葉と肉料理。㊤二百六十五頁以下に作者が詳細に描写）を食べたいという。二十数年前に一度食べたきりで今もその味が忘れられないからとたっての誘いだったが、菊花《ジュイホア》は元の取れない商売は二度とご免だった。大軍《ダージュン》はそれを見越したのか、いきなり財布から札束を二つ取り出して言った。

「お前の伯父さんは酒を飲むと財布を忘れる癖がある。これでうまく仕切ってくれ。うまいもののあるところなら、どこへでも飛び出していくぞ。今回、時間は十分ある。馬蒂《マーディー》も食べることが大好きだから、目先を変えて段取りをつけてくれよ」

見ると、手の切れるような新札で二万元（約三十四万円）。その太っ腹は〝世界最高品質〟の看板に偽りはない。彼女は大喜びでバッグを取り出し、鎮安県《チェンアンシエン》へ行く準備を始めた。

大軍《ダージュン》は韓梅《ハンメイ》の部屋のドアが開いているのに気づいて、彼女も誘うように言ったが、菊花《ジュイホア》は断固として言った。

「駄目。あんなろくでなし」

外に出てから大軍《ダージュン》は菊花《ジュイホア》をたしなめた。

「そう言うなって。一つ屋根の下で暮らすのも縁あればこそだ。うまく折り合いをつけられないものかね」

大軍《ダージュン》が何を言おうと、菊花《ジュイホア》はこの問題で一歩たりとも譲る気はない。

大軍《ダージュン》は何をするにも大人数に取り巻かれ、派手に繰り出すのが大好きだ。飲み食いつきで、秦嶺《しんれい》山脈へドライブし、大軍《ダージュン》という怪人物と珍道中をするとくれば、菊花《ジュイホア》にはうってつけの友人がいる。言うまでもなく烏格格《ウーガーガー》と、すだれはげの怪人「過橋米線《グオチャオミーシエン》」だ。電話すると、一も二もなく飛びついて、うまいことに「過橋米線《グオチャオミーシエン》」が自分の車を運転してきた。尚芸路《シャンイールー》を出たところで別の雀友が合流し、一行八、九人での出発となった。

大軍《ダージュン》が驚いたのは、鎮安県《チェンアンシエン》が意外な近さにあったことだ。秦嶺トンネルをくぐってすぐ、誰かが叫んだ。着いたのだ。西安を出て一時間と経っていなかった。

大軍《ダージュン》は二十代のころ鎮安県《チェンアンシエン》へ来たことがある。

「何でだと思う？」

大軍《ダージュン》は思わせぶりにみんなを見渡し、馬蒂《マーディー》の目をのぞきこんだ。大軍《ダージュン》に年の近い尚芸路《シャンイールー》の友人が尋ねた。

「大軍《ダージュン》の哥い《あに》の重大任務と言えば、酒か博打か、そうでなければ、アレでしょう。それ以外に思いつかないね」

「まあ、当たってるね。女だよ。女を追いかけて来たのさ、よりによってこんな山の中に逃げられるとはね。当時は汽車は不通、高速道路も通っていなかった。汽車に乗れたとしても二つの山越えだよ。秦嶺と黄花嶺。西京を早朝に出て町に着くのは暗くなるころさ。くたくたに疲れて骨がばらばらになりそうだったね」

「それより、見つかったのかね」

雀友の一人が尋ねた。大軍《ダージュン》はまたにやりと笑って
「心配には及ばない。ありふれた結末さ。食べて飲んで、最後は豚の尻肉を棒でかついですぐすごと帰ったよ」

「豚の尻肉とはどんな代物かね？」

「覚えておきな。臘月《ろうげつ》（陰暦十二月）の風にさらして燻蒸するから「臘猪《ラーチュ》（豚）」と呼んでいる。絶品だね。一九八〇年代でも十斤（五キロ）の「臘猪《ラーチュ》尻肉」は贈り物として大いに珍重されたね」

「そんなことはどうでもいい。首尾よくいったのか？」

大軍《ダージュン》は嘆息して答えた。

「正直に言うと、駄目だった。今となって唯一記憶に残っているのは鎮安県《チェンアンシエン》の豆醤条子肉《ドウジャンティアオズロウ》だけさ。実にうまかった……」

烏格格《ウーガーガー》が興味津々で尋ねた。

「今回、私たちを連れてきたのは、その豆醤条子肉《ドウジャンティアオズロウ》を食べるためだけなのかしら。その女性とはその後、会ってないの？」

「会ってない。何度もここへ来ようとしたけれど、何やかや忙しくてね。過ぎ去るものはすべて美しい、というわけさ」

烏格格《ウーガーガー》は質問をやめない。

「その女《ひと》とは、どこで、どうして出会ったの？」

「実は回民《イスラム》街の焼き肉の屋台だよ。主《あるじ》は鎮安県西口《チェンアンシエンシーコウ》の回民《イスラム》だった。彼らは故郷の村から食器洗いの女の子を連れてきて働かせていた。その娘《こ》はその中の一人というわけだ。俺はしょっちゅうその屋台に通い、やっと仲よくなった。だが、ある日、姿が見えなくなり、村に帰ったと聞いた。俺は彼女の住所を聞き出していたから、すぐ飛んでいった。だが、彼女には言い交わした相手がいた。腰にほら、アラブの盗賊が持ってるみたいな反《そ》りのある刀を挿していた。刃渡り一尺（三十三センチ）、幅は四、五寸もあって、見るからに恐ろしげだった。俺が彼女の家に近づくと、その男は家の前で刀を研ぎ始めたんだ。彼女の母親は俺に言った。ここにいてはやばい。何が起こるか分からない。帰って頂戴。その男の父親も刀を持っていて、彼女の家の前でこれ見よがしに研いでいた。後で分かったことだが、彼女はあの父親と息子の二人から脅され、無理無理西京から連れ戻されていたんだ。形勢我に利あらず。俺はしっぽを巻いては逃げ出すことにした。あの豚の尻肉はあの娘《こ》がさよならするときに持たしてくれたものというわけさ……」

大軍《ダージュン》はちょっと感傷的になって話し終えた。烏格格《ウーガーガー》がこれを笑い飛ばした。

「これはきっと、熱くなった頭を冷たい尻の肉で冷ませということね」

みんなはどっと笑ったが、烏格格《ウーガーガー》は馬蒂《マーディー》に焼き餅を焼かせようとして、わざとこの話に火をつけているのか、菊花《ジュイホア》はよく分からなかった。大軍《ダージュン》が黙ってしまったので、馬蒂《マーディー》がまた聞き出そうとした。

「どうして、また尋ねていかなかったの？」

「行くに行けなかったのさ」

馬蒂《マーディー》は質問の手を緩めない。

「あなたみたいにいい男に、その女《ひと》はどうしてついてこなかったのかしら？」

「逃げきれると思うか？　逃げられるものなら、とっくに俺と一緒に逃げている。そうだろう？」

大軍《ダージュン》は逆に質問を返しながら、得意そうに馬蒂《マーディー》のすっと通った鼻筋をつんとつついてみせた。馬蒂《マーディー》は大軍《ダージュン》の胸に顔を埋めて言った。

「いやねえ」

鎮安県《チェンアンシェン》の市街地についたとき、みんなそわそわして大軍《ダージュン》をせっついた。二十年前の美女を一目拝みたいと車内は盛り上がった。大軍《ダージュン》が言うには、彼女は今も雲蓋寺《ユンガイスー》という土地に住んでいるが、いかんせん遠いと逃げ腰になった。みんなは今すぐ行かなければもうおさまらない気分になっている。豆醤条子肉《ドウジャンティアオズロウ》はその美女のところで食べればいい。車内は大はしゃぎで、それ行けの大合唱になった。車が雲蓋寺《ユンガイスー》に着いたとき、ここは黒窯溝《ヘイヤオゴウ》だと大軍《ダージュン》が言う。仕方なく、また車を走らせてトンネルくぐり谷を越え、二十里（十キロ）も走ったころ、着いたようだと大軍《ダージュン》が言った。烏格格《ウーガーガー》は馬蒂《マーディー》の気持ちを逆なでするように言った。

「大軍《ダージュン》叔父さん、あのときは花の蜜を吸う強い蜂がいたけれど、今は恐いものなし、無人の処女地を行くようなものね！」

「はっはっは。あのころは熱に浮かされていた。あんな美しく、あんな純粋な女性を見たことがなかったからな。今で言えば、自然食品だ」

大軍《ダージュン》が言い終わらぬうちに、焼き餅を焼いた馬蒂《マーディー》がたまりかねたような声を出した。

「それなら、さっさと探しだして食べたらどう？　まだ間に合うわ」

大軍《ダージュン》は、はっはと笑って馬蒂《マーディー》を胸元に抱きしめた。彼女はすぐ大軍《ダージュン》に甘えかかった。

菊花《ジュイホア》の見るところ、大軍《ダージュン》伯父は身長一メートル八十八、あたりを睥睨《へいげい》して偉丈夫と呼ぶにふさわしい押出しだ。引き締まった顔立ち、特にすっきり通った鼻筋は強い意志力を見せ、ふくよかな福相と相まって、男も女も一目で見惚れてしまう。加えてオールバックの髪は流れるように櫛目が通り、さわやかな風が吹き抜けるようだ。普段から白の上下を着こなし、白いベルト、白い靴、白縁のサングラスと寸分の隙もない。若いときから少女キラー、若妻キラーの異名をほしいままにしてきた。

サッカーの試合やスターの公演も木戸ご免だった。兄弟分が群衆を押し分けて先頭に立ち、警察までもが入場者たちに「ほら、道を開けて、そこのあんたに言ってるんだよ、道を開けて」などと先導役を務めている。

大軍《ダージュン》伯父は微笑を浮かべてその狭い通路を導かれ、泰然自若と歩いて行く。時に切符のもぎりや警備員たちの肩を叩いたり、握手したりして彼らの労をねぎらってやることもあった。人々は今目の前を通り過ぎていく人物がどんな政府要員か、どの筋の重要人物なのか知る由もなく、また彼の後を〝おつきの者〟たちがぞろぞろついて入ろうと、誰も疑う者はいない。斉秦《チーチン》（台湾の人気歌手、俳優）の公演のときは二十一人の〝おつき〟が一緒に入ろうとした。このときはさすがに木戸を突かれるのではないかと、入り口でびびった仲間が引き返そうとしているのを大軍《ダージュン》伯父は一喝して言った。

「おたつくな。びくつくな。ちゃんと歩け」

一人残らず無事入場できたとき、誰かが賛嘆してい言った。さすが刁大軍《ディアオダージュン》は肝が据わっている。きっと大事を成し遂げる器だと。

菊花《ジュイホア》は考える。父親の順《シュン》は大軍《ダージュン》伯父と同じ父親、同じ母親から生まれているのに、どうしてこのような差がついてしまったのだろうか。遺伝因子とは当てにならないものだ。

大軍《ダージュン》はついにその女《ひと》の家の前に立った。豚小屋の柵から、その八〇年代の美女の姿が見えた。大軍《ダージュン》が名乗り出る勇気を持たず、同行の者たちは自分の目を疑っている。これが大軍《ダージュン》の見果てぬ夢の姫君か。そして終生忘れ得ぬ「自然食品」か。

その女性は見たところ五十を過ぎている。頭を黒い布で包み、黒い綿入れの上下を着ている。履いているのは色の分からないズック靴で、繕った縫い目が見えている。顔は寒さで青と紫がまだらになっている。今の姿から昔のぴちぴちしていたころを想像することはできず、法令線（鼻の両脇から唇の両端に伸びる二本の線）が刀で切ったように深く刻まれている。大軍《ダージュン》が夢想していたイメージとはあまりにもかけ離れていた。

その老婆（とは呼べないが）は豚の餌を容れた桶を持ち、「ララララララ」と甲《かん》高い裏声で豚を呼び集めていた。ところが一匹の白い豚が飼料桶に両脚を突っこみ、餌を独り占めしようとしている。老婆は木の柄杓で豚の頭を力任せに叩きながら土地の言葉で毒づいた。

「このコレラ病みの欲たかりめが。がつがつしくさって。食え、食え、死ぬまで食え。こいつめ、こいつめ」

豚はたまらずに逃げ出した。

みんなは大軍《ダージュン》と一緒に豚小屋の柵を取り囲んだ。

老婆はおびえたような目でみんなを見た。烏格格《ウーガーガー》が高からず低からず普通の口調で言葉をかけた。

「もし、そちらの美人さん。こちらの人に見覚えはありませんか？」

烏格格《ウーガーガー》は大軍《ダージュン》を指さした。

老婆は決まり悪そうにちらと大軍《ダージュン》に視線を走らせたが、見分けがつかなかった。

大軍《ダージュン》が話しかけた。

「楊桃花児《ヤンタオホアル》、楊桃花児《ヤンタオホアル》。俺を忘れてしまったのかい？」

桃花《タオホア》と呼ばれた女性はまた顔を上げて大軍《ダージュン》を一目見て、しゃっくりを呑みこんだような表情になった。

「あ、あんたは……」

みんな一斉に拍手を送った。

桃花《タオホア》は当時の大軍《ダージュン》の面影を記憶の中に深く刻みこんでいたようだ。表情に少女のようなはにかみが浮かんだ。

雀友の一人が大声で叫んだ。

「めでたい。恋人再会の巻《まき》だ」

すだれはげの譚道貴《タンダオグイ》は桃花《タオホア》の眼差しをのぞきこもうとして柵に身を乗り出し、足元の氷に足を滑らせて真っ逆さまになりかけて飼料桶に顔を突っこんだ。またみんなの快心の笑い声が起こった。大軍《ダージュン》が言った。

「まだ豚を飼っているんだ。あのとき、二頭いたことを覚えているが、今いくついるの？」

「そんなにはいない。七、八頭ってところかね。これで暮らしを立てているのさ」

桃花《タオホア》が言った。

「たくさんのお客が見えられて、ここで立ち話も何だから、中に入って下さい」

「まだ覚えているよ。あのとき、あんたのおっかさんは「臘猪《ラーチュ》尻肉」で豆醤条子肉《ドウジャンティアオズロウ》を食べさせてくれた。あの肉はこの豚さんたちなんだ。この尻肉は臘肉《ラーロウ》の中でも特別のものなんだ」

桃花《タオホア》はうっすらと笑いを浮かべた。

「あれが食べたいのかね。だけど、おっかさんはいなくなってしまった」

「どうして？」

「去年の春、死んじまった。まあ、座って話そう。さあ、中に入って」

みんなは大軍《ダージュン》について桃花《タオホア》の家に入った。

家の中は、目に触れるものすべてが黒光りしていた。臘肉《ラーロウ》の煙でいぶされ、臘肉《ラーロウ》の脂《あぶら》で磨かれた長い年月の艶であることが後で分かる。大軍《ダージュン》の印象では何も変わっていない。もともとの古い家に古い道具類がすべてそのまま残されている。大軍《ダージュン》は自分の家のようにみんなを引き連れ、歩き慣れた入り口から狭い通路を奥庭へと案内した。

とっておきの場所が二階だった。臘肉《ラーロウ》はここにあった。そしてその場所はやはり厨房の上でなければならなかった。二階の片側すべてを占めて、臘肉《ラーロウ》がぶら下がり、にじみ出る脂がしたたっている。去年のもの、一昨年《おととし》のもの、さらに八年前、十年前のものまである。臘肉《ラーロウ》は年を経れば経るほど味と香りが増し、年代ものは煮たり焼いたりせず、赤身をそのまま引き裂いて食するのを最上とする。とりわけ鎮安県《チェンアンシエン》の人が臘肉《ラーロウ》作りに長《た》けていると言われている。この肉を燻《くす》べるのは、麻雀のたとえではないが、すべて柏樹《コノテガシワ》の葉の清一色《チンイーソー》（同じ種類）でなければならない。この肉を鍋にかけると、十里四方の人たちが鼻をうごめかし、どこの家がこれを食べているか知れ渡るという。

烏格格《ウーガーガー》はこの壮観を前に、首が痛くなるほど見上げながら数を当たり、二百本以上を数えた。階下の厨房の竈《かまど》の回りには新しい臘肉《ラーロウ》が数十本ぶら下がっていた。この十二月につぶした豚で柏樹《コノテガシワ》の葉の火と煙に包まれていた。みんなの注目を集めたのは、臘肉《ラーロウ》の中でも特別と言われる臘猪《ラーチュ》尻肉十数本が壁に掛かっており、どれも漆を塗ったように黒光りしていたことだった。大軍《ダージュン》は言った。

「臘肉《ラーロウ》の中でも極上のものが臘猪尻肉《ラーチュ》だ。食べるのが惜しいぐらいの逸品だよ。桃花《タオホア》と無理無理別れさせられたとき、桃花《タオホア》のおっかさんはこの尻肉を持たせてくれた。俺は泣く泣く棒で担いで持って帰ったよ。その肉はここにぶら下がっているのよりも大きかった。今、おっかさんの気持ち、思いやりが分かったよ」

みんなが一階、二階、家の裏まで見物して回っているとき、楊桃花《ヤンタオホア》は臘猪尻肉《ラーチュ》をすでに洗い終わり、母屋の吊缶《ディアオグアン》でとろとろ煮こんでいた。吊缶《ディアオグアン》は唐の時代にペルシャから伝わったとされ、回民《イスラム》の家になくてならないものだ。この家の吊缶《ディアオグアン》は素焼きの壷でできており、母屋に吊り下げられて四季を通じ用いられている。大軍《ダージュン》の紹介によれば、この山地では秋が深まると母屋で薪を燃やして暖を取りながら、この吊缶《ディアオグアン》で湯を沸かす。裕福な家では吊缶《ディアオグアン》で臘肉《ラーロウ》を煮こんで好きなときに取り出し、手で裂いたり、包丁で切ったりして食べる。「湯漬け肉」とも、まな板を用いるときは「砧板肉《チェンバンロウ》」とも呼ばれるということだ。

大軍《ダージュン》の第一のお目当てだった豆醤条子肉《ドウジャンティアオズロウ》は、煮こんだ臘肉《ラーロウ》を一口大の厚さ、碗に乗るほどの長さに切って、よく炒めた豆板醤《トウバンジャン》の上にぎっしりと並べてから鍋に入れて一、二時間ほど蒸す。鍋から出すと、脂が豆板醤によくしみ通り、肉は口に入れるととろけるほど柔らかくなるところから「とろけ肉」とも呼ばれているという。

「大軍《ダージュン》叔父さんがここでの生活を昨日のことのように覚えているなんて、そうはお見受けしませんでした」

烏格格《ウーガーガー》は言った。

「いえいえ、わずか数日のころですからね。上っ面をなぞっただけですよ」

雀友が言った。

「いや、さっきから気になっているんだが、つまりそのとき彼女とできちゃったということだな」

「いや、それはあり得ない。彼女は純粋そのもので、手を出すどころじゃなかった。本当だよ、手を握ったこともない。ある日、母屋で焼き肉をしたとき、彼女の両親が不在だったのをいいことに、思い切って仕掛けたことがある。そしたら、焜炉の上に突き飛ばされて、あやうく焼き肉にされるところだった」

みんなしばらく笑い転げ、楊桃花《ヤンタオホア》も不思議な笑いを浮かべて竈の部屋に逃げていき、しばらく出てこなかった。

みんなは「湯漬け肉」を食べた。「砧板肉《チェンバンロウ》」も食べた。豆醤条子肉《ドウジャンティアオズロウ》も食べた。

あのとき、彼女の家の前でS字型の反《そ》りのある刀を研ぎ一家を威嚇した今の主人は、みんなの食事が終わるころ帰ってきた。裏の山で薪を切ってきたのだという。家の中に大勢の人がいて面食らっているところへ楊桃花《ヤンタオホア》が厨房から声をかけて呼び寄せた。しばらく話しこんでいたが、出てくると、一同にお茶や煙草を勧めて回る役目を負っていた。雀友の一人がわざと冗談口を叩いた。

「あのとき、ここの家のお姫さまをさらった若き勇者とはあなたでしたか。今日、我々が来たのは、あなたと決闘するためですが、あの山刀《やまがたな》、あの反りのあるやつはまだありますか?」

かつての勇者は大口を開け、無邪気に笑った。歯が二本欠けているのが見えた。六十をかなりを過ぎた年齢のようだが、実際はまだ五十に満たなかった。あのとき血気に逸《はや》って刀を研ぎ、大軍《ダージュン》を震え上がらせ退散させた若者と、今眼前で背を丸めている小男の老人とは誰が見てもつながらない。この老人は、自分の父親が山西省の炭鉱で落盤事故に遭って死んだ後、この家に婿入りしたのだった。楊桃花《ヤンタオホア》との間に生まれた息子は二十一、二歳で一昨年に山西省の炭鉱に働きに出て、やはり落盤で腰の骨を折って寝たきりになっている。主人の話によると、一年に七、八頭の豚を飼い、入院費に充てようとしているが、とても追いつかないという。彼も出稼ぎに出ようとしたが、この年齢では雇ってくれるところがない。回復の見込みのない病人を抱え、この老人一家は年々疲弊し、困窮の度を増していくように思われた。

飲み食いが終わって出発となったとき、大軍《ダージュン》は母屋の大テーブルの上に二万元(約三十四万円)をどんと置いた。誰もがそれを自然のことのように見守った。これが大軍《ダージュン》の風格というものだ。悠揚迫らざる態度、その太っ腹はやはり世界最高品質だ。そして、彼の特大の放屁は単なるお騒がせではなく、こういう場面で高らかに鳴り響くのだった。菊花《ジュイホア》が見ると、手の切れるような新札だった。このような伯父は誰をも喜ばせ、誇らしく思わせる。こういう場面で菊花《ジュイホア》はいつも自分の父親のふがいなさを思う。比べれば比べるほど、彼女は生まれてきた家を間違ったと思う。

今夜は鎮安県《チェンアンシエン》の中心地、花果山《ホアグオシャン》の山上にホテルを取った。もちろん一人一室だ。おそらく夜中の一時過ぎ、すだれはげの過橋米線《グオチャオミーシエン》が菊花《ジュイホア》の部屋をノックした。彼女はドアを開ける気などなかったが、彼は生きるか死ぬかの瀬戸際のような声色で迫ってきた。重要な話があると言って、急に泣き出したので、彼女がやむなくドアを開けると、彼はいきなり床に膝を突いて言った。

「お願いだから聞いて下さい。私はとんでもないことをしてしまいました。さっき、格格《ガーガー》が眠ったのを見計らって彼女の部屋のドアを……私のカードキーをかざしたら開いてしまって、私は人を無理強いするような男ではありません。でも、私はしてはいけないことを……」

彼は話しながら泣き、しきりに扇を使った。すると、すだれ状の頭髪が一度にばさっと垂れ下がり、菊花《ジュイホア》は気持ち悪くなって、ほとんど正視できなかった。彼女は尋ねた。

「格格《ガーガー》をどうしたんですか?」

「いえ、別に、ただ……眠っている彼女に……魔がさしたんです。私は何ということをしてしまったのか……いっそ、死んでしまいたい」

彼は洗面器のような自分の顔をしきりに扇であおいだ。

「死んでしまいなさいよ。彼女は同意したの?　しなかったんでしょ。よくそんなことができるわね」

「心の迷いです。本当に魔がさしたんです。私は大軍《ダージュン》叔父さんの隣の部屋でした。壁越しに二人の……それが始まったんです。最初は私も我慢しました。でも、それが段々激しくなって……とうとうたまらなくなって、自分を抑えられずに、何ということをしてしまったのか……格格《ガーガー》は一一〇番に電話して警察を呼んでしまったんです……」

「当たり前でしょう。さあ、出て行って、出て行きなさいよ。こんな話を人に聞かせて何のつもり?　ああ、胸くそが悪い。それでも生きてられれの？　いっそ死んでしまいなさいよ。出て行け！」

彼女はぐいぐいと力任せに彼を押し出し、烏格格《ウーガーガー》の部屋に電話を入れた。一体、何ごと？と聞くと、格格《ガーガー》は笑って笑って、お腹が痛いと言った。そして譚道貴《タンダオグイ》がこっそり部屋に忍びこんだことの顛末を微に入り細を穿《うが》ち話して聞かせた。菊花《ジュイホア》は言った。それなら二、三発蹴っ飛ばせば済む話でしょう。わざわざ警察を呼ぶことないじゃない。面倒くさいだけでしょう。格格《ガーガー》は笑って答えた。

「おどかしただけよ。それをあのヒョウタン頭が真に受けたのよ」

すると、ホテルの内庭で車の急発進する音が聞こえた。菊花《ジュイホア》が窓のカーテンを開けると、すだれはげの車だった。彼は慌てふためき、雲を霞と逃げ去ったのだった。

三十六

順《シュン》は今回請け負った仕事にこんなに泣かされるとは思ってもいなかった。背景幕の画家は次第に文句が多くなり、すぐヘソを曲げる。俺にしかできない仕事だという思いがある上に、俺が投げ出したら年末のくそ忙しい時期に誰が後をやれるものかと人の足元を見ている。画料も安い。仕事が雑になっているのは順《シュン》の目にも明らかだった。最初の幕が完成したとき、舞台美術の責任者から長々と文句をつけられた。あり合わせの寄せ集め、まるで各国料理がごっちゃの「混菜《ちゃんぽん》」だというのだ。順《シュン》は今の状況の苦しい言い訳をせざるを得なかった。舞台美術家はすぐ了解したが、しっかりと釘を刺すことも忘れなかった。

「斬《ジン》さんの了解を取って下さいよ。演出家がＯＫなら、私もＯＫです」

斬《ジン》氏は難物で通っている。あの肥満の女演出家だ。稽古のとき、気に食わない俳優に自分の履き古した靴を投げつけることでも恐れられている。舞台の「仕込み屋」ごときの歯が立つ相手ではない。順《シュン》は画家に因果を含めて手直しに同意させ、さらに画料を二百元積み増して喜ばせてやった。

もう一つ予想外の問題に見舞われたのが、舞台の上にもう一つ演技用の舞台を乗せる二重舞台——「山台《やまだい》」の製作だった。しかも、この山台を動かすのだと言う。場慣れしている大吊《ダーディアオ》と猴《ホウ》までが「ついて行けません」と音を上げた。まず、ひっきりなしに図面の変更を言ってくる。

最初、幅四メートル、長さ十二メートルの寸法に合わせて基部のハンダ付けを始めたとき、寇鉄《コウティエ》が演出家の指示を伝えてきた。幅五メートル五十、長さ十三メートルにしたいという。寸法が大きくなるということは、先に注文した材料が仕えなくなる。しかし、これに要した費用の支払いはできないと寇鉄《コウティエ》が突っぱねた。なぜなら、これが当初からの寸法で、予算もこれに準じている。ところが今度は、また元に戻せという。山台が大きすぎると演技に差し障りが出かねないと演出家が心配している。演出家の仰せだと寇鉄《コウティエ》は押し通した。

変更はこれにとどまらず、今度は山台全体を同時に動かすだけでなく、パーツごとに動かせるようにとの要求だ。しかし、新たに取りつけるモーターの費用やその工賃は据え置きにされてしまった。これには大吊《ダーディアオ》も猴《ホウ》もついに音を上げて、順《シュン》にねじこんできた。作業員たちは年内の作業に区切りをつけ、家に帰って正月を迎えるところだと訴えた。

順《シュン》は背景幕の製作現場から山台の現場へ来た。見ると作業員に同情せざるを得ない劣悪な状況下で作業が行われていた。天幕を張っただけでは、周囲から雪が容赦なく吹きこんでくる。あまりの寒さに最初はたき火をしようとした。おが屑、カンナ屑、木屑、板屑、木の皮など燃料にことかかない。ところが火をつけた途端、劇団の安全管理担当の副団長が血相変えて怒鳴りこんできた。気でも狂ったか。監獄に入りたいのか、それとも労働改造の作業所送りになりたいのか。劇団の空き地で火を弄《いじ》るのは放火に等しい犯罪行為だとさんざんにやりこめられた。火気厳禁となって、作業員たちは顔面蒼白、唇を紫色に染めて作業を余儀なくされた。それでも寒さに我慢できないときは足踏みしたり、空き地を走り回って体を温めた。大吊《ダーディアオ》は風邪をひき、熱を出している。順《シュン》は彼を幕の製作現場に移した。ここは少なくとも室内だ。

順《シュン》は作業員たちを集め、工程の現状を報告して作業をここで止めるわけにはいかないことを縷々《るる》説明した。

俺たちは秦腔《チンチアン》劇団の仕込みで飯を食っている。今回は春節の新年公演の準備で尻に火がついている。ここで仕事を投げ出すと、以後ここでの飯は食い上げだ。名優は金《かね》のわらじを履いても探せるものではないが、俺たち仕込み要員はそこら中に転がっている。尚芸路《シャンイールー》の労務市場へ行ってみろ。一声かけただけで千人が「おう」と応えるぞ。いいか、この仕事は食いはぐれのない「鉄の飯《めし》茶碗」だ。だが、一回落としちまうと、二度と手に戻らないのさ。順《シュン》は言いながら山台の釘を打ち始めた。これを見て、作業員たちは懐手しているわけにもいかず、めいめい自分の持ち場に戻っていった。

順《シュン》の脱肛は落ち着いたかに見えたが、また元に戻った。こっそり医者に診てもらうと、薬で散らしたり寝て休養する段階は過ぎた。ここまでこじらすと後は手術しか手はないと言う。そう言われても、この難場《なんば》から抜け出すわけにはいかない。ガーゼを買ってきて、手探りでそっとあてがい、腫れてはみ出そうとするものを押し上げる。あの憎たらしい墩《ドン》は笑って言う。哥《あに》いと痔の関係は、「背中合わせのボール送り」だと。その心は、どうにも離れられないというわけだ。

順《シュン》は分かっている。この病気で死んだ者はいない。「お気の毒」と言うが、その声は笑っている。猴《ホウ》の胃病は重篤で、しょっちゅう酸っぱい水を吐いている。顔色は紙のように白い。胃がつかえ、しこっているところをなでさすり、疼痛を和らげようとする。大吊《ダーディアオ》は椎間板《ついかんばん》ヘルニアを患い、痛みが出ると道を歩くこともままならない。そんなときでも彼は仕事に来て言う。

「大丈夫だ。大の男がこれしきのことでへこたれてたまるか」

これも順《シュン》には痛いほどよく分かる。農村から出稼ぎにやって来た人間にとって、ただ飯、ただ寝の養生はない。一日の収入がなければ、黙って数十元が出ていくということだ。たとえ素《す》うどん一碗をすすってその日を暮らしても、座して食らえば一山も空しという通り、暮らしが根底から崩れ落ちる。家賃のことや薬代のことで心を労するぐらいなら、無理をしてでも働きに出た方が気が休まり、病気の痛みも和らぐというものだ。幸いなことに、働く仲間には一種の黙契がある。誰かの具合が悪そうだったら、すぐ助けが入る。

だが、それは単なる相身互《あいみ》いといった気持ちからだけではない。「聾唖者が餃子を食べる」という掛け言葉があって、その心は「誰がいくつ食べたか口に出しては言わないが、心の中ではちゃんと分かっている」ということだ。毎日の仕事は傍目には気づかないことだが、行き当たりばったり、いい加減にやっているのではない。一目で積み卸しの荷の数、その日の実入り、一人当たりの稼ぎ高までみんなの頭の中にしっかりと入っているのだ。助ける者も助けられる者もみなこの視線にさらされている。助けるときは助ける。しかし、故意に怠けたり、仮病を使ったりしたら、たちどころに見放される。自分でやるべきことは誰も替わってくれないのだ。順《シュン》の配下には病気がちの者、体の弱い者も少なからずいたが、彼らは日ならずして去っていった。

順《シュン》は知っている。もし自分が休みを取っても文句をつける者はいない。仕事はすべて順《シュン》が取ってきたものだし、仕事以外でも、やれお見舞だ、やれお祝いだと身銭を切ることもある。また、たとえ彼が棟梁風を吹かして人を顎で使い、重たいものは持たず、照明器具も背景幕も平台もみんな人任せにして、稼ぎだけはしっかり懐に入れたとしても、誰も咎める者はいないだろう。というのは、彼が貪らない質《たち》であることをみんなが知っているからだ。親方と手下《てか》に工賃の多寡はあったにしても、実入りの少ないときはそれなりに、多いときはまずみんなの分に上乗せしてから分け前をいただくということを心がけてきた。帳簿は開けっぴろげで、みんなの見るに任せている。

こんな具合だから、前世紀から順《シュン》と一緒にやって来た連中は彼のもとを離れようとしない。彼は思う。もし、自分が寇鉄《コウテイエ》みたいに、せこい打算を働かせる男だったら、きっと仕事の度に大喧嘩になって、組はたちまちつぶれていただろう。もし、自分が猴《ホウ》や大吊《ダーディアオ》みたいだったらどうだろうか。二人とも村ではやり手の幹部として遇され、街では小さな店を開いて十数人を雇っていたという。さぞかし見事な手腕を見せたことだろう。しかし、彼らは今、自分と一緒にこの仕事をやりたいという。なぜだ？　いつか猴《ホウ》が新入りに聞かせていたのを耳にしたことがある。順《シュン》と一緒にやるのは悪くない。腹がきれいだし、人の損まで自分がかぶるしな。

夏休みのアルバイトに来た大学生は、仕事を終えたときに誰かに話したという。順《シュン》という人、ぱっとしないようで、腹の据わった責任感のある人ですよ。また、瞿《チュイ》団長はこんなことを言っていた。順《シュン》という男、最初は何を考えているか分からなかったが、しばらくすると、話したことがちゃんと伝わっていることが分かった。彼の本領は、事は事として当たり、人は人として当たる、こういうことだよ。どういう意味か考えてみ給え。もし、事が成ったら、どえらいことだ。天にも穴を開けるかもしれないぞ。

順《シュン》は山台に釘を打ちながら、野菜畑の番をしていた十代のころを思った。夏は蚊の多いことを除けば、家よりも畑の小屋の方が気分がよかった。風は涼しく、夜はコオロギやホタルをつかまえて遊んだ。しかし、温室栽培の冬になると、西京郊外の寒風は刀のように身をえぐった。毎晩綿入れの外套に着ぶくれ、タール・フェルトの屋根を葺《ふ》いた温室から棍棒を持って見回りに出かける。戻ると全身が棒のように凍てついている。足の付け根から爪先までひたすらマッサージしなければ言うことを聞いてくれなかった。冬の畑の夜回りは交代でやらなければ身がもたない。徹夜すると、一晩一元五角（約二十五円）の夜食手当が出る。当時、一元あれば、鶏《とり》の腿肉二本が買えた。しかし、一緒に働いていた仲間はみないなくなり、残ったのは彼一人だった。

彼はこの仕事に人知れず愉悦感を感じていた。一晩一元五角の夜食代を誰にも取られたくなかった。おそらくこの数年の体験が彼の寒さに対する耐性を養ったのではないかと自分で考えている。だから、みんなが寒さに震え上がっているとき、彼は言う。

「寒いと思うから寒いんだ。へっちゃらだ、寒くないと思えば暖かくなる。要は心の持ち方次第で体は言うことを聞いてくれる」

すると、猴《ホウ》がいつものように半畳を入れる。

「へえ、阿Qの精神的勝利法ってやつですかい？（魯迅の小説「阿Q正伝」の主人公阿Qは、客観的には明らかな敗北を心の中で勝利に置き換える思考法を思いつき、精神の平衡を保とうとした）」

「何とでも言え。俺は冬の畑の夜回りを、これで切り抜けたんだ」

はまた言う。

「その冬の夜回りっていうのは、何年何月のことですかい？　確かあのころは例年にない暖冬で、どの家も暖房なしで過ごせたはずですがね。でも、今は人がいくら暖かいと言っても、俺は寒くてたまらない。寒くないという方がどうかしているんですよ」

「ああ言えば、こう言う。早く凍え死にしてしまえ。そしたら、その減らず口ともお別れだ」

山台を作る露天の現場から遠くないところに、スチームのダクトが地面に口を出し、鋳物のまるい蓋《ふた》で塞がれていた。雪が降りかかると、そこだけすっと消えた。その周りは一寸以上積もった雪が、まるく縁どっている。蓋の隙間から熱い蒸気を勢いよく地上に吹き上げ、作業中の男たちを蠱惑《こわく》して止まなかった。彼らは深夜を待って交代で出かけ、ここで暖を取った。一人三十分ほど与えられた。睡魔に魅入られていた者はそこで生気を取り戻し、ある者は雪の中にがばと身を投げ、しゃきっと目を覚ました。

順《シュン》の番になると、彼は蓋の上で蚕のように身を丸めた。その周りを水蒸気が濛々《もうもう》とたちこめて、さながら大浴場の光景にも見えた。猴《ホウ》が言った。

「おい、見ろよ。楊貴妃ご入浴の場だ。陰嚢《ふくろ》を取れば、もっとそっくりだ。」

墩《ドン》も言った。

「哥《あに》いの尻は汚くて見られたざまじゃねえ。楊貴妃が哥いの尻を持っていたら、玄宗皇帝はとっくにお見限りだ」

男たちがどっと笑ったところへ、ビルの窓から怒声と共に靴が投げ落とされた。

「夜の夜中に何て騒ぎだ。人を眠らせないつもりか？　豚どもめ！」

猴《ホウ》がその靴を拾った。どの窓から投げ落とされたか目ざとく当たりをつけ、投げ返そうとした。ここで騒ぎを起こしたら、劇団を巻きこむ大問題になる。順《シュン》は慌てて立ち上がり、猴《ホウ》から靴を取り上げ、懸命になだめにかかった。しかし、猴《ホウ》の気は収まらず、なおも悪罵を続けようとする

「おう、豚で悪かったな。手前《てめえ》の嬶《かかあ》の××……」

順《シュン》は猴《ホウ》の口を押さえた。そのとき、順《シュン》の手の平が感じたのは、猴《ホウ》の唇の氷のような冷たさだった。順《シュン》は得も言われぬ悲しみと愛しさを感じながら言った。

「また、このろくでもない口が。俺に面倒をかけるな」

こう言うと、順《シュン》はまた楊貴妃を気取り、蓋の上の湯舟にゆっくりと身を沈める素振りを見せた。

彼がついうとうとし、横になったとき、劇団総務の寇鉄《コウティエ》が来た。これまでめったに見たことのない、こぼれんばかりの笑みを浮かべている。こういうときの彼の魂胆は見え透いている。

「刁《ディアオ》社長、おくつろぎのところお騒がせしますが、ちょっとばかり相談に乗って下さい。西京中の劇場が仕込みに追われて悲鳴を上げています。どうか刁《ディアオ》社長のお力添えをいただきたい。支払いなどの条件は刁《ディアオ》社長のおっしゃるままにと言うことなんですがね」

見ると、寇鉄《コウティエ》の後ろに人がひしめき、自分の劇場の公演がいかに意義深いものであるかを力説し、まず自分のところから仕込みにかかったほしいと口々に訴える。この際、順《シュン》の心にちょっと遊び心が兆し、ゆっくりと口を開いた。

「もちろん承りますが、いくつかお願いしたいことがあります。我々の作業中には必ず暖房をきかしていただきたい。暖房がなければお断りします。夜の残業は十二時までとします。昼夜ぶっ通しの作業はお断りします。作業開始前に前払い金として三割のお支払いをお願いしたい。これができなければ、お断りします。仕込みが完成し、演出家と劇団総務に引き渡すとき、残金全額を精算していただきたい。これができなければお断りします。それから、昼食と夕食には鶏の腿肉二本と卵スープを追加していただきたい。これができなければお断りします」

順《シュン》が出した条件はまさかのことにすべて二つ返事で受け入れられた。それだけでなく、寇鉄《コウティエ》の提案はもっと順《シュン》を驚かせるものだった。

「刁《ディアオ》社長、これを機に思い切った事業の拡大に乗り出してはいかがでしょうか。この尚芸路《シャンイールー》を第二のブロードウエーにするんですよ。いまこそ、市場の需要に応えなければなりません。及ばずながら、この寇鉄《コウティエ》も犬馬の労をとらせていただきましょう。もちろん、順《シュン》には社長の座をお引受けいただかなければなりませんが」

それからとんとんと話が進み、「順《シュン》舞台装置有限会社」が成立し、従業員数千人を擁する大企業へと発展した。大吊《ダーディアオ》、猴《ホウ》が副社長、蔡素芬《ツァイソフェン》が総務部長となった。墩《ドン》と三皮《サンピー》がそれぞれ市場開発部、舞台美術開発部の部長、寇鉄《コウティエ》は行政部門へさまざまな画策をし、また順《シュン》も過去の確執を水に流して彼を総務部の副部長に任じ、蔡素芬《ツァイソフェン》の補佐を命じた。また、中核となる「順《シュン》舞台装置」総本部は高層ビルが林立する西京市中央部の一角にオフィスを開いた。そのビルはＣＣＴＶ（中国中央電視台）の火災ニュースで全国に知られた「パンツビル」だった。そう呼ばれるのは、まさにその形をしているからだが、まさに西京の現代を象徴するビルだった。

菊花《ジュイホア》と韓梅《ハンメイ》、そして彼女のボーイフレンド朱満倉《チュウマンツァン》は総本部の要所に配置された。西京は大劇場都市として面貌を一新し、今やブロードウエーを凌駕しようとしている。順《シュン》は多くの関連会社を創り出し、ホテルの経営まで手がけようとしている。これは順《シュン》の旧宅近くにあったあのホテルにヒントを得たということだ。彼の忙しさは筆舌に尽くしがたい。特に外国からの公演団は彼の高名を知ってあらゆるつてをたどり、彼の仕込みでなければ公演を承諾しないまでになった。どの仕事を受け、どの仕事を断るかは、厳密な決済を経なければならなくなった。稟議書は必ず菊花《ジュイホア》がサインした上で順《シュン》の決裁を仰がなければならない。この会社の要《かなめ》はすべての西京人に出演の機会を与え、これまでにテレビや映画で顔を知られた大物までもが順《シュン》の仕事のため、いそいそとメーキャップし、いそいそと舞台に立った。舞台芸術、仕込みの仕事はは西京市で最も人気があり、最もやりがいのある業種となった……。

順《シュン》は固いもので尻をつつかれているのに気づいた。目が覚めると、寇鉄《コウティエ》が先の尖った靴で彼の尻を蹴っている。

「おいおい、いつまで眠っているんだ。何時だと思っているんだ。演出家が今朝、山台を動かして見るそうだ」

時計を見ると、七時半を回っている。なぜ起こしてくれないんだと順《シュン》は猴《ホウ》に尋ねた。誰も答えない。彼には分かっている。夕べはスチームの蓋の上で、ほかの者より二時間以上多く眠っている。彼を起こさなかったのは、哥《あに》いを思ってのことだ。寝かしておいてやれという彼らの目配せがあったに違いない。順《シュン》は全身が温かいお湯に浸かっているような心地がした。

幸いなことに山台はよく動いて演出家は満足した。これは猴《ホウ》のお手柄だ。演出の靳《ジン》女史はよくやったと親指を立てて見せた。演出家が去ってから、順《シュン》は瞿《チュイ》団長のところへ出かけ、現状を報告しつつ苦情を訴えた。これは団長にしか聞いてもらえない。寇鉄《コウティエ》に言ったところで、耳を貸すどころか、頭からいやならやめろ。代わりはいくらでもいるといなされるのが落ちだ。団長は順《シュン》の話に最後まで耳を傾けて言った。

「今日、露天の作業場は全部テントで囲うことにしよう。少なくても風や雪が直接吹きこまないにしなくちゃいかん」

瞿《チュイ》団長は言い終えた後、寇鉄《コウティエ》を呼び、すべての作業場にできるだけ多くの電気ストーブを置き、手を炙り、暖を取れるようにと伝えたが、寇鉄《コウティエ》は口先だけの返答で、夜になって届いた電気ストーブはたったの二台で、そのうちの一つは首を振らず、二本あるヒーターのガラス管は、一本しか赤くならなかった。それでも、テントが掛けられ、風と雪がしのげるだけでもよしとせざるを得なかった。

しかし、その夜、順《シュン》がトイレへ行き、「馬応龍《マーインロン》」の軟膏をガーゼに塗り尻にあてがっている途中、兄の刁《ディアオ》大軍《ダージュン》から電話が入った。凱旋門のソープランドで支払いをしようとしたら、財布を馬蒂《マーディー》に預けたままになっていた。すぐ金を届けに来いと言う。順《シュン》はついに怒り出し、持っていた携帯電話を便器の中に叩きつけた。

三十七

順《シュン》は尻の手当をすませると、便器に投げつけた携帯電話を拾った。一ヵ所が欠け、後ろの蓋が外れて便器の底で鉄管の上にのっている。電池も底に沈んでいた。また拾って水洗いし、上着でこすって電熱器の上で乾かした。パネルはもともと傷だらけで、ところどころひびが入っていた。また裂け目が増えたようだ。猴《ホウ》はこれを見て言った。

「こんなおんぼろ、捨てもせずよく使っているものだ。闇市へ行けば二、三百元（約三千四百円から五千百円）で買えるし、これよりずっと性能がいい」

「二、三百元だと？　ほざくな。まだまだ使える」

この携帯電話は菊花《ジュイホア》からの贈り物だった。千元（約一万七千円）以上した。こんな高価なもの、たとえ殺されても手放せない。そのころの菊花《ジュイホア》は彼にやさしく、気遣ってくれた。彼が渡した小遣いを少しずつ貯め、年越しの贈り物にと買ってくれたものだ。金がもったいない、店に返すように菊花《ジュイホア》に言ったが、彼女は死んでもいやと言った。こうして彼が使うようになったが、彼は至るところで人に見せびらかし、それから一、二年経ってもなお娘が買ってくれたものだと自慢していた。口では娘の無駄遣いを嘆いて見せたが、仕事仲間はその親ばかぶりに呆れていた。

乾いた電池入れて試してみると、ちゃんと使える。ところどころ文字が欠けたり、パネルがついたり消えたりしたが、通話に差し障りはなかった。またポケットにしまい仕事に戻ったものの、やはり兄からの電話が気にかかっていた。やはり放っておけない。釘や三角の鋼材を買いに行くと言い置いて三輪車にまたがった。

凱旋門のソープランドはここからそう遠くない。大通りを渡って、横町に入るとすぐだった。入り口に駐車場があるが、停まっているのはベンツ、ＢＭＷ、ランドローバー、キャデラックといった高級車ばかりで、三輪車はとても並べられたものではない。また一走りして狭い路地の入り口に止めた。ソープランドは彼の自宅からも遠くなかったが、彼はもちろん来たことがない。入り口には七、八人の女性警備員が並んでいる。文字通り清一色《チンイーソー》のサファイア・ブルーの制服に身を固め、映画に出てくるナチの親衛隊にそっくりだった。深い革のブーツ、腰には幅広の革ベルトを締めている。ピストルこそ持っていなかったが、順《シュン》を怖じ気づかせるには十分だった。七、八人の美女はみな一メートル七、八十センチはある上背で、入る客も出る客も彼女たちが両側に直立して敬礼する狭い通路を通らなければならない。順《シュン》は左足を先に出すべきか右足を先にすべきかで足もつれさせた。彼はもちろん知っている。彼女たちが直立しているのは彼に敬礼するためではない。そこで先に行く客の後について彼も一緒に通り抜けようとした。しかし、彼の歩き方は、いつもながら両脚がまっすぐ立ったことがなく、まして今は尻の突起物がはみ出しそうで、誰の目からも、がに股歩きにしか見えない。彼は自分に言い聞かせた。俺は生まれも育ちも天下に名だたる西京のご城下だ。内城で産湯を使い、尚芸路《シャンイールー》を遊び場にして五十年、自慢じゃないが、ちゃきちゃきの西京っ子だ。それなのに、この気後れはどうしたことか。足が言うことをきかないのだ。彼は腰を伸ばし、勢いよく足を踏み出そうとしたが、また左足と右足がからまって上体がぐらりと傾いた。しかつめらしい表情を装っていた女性の何人かが思わず憫笑をもらし、何かご用ですか？　と彼に尋ねた。彼は友人の支払いを助けに来たと答えたが、この風体では合点がいかぬ素振りだった。何人かが顔を見合わせたが、彼女たちの思案を超えている。近年は曰《いわ》く言いがたいことがまま起こるご時世だ。かかずりあっては面倒と、この見知らぬ男を通すことにした。

順《シュン》は中へ入って、彼の知っている風呂屋とはまるで勝手が違うと感じた。かつて尚芸路《シャンイールー》に何軒もの風呂屋があって、順《シュン》もよく通っていた。特に冬は時間つぶしに熱い湯船に浸かり、垢擦り男に全身の垢をこすらせ、赤むけの体をどぼんと水風呂にくぐらせ、ぶるっと体を震わせる爽快感はまさに天国のひとときだった。彼は兄の大軍《ダージュン》と一緒に出かけ、十代から二十歳《はたち》にかけてこの至福を少なからず味わった。公共浴場の入浴料は最初の五銭から五角へ、そしてさらに値上げして五元になった。みんな覚えがある。彼は公共浴場こそ、都市と農村格差の象徴だと思う。入浴は農村にはない文明の証しなのだ。しかし、ここ数年で尚芸路《シャンイールー》の風呂屋はすべて姿を消した。順《シュン》が行《おこな》っているのは、夏は一桶の水を浴びるだけ、冬は洗面器で湯を沸かし、タオルでこするだけで、いずれも入浴とは言いがたい。特に冬場の寒さが身にこたえる。尻も足も凍えて縮み上がり、背筋が銑鉄《せんてつ》みたいに凝《こ》って、手指や耳を霜焼けで赤く腫らしているとき、数銭、数角、数元の金で体を温め、蘇生させてくれる浴場はこの世の天国だ。だが、それはもはやこの西京のどこにもない。このソープランドの入場料は一回百元（約千七百円）以上もする。風呂屋なら風呂屋の「ほどを知れ」と言いたいところだ。

順《シュン》が兄の個室を探し当て度肝を抜かれたのは、大の字のうつ伏せになってマッサージされている場面だった。背中に外国の女が乗って膝でぐりぐりと揉んでいる。後で聞くと、ロシアの女ということだった。兄が素っ裸なのかどうかは分からなかったが、背筋と太腿がむき出しになっており、腰にバスタオルが一枚のっているだけだった。

兄が小さかったとき、上背が高かった上に痩せぎすだったから、麻の茎のように頼りなかった。中年になってから太り始めたが、背丈に助けられて堂々たる押し出しを保ち、鈍重《どんじゅう》さを微塵《みじん》も感じさせなかった。しかし今日見るむき出しの裸体は異形《いぎょう》の相を呈していた。劇団の録音スタジオの防音ドアみたいに本革《ほんかわ》が一塊《かたまり》ごとに盛り上がり、脂身の起伏がてかてかと広大な丘陵をなしてマッサージ・ベッドを圧している。マッサージ嬢が一ヵ所を押すと肥肉がひしめき合いながら逃げ惑い、また元に戻る。二本の太腿はほとんど象の足と区別がつかなかった。膝頭から足首までくびれがなく、浮腫《むく》んでいるような不気味さを感じさせる。バスタオルをかぶせられた巨大な臀部《でんぶ》は、マッサージ嬢が乗り、膝を立ててもその半分しか領しない。そこを膝で押し、揺らし、こすりして、残り半分は彼女が両手を突っかい棒のように置いてなお余りがあった。突然、放屁が三発高鳴った。マッサージ嬢は鼻をつまんで我慢しようとしたが、ついに笑い出して背中から退散した。

大軍《ダージュン》は順《シュン》の姿を認めると、すぐ言い訳を始めた。馬蒂《マーディー》と菊花《ジュイホア》が美容院へ行くと言って来たものの、チップを払ってすぐ財布を馬蒂《マーディー》に預けっぱなしになっていることに気づいた。言い訳は言い訳として、兄の性格からしてまだ余分の金を持っているはずだとにらんで、いくら必要なのかと尋ねた。大軍《ダージュン》は言った。あと四、五千元（約八万五千円）置いていってくれ。順《シュン》は胸を締め上げられるような気がした。兄は四、五千元と、まるで四、五角（約八円五十銭）のように気楽に言うが、自分にとってはとてつもない金額で、自分の血肉をこそぎ落とされるような気がする。

大軍《ダージュン》は彼をちらと見て、それからマッサージ嬢に視線を移した。そのロシアの娘は彼ら兄弟の話を聞き取れないでいるようだった。大軍《ダージュン》は不快をにじませて言った。

「まあ、置いていってくれよ。お前にとって楽な金じゃないことは分かっている。帰ったらすぐ返すよ。今回は馬蒂《マーディー》がつかまらないから、お前に来てもらっただけだ」

順《シュン》はまだ釈然としなかった。

「たとえ金があっても、こんなところで、こんな使われ方をするのはいやだ」

これは順《シュン》五十年の人生で兄に対して放った最もきつい言葉だった。子どものころだったら、兄はすぐ弟を殴ったり蹴ったりした。しかし弟はやり返しもしなければ、口答えもしない。なぜなら、大軍《ダージュン》は順《シュン》の兄だからだ。それに今、兄は弟より羽振りがよく、弟は三輪こぎと舞台の仕込み屋稼業に甘んずる身だ。人の顔をつぶすようなことはしてこなかったし、できるはずもない。彼は兄の性癖を知っている。こんなろくでもないこと、どうでもいいことを高尚な趣味のように演じ、人に仕掛けることが昔から好きだった。誰もが笑い話、一座の興と受け止め、それに目くじらを立てる野暮はしなかった。しかし、今日順《シュン》はソープランドに四、五千元の出費を平気でする兄の姿を見て、いささか自制を欠いた反応をしてしまったのだった。

大軍《ダージュン》は言った。

「そうか、手間をかけたな。ないならないでいいさ。どうせハンバーグとソーセージに払ってもらうから」

ハンバーグとソーセージというのは大軍《ダージュン》の雀友だった。

兄がこんな言い方をするときは、すねてふてくされたときだ。つまらなそうな素振りをしたかと思うと急に駄々をこね始める。いつもの手だ。順《シュン》は兄の気持ちが手に取るように分かるだけに余計辛い思いをしなければならなかった。兄の振る舞いは無茶苦茶に見えるが、マカオからわざわざ帰ってきて年越しをしようというのだ。西京という心の街があり、順《シュン》という、うだつの上がらない弟がいる。こんな弟でもいなければ、どこの風俗店に行こうと、どこのカジノへ行こうと、どこで年越しをしようと金と暇に飽かせて好き勝手だ。わざわざこんな寒冷の地にやってきて一ヵ月を凍えて暮らすなど酔狂をする男がどこにいるものか。

しかし、順《シュン》は五千元という金を持っていないことも確かだ。どう数えても二千五百元（約四万二千円）しかなかった。仕込みの資材のあれやこれやを買う金だ。彼は言った。

「そんなにたくさん持ってきていない。風呂に入るのに、そんなにかかると思っていなかった」

「いくら持ってきた？」

「二千元とちょっと」

「じゃ、それを置いていけ」

順《シュン》は二千二百元（約三万七千円）を置き、残りの紙幣三枚をこっそりポケットに残した。

「足りなければ……、また取りに行こうか？」

「いや、もういい。適当なところで切り上げればいいからな。もう行っていいぞ」

順《シュン》は部屋を出ようとして振り返って言った。

「兄貴、申しわけないが、ここんところ仕込みの追いこみで体が空かない。この場を乗り切ったら、いつでもお相手するから……」

「分かった、分かった。お前の忙しいことはよく分かっている。お前のお声のかかるのを待つとするか。時間はいくらでもあるからな。さ、行った、行った」

順《シュン》が部屋を出るか出ないかのとき、後ろでベッドが抜けるかと思うほどのけたたましい破裂音がした。何かと思ってのぞきこむと、あのマッサージ嬢が大軍《ダージュン》の尻に飛び乗り、兄が放屁で迎えたところだった。

順《シュン》がソープランドを出て、どうしてこんなに心が鬱《ふさ》ぐのかと思った。三輪こぎで世を渡るのは楽ではない。雪は降り続け、道路は滑りやすかった。ゆっくりと走りながら尚芸路《シャンイールー》にさしかかり、ハンドルをふらふらさせたとき、いきなり近くで乗用車がキーッとブレーキをかけ、「こん畜生、死んじまえ！」という女の罵り声が聞こえた。夜はふけ、街灯も暗く、その女の顔ははっきりと見えなかった。ペダルの足を踏み外し、その女が誰と揉めているのか辺りを見回した。女は彼に向かって叫んでいるのだった。

「この腐れ三輪こぎ、お前だよ。どこ見て走ってんだよ」

この三輪車が彼女の車に擦り傷をつけてしまったらしい。彼は慌てて三輪車を走らせ、あたり構わず狭い路地に逃げこんだ。後ろで女がまだ悪罵を続けている。こうした場合は三十六計、逃げるに如かずだ。彼ら三輪こぎが身につけた智慧だった。駅に向かう道からできるだけ離れた路地に入り、相手を撒く。捕まったら、とんでもない言いがかりをつけられて時間の無駄になるだけでなく、法外な金をふっかけられたりするからだ。

狭い路地を右に左に走りながら、素芬《ソフェン》と三皮《サンピー》が紗幕を貼り合わせている作業所にたどり着いた。素芬《ソフェン》とは何日も会っていなかった。彼は車を止めると、仕事にかかる前の呼吸を整えた。

三十八

秦腔《チンチアン》劇団の新春公演は大きな舞台が特設された。紗幕の張り合わせも並みの広さでは収まらず、ある職業専門学校の大教室を借りて行われていた。こんなところにも寇鉄《コウティエ》の顔の広さがものを言っていた。彼の同級生がこの専門学校の校長をしているところから、冬休みの空いた教室に作業班を受け入れてくれたのだ。

素芬《ソフェン》と三皮《サンピー》がここの責任者だった。三皮《サンピー》は紗幕の張り合わせをやったことがあるが、素芬《ソフェン》にとってはおっかなびっくりの作業だった。デザイナーは桃の花の接合に神経を尖らせながら手順を示し、作業に入った。やってみると、意外に簡単だった。まず桃の花をプリントした紗の生地を花弁に沿って切り取る。これを一片《ひとひら》一片、立体的に重ねて一朶《いちだ》の花群《はなむら》となったところでナイロンの紗幕に移し、仕上がりとなる。ただし、細かい作業が多く、手間暇がやたらとかかる。九メートルに十八メートルの幕が舞台全面を覆い、千から二千の花びらが散らされる。デザイナーは細心の作業を要求した。粗密をほどよく奥行きを際立たせ、花が密集するところは一層また一層と重ね合わせていく間合いを口うるさく念押しされた。

三皮《サンピー》は花のあしらい方、枝や幹、葉の茂りの按配にすでに経験があった。苦心のしどころは、密集して幾重にも重なり合う花びらにどう立体感、奥行きを持たせるかだった。彼はこれに一工夫を加えた。すでに成算があるかのように棉花を買ってきてピンクに染めた。一つ一つを広げながら上へ重ねていく。最後は一つ一つに穴を開け、桃の花びらと貼り合わせると、咲きこぼれる花々がみごとに浮き上がった。最初の幕が仕上がると、舞台美術のチーフは三皮《サンピー》の感覚と手際のよさに感心し、大いに誉めた。せっかくの仕上がりだったが、この幕は舞台奥で使われるという。残りの幕は客席に近いから手抜きはすぐ見破られる。さらに細心の作業が求められることになった。

学校の図工か手芸の時間のような作業は女性を喜ばせ、特に新しく雇った若い女性は嬉々として作業にいそしんでいる。あら、あなたの花はカボチャの花みたい、あなたこそ猫じゃらしじゃないといったやり取りが弾み、それで稼ぎも悪くない。賄いの食事つきで一日百数十元にもなる。まさにおいしい仕事のはずだったが、やるほどに様子がおかしくなった。まる一日、桃の花の切り紙細工をやっていると手にマメができる。居眠りが出る。始めてから十数時間が経っていた。そのうち教室の暖房が停まった。手がかじかみ、全身が寒さでこわばった。花を切るのは座ってできるが、貼り合わせるときはしゃがみこみ、床すれすれに目を凝らさなければならない。しゃがみ続けて立ち上がったとき、目がくらみ天が暗くなった。作業員たちをもっと苦しめたのは、ゴム糊のベンゼン臭だった。目をしばたかせるだけでなく、胃をむかむか嘔吐《えず》かせる。素芬《ソフェン》でさえ厠へ逃げ出し、めまいと共に何度も嘔吐した。

三皮《サンピー》は折あらばと素芬《ソフェン》の様子をうかがっていた。気分が悪そうだと見て、すぐティッシュを手渡した。吐きそうになって座を外すと、付き添って手を貸した。素芬《ソフェン》は周りから好奇の視線が注がれているのを感じていた。人目を避けて注意しても、三皮《サンピー》は意に介さない。それどころか、食事のとき、トマトの卵炒めを彼女の器に入れてきたりする。これが彼女はこれが大好物だと話していたからだ。三皮《サンピー》の振る舞いに、素芬《ソフェン》はもう我慢ができなくなり、昨日、順《シュン》に電話して配置換えを頼んでいた。しかし、順《シュン》が言うには、紗幕作りは楽で簡単な仕事だ。ほかはもっときつくて難しい。彼女としても今の情況をあからさまには言いにくく、今の仕事をとりあえず続けるしかなかった。

順《シュン》が来たとき、素芬《ソフェン》は熱く焼いた針先で手のマメをつぶしていた。水を出してしまえば治りも早い。そこへまた三皮《サンピー》が手を出してきた。彼女がマメの水を出したところを彼はすかさず唇を当て、水を吸い出そうとしたのだ。素芬《ソフェン》は体をかわしきれず、彼の分厚い唇が彼女の指を噛むに任せてしまった。これを見た口さがない女性作業員が隣同士、冗談口を叩いているのを素芬《ソフェン》は聞いた。

「あらあら、そこはおっぱいじゃないのよ。間違えちゃ駄目でしょ」

このとき、順《シュン》が作業所に入ってきた。素芬《ソフェン》は手を引こうとしたが、三皮《サンピー》は両手でつかまえて吸っており、引き離せない。順《シュン》は何が起きているか分からずにこれを見ていた。素芬《ソフェン》はあわててとり繕おうとした。

「水ぶくれができて……針で突いたのよ……」

三皮《サンピー》はこのとき初めて順《シュン》に気づいて、泡を食ったが、手を放そうとしない。順《シュン》は言った。

「やってろ。お前の姐御の指だ。しっかり吸って早く治せ」

みんな笑い出した。順《シュン》もよく分からずに笑った。三皮《サンピー》はやっと手を緩めた。

順《シュン》は作業の進捗状況を質した。それぞれの担当からかいつまんだ報告があり、順《シュン》はすぐ全体を理解した。貼り合わせた紗幕を広げ、さっと目を走らせていった。

「よくできた。細かいところまで行き届いている。久しぶりの創作劇で、劇団も気合いが入っている。年越し公演の次は全国の演劇祭だ。賞を狙っていく。みんな、しっかり頼んだぞ」

すかさず声が飛んだ。頼まれてもいいが、給金の方もしっかり頼んまっせ。暮れのくそ忙しいときに大荒れの天気と来た。おちおち年越しもできないわよ。これを聞いて、あちこちから一斉に声があがった。娘の嫁入り支度で、家族は私の帰りを待っている。私のところは掛け布団、敷き布団の洗濯がまだだと、蜂の巣をつついたような騒ぎになった。この声を一言でまとめれば、工賃が少なすぎるということに尽きる。順《シュン》は言った。

蛇が象を呑む話を知ってるか。欲をかくとろくな目に遭わないぞ。慌てる乞食は貰いが少ないともいうがな。年末だ正月だと浮かれて、次に食う飯まで今食っちまっていいのか？　泣くのはどっちだ？

手にマメができたのは花を切る作業のせいだと順《シュン》は知っていた。ここへ来る前にちゃんとヨードチンキを二瓶買っていた。マメをつぶして化膿させちゃいかん。順《シュン》はそう言いながら素芬《ソフェン》のところへ来てチンキの瓶の蓋を開け、素芬《ソフェン》の手を出させたとき、突然、胸が痛んだ。素芬《ソフェン》の両の手は彼が初めて握ったときふっくらと柔らかく、街暮らしで働いたことのない女性のものだった。それが自分と一緒に住んでから半年余りでこんなに荒れてしまうのか。触るとまるでサンドペーパーのように変わり果てていた。順《シュン》がせっせと三輪車をこぎ、舞台の仕込みに精を出しても女一人養えないのか。荒くれの男たちと一緒に仕事をさせ、彼らと同じ苦労をさせている。素芬《ソフェン》の手にはいくつもの血マメができ、手の甲には霜焼けの赤い凍《し》みが広がっている。順《シュン》はチンキを塗ってやりながら自分の目が潤むのを感じた。素芬《ソフェン》はチンキを塗ってもらいながら、じっと順《シュン》の手を観察していた。何と短くごつごつした指だろう。霜焼けの上に霜焼けが重なり、赤黒く変色した皮膚をきむしったカサブタにまたカサブタがかぶさって、まるでタムシのような惨状だ。順《シュン》は街育ちのはずなのに、過酷な労働がその手をこのように変えてしまうのか。それにしても、こんな手は見たことがない。彼女は尋ねた。

「どうして手袋をしないの？」

「細かい仕事をするから、手袋は邪魔なんだ。どうってことない。春になれば、すぐよくなる。毎年のことだよ」

順《シュン》はこう言うと、素芬《ソフェン》を脇へ呼び、こっそりと十数粒のチョコレートを彼女の二つのポケットに入れてやった。彼女がチョコレートを好物にしていることを知っていたし、これはカロリーが高いから疲労の回復にも役立つだろう。素芬《ソフェン》はいく粒かを順《シュン》に持たせようとしたが、こんな甘いものは口に合わないと言って断った。その実、これは彼が子どものころ、一番食べたかった品物だった。一度、尚芸路《シャンイールー》の女の子と一緒に売店のチョコレートを盗んで食べたことがある。店番に見つかってひどく殴られた。大人になって大威張りで食べてみると、確かに癖になりそうなうまさだ。今日素芬《ソフェン》に買ってきた品物は一箱が四十五元（約七百六十円）もした。その箱を破って捨て、中身だけを取り出して持ってきたのだが、高価なものだから仲間と分けて食べるのは惜しく、こっそりと彼女への土産にしたのだった。

順《シュン》は引き上げがてら三皮《サンピー》に目をやると、やはり順《シュン》が気になってならない様子だった。そこで三皮《サンピー》に向かって大声を出した。

「おい、お前の姐御の世話をしっかり頼んだぞ」

みんなわっと沸き立って大喜びの様子だが、その笑いは野卑で、ことあれかしの下心が見え見えだった。素芬《ソフェン》は首筋から耳まで真っ赤にし、三皮《サンピー》は頭を垂れて小さくなっている。しかし、順《シュン》は何ごとも順調といった素振りでみんなと笑い交わし、立ち去った。

素芬《ソフェン》は順《シュン》が自分を疑っているとは思っていない。三皮《サンピー》と一緒に仕事を始めて半年経つが、これは順《シュン》が按配し命じたものだ。もし、彼の心の中に少しでも疑いがあれば、さっさと三皮《サンピー》をクビにするだろう。

三皮《サンピー》も自分が順《シュン》に疑われていると思っていない。それどころか素芬《ソフェン》がこれまでのことを告げ口していないことが分かり、これからも、しそうにないと自信を持ったのか、行動が大胆になった。夜中過ぎ、二人が教室の外の物置で休憩しているとき、三皮《サンピー》は周りに人影がないのを見澄まして素芬《ソフェン》を抱きしめ、キスしようとした。もはやこれまでだった。彼女は三皮《サンピー》に痛烈なびんたを一発お見舞いし、彼は脳震盪を起こしたみたいにふらふらと床に沈んだ。これが一定の作用を果たし、一定の効果を現したと彼女は思っていた。素芬《ソフェン》は三皮《サンピー》を寄せつけず、一方、三皮《サンピー》は食事を断った。どうぞお好きにと素芬《ソフェン》は放っておいた。いつまで持ちこたえられるかとたかをくくっていたが、まる二日絶食が続くと、素芬《ソフェン》も気になった。周りもどうしたことかと、ざわつき始めた。素芬《ソフェン》はことが大きくなるのを恐れた。彼女は彼の食事を運んでやり、ついでにトマトの卵炒めを三皮《サンピー》から受け入れた。

素芬《ソフェン》は男女の感情のもつれから、人生の大挫折を経験している。彼女はうっすらと感じ取った。これはもしかしたら大事件になりかねないと。

三十九

菊花《ジュイホア》はここのところ大軍《ダージュン》伯父と行動を共にするのに疲れ、少々煩わしくなってきた。この伯父はまさに「高大上《ガオダーシャン》(ハイエンド・上品・高級)」で「胡拉海《ホーラーハイ》」だ。胡拉海《ホーラーハイ》とは西京人にありがちないい加減さ、気まぐれ、無駄に明るくて直情的な性格をけなす言葉だ。実際につき合うと、世話の焼けることおびただしい。何をするにも考えなしだから尻ぬぐいが大変だ。

あの日、大軍《ダージュン》伯父は手の切れるような新札の二万元(約三十四万円)をぽんと菊花《ジュイホア》に投げ与えた。その後の支払いはすべて菊花《ジュイホア》の役目になった。しかし、あっという間に財布の底が見えてきた。すぐ補給があると信じたいが、酒場や賭場や馬蒂《マーディー》を連れての美容院通い、ろくでもない出費が相次ぐ。もしかして、そのうち大軍《ダージュン》伯父が持ってきた金を使い切ってしまうのではないか、そうなったら最後に貧乏くじを引くのは自分だと、菊花《ジュイホア》は本気で心配になってきた。この数日は食事や何かで大軍《ダージュン》伯父の呼び出しがかかっても口実を設けて逃げ、食事時が近くなると携帯を切っていた。ときには大軍《ダージュン》伯父がわざわざ玄関口まで迎えに来る。こんなときは逃げようがないからしぶしぶ引っ張り出されていく。

もう一つ菊花《ジュイホア》を悩ませているのは、烏格格《ウーガーガー》の差し出口だ。大軍《ダージュン》伯父にマカオへ連れていってもらい、運を試せと菊花《ジュイホア》をそそのかしている。これは実を言うと菊花《ジュイホア》も以前から企んでいたことだった。大軍《ダージュン》伯父も菊花《ジュイホア》を誘ったことがある。しかし、そのときは順《シュン》がどうしても首を縦に振らなかった。お前の伯父は博打で食っている。これが人として正しい生き方か？　ついて行ったはいいが、最後にすっからかんになったら、お前はどうなる？　その生き方が正しくないことは伯父自身が認めているから、どうにも分が悪い。それにここ数年、大軍《ダージュン》伯父と連絡が取れなかったこともある。連絡はいつも一方通行だった。こちらから電話しても、何やら広東語のピーチクパーチク、聞き取れないメーセージが流れるか、携帯の電源が切られていた。

しかし、菊花《ジュイホア》はあきらめていなかった。順《シュン》が素芬《ソフェン》を家に入れてからずっと、マカオの伯父のことを思い続けていた。連絡がつかないまま諦めかけていたところへ大軍《ダージュン》伯父が突然帰ってきた。彼女は何度も伯父に打ち明けようとしたが、きっかけをつかめないでいた。特に馬蒂《マーディー》がいるところでは話しにくい。

だが、ある日とうとう、「老機場《ラオジーチャン》（旧空港）」の焼き肉店で切り出すことができた。

大軍《ダージュン》伯父はこの老機場《ラオジーチャン》の焼き肉で体を作ったようなものだと言った。しかし、この話はすぐにはうなずけない。この店はまだ三十年ぐらいの歴史しか持っていないが、大軍《ダージュン》伯父はもう五十七、八になるからだ。しかし、当時の記憶をはっきりと持っていた。その日乗ったタクシーの運転手はなりたてで遠出の道に不案内だったが、大軍《ダージュン》伯父は掌《たなごころ》を指すように地名を挙げながら車を導いた。老機場《ラオジーチャン》の焼き肉は今や西京の名物料理になっており、多くの店が競ってこの看板を出していた。菊花《ジュイホア》は焼き肉をたかが焼き肉としか思っていないから、こんな田舎道に車を走らせる伯父の酔狂が鼻につき始めていた。

大軍《ダージュン》伯父はその夜の麻雀を打ち終えると、どうしても焼き肉でなければならないと思い立ち、旧空港へタクシーを飛ばし、食べ始めるころには夜が明けていた。老舗が選び抜いた肉質、絶妙の火加減に香り立つスパイスの孜然《クミン》、ゴマ油、トウガラシ、独頭蒜《ドゥトウスアン》（球根が一塊《かたまり》のニンニク）、いずれも偽りがない。大軍《ダージュン》伯父はこれあるかなと鼻をうごめかし、この味は何十年もぶれがないと褒めちぎった。

菊花《ジュイホア》は大軍《ダージュン》伯父が興奮し、すっかりご機嫌なのを見て、馬蒂《マーディー》が手洗いに立ったすきに話を切り出した。自分もマカオに行って新しい自分探しをしたいと、洗いざらいぶちまけた。彼女をがっかりさせたのは、大軍《ダージュン》伯父が聞いていないふりをしていることだった。確かにこの店は騒がしいが、耳にとまらないはずはない。もう一度話し始めたが、少し自信をなくしていた。大軍《ダージュン》伯父は今度は何度も大きくうなずいたが、いいとも悪いとも言わなかった。もしかして焼き肉店の親方にうなずいて見せたのかもしれなかったが、その表情は「高大上《ガオダーシャン》（ハイエンド・上品・高級）」の貫禄を崩していなかった。

馬蒂《マーディー》が手洗いから戻った。大軍《ダージュン》伯父は肉を頬張り、ビールを飲みながら、店の親方を相手にこの土地が彼に刻みこんだ記憶を語り始めた。

「七七三部隊はもう撤退したのかね？　延光《イエンゴアン》工場は何を作っていたか知ってるか？　軍付属の工場だよ。あのころが全盛だった。中に人はいなくても、のぞいたりしちゃいけなかった。最初は飛行機のエンジンを作っていたが、それが駄目になり、洗濯機、扇風機に手を出して……」

大軍《ダージュン》伯父は酔っ払ってしまった。この大男が酔っ払うと、もう女二人の手には負えない。タクシーを呼んだが、酔っ払いは乗せないという。仕方なく呼び出したのが、すだれはげの怪人過橋米線《グオチャオミーシエン》、譚道貴《タンダオグイ》だった。彼はすぐ駆けつけて大軍《ダージュン》伯父を運んでくれた。

次の日、大軍《ダージュン》伯父がまた家へ迎えに来た。昨夜のことには一言も触れない。菊花《ジュイホア》は昨夜来、機嫌を損ねていたから、伯父の誘いをにべもなく断って部屋に引きこもった。

すだれはげの過橋米線《グオチャオミーシエン》が鎮安《チェンアン》のホテルで烏格格《ウーガーガー》を襲って以来、菊花《ジュイホア》はこのでぶの男に嫌悪感しか感じなくなっていた。だが、烏格格《ウーガーガー》は鎮安《チェンアン》から帰ってからも彼に対して反発を示すでなく、電話があると一緒に出かけ、食べたいものを食べ、一緒に遊び回っていた。鎮安《チェンアン》の一夜は一体何だったのか。まるで何もなかったかのようだ。菊花《ジュイホア》にとって烏格格《ウーガーガー》は一番の女友達だが、彼女が何を考えているのか次第に分からなくなってきた。烏格格《ウーガーガー》の譚道貴《タンダオグイ》に対する態度は一時の気まぐれに過ぎず、飽きが来たらあっさり捨てるつもりかもしれない。

菊花《ジュイホア》は自分に苛立っているのかもしれない。このろくでもない暮らし、土壷《どつぼ》にはまってじたばたしている自分を見ていると、耳元で別なささやきが聞こえてくる。烏格格《ウーガーガー》なんか、すだれはげの手に落ちてしまえ。女王然と尚芸路《シャンイールー》に君臨している烏格格《ウーガーガー》がこの最低の男のものになり、ほかの男たちからは見捨てられ、このでぶ男を〝おんぶお化け〟よろしく背中に背負《しょ》って一生を終えるがいい……。菊花《ジュイホア》がこう考えるのも無理からぬものがある。大軍《ダージュン》のお供をするのに嫌気がさし、烏格格《ウーガーガー》とすだれはげの〝お邪魔虫〟でいるのも飽き飽きしている。彼らを見返してやりたかった。土壷《どつぼ》にはまるべきは彼らではないか。

菊花《ジュイホア》の思案は忙しく働き、ついに韓梅《ハンメイ》の上に思いが至った。

韓梅《ハンメイ》このところずっと部屋に閉じこもって本を読んだり、資料を調べている。卒業論文に着手したらしいことは、たまたま韓梅《ハンメイ》が同級生と交わす電話で聞いていた。菊花《ジュイホア》は毎日部屋を出たり入ったりしている間も隣室に聞き耳を立てていたのだ。

韓梅《ハンメイ》はスマホの音楽を低音量で聴いていた。足折れの犬もときたま鳴き声を上げている。韓梅《ハンメイ》の暮らしに大きな変化はないようだ。しかし、こんな平静で安穏な日常は菊花《ジュイホア》からすると、これ見よがしの敵対的行動、いやそれよりも危険な兆候に思えた。「静水深流」というではないか。本当の利口は馬鹿に見える。ほとばしる川の流れは激しく見えても底は浅い。深くたたえる水は静かに見えてもその奥には測りがたいうねりがある。こう考えると、菊花《ジュイホア》の心はまた激しく波打ち、また不快感が募ってきた。

それというのも、彼女のマカオ行きの希望に大軍《ダージュン》伯父から確約をもらえていないことがやはり尾を引いている。戦うべし。戦って勝ちとるべし。戦闘意欲が家に帰った菊花《ジュイホア》を猛然と駆り立てた。攪拌だ。攪拌あるのみ。新しい変化は攪拌の中からしか生まれない。掻き回せ、掻き回せ。すべてに揺さぶりをかけるべし。こうして菊花《ジュイホア》の新しい王国が生まれた。この王国では、すべての国民に安眠を許さない。

彼女に早朝の目覚めが訪れた。まず、いつもの場所でひなたぼっこを決めこんでいた犬の好了《ハオラ》を階段から蹴り落とした。犬はひくひく身悶えしている。好了《ハオラ》は菊花《ジュイホア》がドアを開ける音を聞くやいなや腰を抜かした。よろよろと立ち上がって恐怖の脱糞をし、なおも逃げ出そうとするところを菊花《ジュイホア》に蹴飛ばされたのだった。好了《ハオラ》を足蹴にする理由は、彼女の部屋の前で糞をもらしたことで十分だ。これは故意以外の何ものでもない。この家で犬の排便の場所は決められている。この家でこの犬は順《シュン》と韓梅《ハンメイ》の言うことしか聞かない。順《シュン》がいないときの監督責任は誰が負うべきか。人の部屋の前でうんちするよう命じたのは誰だ？　禿頭のシラミを見る如く明らかではないか？

こうしてまた戦いの火ぶたが切られた。

菊花《ジュイホア》は、ことを起こすと決めたときからすでに十分な心構えができている。拳を握って両腕を脇で固め、さらに気合いを入れた。菊花《ジュイホア》は韓梅《ハンメイ》より体が大きいし、繊弱なまま育った韓梅《ハンメイ》は、体を鍛えることなどしていない。羽虫のでき損ないの小妖精のようなもので、風の一吹きで吹き飛ばされてしまうだろう。前回渡り合った経験から作戦も万全で負ける気がしない。まして、自分には正義がある。ぼろ屋といえども、この屋のれっきとした嫡出子だ。刁《ディアオ》順子《シュンツ》の哀れな稼ぎを得体の知れない女たちにむざむざ分捕られてなるものか。この尚芸路《シャンイールー》でもあちこちの兄弟姉妹が財産の相続、分割がらみの争いを引き起こしている。言うだけは言っておかないと馬鹿を見るとか、面子を保つためには引き下がれないとか、第三者にはどうでもいいようなことで角突き合わせている。だが、最後の決め手は何と言っても力だ。強い者が多くを取り、弱い者は割を食う。これがこの世の鉄則だ。目下の状勢は、彼女の見るところ楽観を許さない。〝賭神（ゴッド・オブ・ギャンブラー）〟である疤子《バーズ》叔父の話によれば、勝負で大事なのは「踏ん切り」だ。一旦こうだと腹をくくれば、アメリカ帝国主義も裸足で逃げ出すという。菊花《ジュイホア》が心を鬼にしてことに当たれば、韓梅《ハンメイ》ごときはなすすべもなく、しっぽを巻いて逃げ出すだろう。

韓梅《ハンメイ》は階段を駆け下り、犬の好了《ハオラ》を抱き起こした。二階を見上げてはったと睨むこと数秒、放った言葉は一言だった。

「ひねくれ者!」

こう叫ぶや、好了《ハオラ》を抱いたまま靴をつっかけて外へ飛び出した。

菊花《ジュイホア》は早速、大軍《ダージュン》伯父の伝《でん》を見習い、韓梅《ハンメイ》の声ははっきり聞こえていたけれども聞こえないふりをして言った。

「何をがたがた喚いでるんだよ」

だが、韓梅《ハンメイ》はすでに遠くへ走り去っていた。菊花《ジュイホア》は腹を立てて下へ降り、鉄の門をがちゃがちゃいわせながら鍵をかけた。鉄の門はぱらぱらと鉄錆を落とした。

二階へ上がった菊花《ジュイホア》は自室へ入ろうとして立ち止まった。好奇心もあったが、相手の弱みを握ろうと、韓梅《ハンメイ》の部屋に入って眺め渡した。ろくなものがない。パソコン、破れた本、ベッドに掛け布団、そして電熱器だ。つけっぱなしになっていたので足でスイッチを切った。壁に貼りつけられた韓梅《ハンメイ》の写真を見て、菊花《ジュイホア》は嫉妬の念がこみ上げてきた。売女《ばいた》めと悪態をついてはみたものの、オードリー・ヘップバーンそっくりの顔をしている。明らかに最近撮ったものだ。わざとモノクロで現像してあるのも小面憎かった。髪型もヘップバーンを真似、思わせぶりな目つきまでヘップバーンに似せている。すっと通った鼻筋は端正な光を宿していた。

菊花《ジュイホア》はテーブルのカッターナイフを手に取った。まず二つの瞳をえぐった。次いで鼻梁をそぎ落とし、ヘップバーンは骸骨のようになった。菊花《ジュイホア》はここまでやるつもりはなかった。だが、壁に掛かっている韓梅《ハンメイ》の顔は明らかに菊花《ジュイホア》に対して勝ち誇っていた。それが許せなかったのだ。菊花《ジュイホア》はその顔にぺっと唾を吐きかけ、また電熱器のスイッチを入れて、自室に引き上げた。

菊花《ジュイホア》はどうにもやるせない思いでベッドに自分の体を投げかけた。両脚の靴が天上まで飛び上がった。彼女は自分が一体何をしたいのか分からなかった。というより、やるべきことは何もなかった。テーブルにワインの瓶が置いてあった。まずワイングラスを持ち、映画に出てくる「高大上《ガオダーシャン》（ハイエンド・上品・高級）」の手つきを真似てみた。だが、一口も飲まずにグラスを置き、今度はボトルをじかに口に当てて中身の半分ほど喉に流しこんでベッドに横たわった。今はひたすら眠りたい気持ちだった。

どのくらい時間が経ったのか、門扉《もんぴ》ががちゃがちゃいう音で目が覚めた。さては韓梅《ハンメイ》が戻ったかと思ったが、大軍《ダージュン》伯父らしい声が聞こえる。窓を開けて下を見ると、伯父が人を連れてきて、扉を取り換えさせている。

「伯父さん、何をしてるの？」

「いくら呼んでも返事がない。死んだかと思ったぞ。こんなおんぼろ玄関、泥棒よけどころか羊一頭防げないぞ。この伯父さんが西京一の扉をつけてやる」

「こんなぼろ屋に入っても、持っていくものは何もないわよ。無駄、無駄」

「何を言うか。お前の爺さんが言っていた。どんなぼろ屋でも、売れないものはないってな」

ほかの人間が言えば、もっともらしく聞こえるが、大軍伯父《ダージュン》が言うと、ただおかしく、笑うしかない。

「何がおかしい。もっとも、お前の父親にはこれがクレムリンか、バッキンガムか、ポルトガルのベレンの塔か、ホワイトハウスのゲートのように見えるだろうがな。どうだ、ついでに防犯カメラ、赤外線センサー、防犯アラームをつけるか。ドーベルマンやシェパードを飼うのもいいぞ」

これも笑い話に過ぎなかったが、菊花《ジュイホア》は順《シュン》の名前が出た途端、話を続ける気をなくした。古い門は工事人が引き倒し、新しい門が取りつけられた。寸法は何日か前に大軍《ダージュン》伯父から伝えられていたらしく、工事は手際よく進んだ。大軍《ダージュン》伯父は菊花《ジュイホア》相手におしゃべりを続けようとしたが、菊花《ジュイホア》は伯父に対する好感をなくしていた。「高大上《ガオダーシャン》」を気取りたいんなら、どうぞご随意に。私にはもう関係ございませんといった態度がありありと顔に出て、伯父にお茶も出そうとしなかった。大軍《ダージュン》伯父はポケットから百元（約千七百円）札を取り出して工事人に渡し、ミネラルウーターを一箱買ってこさせた。この冬の寒いさなか、誰が飲むものかと思ったが、大軍《ダージュン》伯父は一人で数本、喉を鳴らして一気に飲んだ。

突然、大軍《ダージュン》伯父は菊花《ジュイホア》のマカオ行きの話を切り出した。

「あ、そうだ。マカオへ行きたいんだってな。年が明けたら、伯父さんと一緒に行こう」

「え？　本当？」

菊花《ジュイホア》は自分の耳が信じられなかった。

「ウソ言って、どうする」

菊花《ジュイホア》はいっぺんに二十代の女の子に戻り、飛び上がって伯父の両手を取った。

「私が行って、何をしたらいいの？」

「やりたいことをやればいい。伯父さんが養ってやる」

「本当？　じゃ、私が経理をやってあげる。食事も作ってあげられるわ。どう？」

「何をやってもいいさ」

すぱっと竹を割ったような大軍《ダージュン》伯父の答えに、菊花《ジュイホア》は胸がすく思いだった。飛び上がりたい思いを両腕にふっくらと抱きしめ、幼稚園のときに習った『白鳥の湖』の膝を曲げ体を斜めに傾けて跳躍する群舞の一人、次は主役になりきって羽根を羽ばたかせながらくるりと回転する踊りを踊って見せた。両手の指の型は「蘭の花」、親指と中指を合わせて残りの三本の指をぴんと立て、可愛く宙に舞わせる。「花の中に君子あり」の誉れを表し、これは仲良しだった貴《クイ》ちゃん得意のポーズだった。自分の年齢や容貌のことはもう念頭になかった。この踊りはどうやら工事人たちにとって見るに堪えぬものだったようだ。彼らは目をそらし、俯いて仕事をするふりをしていた。

丁度このとき、韓梅《ハンメイ》が犬の好了《ハオラ》を抱いて戻ってきた。憤懣やるかたない表情だ。もし、大軍《ダージュン》伯父や工事人の姿が見えなければ、二人はまた大立ち回りを演じたことだろう。だが、菊花《ジュイホア》の態度が一変した。菊花《ジュイホア》の結ぼれた心が一気に解《ほど》け、この家——世間に顔向けならない、恥さらしの「三輪こぎ」の、何もかも癪の種だったこの家にさよならする、一種の懐かしさにも似た感情がこみ上げてきた。そして、この家は彼女にとって一銭の値打ちもないものに変わっていた。女のいがみ合いは哀れな素芬《ソフェン》と韓梅《ハンメイ》に勝手にやらせておけばいい。

好了《ハオラ》を抱えた韓梅《ハンメイ》は、目の前の光景を信じられない思いで見つめていた。菊花《ジュイホア》はつと韓梅《ハンメイ》に身を寄せて、好了《ハオラ》の頭を篩《ふるい》にかけるように揺さぶった。それは「いい子、いい子」の表現と変わらなく見える。

「ご免ね。私の部屋の前にうんちなんかさせて。ご免ね。勝手におしっこなんかさせて。いい子だこと。そんなにびっくりしないで。びっくりしないでったら」

そう言いながら好了《ハオラ》の鼻をこすったり、頭をさすったり、口をつまんだりするから、好了《ハオラ》はいやがって彼女の手を噛もうとした。もし、彼女が手を引っこめなければ、指に歯を立てられたかもしれない。しかし、菊花《ジュイホア》は腹を立てたりしない。愛情をたっぷり注ごうと頭をなでながら話しかけている。

「あらあ、怒らせちゃったかな。怒らない、怒らない」

韓梅《ハンメイ》は何が起きているのか理解できず、ぼんやりと見ている。大軍《ダージュン》伯父という客がいる前の演技かと思ったが、演技にしては度が過ぎている。これまでのスタイルにない、菊花《ジュイホア》の別の一面だ。大軍《ダージュン》伯父にちょっと挨拶をして自室に引き上げた。大軍《ダージュン》伯父が尋ねた。

韓梅《ハンメイ》が去った後、大軍《ダージュン》伯父が尋ねた。

「どうしたんだ？　あの子、機嫌が悪そうだな」

「気にしない。すぐ気が変わり、癇癪を起こすんだから」

このとき、門扉の付け替えが終わって、作業員は帰っていった。菊花《ジュイホア》は伯父を食事に招待した。伯父は韓梅《ハンメイ》も呼ぶように言いつけた。菊花《ジュイホア》は新しい鍵を持って二階へ上がり、韓梅《ハンメイ》の名前を呼んだ。韓梅《ハンメイ》は菊花《ジュイホア》の気が変になったのかと思った。普段は折あらば自分に難癖をつけ、出て行けがしのふるまいをし、今日は好了《ハオラ》を抱いて出たのをいいことに締め出しを食わせようとしたのではないかとさえ勘ぐっていた。門扉を取り換えたついでに性格まで取り換えたような変わりようだ。しかも、わざわざ新しい鍵を届け、食事にまで誘ってくれた。しかし、韓梅《ハンメイ》は食事には応じなかった。自分は畢竟《ひっきょう》、この家の人間ではない。行っても気まずいだけだ。大軍《ダージュン》伯父は自ら二階に上がって声をかけてくれたが、彼女は体調が悪いからと辞退した。

菊花《ジュイホア》は精一杯愛想よく伯父の接待に努めた。伯父の腕を来たときよりもっと強くつかんで放さなかった。菊花《ジュイホア》はこのときほど伯父を頼もしく、また誇らしく思ったことはなかった。堂々たる押し出しに加えて金離れのよさは街中の誰もが振り返り、噂し合っている。彼女は馬蒂《マーディー》よりもっと強く伯父の肩に頭をもたせかけた。

伯父は突然悲鳴を上げた。

「あいたた。伯父さんの腕が引きつった」

見ると、大軍《ダージュン》伯父の腕が鶏の爪みたいにひくひく痙攣していた。


（下巻につづく）

菱沼彬晁（ひしぬま・よしあき）
1943年11月北海道美瑛町生まれ。
早稲田大学仏文学専修卒業。
翻訳家、（公益社団法人）ＩＴＩ国際演劇協会日本センター理事
日中演劇交流・話劇人社事務局長、元日本ペンクラブ理事。

中国現代演劇の主な訳業及び日本公演作品

・日本文化財団制作　江蘇省昆劇院日本公演　『牡丹亭』『朱買臣休妻』『打虎・遊街』
・ＡＵＮ制作　孫徳民作『懿貴妃』
・松竹株式会社制作　孫徳民作『西太后』
・新国立劇場制作　過士行作『棋人』『カエル』
・ITI国際演劇協会日本センター制作　莫言作『ボイラーマンの妻』、過士行作『魚人』
・劇団東演制作　沈虹光作『長江乗合船（同船過渡）』『幸せの日々』『臨時病室』
・世田谷パブリックシアター制作　田沁鑫作「風をおこした男—田漢伝」
・豊島区・東京芸術劇場・ITI国際演劇協会日本センター共同制作　シェイクスピア作　方重、梁実秋中国語訳　『リチャード三世』

中国現代演劇の単行本、演劇誌掲載作品

・早川書房刊「悲劇喜劇」掲載　郭啓宏作『李白』
・晩成書房刊『中国現代戯曲集』掲載
　任徳耀作『馬蘭花』
　過士行作『鳥人』『ニイハオ・トイレ（厠所）』『再見・火葬場』『遺言』
　孟冰作『これが最後の戦いだ』『白鹿原』『市民溥儀（公民）』『皇帝のお気に入り（伏生）』『ミラーゲーム』ほか

中国現代小説の主な訳業

・鄧友梅作『さよなら瀬戸内海』（図書出版）
・莫言作『牛』『築路』（岩波現代文庫）
・過士行短編小説集『会うための別れ』（晩成書房）

中国現代演劇評論の訳業

・季国平著『中国の伝統劇入門／季国平演劇評論集』（晩成書房）

受賞　2000年（平成12年）　湯浅芳子賞

西京 バックステージ仕込み人 上

二〇一九年十一月 五日 第一刷印刷
二〇一九年十一月十五日 第一刷発行

著 者 陳彦
訳 者 菱沼彬晁

共同企画・編集
中国作家協会
日中演劇交流 話劇人社
〒184-0014東京都小金井市貫井南町五―二〇―一五
電話・FAX〇四二―三八一―八三八九
Eメール hi-si@s5.dion.ne.jp

発行所 株式会社 晩成書房
●〒101-0064東京都千代田区猿楽町二―一―一六―一F
●電話 〇三―三二九三―八三四八
●FAX〇三―三二九三―八三四九

印刷 美研プリンティング 株式会社
製本 根本製本 株式会社

乱丁・落丁はお取り替えします
ISBN978-4-89380-491-4
Printed in Japan